Relatos del Ewha

Relatos del Ewha Dream on

Escrito por:

Antón Vázquez Mora

y

Miguel Torija Mora

Portada: Antón Vázquez Mora
Contraportada: Marta Madroñero Rodriguez

Si quieres más información sobre el universo descrito en
el libro, conocer un poco más sobre la experiencia de
escribirlo o contactar con los autores, por favor, visita nuestro
blog: http://relatosdelewha.blogspot.com.es/

O contacta con nosotros en:

Google+: Relatos del Ewha
Facebook: Relatos del Ewha
Twiter: @relatosdelewha

ISBN: 978-84-608-6191-1

Prólogo

Desde el principio de nuestra historia, nosotros los elnaths supimos donde comenzaría el fin de toda vida. Nuestra civilización se levantó en torno a esa leyenda y creíamos que nuestro deber sería evitarlo.

Cuando saltamos a las estrellas conocimos a otras muchas formas de vida. Entablamos grandes alianzas, y también grandes guerras. Hay quienes nos dimos cuenta de que la mejor forma de avanzar, era hacerlo todos juntos. Así que formamos el Orden, una alianza donde luchábamos por un bienestar general, y el progreso de sus miembros como conjunto.

El Orden nos llevó a un gran periodo de plenitud, riqueza cultural y progreso. Hubo muchos que no quisieron unirse, pero hubo muchos más que si lo hicieron. Juntos logramos grandes soluciones a conflictos planetarios.

Los límites se expandieron, y nuestro conocimiento del universo creció con ellos. Hasta que descubrimos los sistemas más remotos. Hasta que encontramos el lugar donde nuestra peor pesadilla se hacía realidad. Un sistema en el que las únicas formas de vida provenían de un pequeño planeta azul. La leyenda parecía cumplirse.

¿Cometimos un gran error?

Creíamos estar protegiendo al universo del fin, pero a menudo uno halla su destino en el camino que escoge para evitarlo.

Unwei Swarths

Capítulo 01

Brais

Activo los protocolos de aterrizaje de la nave y esta se posa perezosamente en el puerto. Miro divertido el ajetreo de los trabajadores y siento un poco de envidia de tener una rutina diaria algo más entretenida que asistir a estas aburridas lecciones.

Abro la compuerta, pero la desgana me invita a permanecer sentado. Busco por los controles y me decido a llamar al abuelo, me vendría bien hacer algo con él y con Kurl luego. No lo coge, estará en otra de sus reuniones de asesoría. Bueno, ya me pondré en contacto con ellos luego, será por tiempo.

Me dirijo hacia el ascensor principal de la torre, pero no puedo apartar la mirada de la torre cinco donde aguarda mi alma gemela. Calculo el tiempo que tardaría en ir, pero se que es imposible, ya casi llego tarde.

Saludo con la cabeza al alto areano y al par de trabajadores psalterium que esperan el ascensor, y transmito una energía cordial a mi congénere elnath. Procuro ponerme lejos del areano, si nuestra raza ya es pequeña en comparación con los psalterium, somos minúsculos al lado de los estirados areanos.

Una vez en el sector, empiezo a coincidir con mis compañeros de clase. Compartimos nuestra energía mientras nos saludamos, y como siempre tengo la sensación de que conmigo son algo menos intensas que con los demás. Siempre son cordiales pero hay un distanciamiento entre ellos y yo.

Entro en el aula con algunos compañeros y mientras me dirijo a mi sitio junto a los ventanales, el maestro Dao´lon entra con paso tranquilo.

-Buen día -dice aproximándose a su mesa mientras nos transmite un cálido sentimiento que nos contagia su entusiasmo-. Iros sentando. Vuestro adiestramiento está cerca de concluir y os aseguro que las capacidades que habéis adquirido están a la altura de lo que os espera ahí fuera. Pero hoy vamos a tratar algo que espero que al menos os hayáis planteado alguna vez.

Hace una pausa y nos mira detenidamente mientras disminuye su flujo de emociones hacia nosotros, lo que hace que nos centremos más en él, casi como si nos tuviéramos que acercar para escucharle.

-Para poder obtener una conclusión fundamentada hoy en día necesitamos remontarnos al principio. Como todos sabéis la profecía del Grito grabó a fuego el miedo en el corazón de todos los elnaths -otra vez nos va a hablar de la profecía, no sé cuantas veces la habré oído ya-. El maestro Sheru salvó a su pupilo de la oleada de energía y permitió que la profecía llegara hasta nuestros días.

Su tono es monótono y aunque lo acompaña con acordes de sentímientos para dar color a su narración, estoy tan acostumbrado a oírla que no puedo más que empezar a desconectar. Desvío la mirada por la ventana, viendo las enormes torres de Orbe que se alzan hacia el cielo hasta donde alcanza mi vista.

Casi puedo ver su rostro, su sonrisa. Empiezo a sentirme impaciente por sentir su energía, por sentirla a ella.

-Brais Swarths, ¿estás entre nosotros o te has perdido por el Orbe? -su imagen se desvanece de mi mente cuando el maestro Lon me reclama.

-Disculpas maestro -siento vergüenza, pero hago un esfuerzo por disimularla e intento buscar una salida-, estaba recordando que mi padre me pidió que fuera a verle. Siento no haberme acordado antes, ¿tengo su permiso para retirarme? -los nervios me pueden traicionar si dudo de la veracidad de mis palabras.

El silencio es eterno antes de decidirse a hablar.

-Procede pues joven Swarths, pero hazle saber a tu padre que tu educación es lo más importante -puedo sentir como sus dudas me rodean-. Nada debería imponerse a ella.

-Así lo haré, maestro.

Su tono final me confirma que la excusa que le he puesto no ha servido, sé que quiere lo mejor para mí, pero necesito verla. Además, el maestro sabe de primera mano que domino perfectamente casi todas las artes Elnath, pues para bien o para mal mi padre está obsesionado con que siempre sea el mejor.

En cuanto cierro la puerta dejo de percibir las emociones de la clase y me libera un poco de la vergüenza para poder sentir a aquellos que me rodean mientras me dirijo a mi destino, mi ghem`ih ewha.

El camino siempre resulta entretenido, primero paso por los pasillos de adiestramiento hasta la torre cinco y el ascensor que baja a las zonas de contención, planta 23. Allí me encuentro con Nmeres, un guardia maensiano con baja autoestima debido a su pequeño tamaño para una raza tan física y corpulenta como la suya. No es mal tipo y cumple con su trabajo como el que más, en general es competente, pero me gusta manipular sus emociones y subirle la moral, aunque no puedo evitar aprovecharme y hacer que me deje pasar. No se si alguna vez se habrá dado cuenta, pero los dos salimos ganando.

-Buen y propicio día Nmeres, me alegro de verte -le estrecho la mano sin darle opción a declinarme el saludo y aprovecho el contacto para mandarle dos emociones concretas, esperanza e ilusión, que me dan acceso a su lado más amable.

-Buenos días señor Swarths -dice esbozando una amplia sonrisa-, ¿a qué debo esta agradable visita?

El truco ha surtido efecto, procuro que no me suelte la mano, que en comparación con la suya es minúscula, y transmito sensación de confianza.

-Mi padre me ha pedido que compruebe cómo está el ganado esta mañana.

-¿El ganado? —muestra una sonrisa cómplice y una chispa de malícia- Claro, señor Swarths. Por favor adelante y dele recuerdos a su padre -cuando le suelto la mano su rostro muestra la ignorancia ante lo acontecido.

-De tu parte Nmeres amigo -le digo mientras me alejo rápidamente antes de que recobre la cordura y le dé por confirmar la orden de paso.

Mientras me dirijo hacia el sector, me quedo perplejo ante la capacidad de trabajo de los psalterium, siempre ocupados y concentrados en su tarea, con esos enormes ojos y sus cuerpos delgados y pálidos, por eso el Orden los tiene destinados en todas las colonias del espacio conocido.

Conforme me acerco a la puerta mi mente se concentra en las emociones que percibiré del alma más hermosa que la naturaleza haya creado.

-No, no, no -el comunicador de mi muñeca suena, despliego la holopantalla y veo que tengo un mensaje urgente de control y seguirdad, pidiéndome que me persone en la sala de COM sin mayor demora.

Casi puedo ver mi destino al final del pasillo, pero me tengo que obligar a darme la vuelta y volver al ascensor. Mientras apresuro la marcha mi cabeza se colapsa, mi corazón se acelera ante la incertidumbre del momento, si me llaman de COM es que algo malo pasa. Activo de nuevo el comunicador e intento contactar con mi abuelo, él sabrá qué está pasando. Aún está desconectado, ¿cómo es posible? Siento frustración, pero no me queda más remedio que esperar para saber lo que ocurre.

Ya me queda menos para llegar a la sala cuando la imagen de Kurl se me pasa por la cabeza, como guardián del abuelo Unwei siempre debe estar con él.

-No puede ser, también desconectado —mascullo cuando no consigo establecer la comunicación.

La puerta de la sala de COM esta delante y sin darme tiempo a alzar la mano para abrirla Agnok, el enorme maensiano jefe de seguirdad del Orbe, sale de su oficina con cara de pocos amigos. Los maensianos son grandes, pero Agnok es descomunal, tanto que deja en ridículo a Nmeres. Me mira desde arriba, apenas alcanzo un poco por encima de su rodilla, y alza una mano hacia la puerta, una mano que casi es tan grande como yo.

-Adelante enano -su actitud no me sorprende, no le caigo demasiado bien desde que me empecé a saltar los controles de seguridad, y como mi padre es su jefe no me puede hacer nada.

Paso lanzándole una mirada despectiva y conforme entro, veo a mi padre sentado al extremo de una alargada mesa. A su lado un esbelto areano espera de pie, con sus cuatro brazos cruzados a la espalda mientras alza lentamente su largo cuello y me escruta con su mirada severa. Viste la ropa oscura con los distintivos de un oficial del Orden. No creo que sea buen momento para intentar percibir sus emociones, el areano se lo puede tomar mal y con mi padre es inútil, nunca me permite sentir su alma, no va a empezar ahora.

-Siéntese aquí, señor Swarths -me indica una silla al otro extremo de la mesa con uno de sus brazos superiores, su tono es tranquilo, pero he echado de menos un "por favor"-. Le agradezco su premura.

-¿Qué está pasando, padre? -mi voz no resulta todo lo contundente que quisiera, ¿me habré metido en algún lio?

-¿Cuándo fue la última vez que viste a tu abuelo, Brais? -dice padre sin mirarme a los ojos, sus palabras son secas y sin emoción.

-¿El abuelo? Por qué, ¿qué le ha ocurrido? -me empieza a vibrar la pierna intentando soltar la tensión que se acumula. La sola idea de que le haya pasado algo nubla mis sentidos, mi abuelo es lo importante de este mundo para mí, sin él solo sería el esclavo de mi padre.

-Hace dos días que nadie ve a Unwei, señor Swarths -dice el oficial caminando lentamente alrededor de la mesa-, su padre ha denunciado su desaparición, por eso está ahora aquí. ¿Puede constestar a algunas preguntas para ayudarnos con la investigación?

¿Desaparecido? Busco una respuesta en el semblante de mi padre, pero él mantiene la mirada baja. Ni siquiera me había dicho que estuviera preocupado por el abuelo, pero el hecho de que parezca un pelele al lado del oficial areano me sobresalta aún más. Nunca había visto al gran Dcicon Swarths dejarse solapar por nadie que no fuera de los altísimos rangos. No solo por el gran contraste entre ellos, un pequeño elnath, cabizbajo en este momento, frente a un areano, que gracias a su largo cuello alcanza fácilmente la altura de un maensiano. Mi padre parece realmente abatido, casi ausente.

-No lo veo desde hace dos días -intento esforzarme en no transmitir ninguna emoción equivoca -cuando me estaba ayudando con mi adiestramiento, en su estancia de la estación Lagranma. ¿Cómo ha podido desaparecer?

-El último registro que tenemos de él es abandonado el Orbe en su nave personal. Ahí es cuando le perdemos la pista, su señal está desactivada ante cualquier registro -el areano se acerca a mí y se inclina, forzando amabilidad y comprensión en su rostro-. Señor Swarths, ¿no conoce a nadie que quisiera o tuviera algún interés en su abuelo, algún conocido que pueda resultarle sospechoso? -espera mi respuesta con las manos apoyadas en la mesa y su rostro frente al mío.

-No sé de nadie que le tenga inquina, es el ser más querido y respetado de este planeta -digo mientras todos los que conozco pasan por mi cabeza-, como antiguo director del Orbe su carrera fue impecable, casi todo el mundo lo recuerda con admiración.

-¿Casi todos? -dice alzándose-. Desglóseme esos "casi".

-Imagino que usted sabrá mucho más que yo sobre esos temas oficial -digo intimidado por el interrogatorio-, siempre había alguien descontento con las decisiones que se tomaban.

-Entiendo... -se separa de mi lado mientras recorre la habitación con la mirada- ¿Eso es toda la información que tiene que aportar?

-Parece que es usted el que lee mentes aquí, oficial -su gesto se enfurece durante un instante y mi estúpida sonrisa desaparece en el acto-. Lo siento, no puedo evitar bromear cuando estoy nervioso.

Sus facciones se relajan, pero su actitud se mantiene fría, aunque domina la situación se encuentra ante Dcicon Swarths, director del Orbe, por mucho que ahora parezca una sombra de sí mismo. Si no fuera hijo de quien soy o si padre no estuviera delante, tengo la impresión de que el oficial se mostraría más contundente conmigo, pero por ahora parece cansado de tratar conmigo.

-¿Qué sabe de... -hace una pausa para mirar en la holopantalla de su dispositivo- Kurltama Karie Karum?

-Es el maensiano encargado de la protección de mi abuelo, ¿por qué? ¿Qué pasa con él? -solo tengo buenas palabras para con Kurl, me parece un gran ser, en todos los sentidos.

-Tenemos registros que le sitúan en la nave con su abuelo, ahí fue la última vez que alguien lo vio. Pero localizamos la señal de su dispositivo moviéndose en los bajos fondos de la ciudad antes de ser desconectado. De eso hace un día. Quizás usted sepa donde se puede encontrar.

¿Está insinuando que Kurl secuestró al abuelo? Imposible. Le conozco y nunca haría algo así. Kurl siente un gran respeto por mi abuelo.

Aquí hay algo que no me gusta, y no es el oficial, que como todo areano es riguroso en su trabajo. Es la actitud de padre, demasiado pasivo para alguien acostumbrado a controlar siempre cualquier situación y más aun habiendo desaparecido su padre.

-Lo siento, pero no sé dónde está -no entiendo qué más puedo aportar a esto y la actitud del areano en el interrogatorio me incomoda, intento mostrar que quiero terminar esta conversación.

-Brais -la voz de padre llega desde el otro extremo de la mesa con sus ojos clavados en los míos y su tono mostrando la autoridad que no había impuesto hasta ahora-, ¿estás seguro? Cualquier cosa que puedas decirnos puede ser vital para encontrar a Unwei.

La presión de sus palabras me invita a olvidarme de mis sospechas y contestar sin recelo.

-Sí padre -contesto bajando la mirada, no puedo aguantar esos ojos clavados en los míos-, no sé qué más puedo contaros. Si recuerdo algo lo comunicaré de inmediato, pero tienen que encontrar a mi abuelo sea como sea.

La sala se mantiene en silencio unos instantes hasta que el oficial areano se separa de la mesa.

-Bien, les informaré según avance la investigación. Cualquier detalle que esclarezca el asunto será bienvenido y pueden ponerse en contacto conmigo al instante, no duden en hacerlo -se dirige a la puerta y vuelve a girarse-. Si efectivamente se trata de un secuestro, cabe la posibilidad de que el secuestrador se ponga en contacto con ustedes para pedir un rescate. No se preocupen y accedan en todo lo que pida, desde este mismo momento sus comunicadores están siendo monitorizados, estaremos con ustedes en todo momento.

Hace una breve reverencia y abandona la sala despidiéndose también de Agnok, que hace intención de entrar en la que es su oficina, pero una mirada de Dcicon lo hace retroceder y espera fuera.

-Brais -dice mientras se levanta y se dirige a mi lado- haré todo lo que esté en mi mano para encontrarle -según se acerca su porte cambia, recobrando la compostura que le caracteriza, no esa actitud cabizbaja que mostraba-, puedes estar seguro de eso. Pero ahora te necesito a mi lado, Unwei habría querido que nos mantuviéramos juntos.

-No me cabe duda alguna padre -mi cara se torna afable ante la sinceridad de sus palabras cuando posa su mano sobre mi hombro, reconfortando mi alma.

-Ahora mismo lo único que podemos hacer es encontrar al maensiano, hijo. ¿Seguro que no recuerdas ningún lugar que le guste frecuentar?

La pregunta me sorprende y me freno antes de contestar. Hay un sitio, pero Unwei me hizo prometer que no lo revelaría a nadie. Recuerdo que me pareció muy raro cuando me obligó a prometer que mantendría el secreto, pero siempre lo tomé como algún tipo de juego entre nosotros. Puede que tuviera una importancia que yo no supe ver, o que efectivamente solo fuera un juego de niños, pero nunca he desvelado a nadie la localización de ese lugar. Las dudas me asaltan ante la idea de que su vida corra peligro, pero...

-Hijo, ¿te encuentras bien? -noto presión en el hombro que me invita a hablar, me tranquiliza. Pero una promesa nunca se rompe, jamás.

-Me temo que no sé nada más padre, cuando se me pase el impacto de la noticia pensaré con más claridad, si me acuerdo de algo más no dudaré en llamarte.

-De acuerdo, hijo -dice con una sonrisa triste- ve y descansa. Pero si te sirve de consuelo yo no creo que Kurltama esté detrás de todo esto, siempre ha sido un guardián leal.

Salgo de la oficina bajo la mirada penetrante de Agnok y según cierra la puerta me apoyo en la pared para poder reponerme, por un segundo he estado tentado de decirle la localización de la cabaña. Respiro profundamente y me dirijo al ascensor que me lleva al puerto mientras pienso en la ridícula posibilidad de que el Kurl que yo conozco quisiera algún mal para mi abuelo, pero en este caso estoy de acuerdo con Dcicon, es imposible, Kurl es más que su protector, es su amigo.

Mientras el ascensor sube a la última planta una idea me da vueltas, tengo que ir a la cabaña, si hay algún sitio donde el abuelo o Kurl puedan estar es allí. Lo malo es que seguro que vigilan mi señal, conozco al Orden y son minuciosos en sus labores, esto me hará demorar mi llegada.

Me subo a mi nave, y programo la dirección hacia la estación Lagranma, hacia casa. Necesito tiempo para digerir esto y con suerte encontraré algo de información sobre mi abuelo.

La nave sale de la atmósfera y se acerca a la estación, la gran nave-ciudad que orbita en torno al planeta, siempre sobre el Orbe. Hay un flujo de todo tipo de vehículos constante, tanto de comerciantes como de miembros del Orden y trabajadores de alto rango.

Una vez dentro, recorro los pasillos mecánicamente, sin fijarme en las caras de los que me saludan, simplemente contestándoles secamente hasta que llego a mi estancia personal. Me dejo caer en los cojines de meditación y cierro los ojos, intentando relajarme. Millones de pensamientos revolotean en mi mente y tengo que abrir los ojos con un pequeño mareo.

Intento mandar una comunicación a Unwei, y lo vuelvo a hacer un momento después, cada una de las veces con la sensación inminente de que contestará. Desesperado pruebo con Kurl, solo para obtener el mismo resultado. Cuando me doy por vencido me quito el dispositivo y lo dejo a un lado con apatía, me dispongo a levantarme, con la esperanza de que una ducha ayude a relajarme.

Me detengo con una rodilla aun en el cojín. Hay algo debajo del mueble de la entrada, una pequeña nota doblada.

"En la cabaña en dos días."

No está firmada, pero solo hay dos seres que conozcan la cabaña, Unwei y Kurl. Por un instante siento alegría, sólo ha podido ser el abuelo el que haya dejado esta nota, nadie más podría haber entrado en mi estancia y conocer la cabaña.

Pero las dudas llegan. ¿Por qué en dos días? ¿Y si ha sido el abuelo por qué no se pone en contacto conmigo? La nota estaba puesta en un lugar que solo se veía desde los cojines de meditación, ¿por qué esconderla? Solo puedo deambular por la estancia lleno de impaciencia, quiero ir a la cabaña ya, pero las instrucciones son muy claras. Ahogo un grito de frustración, la espera se me va hacer interminable.

Capítulo 02

Julia

Como siempre paso de largo el acceso para empleados y recorro el lateral del museo. Me gusta leer los nombres de las dinastías egipcias grabadas en las paredes e ir avanzando por el tiempo hasta llegar a la puerta principal y sentir cómo la mirada de la esfinge que custodia la entrada me da la bienvenida. Es complejo pues los días de lluvia en los que no puedo tomar este camino se me hacen extraños, casi como si no hubiera cumplido algún tipo de ritual. Luego no puedo evitar sentirme como una loca, pero afortunadamente aquí en el Cairo no llueve muy a menudo.

Es primera hora y aún no hay mucha gente cuando entro. Yasim, el recepcionista, está atendiendo a unos visitantes, pero encuentra la oportunidad de saludarme en inglés. Me mira con un destello de admiración y esperanza que me incomodan un poco y no tardo en adentrarme y perderlo de vista. Saludo a mis compañeros en árabe pero poco más, aunque llevo aquí más de ocho años no me he esmerado en aprender el idioma. Solo converso unas pocas palabras más con aquellos que saben inglés, antes de ponerme con mis quehaceres diarios.

Voy hacia mi despacho con una antigua vasija cuidadosamente envuelta en una mano y el café en la otra. Soy consciente de que nunca he podido abrir la puerta con las dos manos ocupadas, pero no sé cómo, siempre acabo allí plantada buscando un sitio donde colocar el café. Tras cerrar la puerta, me acerco a dejar la vasija en la mesilla al lado de la estantería, antes de ir al taller de restauración me tomaré el café y certificaré la documentación. Todo está como lo dejé, la estantería llena de libros desordenados sobre el antiguo Egipto, en las paredes copias de algunos de los papiros que he reproducido hasta la fecha. La ventana ámplia, con pesadas cortinas que cubren la habitación con una agradable penumbra sólo rota por la luz que proviene de la pantalla del ordenador y el flexo. En la mesa, algunos documentos revueltos de días anteriores que, como siempre digo, ya lo recogeré mañana.

Pero hay algo nuevo, un paquete encima de la mesa. Algo más pequeño que una caja de zapatos, sin sellos ni remitente, pero que va dirigido a mí. Creo que es la primera vez que recibo algo personal en la oficina. Me siento en la silla a la vez que doy un sorbo al café. Mientras retiro el papel de embalaje y abro la caja con cuidado, me pregunto quién ha podido mandar esto. En la caja, tras apartar el plástico que lo recubre, hay un papiro enrollado, aparentemente muy antiguo, envuelto con una tela protectora. Al retirar la tela noto que está muy bien conservado, quizá demasiado, seguramente sea una reproducción.

Saco el papiro de la caja para desenrollarlo, cuando de repente, al tocarlo noto como las fuerzas abandonan mi cuerpo y lentamente se me nubla la vista. No puedo hacer nada más que mirar el papiro y la luz que desprende, una luz que me ciega. Pierdo el sentido y me desplomo, no puedo…

No puedo…

¿Qué es ese ruido? ¿El teléfono? ¿Qué me ha pasado? Tardo unos instantes en reponerme sin entender bien lo que ha ocurrido. La cabeza aun me da vueltas al pensar en esa luz. Cojo el teléfono que sigue sonando.

-¿Si?

-Julia -escucho la voz de Yasim con su marcado acento árabe-. Aquí hay un caballero que pregunta por usted, ¿quiere que le acompañe a su despacho?

-Emm -tardo un momento en reaccionar-, de acuerdo, dame dos minutos.

¿Quién vendrá a verme? En todos estos años en El Cairo no he recibido ninguna visita que fuera ajena al museo y aquí no tengo ni amigos ni familiares que vengan a sorprenderme.

Para reponerme me tomo el café aunque esta frio, como mínimo he tenido que estar diez minutos inconsciente y el azúcar me sentará bien. Parece que no he tirado nada, solo me he desvanecido en la silla. El pergamino está enrollado sobre la tela que lo envolvía, aún dentro de la caja. Ha sido todo muy extraño, supongo que habrá sido una bajada de tensión aunque tengo la extraña sensación de que no ha sido casualidad. No existen las casualidades, ¿verdad Iago?

"Toc Toc"

Ya están aquí, rápidamente envuelvo el pergamino en la tela y lo guardo en el cajón de la mesa.

-Adelante -digo mientras me coloco la chaqueta.

Yasim abre la puerta y hace pasar a un hombre alto y mayor de piel oscura. El pelo muy corto y completamente gris, con un porte distinguido y unos ojos que brillan como los de un niño, resplandeciente de felicidad. Tiene un aire a Morgan Freeman.

-¿Señorita Mora, Julia Mora?

-Señora, pero por favor llámame Julia.

-Encantado Julia, soy Hassam Halim -dice estrechándome la mano-, pero mis amigos me llaman London -la sonrisa no desaparece de su rostro mientras me mira detenidamente.

-Encantada señor Halim, por favor, siéntese. Dígame en qué puedo ayudarle.

-Directa al grano, me gusta -mira la mesa con un aire de decepción-. Le envié un paquete esta mañana, ¿no lo ha recibido?

-Así que ha sido usted -al decirlo se le vuelve a iluminar la cara, abro el cajón y la caja, con el papiro en su interior, sobre la mesa.

-Estupendo -dice mientras abre la caja y deja el pergamino al descubierto-. Verá Julia, tengo en mi poder una serie de pergaminos del comienzo del auge de la civilización egipcia. Este ejemplar que usted ha recibido es de los más antiguos de la colección, pero mis colaboradores han sido incapaces de interpretarlo.

-¿Y entiendo que usted quiere que yo lo intente? -digo con asombro-. En este mismo museo hay expertos mucho más cualificados que yo para esta tarea.

-¿Cree usted en el destino señora Mora? -la pregunta me duele pues me recuerda lo que el destino me hizo años atrás.

-No, procuro alejarme de esa clase de pensamientos -intento no dejarle ver mi malestar con el tema.

-Pues yo sí que creo, el destino me ha traído hasta usted y por eso creo que es la persona apropiada. La única que puede ayudarme.

18

-Le agradezco que crea que yo puedo ayudarle, y no quiero parecer grosera, pero se equivoca de persona, yo soy restauradora, no traductora. Hable con el director del museo, él le proporcionará lo que necesite. Además -digo señalando la vasija aún envuelta-, no tengo mucho tiempo.

-El tiempo no se tiene, señora Mora, solamente pasa. Usted puede elegir usarlo para lo que quiera, pero estoy seguro que una vez le explique en qué consisten los textos, sus prioridades cambiarán.

-Presupone demasiado sin conocernos -contesto viendo que el anciano no cejará en su propósito-, pero le concederé cinco minutos.

-Muy amable por su parte. Tenemos que remontarnos al comienzo de las grandes dinastías reales egipcias -dice reclinándose en la silla, parece saborear cada palabra de su historia-. Como seguro que usted bien sabe, allá por el año 3100 A.D. Namer, primer gran faraón de Egipto y hombre de extraordinario poder, forjó el comienzo de la edad de oro de la cultura egipcia.

-Disculpe, ¿podría ir al grano? -intento que mi cara no refleje la seriedad de mis palabras.

-De acuerdo, de acuerdo, resumiré mi historia viendo cuánto le interesa -si se muestra molesto por mi interrupción, no lo demuestra, su sonrisa es tan amplia como al principio-. Como sabrá, Namer hizo grandes prodigios para su época, y hasta ahora creíamos que solo tuvo un hijo que heredó todo el imperio. Bien, esa información es incompleta, hemos descubierto que tenía otro hijo. Los documentos que le he enviado, creemos que tienen alguna relación con este hijo, en el que suponemos que podría aportar conocimiento sobre su familia hasta ahora nunca descritos. Quién sabe, tal vez narre la muerte de su padre arrollado por un hipopótamo, o quizás como separó las aguas del Nilo.

-Un momento -digo sin poder reprimir el sarcasmo-, ¿me está diciendo que tiene un texto en el que cuenta como Namer separó las aguas del Nilo, al más puro estilo Moisés, para construir su palacio?

-¡Por lo que tengo entendido hizo mucho más que eso! -dice emocionado, al parecer sin captar mi tono sarcástico- Con estos textos podríamos tener una base de todos los conocimientos egipcios. No sólo de cómo conseguían alinear perfectamente las pirámides con las estrellas o el porqué de sus ritos mortuorios, si no de muchas otras cosas de las que ni siquiera somos conscientes. Cosas que van más allá de la propia comprensión humana.

-Veo porque está tan emocionado. No puedo negar que el texto es interesante, si de verdad habla de lo que usted menciona, pero le recomiendo que no se entusiasme tanto, aunque nos descubra algo, no creo que vaya a cambiar mucho lo que ya sabemos.

-¿Eso significa que lo hará? ¿Lo traducirá?

Siempre me ha gustado traducir textos antiguos, pero no es mi especialidad. Yo soy restauradora, alguna vez he traducido algo del material que restauro, únicamente como hobby, pero aceptar este encargo me parece una pérdida de tiempo para ambos, y más cuando unos verdaderos expertos no han podido hacerlo.

-Sé que duda de sus capacidades y pedirle que confíe en mí sin conocernos es excesivo -dice inclinándose hacia delante y mirándome directamente a los ojos-, pero estoy férreamente convencido de que es la persona indicada para hacerlo. Por favor, llévese el pergamino, examínelo tranquilamente, sin ningún tipo de presión. Si mañana o dentro de un par de días decide que no quiere hacerlo buscaré a otra persona, pero por favor, dele una oportunidad al destino.

Aunque parece una persona honrada hay algo de lo que me dice que no cuadra, me permite llevarme un pergamino de incalculable valor a mi casa, sin más, y su actitud me indica que no aceptará una negativa fácilmente, lo mejor será ir paso a paso.

-De acuerdo señor Halim, me llevaré el papiro para examinarlo con calma esta noche -y de paso aprovecharé para enviar una muestra al laboratorio, por si todo esto no es más que una broma.

-¡Estupendo querida! —se levanta y me estrecha la mano muy entusiasmado-. Tome, mi tarjeta, llámeme en cuanto decida algo, no importa el momento, mi mayor prioridad ahora mismo es resolver este misterio. Dejaré de robarle "su" tiempo —se dirige a la puerta-. Espero su llamada.

Cierra la puerta y me quedo pensativa. Todavía estoy aturdida por ese desmayo, y ahora me presentan un nuevo trabajo de una forma un tanto irregular. Nunca antes me habían presentado un proyecto de un particular, siempre han venido de parte del museo. Todo me resulta muy extraño, no sólo la forma de presentarme el proyecto, si no, la manera en la que han transcurrido los acontecimientos.... noto algo raro, algo distinto en el ambiente.

Por fin llego a casa, parezco una furtiva trayéndome material fuera del museo, pero a la vez estoy entusiasmada, me siento como Indiana Jones en busca del grial en "la última cruzada".

Los nervios me invaden al coger el manuscrito, tengo miedo por lo que pueda pasar. ¿Pero qué me ocurre? Solo son unos pergaminos de 5000 años antigüedad. Temblorosa quito el papel que lo envuelve, y ahí está, me viene a la memoria lo ocurrido por la mañana al tocarlo, mi instinto me dice que es el culpable del desmayo, pero mi cabeza me recuerda que eso es una estupidez.

Armada de valor me coloco los guantes de látex y lentamente paso la mano por su superficie. Saco el pergamino junto con su envoltura de la caja y lo coloco sobre la mesa del despacho. Retiro la tela protectora y lo desenvuelvo lentamente.

¡Ufff!, mis pulsaciones se habían disparado por el miedo a un nuevo desmayo pero en esta ocasión no pasa nada. Será por los guantes de látex o quizá por mi propia paranoia, no puedo reprimir una sonrisa ante lo tonta que debo parecer. Respiro hondo, me tranquilizo y comienzo la ardua y hermosa tarea de desvelar el pasado.

Jamás había visto nada en tan buen estado, es como si alguien lo hubiera tenido guardado en una vitrina durante todo este tiempo. Un sentimiento de duda me invade, ¿no será un documento falso? En realidad no importa, mañana recibiré los resultados de los análisis de datación. Además la curiosidad me corroe.

Los trazos parecen poco precisos, podría decir que infantiles. Reconozco algunos de los símbolos, pero la mayoría me son desconocidos. Enciendo el ordenador, tendré que consultar algunas fuentes. Estos símbolos son variaciones de los tradicionales, es como un dialecto, o como si hubiesen cambiado palabras a propósito.

"El príncipe de las arenas." No sé si lo estoy traduciendo correctamente, pero al menos esto tiene sentido. Continúo transcribiendo las siguientes líneas, lentamente, consultando el ordenador y otros libros muy a menudo. Es fascinante.

¡Ring!

¿Qué? ¿El teléfono?

-¿Sí? -digo descolgando el auricular torpemente.

-Hola, ¿Julia? -dice una voz familiar, pero mi cabeza parece estar a cinco mil años de distancia de aquí.

-Sí, ¿quién es?

-Soy Yasim, del museo, queríamos saber si te había pasado algo, ya que no has venido a trabajar.

¿A Trabajar? Miro el reloj, las nueve y cuarto ¡Mierda! me he pasado la noche con el texto y ni siquiera me he dado cuenta del tiempo que he estado enfrascada.

–Eh, lo siento… me encuentro mal, no he podido dormir en toda la noche, no me siento bien para ir esta mañana –genial, escusas como si volviera a tener trece años.

-Bueno, mejórate y por favor la próxima vez avísanos…

-Ya, lo siento -digo sintiéndome culpable-, ya te digo que no me encuentro muy bien…

-Vale, vale, lo comunicaré.

-Gracias, de todas formas, ¿hay algún mensaje para mí? Si hay algo urgente querría saberlo.

-Mmmm, un momento -escucho como deja el teléfono y vuelve al rato-. Solo han llegado los resultados de un análisis que mandaste ayer. Sus muestras datan de entre el 3100 al 3000 antes de Cristo.

-¿Qué? ¿Estás seguro?

-Bueno… aquí pone que los análisis se repitieron y los dos resultados coinciden.

-Vale, gracias. Nos vemos mañana entonces.

-Eso espero, mejórate Julia.

-Muchas gracias, adiós Yasim.

¡Toda la noche trabajando! No he sido consciente del tiempo. Casi he acabado de traducirlo, estaba como hipnotizada. ¡Y es real! La antigüedad data del periodo de Namer. Miro el papiro y por primera vez soy consciente de su importancia, más allá de su contenido. Tengo que llamar a Halim.

Cojo el móvil y busco su tarjeta en la chaqueta.

-¿Señor Halim? -mi voz refleja nerviosismo al darme cuenta de que estoy tratando con alguien poderoso, alguien del que solo me quería librar cuando le conocí.

-¿Sí? -responde con tono animado.

-Soy Julia, señor Halim, le llamo por la traducción que me pidió. Quería decirle que casi he acabado. Su contenido es fascinante y me gustaría que lo viese.

-¿Ha conseguido traducirlo? -pregunta entusiasmado, y continúa sin darme tiempo a responder- ¡Genial, querida! Estoy ansioso por leerlo, con su permiso iré al museo ahora mismo.

-Espere señor Halim, ahora estoy en casa –las palabras se me escapan de la boca y siento vergüenza al reconocerle que no he ido a trabajar por acabar de traducirlo-, para cuando venga lo habré terminado.

-De acuerdo, pues espéreme en, digamos... ¿un hora?

-¿Por qué no viene mejor a eso de las cuatro o cuatro y media?

-No sé cómo soportaré la espera -dice entre risas-, pero deme su dirección y allí estaré.

Cuelgo y me reprocho la poca profesionalidad que es traerlo a casa, pero rápidamente el pergamino vuelve a concentrar toda mi atención y en un par de horas termino de traducir las últimas líneas.

Me siento realmente satisfecha con el trabajo realizado, y me quedaría leyéndolo una y otra vez durante todo el día, pero empiezo a notar el cansancio y el hambre. Aprovecharé para descansar un rato.

Suena el timbre a las cuatro en punto, que me sobresalta del sofá. El timbre vuelve a sonar, mientras me desperezo y dejo todo un poco presentable. Abro la puerta, y ahí está un sonriente Halim.

-¿Lo tiene? ¿Está acabado? -parece eufórico.

-Sí señor Halim, pase –me aparto para dejarle entrar.

-Por favor, llámame London -dice mientras recorre la casa con la mirada, buscando el pergamino-, creo que será mejor para ir cogiendo confianza.

-Por favor, sígame -le llevo al pequeño despacho de mi apartamento-. El pergamino es auténtico, perdone mi desconfianza, pero mandé hacer unos análisis para datarlo.

-Tranquila, querida, no esperaba menos de usted. En el buen sentído, no me entienda mal, no pretendía que confiase en el primer extraño que se le presenta.

-Los textos son como una especie de diario y da a entender que son del segundo hijo de Namer. Nombra a Aha como su hermano mayor, y por la forma en que están escritos me hace suponer que el que lo narra es un niño -llegamos al despacho, le indico la silla para que se siente mientras yo me dirijo a la mía.

-¿Y de qué habla? Sobre el reinado de su padre, ¿no? ¿Cuenta sus secretos? – está muy emocionado y ansioso por leer la transcripción.

-Sí, cuenta muchas cosas sobre el reinado de su padre, pero no del modo que esperábamos, que esperaba yo, por lo menos.

-¿Qué? ¿Qué es?

-Será mejor que lo lea.

El Príncipe de las Arenas

Mi padre es un dios, y quizá algún día yo pueda llegar a ser tan poderoso como él. Padre se reúne con los grandes dioses, los que nos protegen, ellos le dicen cómo tiene que guiar a nuestro pueblo. Desde que mi padre cumple sus órdenes, nuestro pueblo ha prosperado mucho

Los dioses han recompensado el buen trabajo de mi padre, le han dado un cetro que demuestra su poder. Es muy especial, es de piedra, pero cuando mi padre lo sostiene emite luz como si fuese de fuego. Ojalá algún día llegue a tener un arma tan poderosa. Con el cetro, padre ha defendido al pueblo de los conspiradores que atentaban contra su poder.

Padre dice que tiene que utilizar su poder para ayudar al pueblo, hay mucha gente que adora a falsos dioses y tiene que hacerles ver la luz del cetro. Ha mandado soldados a tomar esos otros pueblos. Está enseñando a mi hermano Aha como ser un dios, anoche le dejó ver a los dioses mientras llegaban. Aha dice que padre no le dejó quedarse a la reunión. Cuando le pregunté a padre por los dioses, me dijo que Aha sería el que le remplazaría algún día, el que gobernaría al pueblo, pero que mi cometido también será muy importante. Ha dicho que seré adiestrado como sacerdote de los dioses, los honraré y trasmitiré al pueblo sus palabras.

Después de tanto tiempo, los pueblos de Egipto se rinden a mi padre. Ahora todo Egipto le pertenece. Aha siempre va con él, dice que los dioses están muy satisfechos y que les enseñarán nuevos secretos.

Hoy voy a conocer a los dioses, ellos me dirán como honrarlos. Jamás pensé que los dioses fueran asi, tan parecidos a nosotros pero a la vez tan distintos, los dioses me han pedido que cuando sea mayor consiga que el pueblo siga sus enseñanzas.

24

Padre ha demostrado su poder al pueblo. Ha movido el río para crear una ciudad digna del faraón y en un mar de arenas y dunas ha formado un gran lago hasta donde se pierde la vista. Dice que su palacio estará terminado para la siguiente crecida del río. Cuando Aha le preguntó cómo lo conseguirá, padre le dijo que usaría su poder para que las tribus menores lo hicieran.

La ciudad crece rápidamente, pero padre tiene que vigilar a los trabajadores, pues muchos son débiles de espíritu y tiene que obligarlos demostrando su poder. Pronto abrirán el templo y allí impartiré las enseñanzas de los dioses, tal y como me encomendaron.

Anoche, cuando vinieron los dioses algo terrible pasó. Padre nos echó de la sala a Aha y a mí para que no lo viésemos, pero sus gritos se escucharon por todo el reino. Madre no quiere contarme nada, pero se nota que está muy preocupada. Padre dice que los dioses se están volviendo débiles y le temen porque él es cada vez más poderoso. Está furioso y madre tiene miedo.

Los dioses ya no están con nosotros, pero padre es un dios muy poderoso y no tenemos por qué preocuparnos. El pueblo ha notado el abandono de los dioses y muestran su nerviosismo. Mi padre dice que el pueblo es estúpido, tiene que demostrarles constantemente su poder, pero ahora él es el único dios. La fe es para los ignorantes, dice padre. Me ha dicho que olvide todo lo que decían los antiguos dioses, que ahora tengo que promulgar las enseñanzas de mi padre, el único dios, un dios fuerte.

Ayer pasó algo horrible. Algunos hombres entraron en el palacio para matar a padre. Él acabó con ellos con su cetro, pero aunque veía sus cuerpos muertos, seguía escuchando sus gritos, provenían del cetro. Estaba furioso, le dijo al pueblo que castigaría el alma eternamente de todo aquel que no lo adorase como su único dios.

Hoy es el día más raro de mi vida, el día se ha convertido en noche y he caído en un extraño sueño, al despertarme todo era igual, pero extrañamente distinto, parecía que hubiera estado dormido una eternidad. Las sensaciones son raras, la brisa es diferente, los alimentos no saben igual, aunque no se decir qué es exactamente lo que *ha cambiado. Y lo peor de todo, mi padre ha muerto...*

-¡Lo sabía! -dice London entusiasmado- ¡Esto es una prueba irrefutable de que los egipcios trataron con seres de otros mundos!

-Espera, otros mundos como... ¿extraterrestres? -digo incorporándome, casi espero que lo diga en broma, pero su mirada muestra un pleno convencimiento-. Creo que está sacando las palabras de contexto, ¿no? Tiene que comprender, que la manera de expresarse de hace 5000 años es distinta a la de hoy en día, y que el hecho de que vea extraterrestres donde dicen dioses es mera interpretación.

-¿Entonces dices que eran dioses reales? -muestra una media sonrisa irónica, consciente de que no puedo argumentar contra eso.

-No, claro que no -pienso rápidamente cómo hacerle ver mi punto de vista-. Estoy diciendo que hay que darse cuenta, hasta qué punto puede llegar un faraón para conseguir poder sobre su pueblo. De cuan sibilinas eran sus lucubraciones para que hasta su propia familia fuera también engañada. Y personalmente, antes creería en la existencia Dios a la de los extraterrestres.

-Claro Julia, es mucho más plausible que exista un ser todopoderoso que con el chascar de sus dedos creé el sol y la luna, la tierra y al hombre -dice alzando las manos, imitando a un predicador-, que la proliferación de otras formas de vida similar a la humana en el universo.

-Todos los dirigentes, reyes y gobernantes desde Namer hasta nuestros tiempos han utilizado el engaño y la corrupción como medio para mantener su poder sobre el pueblo -le digo sosteniéndole la mirada un instante-. Esto es lo que se demuestra en el libro del príncipe. La gente necesita algo en lo que creer y Namer se aprovechó de eso para acumular poder. La masa es estúpida, el mismo Namer lo dijo, les ofrecía una solución fácil y ellos la aceptaban a voluntad.

-Veo que tienes mucha fe en la humanidad -dice London con sarcasmo.

-La humanidad tampoco me ha dado motivos para tener fe en ella. Nacemos para destruir, y todo lo que tocamos queda corrompido.

-En parte tengo que darte la razón. Pero también te digo que hay millones de almas como la tuya que se merecen una segunda oportunidad -se inclina hacia delante con un destello de optimismo en la mirada-. Y creo que eres la primera que se tiene que dar una oportunidad a sí misma. Como en todos los sitios, hay gente mala y cruel, pero las buenas personas no deben pagar por sus actos.

-Supongo que sí -digo tratando de terminar con este tema que no llega a ningún lado-, pero cuando pones las noticias solo durante diez minutos me da la sensación de que todo el mundo está convirtiéndose en un estercolero. Creo que de ese sentimiento me viene mi pasión por las épocas pasadas, ya que el pasado no cambia, siempre está ahí y en parte eso da seguridad, no sé si me entiende.

-Perfectamente querida, es algo complicado, pero me alegro de que por lo menos sirva para conocerte un poco mejor -se hace el silencio un instante, hasta que London coloca sus manos sobre la mesa y vuelve su atención a la traducción-. Independientemente, ¿qué te parece si miramos más detalladamente el texto?

-Bien, claro -rápidamente los pasajes del papiro acuden a mi cabeza-. Tengo algunas dudas referentes al manuscrito que me gustaría concretar, frases cuya interpretación quizá no sea del todo correcta.

-Vale -dice cogiendo la hoja y releyéndola detenidamente-, pero si dices que los símbolos son distintos, a lo mejor no soy de mucha ayuda.

-Bueno, más bien busco una segunda opinión, una visión que no se me haya ocurrido. Más de interpretación que de traducción, creo yo.

-Sí, sí, veamos.

Rodeo la mesa y me sitúo de pie a su lado para ver la traducción.

-Bueno, creo que el principio es bastante claro -digo señalando con el dedo los primero renglones-, el niño afirma que su padre es un dios, pero casi todos los faraones decían ser dioses, es algo bastante normal en la época. Lo que me extraña es cuando habla del cetro.

-Sé que casi todos los faraones se rodeaban de báculos que afirmaban se mágicos o divinos -dice él como si eso lo explicase todo.

-Sí, ya, pero aquí afirma que brilla "como el fuego" -acerco el papiro original y lo sitúo a su lado, para poder comparar, como si London fuera a leerlo directamente de ahí, tonta de mí-. No solo que el faraón diga que brilla, el chico lo ha visto.

-No sé, será un cetro mágico o simplemente la visión narrativa del brillo de ese cetro al reflejar el sol.

-Ya, o la bombilla se inventó hace 5500 años. No, estoy casi segura que dice literalmente "emite luz como si fuese de fuego" -repaso los símbolos originales, realmente pone eso-. Y si reflejase la luz debería de ser de algún tipo de metal o joya, pero dice que era de piedra, dudo que tuviesen algún mineral que pudiese reflejar la luz de esa forma, ¿no crees?

-Puede que se refiera a que su mera belleza es como si emitiese luz -por el tono de London no parece importarle mucho el cetro o no puede aportar mucho sobre él.

-Sí, muy poético –digo mirándole un instante-. Pero también dice que cuando mató a sus enemigos sus voces salían del cetro. Lo único que se me ocurre es que el cetro provocase los gritos cuando les golpeó con él.

-Es lo único que tiene sentido, pero es extraño, que invierta los símbolos para decirlo -repasa la traducción con los dedos, cercionándose de que el orden es correcto-, que las voces salían del cetro y no que el cetro hacía que saliesen las voces de sus víctimas.

-Exacto, pero no podemos sacar muchas más cosa de esto... -leo rápidamente la traducción hasta llegar al siguiente punto-. Lo siguiente más o menos es lo que ya sabíamos y está cotejado, el faraón manda conquistar los territorios vecinos para acumular más poder y enseña a su hijo como llevar el reino. Pero luego dice que el muchacho ha visto a los dioses con sus propios ojos, está convencido de ello. No lo dice de cara a su pueblo, lo expresa en un manuscrito personal como parece que es esto, una especie de diario, no está intentando convencer a nadie.

-No creo que el chico se invente nada -explica London-. Fuera lo que fuera que vio, para él eran dioses. Puede que su padre lo manipulase todo para engañarlo, o verdaderamente el chico ha visto a esos dioses físicamente, lo cual creo que considerarás más que imposible.

-Sí, estoy de acuerdo, ¿quiere llegar a algún lado?

-En realidad sí -dice mientras se gira hacia mí con un brillo de excitación en sus ojos-, si los dioses son falsos, ¿para qué fingir la historia de que es uno de ellos para luego decir que son débiles, negarlos y erigirse como único dios? ¿Por qué no imponerse como el único dios desde el principio?

-¿Quizá para darse algún tipo de credibilidad superior? No lo sé, la verdad -digo incorporándome y alejándome un poco de la mesa-. Además, el final no sé cómo interpretarlo. Yo deduzco que su vida cambió al morir su padre, pero me parece una forma muy extraña de referirse a su muerte y apostaría a que hay algo más detrás.

-Desde luego -dice girándose en la silla para seguirme con la mirada-, divaga mucho para terminar en una consecuencia tan terrible. Una posibilidad sería, efectivamente, que todo haya cambiado de alguna manera, aunque ni siquiera el príncipe sabe decir qué es lo que ha cambiado, pero me extraña que lo comente con tanta intensidad por delante incluso de la muerte de su propio padre.

-Sí, si yo relatara la muerte de un ser querido nunca lo haría de esa forma -las palabras han salido de mi boca casi por voluntad propia y al ser consciente de ellas un escalofrío recorre mi espalda-. Esa pérdida debería ser lo más importante para él.

Ninguno de los dos dice nada, miro al suelo, no me apetece seguir por este camino. London tampoco parece querer continuar con el tema.

-Bueno, entonces, ¿qué te ha parecido el texto? -dice London finalmente cambiando de tema.

-Sinceramente, es el texto que más me ha sorprendido en toda mi carrera, lo terminé de una vez casi sin darme cuenta. Tengo que reconocer que al principio estaba un poco reticente, pero parece que usted tenía razón. Supongo que tengo que agradecerte que me haya dado la oportunidad de trabajar con él -London hace un aspaviento con la mano como quitándole importancia-. ¿Y ahora qué hará con el papiro?

-Pues querida -dice reclinándose en la silla-, no puedo negarte que podría encontrar un comprador que ofreciera una buena cantidad. Pero cuando llegues a mi edad, descubrirás que hay cosas más importantes que el dinero. Sinceramente, no tenía pensado nada especial para el papiro, más allá de completarlo.

-¿Completarlo?

-Bueno, como recordarás de nuestra primera reunión, este es solo uno de los papiros que no se pudo traducir. Tengo uno más en mi poder. Ahora mismo solo quiero tener la colección, traducirla, y disfrutar de la aventura del descubrimiento -puedo ver como su rostro se ilumina de felicidad mientras habla-. Me ha encantado esa sensación, tú la has sentido también, ¿verdad? Una vez completa no me importaría donarlas a un museo. A tu museo, por supuesto, si pudiera seguir contando con tu ayuda para traducirlos.

-No puedo negarle que me interesa muchísimo -no puedo desprenderme de la emoción que he sentido ante los descubrimientos del papiro, pero ya he perdido un día de trabajo por esto-. Es que tengo otras responsabilidades que he desatendido ya, como comprenderá, no puedo olvidarme de mi trabajo. Me gustaría mucho ayudarte a traducir esos textos, pero si aceptase no podría darle la atención que requiere.

-Respeto mucho tu profesionalidad y creo que ha de ser valorada en su justa medida, pero en cuanto salga de aquí y solo si tú quieres, llamaré al director del museo para pedir expresamente tu colaboración -su determinación no deja lugar a dudas-. Al fin y al cabo los objetos que tengas que restaurar pueden esperar unos días más después de siglos enterrados.

-Vaya, esto es muy repentino -mi corazón me grita que acepte, pero tengo que tranquilizarme y reflexionar-, déjame pensarlo esta noche y mañana puedo darte una respuesta.

-Claro querida, llámame cuando hayas decidido algo -dice levantándose y sacando su móvil-. Mientras llamaré a uno de mis empleados para que traiga el otro papiro a la ciudad, ahora quiero tenerlos juntos, porque si no tienes inconveniente me llevaré "el príncipe de las arenas".

-Oh, claro -me dirijo hacia la mesa y envuelvo el papiro en la tela protectora. Mientras preparo el manuscrito y lo meto en la caja, London pasea por la habitación, hablando en árabe con alguien por su móvil.

-Ya está London.

-Gracias -cuelga el teléfono y coge la caja con cuidado-, creo que ya es hora de que me marche -le acompaño hasta la puerta-. Espero recibir noticias tuyas mañana, que tengas una buena noche y por favor, descansa, que creo que lo necesitas, no es bueno pasarse las noches trabajando.

-Sí, lo intentaré, gracias. Mañana hablamos –cierro la puerta tras London.

Me encuentro derrengada, son las siete y media de la tarde y estoy hambrienta, meto el arroz de anoche en el microondas y mientras se calienta cojo la copia del manuscrito. Qué rara me ha hecho sentir todo lo que ha pasado en estos dos días.

Primero me desmayé al tocarlo, lo que también pudo ser una bajada de la tensión o un bajón de azúcar. Después un particular me ofrece un trabajo fuera de los cánones del museo, a lo que sumamos que el texto en sí jamás ha sido reconocido por nadie. Y para finalizar, lo que más me ha chocado de todo es que me he sentido extraña al transcribirlo, como si me estuviera hablando a mí, me daba la sensación de que el príncipe quería que conociese su historia, que empatizase con él, más allá de las meras palabras.

-Ding -el sonido del microondas, me he quedado obnubilada.

Dejo el plato vacío en la mesa, ya lo fregaré después. ¿Qué le contesto a London? Definitivamente quiero hacerlo…

Se me cierran los ojos…

Capítulo 03
Julia

-Adelante London, pasa.

Estos últimos tres días han sido emocionantes. Hacía mucho tiempo que no me sentía así. No sé por qué, pero estaba muy nerviosa cuando llamé a London para aceptar su oferta, quizás por novata ante lo que se me venía encima, pero el ansia del descubrimiento venció a mis miedos.

-Gracias querida –London entra decidido en casa y cierro la puerta tras él.

-Vamos al despacho, he dejado allí la traducción –nos encaminamos por el pasillo y por sus andares parece cansado. Al dejar atrás la sala de estar me aborda un sentimiento de vergüenza por traer a London aquí. Al principio, por cómo se presentó ante mí, tuve muchas dudas de él, pero según pasan los días ha ido desvelando poco a poco su importancia. Cuando me llamó el director para contarme la donación que había hecho al museo a cambio de mis servicios empecé a comprender el tipo de hombre que ahora me acompaña por mi humilde y desordenado apartamento.

-Oh querida creí que tardarías algo más de tiempo, espero que hayas dormido algo, eh -no puedo evitar que una sonrisa se dibuje en mis labios.

-Tranquilo, estoy perfectamente, esta vez fue más fluido. Parece como si tuviese mayor comprensión de los símbolos. ¿Y tú te encuentras bien? No pareces haber dormido mucho más que yo.

-Sí, tranquila, estoy genial -dice haciendo un gesto con la mano para quitarle importancia-, cumpliendo un sueño, y viendo que no he errado en la elección de mis compañeros de viaje aún mejor si cabe.

Entramos en el despacho y le muestro a London las hojas con la traducción al lado del original. Él me mira un instante y se apresura a leerlas.

El Príncipe de las Aguas

Aha, como nuevo faraón, ha mandado construir un enorme palacio en honor de nuestro padre. Allí trasladará la capital de su imperio y devolverá el poder que nos fue robado. El pueblo sigue a Aha, pero tiene muchos más detractores que nuestro padre, gente poderosa que puede convertirse en peligrosos enemigos y Aha no cuenta con el cetro de padre para acallarlos. Además el faraón no se molesta en demostrarles su poder, su mente está ocupada en problemas mayores, no son los enemigos terrenales los que le preocupan.

La muerte del faraón ha dado a luz un movimiento a favor de los antiguos dioses. La gente acude a los templos y adora las viejas efigies. Aha se puso furioso y ha ordenado que destruyan todo símbolo del antiguo credo.

Odia a los dioses, dice que fueron ellos los que acabaron con nuestro padre porque su poder les amenazaba, por eso quebraron su poderoso cetro y cambiaron el curso de nuestro mundo. No lo comprendo muy bien, pero la ira le ciega y lo vuelve un gobernante torpe. Por las noches le oigo gritar a los cielos para que los dioses bajen y respondan por sus crímenes contra padre. Pero desde que murió no han bajado, parece que nos han abandonado definitivamente.

Desesperado, Aha ha acudido a mí. Me ha preguntado si, como uno de los sacerdotes del antiguo credo, los dioses se me habían aparecido, o si yo sabía cómo llamarlos. Ante mi negativa su enfado se ha multiplicado, nunca le había visto así. Pero he aprovechado la ocasión para pedirle que reflexionase más sobre el pueblo, pues es nuestro faraón. Hacía muchos años que no teníamos una conversación así. Parece que lo he calmado y ahora centra su vista en el imperio. Me ha pedido que le ayude a dirigir a nuestro pueblo y yo he aceptado, ahora necesitamos estar juntos.

Ha decidido mostrar al pueblo que es un líder fuerte. Ahora se hace llamar Horus Aha, el dios más poderoso e importante de todos, y demostrará al mundo entero su poder, que el pueblo olvide a los antiguos dioses definitivamente. También me ha revelado mi parte en el imperio, me ha nombrado sumo sacerdote de su propio credo, el credo de mi padre. Pronto tendrá un templo dedicado exclusivamente a él. Las oraciones serán por él, mis enseñanzas serán sobre él, y todo el que no lo adore como su único dios será castigado.

Las ansias de poder de Aha lo han enloquecido, ha mandado los ejércitos contra los reinos de Libia y Nubia. Ya ni siquiera me escucha, la guerra no traerá nada bueno a nuestro pueblo.

Mi hermano ha tenido a su primer hijo, Dyer, el heredero del imperio.

La guerra no va bien. Nuestros ejércitos han tomado buena parte de los territorios, pero también han sufrido muchas derrotas e innumerables bajas. Libia se ha encerrado en su capital y se limita a defenderse, pero Nubia sigue plantando batalla. Aha está preparando el resto del ejército y su guardia personal, va a acudir personalmente al combate. Dice que su mera presencia motivará a las tropas a luchar por su honor y el temor caerá sobre sus enemigos.

Me ha encomendado la tarea de educar a su hijo hasta que regrese.

Después de tres años de duras batallas, Nubia ha derrotado al ejército real. Han capturado a Aha y sus dioses lo juzgarán.

Es un día triste, Aha ha sido decapitado y desmembrado, y sus restos han sido enterrados junto a criminales, como si fuera un proscrito, sin el honor que merece. Nubia nos ha despojado de la posibilidad de realizar cualquier rito mortuorio.

La tragedia no ha sido total. Nubia perdona la vida a nuestro pueblo, nos permiten empezar de nuevo, bajo la vergüenza de la derrota. Dyer, mi sobrino, será nuestro nuevo faraón, pero aún es joven. Yo seré su tutor hasta que pueda gobernar. Le enseñaré como ser un líder fuerte, un líder que sirva al pueblo, el que nos llevará a nuestro mayor esplendor. Le enseñaré a no ambicionar el poder de los dioses pues toda mi familia ha sucumbido por ello. Le enseñaré que el pueblo puede convertirte en el faraón más poderoso de todos los tiempos.

Tras acabar de leerlo, dejo a London unos instantes para pensar sobre el texto y le digo:

-Creo que este no tiene tanta controversia como el primero, se nota que el príncipe es más maduro, no obstante sigue discerniendo sobre dioses vivos, dioses muertos, dioses vengativos... eso tiene que decir algo. Todo el reinado de su hermano gira alrededor de ellos. Va mucho más allá de la clásica idolatría a unas figuras divinas. Hasta a mí me hace pensar que ha podido tener contacto real con los dioses.

-Sí -dice London sin apartar los ojos de la traducción-, dioses u otros seres con un poder mayor a cualquier hombre, o mayor tecnología...

-¿Vuelves a lo de los extraterrestres?

-U otra civilización mucho más avanzada -deja la traducción y me mira a los ojos-, pero sí, ya te dije que era mi principal teoría.

-Vamos -digo esbozando una sonrisa mientras él se muestra serio, totalmente convencido de lo que dice-, no puedes creer en serio que eran extraterrestres.

-Querida, solo piensa en ello. ¿Sería tan descabellado que una raza extraterrestre contactara con Namer y le proporcionara tecnología con la que gobernar a su pueblo? Piensa por un momento que así fuera, la historia tendría sentido. Los extraterrestres le proporcionan a Namer tecnología para gobernar al pueblo, pero Namer la utiliza para beneficio propio. Estos lo destruyen y deciden no seguir manteniendo contacto con la humanidad.

-Bueno, como guión para una película no tendría precio -digo intentando quitarle tensión al ambiente.

-¿Pero crees que sería posible? -su gesto muestra una necesidad de aprobación que no se si estoy dispuesta a dar.

-Sí, claro -no puedo evitar que suene dudoso.

-No. En serio querida -London se coloca frente a mí, mirándome fijamente-, por la historia del príncipe, ¿crees que podría haber ocurrido?

Pienso en la historia que los papiros relatan, en su creencia sobre los dioses y como habla de ellos, en como su hermano murió por intentar ser más poderoso que los dioses mismos.

-Sí, creo que podría ser una posibilidad -digo con sinceridad-. Pero nunca sabremos la verdad. Me vienen a la cabeza unas palabras del primer texto de algo que no me cuadra del todo -busco rápidamente en la primera traducción y leo-, "las sensaciones son raras, la brisa es diferente, los alimentos no saben igual, aunque no se decir qué es exactamente lo que ha cambiado".

-Y esa es, yo creo, la parte más relevante de la cuestión -dice London en lo que suena una melodía polifónica en su móvil- Oh, discúlpame un momento -se levanta y se retira hacia la puerta mientras contesta-. Sí, dime. ¿Me lo estás diciendo en serio? -se ríe- Magnífico, realmente magnífico, no me esperaba que se hiciera tan rápido. Escucha, quiero que prepares el jet y un coche lo más rápido que puedas, un 4x4 si puede ser. Exacto, cualquier cosa que se te ocurra. Creo que eso es todo, muchas gracias -cuelga el teléfono y se vuelve hacia mí-. Bueno querida, acaba de suceder algo maravilloso. Mi equipo cree que ha localizado la cámara mortuoria del príncipe.

-London -digo tras comprender lo que acaba de decir-, eres una persona fascinante, consigues hacer en días lo que muchos tardan años.

-Querida, cuando uno tiene un objetivo claro y el dinero necesario para cumplirlo, todo es posible -dice mientras recoge sus cosas-. Como comprenderás, me gustaría acercarme a verla cuanto antes. Mis hombres ya están preparando el viaje.

-Claro, lo entiendo perfectamente. Espera, que preparo el papiro para que te lo lleves -comienzo a preparar el manuscrito y lo meto en su caja protectora-. Ten London, esto ya está.

-Estupendo, gracias -coge la caja con una mano y la chaqueta en la otra y se dirige a la puerta.

Lo veo mientras camina, sin saber qué hacer, solo puedo quedarme aquí plantada. De repente London se detiene y se da la vuelta.

-¿No vienes, querida?- su pregunta claramente tiene un tono retórico.

-¿Perdón? -por un instante creí que no me diría nada, que me quedaría sin conocer el final de esta historia.

-Contaba con que me acompañaras, eres vital para esta misión. De qué me sirve encontrar algo, si no soy capaz de entenderlo, ¿no? Además, debo confesar que tu compañía es sumamente grata -dice con una gran sonrisa-. Aunque si tienes otros asuntos, lo entenderé.

-No, digo sí -debo parecer idiota ahora mismo, dudando como una cría, trato de recomponerme y parecer decidida-, a ver, claro que quiero acompañarte, pero… Bueno, ya que has arreglado todo con el museo para que me pueda dedicar completamente a esto, imagino que no habrá problema en que te acompañe.

-Estupendo querida, está un poco lejos, espero que no te de miedo volar.

-Espera, ¿a dónde vamos?

-A Arabia Saudí, casi junto a la frontera con Yemen -lo dice con una sonrisa como si estuviera insinuando que vamos al bazar de aquí al lado.

-¿Arabia Saudí? Está bien -digo de forma inconsciente, casi entrando en pánico-, solo dame unos minutos para coger lo básico.

Me dirijo hacia mi habitación con la mente puesta en la aventura que nos depara cuando mi mirada se desvía irremediablemente hacia la foto en la que aparecemos Gabri, Iago y yo. El pensar que pasaré un día sin verles se hace duro. Coloco la mochila encima de la cama y cuando me dispongo a cerrarla para irme meto la foto dentro. Os quiero tanto.

Capítulo 04

Brais

Espero que esta nave alquilada y el tener el comunicador desactivado sean suficientes medidas para que no me siga nadie indeseado. En breve lo sabré, pues delante puedo ver el claro en el bosque y escondida entre la arboleda diviso la pequeña casa de madera. No veo ninguna nave, ni parece haber actividad alrededor. Esto es muy raro, si Unwei o Kurl están aquí su nave debería estar aparcada en el claro.

Continúo con los protocolos de aterrizaje hasta depositarla en el suelo y permanezco unos instantes en la cabina. Nadie sale de la cabaña. Apago los controles y salgo, el silencio en el bosque es total, un poco abrumador. Poco a poco los sonidos de los distintos pájaros y animales vuelven, trayendo normalidad al claro.

Me acerco a la cabaña con todos los sentidos centrados en cualquier sentimiento o resquicio de voluntad que pueda haber, pero solo alcanzo a percibir la fauna que me rodea. Me alzo sobre mis pies mirando a través de la ventana y no veo a nadie, cuando de repente noto una presencia en uno de los árboles cercanos. Sin darme tiempo a reaccionar, se abalanza sobre mí y aterriza a mi lado, casi aplastándome y esbozando una temible sonrisa. Intento esquivarlo, pero el suelo tiembla ante el impacto y pierdo el equilibrio.

-Cuidado, que te caes- el maensiano me sujeta con una de sus enormes manos para evitar la caída, después me levanta en el aire, ya que en sus manos no soy nada, es cuatro o cinco veces más grande que yo, y me abraza con demasiado entusiasmo-. Me alegro de que hayas podido venir -me deja en el suelo y recoloco mi túnica y mis orejas mientras tomo una profunda bocanada de aire- Tenemos un problema, compañero -su ansiedad ante mi llegada me impiden pronunciar palabra pero poco a poco siento como se transforma en preocupación.

-Kurl -tengo que levantar mucho la vista para mirar a los ojos al enorme maensiano y me cuesta hablar tras ese apretón que me ha dejado sin aire en los pulmones-. ¿Dónde está mi abuelo Kurl?

-Será mejor que pasemos dentro -su preocupación se acentúa.

Abre la enorme puerta de la cabaña hecha para su estatura, y pasamos al interior. Aunque está todo ordenado se nota que alguien lleva viviendo aquí un tiempo. Me hace un gesto para que me siente y me dirijo hacia uno de los sillones de tamaño elnath mientras él empieza a calentar agua en la pequeña cocina.

-Kurl, dime algo, me estás preocupando.

-Alguien se ha llevado a Unwei -dice evitando mi mirada avergonzado-, y no pude hacer nada para evitarlo.

-¿Qué? -me levanto como un resorte- ¿Y por qué estamos aquí? ¡Hay que decírselo al Orden!

-No es tan fácil, Brais -dice girándose mínimamente y aguantandome a duras penas la mirada.

-Cuéntame qué está pasando Kurl -el maensiano es enérgico y siempre afronta los problemas de frente, no entiendo por qué actúa de esta manera.

Kurl se acerca con dos tazas con algún tipo de infusión a la que no presto la mínima atención y se sienta en su sillón.

-Fue un humano -dice con una chispa de ira en la voz-. Un humano nos atacó en la estación Lagranma, en la mismísima habitación de tu abuelo.

-Eso es imposible -intento imaginar la posibilidad pero todas las pruebas me dicen que lo descarte-, no tienen los medios para entrar en la estación. Por no mencionar el sortear todos los controles de seguridad, entrar en la habitación de mi abuelo, sacarle de allí contra su voluntad y de nuevo, salir de la estación sin que nadie se percate de nada. No, eso no es factible. Tú conoces a Unwei, nadie se acerca a él sin que lo haya percibido antes. No, eso es imposible.

-Eso pensaba yo antes de que me inyectaran algo que me dejo inmovilizado y semiconsciente en el suelo, pero el humano lo agarró y salió sin tener resistencia alguna por parte de Unwei -sus palabras no pueden ser ciertas, no conozco ser vivo capaz de dominar a mi abuelo, pero puedo sentir la culpa y el dolor que le causa el haber fracasado como protector.

-¿Unwei no hizo nada? -pregunto incrédulo.

-Creo que Unwei conocía al humano -dice mirándome muy serio-. Sabía que venía, o hay algo que no me quiso contar. Pero su actitud era inequívoca, conocía las intenciones del humano. Se quitó el comunicador y me pidió que lo dejara en la mesa, eso fue lo que me dejó de espaldas a la puerta justo cuando entró el humano. Si hay algo que tengo claro, Brais -noto como se le entrecorta la voz, jamás lo había visto en ese estado-, es que no creo en las casualidades.

Intento comprender lo que me está diciendo, pero sus palabras no tienen sentido para mí. ¿Por qué mi abuelo se dejaría secuestrar por un humano? Es imposible entrar en la estación. ¿Y por qué Kurl no hace nada al respecto?

-Kurl, ¿por qué no se lo has dicho a nadie? El Orden te está buscando, dicen que no creen que lo hicieras tú, pero eres el único sospechoso.

-Sencillo -una sonrisa obvia se dibuja en su cara-, Unwei me dijo que no lo hiciera. Dejó esto en su comunicador, "no te precipites o crearás un falso testimonio". He aprendido a confiar en el criterio de tu abuelo así que escapé de la estación dejándote antes la nota.

-Kurl, no hay tiempo para acertijos -está férreamente convencido, pero tengo que conseguir que venga conmigo y cuente lo que ha visto-, por favor, la vida de Unwei está en peligro, yo no dudo de su juicio, pero necesitamos ayuda para encontrarle.

-No puedo, Brais -dice con voz calmada-, creo que sé porque tu abuelo me dejó ese mensaje. Un humano secuestrando a un alto cargo del Orden en la propia estación Lagranma es la prueba que necesita tu padre para condenar a toda la especie. Ya sabes las ganas que tiene de que eso pase.

-Eh, espera -digo con incredulidad-, ya sé que mi padre no es el ser más bondadoso del universo precisamente, ¿pero secuestrar a su propio padre? No, él no haría nada que pusiera en peligro a su familia.

-¿Estás seguro? Piensa en qué pasaría si testifico. Un humano se ha infiltrado en la estación más segura del sistema y ha secuestrado al elnath más influyente y respetado. ¿Cómo crees que se tomará eso el Orden? Tu padre ha esperado mucho tiempo para una oportunidad como esta, ya ha fracasado con anterioridad, pero si este incidente se hace público no creo que le tiemble la mano.

-Mi padre no es el único que quiere acabar por las malas con todo esto, ni mucho menos. En Elnath se habla de logias ocultas que conspiran para evitar el Grito desde el principio de nuestra historia, o quizás los rebeldes humanos hayan sido capaces realmente de secuestrar a Unwei, cada vez se vuelven más osados -no puedo creer las palabras que digo pero me parecen mucho más factibles que el hecho de que Dcicon por medio de un humano haya secuestrado al abuelo Unwei.

-Brais -dice Kurl intentando sonar comprensivo-, entiendo que no quieras verlo, es tu padre, pero de alguna forma está involucrado en esto y Unwei lo sabía desde hace algún tiempo.

-Vale digamos que por un instante tienes razón, que mi padre anda detrás de todo esto y que Unwei lo sabía. ¿Por qué no me contó nada a mí? Es la persona en la que más confío y eso era reciproco, estoy seguro.

-Para protegerte, supongo. No hace falta ser empático para saber el dolor que una confrontación familiar os podría ocasionar. Y Dcicon es su hijo, Unwei nunca dejará de intentar apartarle del mal camino.

Nos quedamos en silencio. No quiero creer en esa posibilidad, pero la semilla de la duda ya está plantada y me tengo que decir a mí mismo que no puede ser verdad. Intento buscar alguna muestra de cariño de mi padre a la que aferrarme, pero me cuesta encontrarla. Aunque tengamos nuestras diferencias, quiero a mi padre, pero esta incertidumbre va a minar mi confianza con él. Necesito saber que no lo ha hecho, que no es capaz de hacerle daño a Unwei para conseguir lo que quiere.

-Brais -la voz de Kurl me saca de mis pensamientos- ¿estás bien?

-No lo sé -digo sin mirarle-, tengo demasiada información para procesarla ahora mismo. De todas formas habrá que hacer algo. Si no podemos acudir al Orden, ¿qué hacemos? ¿Cómo buscamos a Unwei?

-Brais, te he contado esto porque confío en ti y mereces saber lo que le ha pasado a Unwei -dice inclinándose hacia delante-, pero no puedes decírselo a nadie. No puedo permitir que me cojan, no volveré a fallar a tu abuelo.

-Sí, lo sé, ¿pero qué vamos a hacer?

-Alguien tiene que saber dónde está, yo me encargaré de encontrarle. Tú tienes que volver y hacer tu vida normal. Nadie tiene que sospechar nada, y no vuelvas por aquí. Fíjate en tu padre, si cambia su actitud, si hay algo diferente en él.

41

-¿Me mandas a casa a no hacer nada? -mi enfado crece por momentos ante la sensación de incertidumbre.

-Sinceramente, ahora te estarán observando, y no me conviene estar cerca de ti. Tú no hagas nada, ve a tus clases como siempre, y yo me pondré en contacto contigo cuando encuentre algo. ¿De acuerdo?

-Lo que tú digas -le transmito mi resignación tanto con mi voz como proyectándole la energía y me levanto sin decir nada más.

-Brais, por favor, ten cuidado -ni siquiera me giro, me duele hacerle esto a un amigo, pero su pasividad y secretismo me ponen furioso-. ¡No hagas nada estúpido!

Cierro la puerta a mi espalda. Me detengo un instante, pero sigo sintiendo la energía de Kurl y me apresuro al interior de la cabina. Me dejo caer en el asiento mientras las posibilidades se van abriendo. Puedo intentar forzar a mi padre para que me cuente la verdad de todo esto, muy posiblemente poniendo en peligro la posición de Kurl. O espero en casa a que Kurl contacte conmigo y me dé instrucciones para esta misión clandestina suya, en cuyo caso ¿qué podría hacer yo para ayudar?

Realizo las maniobras de despegue de forma mecánica, sin prestarle atención hasta que ya estoy en el aire. Abuelo, ¿qué debería hacer? Tomate tu tiempo Brais, seguro que diría. Su vida está en peligro, no tengo tiempo que perder. Según pasa por mi cabeza ese pensamiento esbozo una sonrisa apagada, pues aunque él no esté sé perfectamente lo que me diría, el tiempo nunca se tiene, solamente pasa, tú decides qué hacer con él.

Kurl ha dicho que confiaba en su juicio, aunque no me guste yo también seguiré el consejo del abuelo, me tomaré mi tiempo, meditaré sobre ello con la cabeza fría.

Aunque he tomado mi decisión, durante el trayecto hasta la estación las dudas no me han abandonado ni un instante. Si mi padre es el culpable y lo desenmascaro lo encerrarían de por vida en el Orden, si espero y por ello mi abuelo desaparece para siempre jamás me lo perdonaré. Por más que me empiece a resultar factible, nunca contemplaré la posibilidad de que padre le haga algún daño a Unwei. Pero desgraciadamente sí estoy empezando a verlo como un posible movimiento político para acelerar la toma de decisiones por parte del consejo.

No, no puedo pensar así, es mi padre. Efectivamente podría ser un movimiento político, pero mi padre no tiene que ser el que esté detrás de ello, hay mucha gente con intereses puestos en contra de los humanos. Desde casi el principio de todo esto el Óbice juró que eliminaría a los humanos, o al menos eso es lo que se cuenta. Esto bien podría haber sido planeado por ellos.

Muy bien Brais, ¿sociedades secretas? creo que ya he llegado a mi límite por hoy.

Concentrado en mis pensamientos recorro los pasillos y cuando levanto la mirada estoy ante la habitación de mi padre. Tanto si es culpa suya como si no, la vida de Unwei podría estar en sus manos. Intento sentir la energía dentro de la habitación, quizá deseando alguna pista por su parte que me invite a entrar, pero como siempre no siento nada. Prefiero pensar que no está y me alejo de su puerta, hacia mi cuarto.

Debería prepararme algo de comer, pero no tengo apetito. Miro los cojines de meditación en el suelo, pero estoy inquieto y no paro de recorrer la habitación arriba y abajo, tengo que hacer un esfuerzo para obligarme a sentarme y relajarme. Me cuesta mucho dejar mi mente en blanco, por más que intento recordar el entrenamiento.

Frustrado busco ayuda en un té de tierra, lo único que me ayudará a dejar mi mente en blanco. No soy consciente de cuando los pensamientos sobre el abuelo y padre se desvanecen, pero antes de caer dormido, veo su rostro, el rostro más hermoso que jamás se haya creado, y cuanto la echo de menos, mi ghem`ih ewha.

Me despierto con la cabeza despejada y la decisión tomada. Kurl es, posiblemente, el único amigo que jamás haya tenido, no tengo por qué dudar de él, además el abuelo es el que me ha criado y él ha confiado en Kurl. Todas las piezas encajan, y por desgracia las pruebas apuntan a mi padre. No me gusta, pero él está relacionado con esto de alguna forma, y no puedo quedarme sin hacer nada.

Salgo de la habitación mientras ensayo en mi cabeza la conversación. Dudo un instante ante su puerta, aunque sé que no está dentro la sensación de nerviosismo me invade, tengo que ser más fuerte, si me pasa esto ante él no creo que consiga imponerme.

Aterrizo en el Orbe entre una mezcla de pensamientos, dudas e improperios. Durante el trayecto he reunido algo de valor, pero pensar que ahora estoy en el territorio de mi padre me ha hecho perderlo todo. Me adentro en la instalación y me detengo en el ascensor. Tengo los nervios de punta y solo hay una imagen que tranquiliza mi alma y me permite estar en paz, necesito verla una vez más antes del encuentro con mi padre.

Aparto el dedo del botón de la última planta, el despacho de mi padre, y aprieto el botón de la planta 23.

Capítulo 05
Julia

-No corras tanto por favor -agarro el cinturón con fuerza. El coche reduce su velocidad, cosa que no impide que casi vaya saltando por el precario camino rodeado de dunas.

-Perdona, se me olvidaba -dice London mientras levanta el pie del acelerador.

-Espera, ¿a qué te refieres? -digo tras un instante al ser consciente de sus palabras.

-Entiéndeme Julia -dice mirándome levemente y apartando después la mirada con vergüenza-, en este asunto hay mucho en juego, y no he llegado a donde estoy dejando detalles al azar, espero que no me malinterpretes.

-Me has investigado -mi cuerpo se tensa en el asiento.

-Solo quería saber con quién iba a trabajar. Te ruego que me perdones, no quería inmiscuirme en tu vida, de verdad, pero para mí es de vital importancia. Estoy invirtiendo mucho tiempo en esto, y sabes que el tiempo es lo único que no puedo conseguir.

-Has husmeado en mi pasado -durante diez años he huido de aquel accidente, no puedo creer que ahora vuelva aparecer de esta forma-, debiste decírmelo.

-No lo hice con mala intención. Llevo mucho tiempo buscando a la persona adecuada para esto. Entiendo perfectamente cómo te sientes, pero no me arrepiento de nada, porque encontré a la persona perfecta. Y eso no puedes negármelo.

Efectivamente no puedo negar que tiene razón, pero eso no lo hace menos doloroso. No puedo tomarla con London, él no me ha causado este dolor, solo me lo ha recordado.

-De acuerdo -digo con resignación-, no me había dado cuenta hasta qué punto te importaba esto, pero llegados hasta aquí, ¿hay algo más que deba saber?

-Tranquila, no hay nada más, y te pido una vez más que me perdones.

-Vale, disculpas aceptadas -no lo digo muy convencida, pero si lo hubiese pensado un poco más detenidamente tiene sentido. Es un hombre rico y poderoso con acceso a antigüedades nunca catalogadas, ¿y se presenta ante mí sin conocerme? ¿Por el destino? Pues claro que me había investigado, lo que aun no entiendo es por qué me eligió a mí de entre todos los expertos del mundo. El silencio empieza a ser incómodo, y es de las pocas veces que he visto a London callado y apagado-. Bueno, pero ahora no estamos en igualdad de condiciones, ¿por qué no me cuentas algo sobre ti?

-¿Sobre mí? Veamos, soy un hombre del mundo, no podría decirte cual es mi país ya que en muchos me siento como en mi casa. Un día estuve casado con la mujer más maravillosa de todo el universo. Tengo buenos amigos, una familia que sé que me quiere... bueno, perdón, te seré franco. Creo que en esta vida hay un equilibrio universal y para que exista dicho equilibrio ha de haber una compensación, del bien se genera mal y del mal se genera bien, todo es equilibrio, recuérdalo.

-Empecé a trabajar con ocho años repartiendo periódicos, leche y pan, me encantaba ir en bicicleta de un lado para otro. Cuando no estaba trabajando o estudiando me encantaba ir a escuchar a mi padre dar clase en la universidad -se ríe-. No me enteraba de nada, pero disfrutaba viendo las diapositivas de las esfinges, los templos y las gigantescas pirámides -hace una pausa con la mirada perdida en el infinito, casi como si pudiera ver esas diapositivas de su niñez.

-El pasado es tan dulce como amargo, seguro que tú mejor que nadie me comprendes -siento una punzada de tristeza al recordar a Iago y a Gabriel-. Bueno proseguiré, me hice mayor, me gradué en ciencias económicas por obligación, y lo que antaño fue un odio atroz hacia mi padre, hoy es gratitud, dado que fue esa educación la que me permitió alcanzar mis sueños que... ahora que parece que por fin se están viendo cumplidos -suspira profundamente-. Al menos eso espero.

-El tiempo me ha dado una maravillosa mujer, un hijo, un nieto y una fortuna que ni en tres vidas me podría gastar, pero aunque quieras la vida nunca es perfecta.

-¿A qué te refieres? -pregunto tras un momento de silencio en el que parece rebuscar es su recuerdos.

-No supe fortalecer el alma de mi hijo, su corazón cedió ante la abrumadora luz del poder. Al hacerme mayor, fui pasándole el control de algunos de mis negocios y él los dirigió con ardiente éxito. Las empresas nunca tuvieron tantos beneficios, pero no supe ver, hasta que fue demasiado tarde, que lo estaban consumiendo. Poco a poco le fui dando más poder sobre mis posesiones, y su atención se centró en ellas, por supuesto. Los beneficios aumentaban año a año, pero el cuidado a su familia fue disminuyendo. Ahora mi hijo cree que soy demasiado viejo, y hace todo lo que puede para mantenerme en casa, alejado los negocios.

-Pero como te dije antes, el mal genera el bien, la dedicación de mi hijo en los negocios le cerró los ojos para con cualquier otra cosa. Mi nieto sufrió la desatención de su padre justo cuando más le hacía falta, pero siempre ha seguido su propio camino y no ha permitido que la vanidad de su padre lo alcance. Él solo ha aprendió que ha de buscar la felicidad en la vida, por eso en parte le envidio, yo también me centré en mis deberes demasiado tiempo.

-Ahora estoy viviendo mi propia aventura, como siempre quise, y como todas las grandes aventuras, creo que esta tendrá un final épico.

-Y con eso creo que te he hecho un resumen bastante completo. Ahora, me honraría profundamente conocer tu historia.

No puedo evitar soltar una carcajada desdeñosa.

-Es una hipocresía pedirme que te cuente mi historia, cuando ya la has investigado, ¿no?

-No eran más que fríos datos en una pantalla de ordenador. Me gustaría conocer la historia de mi compañera de aventura. Como bien sabes, soy un filántropo del pasado, mi vida ha girado en torno a eso y siempre he disfrutado aprendiendo de esas historias.

-Siempre sabes cómo convencer a los demás, ¿no?

-Esa es mi vida.

-Tampoco sabría que decirte -realmente no sé por dónde podría empezar-. Mi infancia fue de lo más normal, básicamente despreocupada. No fui la mejor de las estudiantes, pero parecía tener un don para el arte y se me daban bien los idiomas. Encontré al amor de mi vida bastante pronto, afortunadamente, y con él conocí la felicidad absoluta.

-Fruto de nuestro amor nació nuestro hijo. Esos fueron los mejores años de mi vida. Pero entonces todo terminó, el destino me deparaba un camino solitario. Mi corazón se quedó junto a ellos en el accidente, pero mi cabeza me obligó a seguir adelante.

-A los dos años no soportaba más esa casa vacía y me marché. Acabé en El Cairo, trabajando en lo que me gusta, no obstante, mi motivación es una encrucijada entre la devoción hacia el arte y el automatismo de necesitar una rutina diaria. Ahora pensar es un lujo que no me puedo permitir. Al pensar el corazón habla, pero el mío no puede más que llorar.

-Me doy cuenta de que te tengo que dar las gracias, me has sacado de mi rutina y me has dado otra motivación. Sinceramente, es un regalo que no esperaba recibir a estas alturas.

-La gratitud, querida, es recíproca te lo aseguro -dice poniendo su mano sobre la mía-. Esta aventura no podría completarse sin tu implicación.

-Creo que estás exagerando, solo he traducido un par de pergaminos que de todas formas habrías conseguido traducirlos más tarde o más temprano, está claro que tienes recursos.

-No me refiero a ahora mismo, pero cuando todo haya terminado lo entenderás. Es más, te propongo una pequeña apuesta. Si cuando todo acabe sientes que yo he participado más que tú en todo esto, te daré todo mi dinero, que te aseguro que es mucho.

Suelto una carcajada

-Estás de broma, ¿no?

-No, no, te lo digo completamente en serio -su rostro es afable pero la seriedad que muestra su mirada respalda sus palabras.

-Llevarás como cuarenta años detrás de esto, y yo unos pocos días, estoy segura de que has hecho mucho más, pero si te pones así, acepto, me encantará quedarme con tu dinero. Puedo invitarte a comer con él si quieres.

Se ríe.

-Así me gusta querida, ¿pero qué pasa si gano yo? Tendrás que apostarte algo, ¿no?

-Veo que vas en serio, bueno vale. Tú has apostado un fortuna, yo no tengo casi nada, así que creo que para compensar deberías elegir lo que quisieras. Con sus límites, eh -aunque la situación es divertida no me gustaría que malinterpretara mis palabras.

-De hecho tenía pensada una cosilla -dice con una sonrisa de oreja a oreja-. Quizá esté un poco fuera de lugar, pero me gustaría que conocieses a mi nieto, tengo la impresión de que podríais ser buenos amigos. ¿Qué te parecería una cena con él?

-Creo que entenderás que no esté muy dispuesta a una relación sentímental, el simple hecho de tener que conocer a alguien me está dando pereza.

-Querida, solo es una cena, mi intención no va más allá de que dos buenas personas que aprecio mucho se conozcan.

-¿Ya me aprecias? -no sé si sentirme incomoda o alagada.

-Sí, me trasmites buena energía.

-Buena energía ¿eh?

-Correcto, es algo un poco más complejo que eso, pero sí. Sería algo así. Por eso creo que te llevarías bien con mi nieto. Vamos, déjame que trastoque un poco el azar, hacer que os conozcáis.

-Bueno, vale, una cena con él, trato hecho.

-¡Genial! —me tiende una mano- Vamos querida, hay que cerrar la apuesta formalmente.

No puedo hacer otra cosa que sonreír mientras sellamos el trato. Al coger su mano, la noto un poco débil y titubeante, nada que ver con la primera vez que nos saludamos, que era firme y decidida.

-Bueno querida, cuando caiga la noche, creo que deberíamos quedarnos en el primer sitio que encontremos, y calculo que llegaremos mañana al mediodía más o menos.

-Vale, pero estamos en mitad del desierto, no creo que vayamos a encontrar un hotel por aquí.

-Ten, mira en el GPS si hay algo por aquí cerca.

Su movimiento al darme el aparato me parece extrañamente lento y cuando le miro, observa con cara de preocupación por el espejo retrovisor. Me doy la vuelta, pero no hay nada tras nosotros y me centro en la pantalla del GPS. Tras un rato inspeccionando las carreteras no encuentro nada, pero me parece sorprendente que estos caminos de tierra vengan señalizados.

-Más… más adelante hay algunos, hay… zonas más pobladas –parece que le cuesta hablar-. En unas horas estaremos allí.

-De acuerdo, pero London, aquí no aparece nada -lo miro, ha perdido un poco de color y parece febril, pero sigue con la misma determinación de siempre.

Seguimos nuestro camino durante unas pocas horas, la arena es casi hipnotizante, las dunas siempre son diferentes, pero el paisaje parece ser siempre el mismo. El GPS nos marca la dirección a seguir, aunque no es más que un camino de tierra.

De repente el coche se va un poco a la izquierda y las ruedas pisan la arena. El coche da unos fuertes bandazos mientras London contra volantea para meter el coche en el camino donde nos detenemos.

Me giro hacia London asustada. Está muy pálido, con el volante fuertemente agarrado, sus nudillos blancos de apretarlo, la cara perlada de sudor y su mirada fija al frente, pero no parece que esté mirando nada en concreto.

-¿Qué ha pasado?

-Lo siento querida, debía de ir pensando en mis cosas y no me he dado cuenta del camino, perdóname.

-No digas tonterías. London, ¿estás bien? -digo realmente preocupada-. No tienes buen aspecto.

-Puede que esté un poco cansado querida, pero no es nada importante. Además ya estamos en la etapa final de nuestro viaje.

-Por qué no dejas que conduzca yo, y tú descansas un rato. En serio, no tienes buena cara, pareces enfermo.

-Vale, conduce tú. Me echaré una cabezadita, a ver si despierto algo mejor, no quiero preocuparte –intenta esbozar una sonrisa.

Me pongo al volante y conduzco siguiendo el camino que me marca el GPS. London se acurruca en el asiento, se recuesta y cierra los ojos. El camino es monótono. Miro a London de vez en cuando, aunque lleva un rato dormido, no tiene mejor aspecto, y su respiración a veces se entrecorta o se vuelve más difícil. Me preocupa, pero no se qué hacer más que seguir adelante. La otra opción es volver.

Empieza a anochecer, el paisaje ha ido cambiando tan progresivamente que casi no me había dado cuenta. Ahora todo es mucho más llano, nada se interpone hasta el horizonte. Gran parte de la arena ha desaparecido, y ahora muestra un suelo de tierra seca y agrietada. Las primeras estrellas empiezan a brillar en el cielo. Y el GPS me dice que me interne en el desierto, cuando el camino va completamente en la otra dirección.

En mitad del desierto dudo que encontremos algún sitio donde pasar la noche, y creo que sería hora de ir parando, London necesita descansar en una cama decente, no en el asiento de un coche. Tengo que despertarle.

Detengo el coche, el sol en su ocaso parece un reflejo de nuestra aventura, no creo que debamos poner nuestras vidas en juego.

-London, -le toco el brazo, esta frio- London, despierta.

Abre lentamente los ojos. En absoluto se ha recuperado algo en estas horas. Sigue pálido, sus ojos ya no brillan como antes, y aunque lleva tiempo sin sudar, está muy frío.

-Qué pasa querida, ¿ya hemos llegado? –sonríe mientras lo dice.

-No London, el GPS me manda salir del camino y adentrarnos en el desierto, pero necesitamos llegar a una ciudad, tienes peor aspecto.

-Julia, ¿sabes cuándo alguien dice que ha encontrado su sino en la vida? Este es el mío, tenemos que llegar a la tumba.

-Podemos llegar otro día, cuando estés mejor.

-No querida -dice incorporándose a duras penas en el asiento-, tenemos que llegar esta noche.

-Pero dijiste que llegaríamos mañana, al mediodía, aún queda mucho camino.

-Julia, confía en mí, podemos llegar esta noche.

Sé que no es lo correcto, que tengo que conseguirle ayuda, pero la determinación que me transmite me hace imposible no llevarle a su objetivo. Además, no sé si podría negarle la que quizás sea su última voluntad…

Arranco el coche y conduzco siguiendo el GPS, mientras London se endereza y se estira, parece muy frágil en este momento, pero su voluntad es inquebrantable.

-Querida, dirígete hacia aquel montículo a lo lejos, más o menos hacia aquella pequeña nube de allí –me señala una nube a lo lejos en el cielo. Me fijo donde me dice y, efectivamente, veo un pequeño montículo muy lejos-. Allí esta nuestro destino.

-Pero el GPS no marca esa dirección, London –al mirarlo parece que ha perdido toda la energía que le quedaba.

-El GPS ya no importa –desengancha el GPS de la luna y lo tira por la ventanilla. Respira pesadamente.

-¿Qué haces London? Lo necesitamos para volver.

Paro el coche y abro la puerta para ir a por el GPS, pero cuando pongo un pie en el suelo London me agarra del brazo muy débilmente aunque suficiente para detenerme.

-Me temo querida que no tenemos tiempo.

-¿Qué? -estoy empezando a asustarme, su confianza parece estar transformándose en locura- ¿Qué está pasando?

-Ya viene -hace un gesto con la cabeza hacia atrás.

Miro y veo una gran masa gigante que se traga las estrellas. No puedo apartar la mirada, ese velo negro avanza cubriendo todo a su paso, ninguna luz sobrevive tras él.

-Julia.

No me puedo mover. Un rugido que llega desde la oscuridad es incesante.

-¡Julia, entra en el coche! –escucho su voz en la lejanía y noto su mano en mi brazo, tirando de mí. Caigo en el asiento e intento mantener la calma–. Vámonos, la tormenta de arena está casi encima de nosotros.

Mi mente vuelve a funcionar normalmente, piso el acelerador mientras cierro la puerta.

-Ve recto, hacia la tumba, dentro podremos refugiarnos.

El todoterreno salta con cada pequeña duna que pasamos. Miro por el retrovisor y puedo distinguir las nubes de arena arrasándolo todo. El sonido de la tormenta se escucha por encima del motor. London ha dicho algo, pero no he oído nada, señala con la mano hacia delante.

Distingo una entrada de piedra en una pequeña duna.

-La tumba -digo en voz alta, aunque no creo que London lo haya escuchado por encima del sonido de la tormenta.

El viento golpea contra nosotros y empieza a zarandear el coche. Estamos cerca de la entrada, veo una puerta formada por grandes piedras talladas rudamente, semienterradas en la arena, cuya entrada está libre, con un tenue resplandor rojizo, invitándonos a escapar de la tormenta.

Noto la mano de London en mi brazo y le miro a los ojos. Parece que la visión de su objetivo le ha otorgado nuevas energías.

Detengo el coche en la puerta con brusquedad, dejando la puerta de London lo más cerca posible de la entrada pues seguramente tenga que ayudarlo andar. Salgo del coche y una ráfaga de arena me golpea en la cara. Rodeo el coche hacia la puerta de London, pero le veo apoyado en la entrada, haciéndome gestos para que me reúna con él.

Entro corriendo en el túnel y London cierra una puerta de madera en la que no me había fijado. Coge del suelo un tablón y la coloca en la puerta, donde encaja perfectamente dejándola atrancada. En ese momento la tormenta arremete contra la estructura. El rugido es ensordecedor, la arena entra por cada rendija de la puerta mientras London se echa apresuradamente hacia atrás.

Nos encontramos en una pequeña habitación, iluminada con una antorcha que arde vivamente. Al fondo hay una escalera que desciende en círculo, cuya oscuridad queda rota por más antorchas.

-¿Qué hacemos ahora? -pronuncio las palabras, pero ningún sonido escapa al rugido de la tormenta. London pasa a mi lado, sin dirigirme la mirada. Coge la antorcha y baja por la escalera de forma decidida. Da la sensación de que sabe a donde va y eso me asusta.

Su rostro muestra serenidad y determinación, pero su cuerpo no lo acompaña, con pasos torpes va apoyándose en la pared a duras penas. La muestra de energía que anteriormente me había sorprendido ahora parece haberle pasado factura.

Bajamos juntos por la escalera, descendiendo en círculos, no sé durante cuánto tiempo bajamos, ni cuánto descendemos. Solo sé que progresivamente el sonido de la tormenta va cesando hasta que deja de oírse. Ahora solo se escuchan nuestro pasos, el crepitar de la antorcha y de vez en cuando el roce de nuestra ropa contra las paredes. No me atrevo a romper el silencio. London parece haber olvidado que voy detrás de él, ni siquiera parece darse cuenta de que lo sigo.

La escalera deja de descender y nos da paso a una pequeña estáncia iluminada con antorchas. Al fondo se abre una cámara mayor que parece la cámara principal por su iluminación. London se echa a un lado para dejar la antorcha en una pequeña repisa en la pared. En el centro de la cámara principal veo el sarcófago de piedra, muy rudimentario y sin adornos. Ese es nuestro objetivo. Tengo que acercarme más.

Doy un paso, pero London se interpone en mi camino, mirándome a los ojos, apoyándose en mí.

-London, ¿qué es todo esto? ¿Cómo es que están las antorchas encendidas? ¿Por qué está todo tan bien conservado pese a estar completamente abierto? London, dime qué demonios está pasando.

London lanza un hondo suspiro que se me hace eterno.

-Por fin lo tenemos ante nosotros. Estamos aquí. Conozcamos el final de la historia –no puede más, no me contesta, no porque me ignore, sino porque no tiene energías para concentrarse en otro asunto más que en su objetivo. Está en las últimas. Pero su rostro muestra la felicidad de ver su sueño hecho realidad. Me mira, pero no me está viendo a mí, ve la historia concluir. Quién soy yo para negarle su última voluntad a una persona moribunda–. Entremos querida.

Le tiendo el brazo para que se apoye y lentamente penetramos en la cámara. A pocos pasos del sarcófago se suelta de mí, se apoya contra la lápida y la contempla detenidamente. La cámara es cuadrada, con una única entrada. El sarcófago está justo en el centro pero no hay nada especial en él. La cámara está vacía a excepción de antorchas que iluminan las paredes adornadas por jeroglíficos, cuyos símbolos están esculpidos con un sobre relieve en la pared. Alguien se ha tomado muchas molestias para de tallar toda la pared, no solo los símbolos, los escritos deben de ser muy importantes para llevar a cabo tan tediosa labor. Las inscripciones recubren cada muro de arriba abajo, los mismos símbolos de los libros del príncipe. Es una visión maravillosa.

Me giro boquiabierta hacia London. Él está apoyado en la tumba, mirándome plácidamente, esperando a que comience. Quiero decirle algo de lo espléndida que es la cámara, darle las gracias porque ha cambiado mi perspectiva de la vida, pero veo en sus ojos que él ya está más allá de todo eso.

Busco el principio del texto, hasta que un conjunto de símbolos parece sobresaltar sobre el resto. Vuelvo a mirar a London antes de empezar e inicio el relato de la historia.

El Príncipe de las Estrellas

Si estás leyendo esto, viajero, significa que he sido asesinado. Debes saber que ha sido a manos de los antíguos dioses, para que la verdad no corra libre por el mundo. Pero algo mucho más importante que mi muerte nos concierne ahora. Si has llegado hasta aquí conoces la historia. No creo que mi padre fuera consciente de la repercusión de sus actos, pero sé que me corresponde a mí pedir disculpas en su nombre, pedir perdón a toda la humanidad.

Maldigo a los dioses del antiguo credo, aquellos seres que otorgaron poder a mi padre, que le concedieron un arma capaz de obrar milagros más allá de la propia comprensión. Os maldigo porque vosotros corrompisteis el alma de mi padre armándolo con un poder para el que no estaba preparado.

Maldigo a los asesinos de mi padre. No por su asesinato, no creo que a nadie le corresponda semejante juicio. Os maldigo por el destino al que condenasteis a toda la humanidad, a raíz de los pecados de un solo hombre. Os maldigo por enmascarar el mundo y cambiar las sensaciones, por hacerlo todo diferente.

A ti viajero, que me has encontrado, serás consciente de la condena impuesta a nuestro pueblo. Te diré que el reflejo de tu alma mora por un páramo, creado expresamente para juzgar tu libre albedrio porque alguien decretó que es peligroso.

Deja de soñar tu vida, ahora puedes vivir tus sueños.

Una explosión de luz nubla mi mente, no noto mi cuerpo...

Abro los ojos. Estoy en brazos de London, que está arrodillado en el suelo junto a mí, esbozando una leve sonrisa. Apenas puedo moverme, no noto las extremidades, estoy muy cansada de repente, quiero preguntarle a London qué ocurre, pero mi aliento muere antes de abandonar mi garganta, ¿qué me está pasando?

-Mi querida Julia -el sonido de su voz me llega apagado, como si viniese de un lugar muy lejano-, este es el final de mi viaje, pero solo el comienzo del tuyo —el polvo se desprende del techo y piedras sueltas caen a nuestro alrededor, parece que la cámara se viene abajo-. Ansiaré la llegada del día en que pueda pedirte perdón, pero ahora solo puedo pedirte un último favor, dile a mi nieto que le quiero.

Pone una mano en mi cabeza y un brillo cegador lo inunda todo, una ola de frío estremece todo mi cuerpo y no puedo tomar aire. La luz cubre cualquier otra sensación, ahora solo existe la luz, la blanca luz.

Capítulo 06

Brais

Entro en la habitación y como siempre apago la cámara desde uno de los ordenadores. Es curioso, he venido miles de veces y todavía se me acelera el corazón como si fuera la primera vez. Me dirijo hacia el tercer cubículo evitando mirar a los humanos de los otros tubos y allí esta, mi ghem`ih ewha. Pero... algo va mal, ¿qué le pasa? Noto algo raro en ella.

Me acerco corriendo al tubo de cristal y veo que está alterada, se agita, no debería hacer eso, no tendría que poder moverse. Miro la pantalla holográfica, sus ondas cerebrales están descontroladas, ¿qué te pasa Julia? Me acerco a su cara y apoyo una mano en el cristal, abro más mi consciencia hacia ella e intento sentir lo que ella siente, pero solo noto dolor e incertidumbre.

De repente, abre los ojos violentamente arqueando la espalda y estirando los brazos y las piernas. ¿Pero qué ocurre? ¿Qué...? Parece que se relaja, afloja la tensión en la espalda. Mueve su mano contra el cristal, justo debajo de la mía... me está mirando, ¡me está mirando!

Sus ojos se vuelven blancos perdiéndose hacia arriba en lo que todo su cuerpo se desploma, se ha desmayado.

Por mis ancestros, espero que no le haya pasado nada. Miro la pantalla y sus constantes vuelven a ser normales, nada físicamente relevante, pero... su consciencia se ha desincronizado.

Luz roja en la pantalla. Mierda, la alarma. ¿Qué hago, qué hago ahora? Van a mandar a alguien aquí en cualquier momento. Si la encuentran así la desecharán. ¡La matarán! No puedo dejarla aquí. Miro por la habitación hasta que encuentro una camilla gravitatoria.

-Tranquila Julia, te voy a sacar de aquí –pulso rápidamente los controles que abren el tubo de cristal, levanto la camilla hasta su altura y la empujo por los hombros-. Tú solo deja que te ponga en la camilla y nos largamos ¡Uy! Perdona no quería tocarte ahí.

Salgo de la habitación empujando la camilla, pensando rápidamente cómo y por donde salir. Miro a Julia, tumbada de lado con las piernas recogidas, estas camillas no están pensadas para esto y casi no cabe, pero algo es algo. Vale, seguro que nadie se alarma si me ve por ahí con un humano...

Necesito algo con lo que taparla. En los armarios debería haber mantas o algo parecido. Una tela térmica, me vale. La cubro con la tela, asegurándome de que no se distingue nada. ¿Y ahora hacia dónde? Si la encuentran la matarán, no se debería haber despertado. No dejaré que la maten, pero cómo salir de este maldito edificio sin que nos vean.

Las únicas salidas son el puerto y la entrada principal. En el puerto tendría que pasar los controles, quizá haya menos si voy por la zona de maquinaria, hacia la zona de residuos. La entrada principal es inviable, una cantidad ingente de tránsito y guardias.

Pues nada, habrá que arriesgarse. La manera más rápida para ir a la zona de maquinaria es el ascensor del sector seis, si tengo suerte no me cruzaré con nadie.

Empujo la camilla por el pasillo, abro mi conciencia intentando sentir a alguien, necesito estar preparado por si vienen. No deberían tardar en llegar los guardias a comprobar la alarma. Concentración...

-¡Ey Brais! ¿Qué pasa tío? Hacía ya tiempo que no te veía por aquí.

Casi salto del susto, pero me permito relajarme al ver a Quark, está claro que no tengo finos los sentidos.

-¡Quark, amigo! ¿Cómo lo llevas? -el psalterium viene de un pasillo lateral empujando una plataforma gravitatoria con algún tipo de máquina destrozada y con las piezas esparcidas. Aumenta un poco su ritmo y se pone a mi lado.

-¿Qué haces aquí con eso? Normalmente solo apareces para visitar a los humanos. ¿Qué has hecho para que el hijo del jefe tenga que mancharse las manitas con estas rutinas tan mundanas?

¿Y qué le digo ahora? No soy bueno improvisando y mucho menos en este momento.

-Digamos que enfadé un poco al jefe, y pensé que podría redimirme teniendo un detallito especial con él -le guiño un ojo cómplice, mientras le doy un codazo y aprovecho el contacto para transmitir veracidad a mis palabras-, no sé si me entiendes.

-¡No me digas que llevas un…!

-¡Calla! -le doy otro codazo en el brazo, más fuerte que el anterior- Sí, siempre es más fácil hablar con mi padre cuando está relajado. Pero esto queda entre tú y yo, ¿eh? No me obligues a lavarte el cerebro, el otro día me enseñaron a hacerlo.

-Jajaja, tranquilo, tranquilo, pero vaya regalitos haces -parece que se lo toma bien, pero estoy tentado de volver a usar mi poder con él, para asegurarme-. Personalmente, eso me parece una guarrada, ya sabes, no me va el royo entre especies, aunque no se puede decir siempre nunca o lo que suelte ese animal no lo voy a comer, ya conoces el dicho. Pero ¡eh! que respeto los gustos de tu familia.

-Pues muchas gracias Quark, estoy mucho más tranquilo si das tu aprobación -espero que mi sarcasmo sea suficiente para hacerle ver que no me interesa seguir con esta conversación-. Imagino que llevarás ese trasto a maquinaria, ¿no? -le señalo la plataforma que empuja.

-Sí señor, a ver si pueden aprovechar algo de esta chatarra, alguien ha hecho una chapuza al intentar repararlo.

Una idea empieza a formarse en mi mente.

-Ah, entonces te acompaño que yo también voy para allá y así hacemos que somos amigos.

-Perfecto -dice dándome un palmadita en el hombro-, así tendrás tiempo de contarme que hiciste para enfadar al jefe.

-No es para tanto, solo em… causé un conflicto diplomático, podríamos llamarlo. Anda llama al ascensor, que te queda más a mano.

Quark se ríe y presiona el botón. He tenido suerte de que fuese Quark, cualquier otro se habría mostrado menos receptivo e incluso puedo conseguir que me sea útil para pasar el control. Pensándolo bien ¿soy idiota? El primero con el que me cruzo y técnicamente se lo he contado todo. Incluso siendo amigo, Quark podría haberme delatado por poner su trabajo en peligro, y no podría culparlo. Por ahora la fortuna me viene de cara. Las puertas se abren y entramos en el ascensor. Paso al fondo aprieto el botón cuando Quark se coloca a mi lado.

Mientras se cierran las puertas un par de psalterium aparecen por el pasillo haciendo señas para que sujetemos las puertas.

-Lo siento, ya tengo muchos amigos -dejo que las puertas se cierren.

-Que delicado eres cuando quieres... -Quark me mira con cara afable.- Bueno va, ¿qué le hiciste a tu padre?

-¿Seguro que quieres saberlo? -creía que insinuarlo sería suficiente, pero ante su insistencia no me queda más remedio que continuar engordando la historia-. Mira que luego tendré que matarte.

-Claro.

-Pues monté una fiestecita en uno de los apartamentos de mi padre. En la parte álgida, con la... "emoción" del momento, cogí unas gemas de ewha de mi padre y... digamos que manipulé algunas mentes -lo que se tiene que inventar uno, no sé ni cómo se lo cree-. Como resumen te diré que un maensiano y un areano se acabaron enrollando delante de todos, y bueno... resultó que el areano era amigo de mi padre y se lo contó todo. No sé si has visto a mi padre enfadado, pero hazte una idea.

-Pero Brais -dice sin parar de reírse-, ¿qué te metiste para hacer eso?

-He ahí otro problema, en la reserva privada de mi padre encontré un licor terrano, y al parecer era más fuerte de lo que me imaginaba. Creo que quedó un poco, si algún día quieres probar.

-¿Licor terrano? Jaja, no gracias, no me fio, prefiero lo sintético de toda la vida, no esas cosas exóticas.

-Tú mismo, más para mí -parece que se lo ha creído.

El ascensor se detiene y pasamos entre un grupo de psalteriums que estaban esperando. Noto como me miran extrañados al ver a un elnath realizando su trabajo, pero nadie dice nada y nos dirigimos al control para entrar en la zona de maquinaria. A estas alturas ya deben de saber que Julia ha desaparecido, será mejor que intente acelerar la marcha.

Llegamos ante el guardia, y dejo cortésmente que Quark pase delante. Este avanza saludando efusivamente al maensiano, que mira brevemente su carga, luego los registros de su holopantalla y le hace pasar. Camino justo detrás de Quark sin mirar al guardia.

-Eh tú, pequeñajo, ¿a dónde vas? -lo que le gusta a los demás resaltar lo de pequeñajo…en otras circunstancias me identificaría y le haría tragar sus palabras, ¿pero cómo paso por aquí ahora?

-Maldral tranquilo -dice Quark deteniéndose-, viene conmigo, me está ayudando con esto para que no haga dos viajes.

-Mmmm de acuerdo -puedo sentir su mirada iracunda sobre mi nuca al pasar.

Menos mal, Quark me acaba de salvar. Pasamos al interior, multitud de trabajadores yendo y viniendo sin reparar en nosotros.

-Quark amigo, qué digo amigo, hermano, te debo una.

-No pasa nada, ya ves…, el segundo viaje lo tengo que hacer de todas formas, solo he de esperar al cambio de guardia y aquí no se entera nadie -me doy cuenta de que no he sido justo con él todo este tiempo, la paranoia me hace desconfiar.

-Te podías haber metido en un buen problema si te pillan. Te debo una Quark y me he quedado con tu cara, no lo olvidaré -sin él esta escapada ya habría terminado.

-Anda déjalo -dice haciendo un ademán con la mano mientras siento como llega a avergonzarse por mis cumplidos.

-No, de verdad muchas gracias -le toco la mano y le trasmito toda mi gratitud-. Ahora te dejo con tu trabajo, yo tengo que seguir por aquí.

-Muy bien Brais, nos vemos.

-Claro, Quark, adiós.

Nos separamos y me dirijo a una zona solitaria para ver cómo está Julia. Observo a mi alrededor para asegurarme de que nadie puede verme y miro debajo de la tela. La pobre sigue ahí tendida. La acaricio el rostro sin percibir emoción alguna… No puedo quedarme más aquí, mientras la tapo me dirijo hacia la zona de residuos.

Allí muchos trabajadores van y vienen dejando sus cargas para ir a buscar más. Paso entre ellos como si nada, nadie parece fijarse en mí. Atravieso el corredor y me dirijo a la entrada al puerto. El último control y estaremos salvados, de momento. Pero ahora estoy solo…

La estancia es muy amplia y llena de gente. Una fila ordenada espera su turno para pasar el control de salida, mientras que por otra puerta acceden los que han pasado el control de entrada, mezclándose en un continuo fluir de seres. Un areano controla detalladamente cada individuo y su carga. Lo identifica, examina la carga y lo anota en el registro. Algunos maensianos del cuerpo de seguridad están apostados por toda la sala controlando el movimiento general.

Solo se me ocurre una solución para pasar y para ello necesito concentrar la atención del areano en mí, pero distraer a todos los demás. Coloco la plataforma gravitatoria en un extremo de la sala, apartándola del gentío y de los guardias y, asegurándome de que no atrae la atención de miradas indeseadas, me mezclo entre la multitud, acercándome hacia la fila de salidas.

No me agrada nada esto, pero es una situación desesperada. Ahora solo necesito detectar al que esté de peor humor, al más propenso a empezar una discusión. El sentimiento general es de cansancio y monotonía. Vale, creo que va a ser ese psalterium.

Me acerco a él, y aprovechando que pasaba otro psalterium le golpeo, tocándole el dorso de la mano y concentrando todo el odio que puedo en él.

-¡Mira por dónde vas! –el psalterium grita y mira enfadado al otro. El otro pobre, le mira confundido, sin saber qué ha ocurrido, pero tiene que detenerse a su lado, sin más espacio para continuar. Parece que esto va a necesitar otro empujoncito más.

Vuelvo a pasar, esta vez golpeando a los dos y trasmitiendo sentimientos negativos al psalterium enfadado.

-¡Inútil! ¡No te he dicho que miraras por dónde vas! –grita el psalterium, apartando al otro. Creo que esto va a estallar en breve. Me voy retirando un poco hacia afuera de la multitud mientras contemplo mi obra.

-¿Qué? ¡Tu madre debió romper el huevo en el que naciste! –el otro psalterium le responde con otro empujón. El primero recobra el equilibrio y le propina un puñetazo que lo lanza contra la fila de gente, derribando a algunos.

Es el momento de las arengas.

-¡Pelea! –no estoy orgulloso, pero me encanta. En respuesta a mi grito la gente se alarma, los afectados acentúan su lucha, algunos intentan alejarse, otros se apretujan para mirar, creando un caos de cuerpos.

Salgo de la multitud y veo que los guardias abandonan sus posiciones e intentan introducirse entre la gente para separar a los psalterium. Rápidamente alcanzo la plataforma gravitatoria y la empujo hacia el control, donde ahora solo hay unas pocas personas que se apresuran para alejarse.

Mientras paso cerca a la pelea no me puedo contener.

-¡Acaba con él! –adrenalina, que primitivo…- ¡Entran dos, solo uno sale! ¡Entran dos, solo uno sale!

Ahora llega la parte difícil. Llego al control justo cuando la última persona pasa, escribo apresuradamente en la pantalla de mi comunicador algo que parezca un mensaje y una firma. Mi turno. Mientras me acerco al mostrador, extraigo la pantalla del dispositivo para mostrársela al areano. Me mira brevemente y pone su atención en la plataforma.

-Pase la carga por el escáner y entrégueme su registro –dice de forma mecánica mientras sus largos dedos recorren la pantalla.

-Perdone, tengo una autorización firmada por Dcicon Swarths, director general del Orbe Central. Esta carga está exenta de pasar por el escáner.

-Muéstrame esa autorización -dice mientras me mira receloso.

-Claro, toma –le extiendo la pantalla, pero manteniéndola baja–. Lo siento, no llego -mentira-, ¿puedes cogerla? -El areano se inclina para alcanzar la pantalla.

Cuando alcanza la falsa autorización, le toco el dorso de la mano con la mía y proyecto la imagen de un documento verdadero, con la firma de mi padre. Fija sus ojos en la pantalla y parece no haberse dado cuenta de mi contacto lo que aprovecho para concentrarme firmemente en la imagen de la autorización.

-De acuerdo, pase –rompemos el contacto y vuelve la atención a su pantalla.

Debo darme prisa. La luz azulada del escáner se apaga y empujo la camilla rápidamente. Cuando paso por al lado del areano, este me mira y puedo notar su confusión, pero sigo mi camino apresuradamente intentando alejarme cuanto antes.

-¡Oye! –me llama el areano.

Mierda, no ha resultado, tengo que salir corriendo, pero las piernas no me responden, tengo que reaccionar.

-¿A- a- algún problema? – me recompongo como puedo e intento mirarlo de forma seria y confiada.

-Eh, no, no es nada, discúlpeme por favor. –se gira y vuelve a su trabajo, pero sigo notando su confusión.

Continúo mi camino mientras aflojo la tensión y me doy cuenta de que perfectamente podría haber tenido un accidente que me manchase la túnica.

¿Y ahora qué? No creo que Julia entre en mi nave. Podría intentar colarme en algún carguero que se dirija a saber dónde o robar una y… ¿piratear su sistema central? Yo no sé hacer eso. O podría…

-¿Por qué no contestas? -me sobresalto al escuchar la atronadora voz de Agnok a mi lado.

-¿Qué? Agnok, que…

-Vamos mok, tu padre quiere hablar contigo.

-No, ahora no puedo, luego iré a verle -las palabras se me atragantan y miro a todos lados buscando una salida que no existe. Por lo menos, Agnok no parece reparar en la camilla.

Se me ponen los pelos de punta al ver la sonrisa maliciosa que se dibuja en su rostro.

-Tu padre no me ha mandado solo para entregar el mensaje -dice al tiempo que me sujeta con una de sus enormes manos y me levanta del suelo.

Entro en pánico, solo puedo ver impotente como Agnok me aleja de Julia. Desesperado toco su mano e intento transmitirle tranquilidad y obligarle a que me suelte, pero solo recibo una mirada intimidante que me indica claramente que deje de hacerlo.

-Señor, lo he encontrado, voy para allá -dice por su comunicador mientras me lleva a rastras.

-Agnok por favor, déjame ir -sé que es inútil, pero de repente el enorme maensiano se queda quieto con la mirada perdida.

-Por supuesto señor Swarths -dice con voz monótona, carente de emoción alguna, mientras me deposita en el suelo-, disculpe las molestias.

Sin mirarme si quiera se marcha por donde ha venido con paso lento y aprovecho para volver junto a Julia. No salgo de mi estupor ante su radical cambio de ánimo. Aún estoy intentando averiguar qué es lo que ha ocurrido cuando noto una sensación extraña, alguien parece estar llamándome desde el otro extremo del puerto. Barajo las posibilidades pero me doy cuenta de que tampoco tengo otra alternativa, vista mi actual situación, así que me dirijo hacia allí.

Al acercarme reconozco el ewha de Dao´lon, mi maestro y al pasar tras un carguero le encuentro esperando delante de su nave, un speedster algo anticuado pero bastante más ámplio que la mía. Según me acerco abre la compuerta y se dirige hacia mí. Cuando pasa a mi lado me dispongo a hablar, pero Dao´lon me toma la mano y pone en ella una gema de ewha pura sin ningún alma en su interior. Su voz resuena en mi cabeza.

-Te deseo suerte, Brais, tu abuelo me pidió que te dijera que tiene plena confianza en ti -no entiendo nada, ¿por qué menta a mi abuelo y me ayuda si seguro que intuye lo que hay en la camilla?

Antes de que pueda reaccionar suelta mi mano y se aleja. Me quedo allí de pie, con la gema de ewha y la nave de Dao´lon abierta. El maestro desaparece tras unos contenedores y me dispongo a entrar en su nave, cuando vuelvo a notar su voz en mi cabeza.

-Por cierto, denunciaré el robo de la nave, no tendrás mucho tiempo. Adiós.

Capítulo 07

Julia

-¿London? -escucho mi voz en la distancia, ahogada y sin aliento. Me encuentro mareada, aturdida, con los sentidos embotados, no puedo abrir los ojos-. London, ¿dónde estás?

-Tranquila, no intentes moverte, necesitas descansar -una voz calmada y extraña me habla, pero la escucho apagada y distorsionada, el mero sonido hace que me duela la cabeza-. No hagas esfuerzos, duerme:

> Duerme, duerme, y sueña tener
>
> una vida sin la tentación
>
> de delirios de oro y poder
>
> de juzgar aunque exista razón

-London, ¿qué ha... -una música familiar me mece, llenándome de paz y tranquilidad, no puedo mantenerme despierta - ...pasado?

> La avaricia es la esclavitud
>
> del alma y de la libertad
>
> Que no te bese nunca la envidia,
>
> que no te abracen el odio y el mal
>
> ...

Vacío y oscuridad, tengo frío, pero mi cuerpo no es capaz ni de tiritar. Algo me envuelve, intenta apartarme del frío. Huele a leña ardiendo, el olor transporta un calor que recorre mi cuerpo, todo me induce a la calma. Me invita a seguir durmiendo.

…

Alguien habla, pero es confuso… son dos voces. El sonido me es molesto, hace que la cabeza me dé vueltas. Me voy despejando y noto a mis sentidos reaccionar, pero por mucho que me esfuerce no entiendo lo que dicen.

Luz… es de día. Intento abrir los ojos pero no puedo, me pesan demasiado los párpados. Pongo todo mi ímpetu en abrirlos pero la luz es cegadora, me quema, no puedo ver nada. Las manos no me responden y el dolor me obliga a volver a cerrar los ojos.

El simple acto de intentar abrir los ojos me ha dejado exhausta, no puedo continuar y mi consciencia lentamente se desvanece otra vez en el sueño.

…

Un calor me reconforta desde dentro, me llena de vida. Amargo, un sabor amargo acompaña el calor. Estoy… ¿bebiendo? Noto el líquido en la boca, alguien me hace tragar.

-Bebe Julia, esto te hará sentir mejor -escucho una voz junto a mí, de forma clara esta vez. Los párpados me siguen pesando y me siento demasiado cansada como para intentar abrirlos, le hago caso sin replicar y trago el líquido caliente. Me duele la garganta mientras noto su calor bajando pero inmediatamente me siento más relajada-. Eso es, muy bien, verás cómo pronto estarás mejor. Ahora descansa.

Noto como se separa de mi lado y el sopor vuelve a invadirme…

La sensación de frío regresa, creo está anocheciendo. Abro un poco los ojos, pero solo percibo formas borrosas. Huele a hierba, y madera, y algo que no reconozco. Dentro de mi aturdimiento empiezo a sentir mi cuerpo, me doy cuenta de que tengo hambre. Intento levantarme pero solo consigo hacer un leve movimiento y todos mis músculos se resienten.

-Brais -la voz es grave y potente, dice algo en un idioma que no conozco y un enorme borrón oscuro se mueve delante de mí con paso acelerado, alejándose.

Una mancha clara más pequeña se acerca rápidamente.

-Julia, tranquila, no intentes moverte todavía, llevas mucho tiempo dormida y te costará un poco recuperarte -intento incorporarme pero mi cuerpo no responde- No, espera -se va y vuelve al cabo de un momento-. Bebe un poco, te ayudará -acerca un vaso a mis labios y bebo un sorbo de la reconfortante, aunque amarga bebida.

-¿Dónde... -mi voz suena apagada y raspada, no puedo evitar alterarme al pensar que a London le pueda haber pasado algo-. ¿Dónde está London? ¿Está bien?

-Tranquila Julia -dice mientras me ayuda a recostarme, su voz suena preocupada, con un acento extraño muy marcado-, ¿qué es lo último que recuerdas? ¿Sabes qué te ha pasado?

-Estaba...estaba en unas ruinas. Con... había otra persona conmigo, es un anciano, está enfermo... El señor Halim, ¿se encuentra bien? Me desmayé, no sé qué más pasó.

-Julia escúchame -dice la voz detenidamente-, es... complicado. No eres consciente de donde estás. Has despertado cuando no deberías haberlo hecho.

-¿Despertado? ¿He estado muerta?

Me sobresalto e intento incorporarme abriendo los ojos de golpe, mi cabeza empieza a procesar la información, pero el repentino movimiento produce una explosión blanca detrás de mis ojos que me obliga a permanecer tumbada. Siento náuseas y un dolor penetrante en la cabeza.

-No importa -la voz permanece un momento en silencio, como eligiendo las palabras, algo que aumenta mi nerviosismo-, supongo que dependerá de a quién preguntes, pero ahora no tienes que preocuparte por eso. Julia, ¿cómo te encuentras?

-Aturdida, apenas veo y el sonido me llega ligeramente distorsionado. Me duele todo, no puedo moverme, ¿qué diablos me ha pasado? Lo último que recuerdo es que empezó a derrumbarse la tumba.

El pequeño dice algo que no entiendo y la potente voz le responde en un idioma que no había oído nunca. Aunque también podría estar demasiado aturdida como para reconocerlo. No lo sé, no puedo pensar con claridad.

-Julia, tienes que permanecer tranquila, solo necesitas tiempo para habilitarte. Puedes tardar unos días en despejarte completamente imagino, y casi seguro que en algunos más se desentumecen los músculos. Creo que será mejor que te cuente lo que ha pasado cuando empieces a sentirte mejor. Parece que por lo menos hablas relativamente bien, ¿sientes alguna otra molestia?

-No sé, al principio me costaba, tenía la garganta como dormida, ahora parece que está mejor.

-Y qué tal, eh, ¿la vista?

-Lo veo todo muy borroso, me mareo.

-Eso es normal, mejor sigue con los ojos cerrados, por lo menos así no te marearás, y ábrelos de vez en cuando para ir acostumbrándote a la luz.

-¿Quiénes sois?

-Oh, perdona -dice con de repente muy animado-, yo soy Brais y él… puedes llamarlo Kurl, aunque no habla tu idioma -vaya nombres.

-London, ¿está bien? Estaba conmigo, un anciano egipcio. Está muy enfermo.

-Tranquila, no tienes que preocuparte por él. De eso queríamos hablar, Julia. ¿Puedes contarnos algo de ese London? Quién es, o cómo os conocisteis…

-Sé poco de él, es… coleccionista de arte, me dijo que buscaba piezas únicas. Y sobre cómo nos conocimos, él me encontró, quería contratarme, quería que le tradujese unos textos. Yo soy…

-¿Qué quería que le tradujeses? -noto ansiedad por saber en su tono. Parece que está nervioso y no puedo evitar contagiarme de ese nerviosismo.

-Unos pergaminos -hago memoria, todo parece haber ocurrido hace muchísimo tiempo, empiezo a hablar, más para reorganizar mi propia memoria-, eran de un hijo del primer faraón de Egipto, Namer. Contaba como obtuvo un poder de los dioses para gobernar a su pueblo. El faraón abusó de su poder y…

-¿Cómo tenía esos libros? ¿De dónde los sacó? -su tono incrementa la intensidad, y con ella aumenta mi nerviosismo y preocupación.

-Nunca me lo dijo -digo tras hacer un esfuerzo tratando de recordar-, pero el último estaba en una tumba bajo tierra, leerlo es lo último que recuerdo. Allí es donde nos encontrasteis, ¿no?

Ambos se ponen a hablar en ese extraño idioma. Están alterados, eso es obvio. Abro un poco los ojos intentando distinguir algo, pero soy incapaz, solo formas demasiado borrosas. Ahora parece que discuten. La figura grande grita, se agacha y dice algo en voz baja pero severa. Cuando termina se marcha, escucho el ruido de una puerta al cerrarse.

-Julia, creo que necesitas descansar -dice nuevamente Brais-. Duerme, te doy mi palabra de que cuando despiertes te contaré lo que ha pasado. Ten, bebe otro poco, te ayudará -me da de nuevo la bebida amarga, empieza a resultarme agradable y como siempre el calor me reconforta-. Bien, ahora duerme Julia -dice en tono despreocupado mientras noto el leve contacto de sus dedos en mi frente-, duerme.

El sopor vuelve a invadirme y junto con el confort de la bebida, hace que me sienta somnolienta. Quiero permanecer despierta un poco más, pensar en todo lo que ha pasado, pero no puedo... no puedo seguir despierta.

Capítulo 08

Brais

London, sé que al abuelo siempre le gustó ese nombre, y aparece en la vida de Julia justo cuando ha desaparecido. Miro como Julia duerme y su conciencia se dispersa en los sueños. No me lo puedo creer, busco a mi abuelo y ¿es él quien me encuentra? ¿Pero es realmente él? Son demasiadas coincidencias, si bien es cierto que una de sus frases favoritas es que las coincidencias no existen. Nuestra raza bien lo sabe.

Tiene que ser él, si alguien puede sacar a una mente desde dentro es Unwei. Ni siquiera era consciente de que eso se podía hacer. Una mente tarda mucho en aclimatarse, y se hace mediante procesos específicos, imagino que él le daría esa información a través de esos pergaminos. Definitivamente la verdadera historia de Namer solo la conocería alguien fuera del Orbe. No puedo creer que haya utilizado unos simples textos como conductores para su mente.

Si ha sido Unwei, eso significa que de alguna forma está conectado al Orbe. Si es así, Kurl tiene razón y el malnacido de mi padre está detrás de su desaparición, nadie tiene acceso al Orbe sin que él lo sepa. No sé por qué razón lo mantendría conectado al Orbe, pero todo apunta a que lo quiere convertir en un det´ta ewha. Cómo puede ni pensar en matar el alma de su propio padre, maldito hipócrita. Y no hacía más que pedirme que confiara en él, cómo quiere que confíe en él, si solo le importa su asqueroso poder.

Relájate Brais, no puede haber sido él, no tiene sentido. ¿Por qué padre le haría esto al abuelo? No tiene sentido. Deja de pensar en el problema y concéntrate en la solución. El abuelo está imbuido en el

Orbe, Julia demuestra eso, hay que sacarle de donde esté antes de que pierda definitivamente su ewha, antes de que sea demasiado tarde. ¿Pero dónde puede estar?

Obviamente, no va a estar en una sala de sueño corriente, donde todo está controlado y la mayoría conoce a alguien que ha sido tan importante como Unwei. Descartamos las estaciones principales, quedarían algunos pequeños centros de aclimatación, pero esos también están vigilados, casi más que los principales y los sujetos de esos centros suelen dar más problemas.

Aunque es cierto que todos estos lugares están bajo la responsabilidad de padre, y a fin de cuentas él podría manipular los informes para ingresarle en uno de estos centros. Pero eso sigue sin tener sentido, en esos centros trabaja demasiada gente como para que nadie diga absolutamente nada. Todo sigue apuntando a mi padre, pero no puedo creerlo, me niego a creerlo. Puede que alguien se esté aprovechando de sus competencias para perjudicarlo.

Cuando vuelva Kurl me podrá contar como está el panorama por ahí fuera, y espero que con sus contactos pueda averiguar algo sobre el paradero de Unwei. No le hace mucha gracia tener que recurrir a esa clase de gente y deberles favores, pero sabe lo que se hace.

Que estrés, mi abuelo desaparece, no sé si puedo confiar en mi padre y la mujer a la que he amado toda mi mísera existencia se encuentra tumbada en el salón. Mi ghem`ih ewha, la única estrella en todo el universo capaz de dar luz en los lugares oscuros de mi alma, estás aquí...

Pero qué más da, no seas idiota, estúpido, estúpido. Confórmate con el regalo que acabas de recibir, puedo hablar con ella, me puede conocer. Sí, me conformaré con poder estar de nuevo a su lado, eso sí, más a su lado que nunca.

Tiempo, ella está aquí "solo" para confirmar que Unwei no ha muerto, en teoría Julia solo es la mensajera. Es obvio pues el abuelo conoce de sobra mi obsesión. Abuelo qué diablos quieres que haga ahora, ¿le doy una propina a Juila y la mando de vuelta? ¿Tan desesperado estás, abuelo, para enviarme a la persona que amo y ponerla en peligro de muerte? Supongo que no habría otra opción. Necesito reflexionar tranquilamente, mi cuerpo me pide que descanse y mi mente que medite, me dirijo silenciosamente a mis cojines intentando no despertar a Julia.

Suspiro al sentarme, siempre me reconforta este lugar.

¿Qué hago ahora? ¿Qué puedo hacer? Sí, sé que tengo que encontrar a Unwei, ha conseguido mandarme un mensaje, cómo voy a hacerlo si ni siquiera sé dónde puede estar, como encontrarlo. Sea como sea lo haré, me necesita.

También hay que tener en cuenta que aunque supiese donde está, no puedo pasearme por ahí con una humana, nos detendrían nada más pisar la calle. Y seguro que ya la están buscando, todo el Orbe se habrá dado cuenta de que ha salido de forma irregular, a lo que hay que añadir que a padre no le costará mucho deducir que está conmigo, demasiada coincidencia que desaparezcamos los dos a la vez.

Estupendo, estamos de acuerdo en que Julia no puede acompañarme a ningún lado, al menos por ahora. Pero qué puedo hacer con ella, no puedo dejarla aquí. Está demasiado débil como para deambular sola por este bosque, y padre acabará encontrando la casa, es más no sé cómo no lo ha hecho ya. ¿Entonces qué?

Piensa Brais, ¿dónde es menos probable que la encuentren? A ver, obviamente si estuviese rodeada de humanos nadie repararía en ella. Pero qué voy a hacer, ¿meterla así cómo así en el Hábitat? Es posiblemente el sitio más vigilado de este planeta. Y aunque lo consiguiese no pienso dejarla con esos descerebrados. Esos idiotas podrían intentar comerle la cabeza, o incluso entregarla cuando descubrieran que Julia ha entrado de forma irregular, a ellos no les hará ninguna gracia que alguien intente descolocar su "mundo perfecto".

La otra opción no es menos peligrosa, la resistencia. Ellos podrían esconderla y estoy seguro de que no la van a entregar. Pero cómo encontrarlos, precisamente siguen actuando porque no somos capaces de encontrarlos. Son terroristas que viven robando los bienes del Orden, si la obligaran a unirse a su causa a cambio de refugio podría ser peligroso para ella.

Puede que no me guste, pero parece la única solución por ahora. ¿Cómo damos con ellos? Asaltan cargamentos y almacenes en cualquier parte del planeta. Todos saben dónde se esconden, pero son selvas inexpugnables. Cualquier no humano que entra en ellas está condenado. Maldición, tienen todo un continente de selva para ocultarse y aun así es la mejor opción, salvo que a Kurl se le ocurra otra cosa.

Y todo esto habría que hacerlo cuanto antes, a Unwei podría no quedarle mucho tiempo. Todo parece imposible. ¿Dónde puede estar? ¿Por dónde empezar? Saco la gema de mi túnica. El maestro Lon me la dio de parte del abuelo, él debe saber algo, debería contactar con él. Por qué me dará eta gema vacía...

Se me cierran los ojos, ¿cuándo fue la última vez que dormí? No me he separado de Julia estos días, pero todavía tengo cosas que preparar, le prometí una explicación. ¿Qué le voy a contar? ¿Cómo voy a explicarle...?

La oscuridad me envuelve y recibo el cálido abrazo del sueño.

Capítulo 09
Julia

-¡Gabriel! No te alejes mucho cariño, y no te acerques tanto al río eh.

-¿Cuánto es tanto mamá?

-Tú no te acerques al río, ¿vale?

-Vale -Gabriel se da la vuelta y sigue correteando entre los árboles.

Iago me abraza por la espalda.

-Es impetuoso ¿eh? Siempre te está desafiando -su olor me hace aflorar todo el amor que siento por él.

-Tiene el alma de su padre.

-Sí, y tan pesado como su madre -adoro sus bromas pero no puedo dejar que se le suban a la cabeza.

-¡Pero bueno! -me suelto de su abrazo y lo miro-. Tendrás tú alguna queja.

-A ver, déjame comprobarlo -me alza en brazos y giramos hasta que me deja suavemente en el suelo, dándome un beso.

-Sí claro, intenta arreglarlo ahora con cariñitos.

-¿Te he dicho hoy que te quiero? -esta frase es el preludio de su modo romántico.

-Creo recordar que esta mañana al despertarnos me lo has susurrado al oído.

-Pues creo que, aunque parezca y quizás sea imposible, te quiero más que esta mañana.

-Zalamero… -lo que más me gusta de él es que aunque parezca que bromea, sé que lo dice con el alma.

-¿O sincero? Depende de cómo lo quieras ver.

-¡Mamá! Tengo hambre y esa rana corre mucho -Gabriel viene andando despacio.

-Yo también te quiero, mi amor -le doy un beso a Iago-. Vamos Gabri, que seguro que la abuela ya habrá hecho la comida.

-¡Almejas! ¡Almejas! -salta mientras grita.

-¿Te gusta la comida de la abuela eh? Ven aquí -Iago coge a Gabriel sobre sus hombros, Gabriel se agarra con sus manitas a su cabeza-. ¿Y cómo son las almejas?

-¡Marinas!

-Marineras…

-Eso.

-¿Y sabes por qué son marineras?

-No, papá.

-¿Quieres saberlo?- en su tono se denota que empezará a divagar.

-Sí, cuéntamelo- la cara de Gabriel refleja expectación ante una nueva historia de su padre.

-Muy bien, pero ten en cuenta que lo que te voy a contar es un secreto, muy poca gente lo conoce. Así que no se lo puedes contar a nadie eh. ¿Lo prometes? Iago tiende un puño hacia Gabriel. Él pone su puño contra el de Iago y lo giran en direcciones contraria, como cerrando con llave.

-Lo prometo.

-Bien, escucha atentamente. Se dice que las almejas más ricas son aquellas que han superado todos los peligros del océano. Estas construyen barcos y se lanzan a la mar, donde tiene que luchar contra temibles tiburones y pulpos gigantes. Son las más valientes. Pero la abuela, como sabe que te gusta mucho, coge su barco y se adentra en lo profundo del océano para buscar un navío de almejas marineras. Entonces lo aborda y lucha contra las almejas con su espada, pero como es tan buena, ninguna puede con ella, aunque hayan vencido a tiburones. Y cuando las ha derrotado a todas las trae y te las prepara para comer.

-Eso es imposible papá- dice riéndose.

-¿Cómo te atreves a decir eso? Si no me crees pregúntaselo a la abuela. Si llegamos pronto seguro que todavía no se ha quitado su ropa de pirata -los dos se ríen.

-Vamos par de payasos -digo entre risas desde la puerta-, al coche.

Iago baja a Gabriel de sus hombros y cuando este toca el suelo salta alrededor de Iago señalándolo.

-Ja ja, te ha llamado payaso.

-Ju ju, lo ha dicho en plural -le dice Iago mientras se agacha para hacerle cosquillas.

-Ja ja, te lo ha dicho a ti porque eres doblemente payaso -sale corriendo, riendo y saltando hasta que se mete en el coche.

-Será posible -dice Iago recuperando el aliento tras haber corrido tras Gabri-, oye, dile algo a este hijo tuyo, que a mí ya no me tiene ningún respeto.

-Pero qué quieres que le diga, si es igual que tú.

-¿Qué? No, eso tiene que haberlo sacado de ti, yo soy pura bondad y simpatía.

-Venga anda, conduce tú, míster simpatía.

Nos subimos en el coche y salimos de la pequeña área de descanso al lado de la carretera.

-¿Sabes salir de aquí? -le digo a Iago, mientras le dirijo una severa mirada a Gabriel para que se siente bien.

-Sí, no te preocupes, siguiendo un ratito por aquí salimos casi al pueblo.

-Mamá, me mareo.

-No pasa nada cielo. Abre un poco la ventana para que te dé el aire, que ya casi llegamos -Gabriel se pone de rodillas en el asiento para bajar la ventanilla con las dos manos. El coche salta y tiembla y cuando me doy cuenta nos hemos salido de la carretera. -¡Iago! -Iago grita algo, no lo oigo - ¡Iago!...

Me despierto sobresaltada. Hacía meses que no tenía esa pesadilla, siempre el mismo recuerdo. Abro los ojos, la luz me molesta un poco. ¿Dónde estoy? Esto no es un hospital.

Me incorporo y miro la habitación. Me duele hasta el más mínimo movimiento, es como si tuviese agujetas, pero infinitamente más intenso. Estoy en una habitación grande, parece hecha de madera, como una cabaña, puedo ver árboles por la ventana ¿Árboles en el desierto? Dentro todo es extraño, como demasiado grande. Hay una chimenea y multitud de objetos por todas partes, sin ningún orden aparente y mezclados. A mi lado hay una especie de sillón enorme hundido y desgastado y al otro lado unos cojines de colores tirados en el suelo.

Un momento, hay algo durmiendo en esos cojines. Es... eso es un... ¿animal? ¿Qué es eso? Parece que no están los que me "salvaron", prefiero darles las gracias en otra ocasión, será mejor que aproveche y me vaya. No me siento bien, debería estar en una clínica.

Me levanto lentamente. Veo que llevo una especie de camisón y no sé si eso me consuela. Hago un esfuerzo y termino de incorporarme, parece que me cuesta mantener el equilibrio. Tambaleándome me dirijo hacia la enorme puerta, haciendo el mínimo ruido posible.

Alargo la mano hacia el pomo cuando de repente la puerta se abre bruscamente. Me caigo de culo al suelo cuando veo ante mí un imponente ser de casi tres metros, piel verdosa y facciones toscas mirándome.

Se me escapa un grito sordo de terror mientras el enorme monstruo abre sus musculosos brazos y gruñe algo incomprensible. Intento retroceder, arrastrarme lejos de él, pero el monstruo da un paso hacia mí. Inmediatamente, otra voz farfulla algo a mi espalda. Al girarme, veo al extraño animal de pie y hablando con el otro. ¿Qué es todo esto?

-No me hagáis daño por favor.

El pequeño me mira y muestra unos diminutos dientes en su boca, ¿podría estar sonriendo? No puedo creerme lo que veo, un ser antropomórfico de poco más de un metro, cabezón y cubierto de una pequeña capa de pelo blanquecino como un animal, y unas grandes orejas que le cuelgan por la espalda.

-Julia, qué bien, estas despierta -dice la criatura con voz aguda y un marcado acento, claramente la misma voz de antes-. ¿Cómo estás, te encuentras bien? ¿Ya no te duelen los músculos?

-¡Hablas! -me alejo un poco más de ellos, todavía en el suelo-. ¿Qué demonios sois vosotros? ¿Qué está pasando? -doy con la espalda en la pared-. ¿Dónde estoy?

-Oh, perdona Julia, somos nosotros, los que te hemos estado cuidando. Yo soy Brais y él es Kurl -dice al tiempo que se arregla la especie de túnica que lleva puesta y hace una profunda reverencia-. No esperaba que esto fuese tan violento, por favor, siéntate y hablaremos -señala hacia uno de los sofás cerca de la chimenea, parece sumamente nervioso-, te dije que te lo contaría todo, ¿no?

-Estoy soñando, ¿verdad? Esto no puede ser real.

-No Julia, ya no estás soñando. Contestaré encantado a todas tus preguntas, pero por favor, siéntate -me señala otra vez el sillón y sirve algo de una jarra en un vaso-. Por favor, Julia.

Soy incapaz de pensar claramente ahora, estoy en shock. Puede que no lo entienda, pero parece querer responder a mis preguntas. Miro hacia la puerta, aún bloqueada por el enorme ser y no veo otra opción. Asiento con la cabeza y me dirijo lentamente a uno de los sofás, donde había estado tumbada.

El pequeño ser, Brais, parece relajarse y se separa un poco, dejándome sitio para pasar. Dice algo en su extraña lengua, imagino que al grande. Este le contesta, cerrando la puerta y pasando dentro de la habitación. Su comunicación continúa y se sientan frente a mí, el pequeño en un sofá similar al mío y el grande en el sillón enorme, aparentemente hecho a su medida.

Miro al grandote, Kurl, con evidente miedo. A parte de su ya de por sí intimidante tamaño, sus grandes y marcados músculos ayudan a hacerlo aún más imponente. Tiene los ojos pequeños y oscuros, una nariz muy ancha que casi no sobresale de su cara y la boca grande, con la mandíbula muy marcada. Tiene el pelo largo y recogido en una coleta, pero cada pelo es muy grueso, por lo que parecen una especie de rastas finas. Sus manos son enormes y solo tiene cuatro dedos anchos y cortos.

-Bebe Julia, te ayudará a encontrarte mejor -Brais me señala el vaso delante de mí-. Mira, no sé muy bien cómo empezar, así que, pregunta lo que quieras y partiremos de ahí, ¿te parece?

-Ehh, ¿qué sois? -digo lo primero que se me pasa por la cabeza.

-Muy bien esa me la sé -se ríe, pero viendo que no me hace ninguna gracia, vuelve a ponerse serio-. De acuerdo, somos extraterrestres. Haré las presentaciones como es debido -se levanta-. Me llamo

Brais Swarths, soy un elnath, del planeta Elnath -hace una especie de reverencia con la cabeza similar a la anterior y se vuelve a sentar- Él es Kurltama Karie Karum, -inclina un poco la cabeza- es un maensiano, del planeta Mons Maenalus. Puedes llamarle Kurl o, si te deja, triple K -mira a Kurl y se ríe, Kurl gruñe algo y le da un "codazo" a Brais.

-Él... ¿él nos entiende? -digo señalándolo tímidamente.

-Por supuesto que... ¡Oh! Se me ha olvidado -se levanta, corre hacia una mesa de lo que parece ser la cocina, coge una especie de cinturón y vuelve-. Toma, ponte esto, es un... ordenador -lo cojo, es una tira de una especie de metal elástico- Mira ahí tiene un auricular, si te lo pones y hacemos así... -no sé cómo sale una especie de pantalla holográfica del aparato, Brais presiona unos "botones"- y ya está, ahora te traducirá todo lo que oigas, en casi cualquier idioma del universo. Era de Kurl, se suelen llevar en la muñeca, pero no sé, a lo mejor puedes llevarlo de collar o algo así...

Le miro sin saber muy bien qué hacer, él se queda de pie, como esperando a que le haga caso. Cojo el auricular, más pequeño que los que yo conozco, sin ningún cable, y me lo pongo en el oído. Al introducirlo se adapta perfectamente. Kurl dice algo con su potente voz y casi al mismo tiempo escucho la traducción.

-Siento haberte asustado -la voz del aparato suena muy similar a la grave voz de Kurltama, con un tono metálico, pero casi igual.

-¿Qué me ha pasado? ¿Dónde estoy?

-Mmm, bueno, ahora mismo estamos en un refugio en el bosque -dice Brais volviéndose a sentar-, en el norte de vuestra península ibérica. La construimos nosotros y no nos quedó mal, ¿verdad? -una sonrisa aparece en su rostro, dejando ver sus pequeños dientes, pero desaparece rápidamente cuando el maensiano habla.

-La construí yo, tu abuelo y tú solo mirabais y dabais supuestos ánimos.

-Bah, tecnicismos -dice Brais haciendo un ademán con la mano para quitarle importancia- Respecto a lo que te ha pasado, bueno, eso es más complicado. La respuesta es mucho más compleja, así que por favor, ponte cómoda, porque empezaré la historia desde el principio. Con cualquier cosa que no entiendas córtame eh.

¿Historia? No sé a dónde llegará esto.

-¿Lista? Bien empecemos. Creo que para bien o para mal, todo esto empezó hace muchísimo tiempo en mi planeta, Elnath. Tengo que decirte que los elnath somos una raza especialmente empática, somos capaces de sentir las emociones de los seres que nos rodean, y podemos llegar a manipularlas.

-Sentir emociones. ¿Podéis leer las mentes o algo así?

-No, no, bueno, con entrenamiento, una piedra de ewha y si el individuo nos deja... No, a ver, nosotros sentimos emociones, como felicidad, miedo, amor... y si tocamos al sujeto podemos trasmitir esas emociones a su interior. Podemos provocar que alguien se enfade o se ponga alegre.

En el acto siento desconfianza y me doy cuenta de que Brais también

-Bueno continuo, en nuestro planeta encontramos un mineral que es capaz de conducir esas emociones y amplificar nuestras capacidades, mira -se mete una mano en el bolsillo y saca una gema pulida de un color azul apagado y me la deja en mi mano. Es fría al tacto e impecablemente pulida-. En estas gemas, nuestro pueblo consiguió introducir la energía de un individuo, de tal forma que podemos mantener vivo el ewha de nuestros seres queridos. El ewha es como... el alma. Así nuestros antepasados pueden guiarnos en nuestra vida -miro sorprendida la gema. ¿Esta gente mete a sus muertos en estas piedras?-. Tranquila, esa gema es artificial, destinada a tareas laborales -le devuelvo la gema.

-Como decía, antes de que nuestra raza saltase al espacio, un gran acontecimiento nos marcó. Algo que nunca antes había ocurrido. Un día un sacerdote estaba en una de las minas de las que extraemos el mineral para hacer las gemas. Estaba adiestrando a un pupilo —puedo notar como se empieza a emocionar en la narrativa de la historia-. Cuando se encontraban en las profundidades de la mina, una explosión de energía barrió una vasta zona del espacio. Muchos planetas la notaron, pero no le dieron la menor importancia. Parece ser que la gran cantidad de mineral concentró toda la energía hacia el interior, donde se entrenaban el sacerdote y su aprendiz.

-La energía podría haber destrozado las mentes de ambos, pero en el último momento, parece que el maestro absorbió la mayor parte de dicha energía con intención de proteger al aprendiz, cosa que lo mató en el acto. Aun así, al aprendiz le llegó una gran cantidad de energía que no fue capaz de asimilar. No murió, pero su mente quedó encerrada dentro de sí misma.

-Cuando nuestra gente lo encontró, muchos intentaron introducirse en su consciencia para saber qué había pasado. Su mente era ahora una vorágine terrible de acontecimientos, imágenes y gritos. El aprendiz, que quedó en coma en el mismo momento que recibió la energía, no pudo soportar ese trauma y murió días después, pero los especialistas que pudieron sondear su mente antes de morir sacaron algo en claro.

-De aquello surgió una leyenda que dice así: La muerte comenzará en el tercer planeta, su azul se teñirá de rojo y su grito oscurecerá el universo.

-¿Y qué quiere decir eso? -digo sin ver mucho el sentido de todo, no hace falta ser astrónoma para darse cuenta de que el tercer planeta azul es la Tierra.

-Básicamente, nuestros antepasados creían que la destrucción del universo comenzaría en este planeta. Esto supuso una gran conmoción, así que nuestra raza consideraba que habíamos sido elegidos para impedir dicho desastre.

-Obviamente no tenían ni idea de cómo encontrar ese planeta, ni siquiera habíamos viajado al espacio, así que la leyenda del grito quedó grabada en piedra y nuestra raza continuó. Con el tiempo viajamos al espacio, conocimos a otras razas en otros planetas. Después de muchas generaciones se formó una alianza de razas, el Orden Democrático de Planetas. Nuestra raza fue una de sus fundadores.

-Sé que estás confundida Julia, pero ahora llegamos a la cuestión. Unidas en el Orden, todas las civilizaciones progresamos exponencialmente. Nos apoyábamos y complementábamos. Nuestras fronteras se expandieron. Obviamente algunos no quisieron pertenecer al Orden y mientras no interfirieran en nuestra libertad, el Orden tampoco se interponía en la suya.

-Entonces fue cuando se encontró este sistema y se avivaron viejos temores, pero el Orden decidió que solo era un planeta perdido, y no se debía interferir debido a viejas supersticiones.

-Menos de una generación después, se descubrió que una de las civilizaciones de la Tierra habían adquirido una tecnología terrible y prohibida por el Orden, una tecnología que no les correspondía y que alguien les había entregado cuando era obvio que no estaban preparados para su poder. Los pueblos la utilizaban para destruirse unos a otros y entre los elnath se empezó a revivir la leyenda del grito. El

Orden vio el potencial destructivo de los humanos, estaban descontrolados, así que se decidió intervenir.

-Espera un momento -digo cortándole, la cabeza me da vueltas con tanta información-. ¿Tecnología prohibida? ¿Qué pasó?

-Creo que esa parte ya la sabes.

-¿Cómo?

-Una de las razas contraria al Orden llegó a la Tierra y entraron en contacto con los egipcios primitivos. Estos los tomaron como sus dioses y empezaron a adorarles como a tales. Les dieron tecnología que les permitía estar ampliamente por delante de los demás pueblos de la Tierra. No estaban preparados para ella y no entendían el poder que se les otorgaba, lo que desencadenó la masacre de las demás tribus o en su esclavitud.

-¿Qué? -los libros decían la verdad, no puedo creer que London tuviese razón- Todo esto es una locura.

-Pues espera, que ahora viene lo mejor. El Orden investigó lo ocurrido y pronosticó que la guerra entre los pueblos de la Tierra ascendía exponencialmente en crueldad y destrucción. Así que se intervino y se puso una sentencia nunca vista.

-El Orden se jactaba de ser bueno y noble, por lo que no podían exterminar una raza, aunque algunos lo pedían, sin estar seguros de que esa raza era esencialmente malvada. Me avergüenza reconocer que los elnath votaron fervientemente a favor de destruir inmediatamente a los humanos, pero la mayoría decidió que se les tendría que estudiar privándoles de esa tecnología que había llegado a ellos de forma in-apropiada.

-Por ello el Orden llegó a la Tierra para ejercer su sentencia, pero esto desembocó en una guerra con los humanos. Muchísimos murieron y los demás se tomaron como prisioneros. De estos se seleccionó a los más válidos de la población y se les indujo un sueño. En este sueño desarrollarían sus vidas sin saber que son observados. Los que no fueron seleccionados también fueron eliminados. El objetivo de esta medida era estudiar a los humanos para averiguar si son una raza buena o mala por naturaleza. Mi opinión personal es que jugaron a ser dioses.

-Pero... ¿Cómo puede ser posible? -escucho sus palabras, pero en mi cabeza no tienen significado.

-Bueno, tengo que decir que en la parte de inducir al sueño, los elnaths también tenemos toda la responsabilidad. Una gran cantidad de elnaths trabajando juntos son capaces de conducir los pensamientos de un pueblo si este no opone resistencia. Con los humanos sedados, se pudo crear un mundo para su mente, donde vivirían y serían vigilados.

-Obviamente la población mundial era demasiado grande como para manejarla toda, así que progresivamente se fueron creando personas artificiales, proyecciones creadas por los elnaths para actuar como vosotros, para convivir con vosotros y provocar comportamientos. De esa forma los humanos desarrollarían su vida y el Orden podría vigilaros y estudiaros, para así decidir si sois una raza bondadosa y liberaros o una raza malvada y cruel, en cuyo caso se os destruiría por el bien del universo.

-Espera, ¿me estás diciendo que unos alienígenas han encerrado a toda la raza humana y les obligan a vivir en un mundo ficticio, un mundo fruto de los sueños? ¿Nada de mi vida ha sido real?

-No Julia, puede que hayas estado en un mundo artificial, pero lo que "viviste" era real, lo que eres como persona y tus sentimientos eran reales.

-No… no puedo creerlo, ¿por qué debería confiar en vosotros? Según lo que has dicho, sois los malos.

-¿Todos los alemanes son nazis? -su argumentación intenta ser contundente, pero no llega a calar-. Julia, formamos parte de un conjunto, pero no todos aprobamos lo que se ha hecho.

-Entonces, ¿eres de la resistencia o algo así? ¿Luchas contra el sistema?

-Bueno, luchar, luchar… no, de momento solo he hecho lo menos posible por contribuir -se ríe amargamente, más bien una risa nerviosa, y vuelve a quedarse serio al instante-. Julia, sé que es difícil confiar en el primero que aparece, y que le estarás dando vueltas a toda la vida que has vivido, solo intento que comprendas el mundo en el que has despertado.

Estoy demasiado aturdida como para pensar en eso, pero al oírle mencionar mi antigua vida, las imágenes de mi familia me arrollan. Gabriel, Iago, mis padres y amigos, incluso London. Nada ha sido real. El mundo parece venirse abajo y empiezo a llorar en silencio.

-¿Por qué me has despertado? ¿Por qué estoy aquí?- no puedo evitar pensar en el sentido de todo esto.

-Yo no te he despertado Julia, pero me parece que estás aquí por mi culpa. Brais aparta la mirada y se retuerce las manos.

-Explícate.

-A ver... London... -mira a Kurl un instante mientras parece replantearse sus pensamientos-. London fue el que te sacó.

-¿Y dónde está ahora, consiguió salir él también?

-Ehh, no. Julia, London no es quién tú crees. London es mi abuelo. Bueno -suelta un suspiro-, no exactamente mi abuelo, es la proyección de su ewha en vuestro mundo. Un avatar, un alter ego, no sé si me explico -nada de lo que dice tiene sentido por más que lo intente, mi cerebro simplemente parece haberse colapsado-. Los elnath podemos crear "personas" permanentes que conviven con los humanos, pero también podemos entrar personalmente, en esos casos, generamos un individuo con el que movernos, solo es una forma de representación física. Mi abuelo, Unwei Swarths, él siempre utilizaba el apodo de London.

-¿London tampoco es real?

-No Julia, el London que conociste, mi abuelo, es real, solo que lo conociste en tu sueño, bajo otra forma. Para ser más exactos, conociste su alma. -me mira con una sonrisa, pero al instante baja la cabeza con una mirada triste.

-¿Qué le ha pasado? La última vez que le vi estaba muy enfermo. ¿Por eso estás preocupado?

Me mira con cara de sorpresa.

-No sabemos dónde está, pero quizá ahora que estás aquí podamos encontrarlo.

-¿Y eso por qué? ¿Qué puedo hacer yo?

-Él te despertó de tu sueño para que yo supiera que sigue vivo. O por lo menos eso creo -se queda un rato callado y parece darse cuenta de algo-. Y por supuesto darte la libertad, él siempre creyó que te la merecías. Sí, eso decía...

-Me la merecía... ¿es que me conocíais de antes?

-Eh, sí... bueno, te he visto varias veces... porque... -mira a Kurl y me vuelve a mirar, una sensación de nerviosismo invade mi cuerpo- digamos que yo controlo y superviso el área... del sector en el que casualmente tú estabas.

-Mi marido siempre decía que las casualidades no existen -digo mostrándome evidentemente molesta de que me mienta.

-Sí, era un tipo estupendo -dice entre dientes y mirando hacia otro lado.

-Entonces también sabes que mi marido y mi hijo murieron... ¿También ellos fueron sueños? -hacía mucho tiempo que no me hacía tanto daño ese recuerdo, la intensidad de las emociones me abruma y pensar que nunca existieron se me hace insoportable.

-Julia, lo siento mucho, luego hablaremos más profundamente de eso, ahora no tenemos tiempo, tengo que encontrar a mí abuelo, y ni siquiera sé por dónde empezar a buscar -se levanta camina por la estancia, mirando al vacío y empieza a murmurar en un extraño idioma que el comunicador traduce casi al instante-. A ver, por lo que sé, si se ha manifestado en el sueño humano, significa que tiene acceso a ese mundo, ya sea libremente, que lo dudo, o porque mi padre lo está convirtiendo en un det´ta ewha.

-Det´ta... ¿qué es eso?

-Det´ta ewha. Significa los carentes de ewha, los sin alma. Así es como se mantiene el mundo de los sueños de los humanos. Una gran cantidad de elnaths uniendo sus mentes para controlar otras muchas. Poco a poco se fueron añadiendo delincuentes y gente condenada de por vida, sedándolos de tal forma que no eran capaces ni de dirigir sus pensamientos, alguien tenía que hacerlo por ellos. Así, los elnaths podían "configurar" esas mentes para crear el mundo que tú conoces. Con el tiempo todos acabaron convirtiéndose en det´ta ewha. Una enorme cantidad de mentes vacías pueden ser controladas por unos pocos elnath que únicamente tienen que mantener todo en funcionamiento, algo no demasiado complicado, son cascarones vacíos. Al principio conservan su conciencia, pero poco a poco su ewha va muriendo. Si mi padre le está haciendo eso a mi abuelo no le queda mucho tiempo antes de que su mente muera para siempre.

-London... ¿tu abuelo está en peligro? -todo suena de lo más surrealista, pero no puedo evitar seguir preocupándome por London.

-Sí, creo que por eso estás aquí, él está atrapado y te despertó para hacerme saber que aún sigue vivo.

-¿Entonces no soy más que un mero títere? -una sensación de vacío llena mi interior cuando el traductor empieza a sonar.

-Eres mucho más que eso -me mira directamente a los ojos de una manera que me hace sentirme extraña, luego lanza un suspiro profundo que resuena en la sala mientras aparta la mirada-. Cómo ha sido capaz de hacerle algo así al abuelo -camina agitadamente, con todo su cuerpo tenso. Noto una sensación extraña, como una presión en la cabeza-. Tengo que encontrarlo como sea. Kurl, tenías razón desde el principio, mi padre es un maldito bastardo.

-Brais -dice Kurl mientras se levanta-. Tranquilízate.

-Cómo quieres que me tranquilice -la presión aumenta, noto... ira-, mi abuelo podría estar a punto de...

-¡Brais! -la voz grave de Kurl paraliza inmediatamente a Brais-. La estás asustando -dice con la voz mucho más calmada y haciendo un gesto en mi dirección.

Brais me mira desconcertado e inmediatamente la sensación desaparece, tornándose en preocupación y culpa.

-Julia, yo...

Lo miro asustada. Su ira me ha afectado como si la estuviera sintiendo yo, y aunque ahora la sensación se atenúa gradualmente, puedo notar su culpa y su miedo, así como los veo reflejados en su cara.

-Perdóname Julia, debí controlarme, no quería que sintieses mi ira. Por favor, no tengas miedo.

El sentimiento que me ha transmitido ha sido terrible y aunque me ha asustado me ha permitido entender su dolor. Nos quedamos en silencio durante un rato.

-Brais -dice Kurl desde el otro lado de la habitación- sabemos que Unwei están en peligro, pero estamos igual que al principio, no sabemos dónde está ni cómo ayudarle.

-Podríamos contactar con el Orden, con el inspector aquel que estaba investigando su desaparición.

-Eres un fugitivo y tu padre tiene poder sobre casi todo el planeta, incluido el Orden. A mí también me buscan, y ya te puedo decir que no me presentaré ante ellos sin pruebas que limpien mi nombre.

-A lo mejor podría entrar en el mundo de los humanos e intentar dar con él...

Brais y Kurl se sitúan en una mesa de lo que parece la cocina y siguen discutiendo los posibles planes de acción. No puedo hacer nada para ayudarlos, no les soy de ninguna utilidad y no puedo hacer otra cosa que mirarlos sin saber qué hacer.

-¿Y Julia? -pregunta Kurl, me mira de reojo pero continúa-. No podemos llevarla con nosotros.

-Lo sé -Brais también me mira- Julia, es muy peligroso que te vean por ahí, por no decir que es una sentencia de muerte, recuerda que técnicamente no tendrías que estar despierta y estarán buscándote -se vuelve hacía Kurl-. He pensado un poco sobre esto y creo que lo mejor es que la llevemos con la resistencia.

-¿Estás loco? -Kurl se incorpora de golpe- Sí, ella estaría de lo más segura allí, a esa gente les encantan los nuevos miembros, pero ¿y nosotros? Matan a todo aquel que entra en sus selvas.

Genial, ahora se desharán de mí. No creo que London me haya despertado como un mero mensaje, tiene que haberme dicho algo que pueda ser de utilidad. Él intentó prepararme para este mundo. Pero no me dijo nada, me enseñó lo que había pasado con Namer, no me dijo nada más que pueda ser de utilidad aquí. Todos los pergaminos tenían un significado, pero sólo contaban una historia. Un momento ¿Por qué el último estaba en la tumba? Si eran meras creaciones suyas, London podría haberlo traído a mi estudio como los demás. ¿Por qué?

-Si entramos en esas selvas nunca saldremos -continua Kurl.

-Oye, creo que… -intento decir.

-¿Se te ocurre algún otro lugar en el que esté segura? -Brais grita a Kurl y ninguno de los dos parece haberme oído.

-Perdonad pero… -mi voz queda apagada por sus gritos.

-La intentarán convencer de que se una a su causa y si se niegan se desharán de ella.

-Nunca abandonan a uno de los suyos, solo tenemos que llegar…

-¡Callaos! -los dos me miran confundidos y yo por un instante también me quedo sorprendida-. Está empezando a cabrearme que todo el mundo quiera decidir mi destino por mí. Creo que ya se han tomado demasiadas decisiones sobre mi vida sin contar conmigo. Si no os importa me gustaría decidir por mí misma.

-Lo siento Julia, solo queremos lo mejor para ti -dice Brais-. Todo esto será peligroso, intentamos que estés sana y salva -mira a Kurl, como para ver su opinión-. Pero de acuerdo, es tu vida y solo a ti te corresponde decidir qué hacer con ella.

-Bien, dos cosas. Primero, London es el único vínculo que me queda con mi antigua vida y no pienso dejar que todo se pierda tan fácilmente, así que voy a ir con vosotros.

-Julia -comienza Brais tímidamente-, comprende que es muy peligroso, es mejor…

-Y segundo -digo interrumpiéndole-. Creo que sé dónde está.

Capítulo 10
Dcicon

-Señor, lo he encontrado, voy para allá -la atronadora voz de Agnok llega por el comunicador.

Bien…

-Sabes que nunca conseguirás que trabaje contigo -como es habitual, oigo la áspera voz de Héctor en mi cabeza-. Deberías haberlo sacado del planeta hasta que todo el asunto estuviese solucionado.

No me hace falta girar la silla para visualizar a Héctor detrás de mí, en su sitio habitual. Como siempre, vestido con una túnica oscura con la capucha echada hacia delante, ocultando el rostro humano del hijo que debería haber tenido.

-No seas extremista Héctor, tú mejor que nadie deberías conocer el poder de la persuasión. Además, no eres objetivo, odias a Brais y todo lo que le rodea.

-Independientemente de ello, sé hasta dónde llegan los límites de la persuasión. Brais no cederá y cuando se entere de lo que has hecho no te perdonará nunca -sus palabras vienen acompañadas de energía.

-Pronto lo veremos, para bien o para mal esto se resolverá ahora mismo. Pero vayamos a algo más importante, ¿cómo te ha ido con el senador Obi´at Maen?

-El senador Maen no nos dará ningún problema -su ewha refleja satisfacción por el trabajo bien hecho.

-Perfecto -todo va según mis planes-. ¿Ves por qué no hay que menospreciar a los humanos, Héctor? Cuando se trata de corrupción sois los mejores, me atrevería a decir que ese es el don de tu raza.

-No me compares con ellos, son sumisos, débiles y cobardes, no se merecen mi respeto -me transmite mentalmente con una oleada de desprecio.

-Ni el mío Héctor, pero son la llave que nos dará acceso a uno de los mayores poderes que conoce el universo -solo pensar en tener todo este sector del universo bajo mi control hace que se me erice el pelo de la cabeza.

-Me preocupa un poco tanto optimismo, padre. Aún quedan muchos cabos que atar, senadores y nobles que no se doblegan ante el dinero ni la extorsión, al parecer aún hay quien tiene principios.

-Ten paciencia Héctor, todo principio tiene un final. Todos acabarán… -noto una energía oscura y negativa, única.

-Padre -la voz de Héctor resuena en mi cabeza, mientras envía señales de peligro y saca su pistola.

Es una energía que sólo había sentido una vez hace mucho tiempo. Es antigua y peligrosa como su raza, su mera presencia me produce una sensación de alerta constante.

-Sal de las sombras, cruxor -de una esquina del despacho y casi como si se materializara ante mis ojos, sale un ser muy parecido a la raza humana si no fuera por sus cuatro brazos, su tez pálida y casi blanca, con el pelo blanco y largo. Viste ropas negras y ceñidas sobre las cuales un largo abrigo negro, sospecho que cromático, cae cubriendo toda su figura y disimula el segundo par de brazos inferior. Sus dedos parecen delicados, pero están rematados por unas uñas negras y brillantes peligrosamente afiladas, sin embargo lo que más destaca son sus ojos, con un iris de un amarillo anormalmente intenso, llenos de vida, pero que transmiten una clara advertencia de muerte-. Sorprendente, veo que vuestra fama no es desmerecida, pero por favor, la próxima vez llamad a la puerta, estamos en los confines del universo, pero intentamos mantener unos mínimos de educación -ni su rostro ni su ewha reflejan emoción alguna.- Siéntate para que podamos hablar.

El cruxor avanza, pero se mantiene de pie y cruza sus brazos inferiores mientras los superiores caen a los lados. Su mirada se detiene un instante demasiado largo en Héctor, que tiene que controlar su ira para bajar la pistola. Sólo cuando la ha guardado el cruxor deja de mirarle.

-Prefiero quedarme de pie, señor Swarths.

-Me parece curioso -digo intentando retomar el control de la situación-, concerté una reunión para intentar localizarle, no esperaba que se presentara usted directamente, y mucho menos en mi propio despacho, a los ojos de cualquiera.

-Quería encontrarme, aquí me tiene -su mente está vacía, nada que pueda ver, que me deje prever sus intenciones-. Y le aseguro que nadie me ha visto entrar.

-Muchos rumores me han llegado sobre tu persona, cada historia narraba un nombre diferente, pero sin duda todas se referían al mismo individuo, Shaezz "la sombra", Ink`awara "el verdugo", incluso Bareo shi´re el "susurro blanco" del sistema Achera. No sé, ¿cómo tengo que llamarte, cuál es tu nombre?

-Efectivamente tengo muchos nombres -habla con un tono pausado y amenazador, en voz baja, casi como si estuviera hablando para sí mismo-, elige el que quieras, a mí me es indiferente, yo soy todos ellos y ninguno.

-Entonces Shaezz, has salido de las sombras, y con "la sombra" te quedarás -permanece callado sin apartar sus ojos amarillentos de los míos-. Pues dime Shaezz, ¿qué sabes de mí y de la empresa que estoy llevando a cabo? ¿Por qué crees que necesito tus habilidades?

-¿Lo que sé? Bien. Sois Dcicon Swarths, hijo de Unwei Swarths, padre de Brais Swarths, casado con la difunta Drina Swarths. Actual gerente del Orbe de la Tierra. Es conocido su ferviente apoyo a la creación de la estación energética solar en este sistema, actualmente en construcción, aunque no contaba con la aprobación del Consejo. Ha otorgado cobertura económica a diversos políticos y gente de renombre que manifiestan su interés en acabar con el problema humano. Y ya de manera extraoficial, conozco los tratos que mantiene con diversos grupos criminales locales con los que comercia con especímenes humanos- hace una pausa para mirar de reojo a Héctor-. Por supuesto, nunca de forma directa, cuenta con una red de empresas pantalla y testaferros bien planteada, tengo que reconocer que no ha sido tan fácil rastrearle. Además de otros negocios no declarados de procedencia bastante menos interesante y por mantener el nivel de la conversación no mencionaremos.

-Parece que me conoces bastante bien -maldito cruxor, mucha de esa información debería ser secreta, quiero sondear su cabeza, someterlo a mi voluntad y conocer sus secretos, quiero saber cómo ha averiguado todo eso-. ¿Así es como investigas a tus objetivos? Por el bien de nuestros futuros negocios daré por sentado que solamente haces bien tu trabajo. Si sabes todo esto, creo que eres consciente de la magnitud de mis intereses y por qué necesito a alguien con tus habilidades. Te estoy proponiendo un trabajo como nunca has tenido. Si me ayudas a que mis planes se cumplan serás una de las personas más ricas del universo. Puedo darte más poder del que hayas podido soñar nunca. Podrás sacar a tu raza del agujero en el que se encuentra.

-El destino de mi raza me es indiferente -dice cortante, aunque por un instante siento un atisbo de duda-. ¿De cuántos "trabajos" estamos hablando?

-No sabría decirte exactamente, nunca se sabe quién será reacio a colaborar, pero requeriría de tus servicios a tiempo completo. Pon tú el precio.

Shaezz permanece quieto y en silencio, evaluándome.

-Veinte millones de créditos ahora, y ochenta más cuando acabemos. Cada "trabajo" serán diez millones de créditos adicionales, independientemente de quién sea el objetivo, y viendo la progresión de sus planes, creo que me requerirá durante bastante tiempo. Cada año terrestre serán cincuenta millones más, para compensar los trabajos que pierdo por estar con usted.

-Hecho.

-Y quiero una gema de ewha. Pura -hace una pausa mientras nos mira a Héctor y a mí-, con el ewha de una hembra elnath en su interior.

-Pides algo muy valioso cuando teníamos un precio justo pactado. Además, ¿para qué quiere alguien como tú una gema de ewha?

-Esa información no te concierne, esa es mi condición, y los dos sabemos que no te supone ningún problema concederla.

-Parece que sabes mucho, puede que demasiado -el muy bastardo es listo, lo tiene todo muy estudiado. Nunca podré fiarme de él, es demasiado peligroso, pero ahora mismo necesito de sus habilidades y si su reputación es cierta no romperá un acuerdo mientras cumpla con mi parte-. De acuerdo, acepto tus condiciones.

Héctor me manda oleadas de una energía negativa dejando bien claro que no está de acuerdo con mi decisión.

-Espero que tus habilidades merezcan tal precio Shaezz -continúa callado y firme, me empieza a irritar su actitud-. Enseguida lo comprobaremos, ten -abro el cajón, saco el pequeño comunicador y se lo doy-. En este dispositivo aparecerán tus objetivos así como la información que tenemos de ellos. Si tengo algún dato adicional que crea que necesites saber también te lo comunicaré. La información permanecerá en el dispositivo un día terrestre, luego desaparecerá, no quedará ningún registro. ¿Algún problema con esto?

No contesta, se limita a lanzarme una mirada que me deja muy claro que no le gusta que le tome por un principiante.

-Ya tienes tu primer objetivo, si vas… -de repente el cruxor se gira violentamente en dirección a la puerta y me vuelve a mirar con evidente furia, sus ojos son ahora de un rojo sangre muy intenso. Mete una mano entre los pliegues de su abrigo y saca lo que parece un cuchillo mientras se disuelve en las sombras de la habitación, cerca de la puerta.

Ahora lo noto. La familiar energía de Agnok se acerca por el pasillo. ¿Cómo ha podido ese asesino detectarlo antes que yo? Ni por un instante puedo permitirme el lujo de subestimarlo. Agnok se detiene ante la puerta… viene solo. ¿Dónde está Brais? Llama con dos golpes secos.

-Pasa -no creo que el asesino intente matarlo, aunque ahora mismo no me importaría.

-Señor… -el enorme maensiano mira al suelo, no se atreve a mirarme directamente a los ojos.

-¿Dónde está mi hijo, Agnok? -le digo mandándole una oleada de furia.

-Señor, lo he… lo he perdido, señor -me mira apenas un instante pero vuelve a bajar la mirada.

-Ya sé que lo has perdido, idiota, lo que quiero saber es qué ha pasado -le muestro mi impaciencia y mi ira con una oleada de energía que le hace dar un paso atrás.

-Señor -dice recuperándose mientras disfruto de su miedo-, su hijo hizo algo, manipuló mi mente y cuando volví en mí había desaparecido.

Brais no es capaz de hacer eso, dice la voz de Héctor en mi cabeza. Su energía llega muy agitada.

-Mi hijo no ha sido, incompetente. Agnok, solo te he pedido una única cosa y me has fallado, te tengo en gran estima, no me obligues a replanteármelo. Quiero que vuelvas a tu... -suena el comunicador.

-Señor Swarths, tenemos un problema -dice la inconfundible voz areana de uno de los inspectores de los niveles inferiores.

-¿Qué ha pasado ahora? -no puedo evitar el tono de frustración en mi voz.

-Ha desaparecido un humano.

-¿Qué?

-Señor, se activó la alarma de alteración de consciencia y mandamos un técnico.

-Sí, el procedimiento habitual, ¿qué ha pasado? -me empiezo a impacientar.

-Cuando llegó, el humano no estaba, por lo que indican los monitores se... se levantó y se fue. Las cámaras estaban apagadas, señor.

-Aunque se despertase un humano no podría ni mantener los ojos abiertos, alguien lo ha sacado -qué está pasando hoy, estoy rodeado de ineptos.

-Eso es lo que pensamos señor...

-¿Qué individuo ha desaparecido? -le digo interrumpiéndole ante la imagen que se dibuja en mi mente, no puede ser, no se atrevería...

-Sujeto: 5.325458.25 -es ella, Brais ¿qué has hecho?-. Cerrad el puerto, que no salga nadie y buscad a esa humana por todo el complejo, buscadla en cada rincón, interrogad a cada posible testigo, alguien la ha tenido que ver.

-¿Todo el complejo? Señor, tardaremos días.

-Pues empezad a buscar cuanto antes, máxima prioridad -corto la conversación enfurecido sin esperar contestación.

-Mi hijo se ha llevado a esa humana suya, no hace más que crearme problemas. Agnok -le hago sentir solo una pizca de la ira que hierve en mi interior ahora mismo, a lo que el maensiano se encoge-, si no le hubieras perdido esto no habría pasado. No te quiero ver por aquí en una temporada, ¿entiendes? -le hago notar su vida podría acabar ahora mismo si da una respuesta equivocada-, ve a custodiar a mi padre y si alguien se acerca sin mi autorización, mátalo. Me pondré en contacto contigo para darte más órdenes.

-Señor, déjeme que encuentre su hijo, esta vez no fallaré…

-Vete, ya -le mando una oleada de energía que esta vez barre su mente. La paciencia se me ha acabado.

Agnok todavía aturdido abandona la habitación, su miedo se va convirtiendo en ira y frustración según se aleja.

-Asesino -el cruxor sale de entre las sombras, guardando su cuchillo-, cambio de planes, tienes un nuevo objetivo. Un maestro elnath, lo quiero vivo, sin pruebas ni testigos de que lo tienes tú ¿crees que podrás con sus capacidades mentales?

-Ningún problema -dice con una sonrisa siniestra-, señálelo y dígame dónde quiere que lo entregue.

-El maestro Dao´lon, enseña control de ewha en este mismo edificio, te enviaré las coordenadas donde quiero que lo lleves.

Shaezz asiente, se da media vuelta y sale por la puerta cerrándola sin hacer ningún ruido. Por un momento siento preocupación al pensar que alguien le podría ver saliendo de mi despacho.

-Quiero que encuentres a Brais, Héctor -le digo dejándole sentir la urgencia que requiere-. Solo que lo busques y me digas donde está, no quiero que tome contacto contigo.

-Así se hará, padre -su voz resuena en mi cabeza mientras se marcha.

No es el momento de dudar, es el momento de cumplir lo inevitable, destruiré a los humanos y me haré con el control de todo el sector. No puedo permitir que nadie se interponga.

Capítulo 11

Julia

-¿Cómo que sabes dónde está? -Brais parece confundido.

-A ver, solo es una suposición, pero la lógica me empuja a pensar que tiene que estar allí. No conozco este nuevo mundo, pero sí conozco el mío. London me guió para despertarme en este mundo, me contó, mediante pistas, el contexto en el que se encontraba la Tierra. Todas esas historias estaban escritas en pergaminos que él trajo hasta mí, excepto la última. La tercera escritura estaba en una tumba, en mitad del desierto. ¿Por qué? ¿Por qué llevarme allí? ¿Por qué no simplemente "crear" otro de aquellos pergaminos? -me acelero ante la verosimilitud de mi lógica-. Habría sido más rápido y seguro, además él estaba muy débil, prácticamente se estaba muriendo y aun así me llevó hasta esa tumba. Tiene que ser por alguna razón. Creo que me intentaba decir donde estaba.

-Julia, ¿dónde está esa tumba? -dice Brais aparentemente convencido por mi argumentación.

-Fuimos a Arabia Saudí y desde allí condujimos casi todo el día hacia el sur a través del desierto. En un mapa podría mostrártelo mejor.

Brais se acerca a mí apresuradamente mientras que de su dispositivo aparece una serie de menús e imágenes que él desplaza a toda velocidad. La pantalla holográfica muestra un mapa de la Tierra que Brais hace girar y amplía hasta que queda sobre el norte de África.

-¿Dónde está? -Brais me muestra el holograma mientras Kurl se sitúa detrás de mí, mostrándose interesado de repente.

-Creo que por aquí, por esta zona -recuerdo la imagen en el GPS de London y señalo en un punto cerca de Yemen, o al menos eso creo, sin fronteras es difícil de decir.

-Ahí no hay nada, solo arena -dice Brais lamentándose.

-Me parece un sitio perfecto para esconder a alguien -Kurl se inclina hacia el mapa y lo recorre con sus grandes dedos-. Más o menos por aquí están los límites de la ciudad, y las rutas de las naves que van del Orbe a los campos de producción pasan por aquí, mucho más al norte. Si alguien construyese algo en esta zona sería difícil de localizar, está en un punto entre ningún lado.

-Bueno, parece el único sitio por dónde empezar a buscar. Si vamos por aquí por el mediterráneo -Brais señala la ruta en el mapa-, y volamos bajo podemos sortear las naves que lo sobrevuelen -se gira hacia Kurl-. Prepara la nave Kurl, quiero salir cuanto antes.

-Claro, meteré la ruta en el ordenador y nos vamos, no sé qué más quieres que prepare -dice Kurl mientras sale por la puerta-, no es que tengamos precisamente un crucero estelar.

-Sí, sí, gracias Kurl -le grita Brais haciendo una mueca-. Julia, muchas gracias -siento una oleada de energía que me transmite su gratitud-, pero sabes que tengo que pedírtelo. Por favor, no vengas con nosotros -la energía de sus palabras me rodea-, deja que te escondamos en un sitio seguro.

-Se lo debo a tu abuelo -digo mientras ignoro la energía que me transmite para convencerme-, tengo que ayudarle. Además, aunque me haga sentir un poco incomoda, tus sentimientos te traicionan, quieres que vaya con vosotros.

-Yo, no... -suspira, parece que se concentra y al momento ese sentimiento desaparece de mi mente- Sí, es cierto, querría que vinieses con nosotros, pero es muy peligroso. Estaría más tranquilo si supiera que estás a salvo.

-No tengo nada que perder. Además, necesito volver a hablar con London, con Unwei, él... creo que sabe algo.

-¿A qué te refieres?

-No. No es nada -no puedo evitar sentir que detrás de todo esto hay algo más.

-La carroza está lista, princesas -interviene Kurl desde la puerta-. Ten Julia, te he conseguido algo de ropa, no es la última moda pero espero que te valga, siempre será mejor que ese camisón horrible -me tiende un montón de ropa con un tacto parecido al nylon pero muchísimo más suave-. Y tú Brais, ¿por qué no coges algo de comida? Para el camino, digo…

-Sí claro, que tienes pinta de pasar hambre -me dirige una sonrisa casi avergonzada-. Entonces no puedo convencerte, vienes con nosotros, ¿no? -asiento- Pues voy a coger algo de comer y vamos para allá. ¿Estás segura de que te encuentras bien para viajar tan pronto? Técnicamente te acabas de despertar.

Le hago un gesto para quitarle importancia, aunque es verdad que ni por asomo me encuentro en mi mejor momento, pero por lo que han dicho es cuestión de vida o muerte y ni les puedo hacer esperar ni pienso quedarme aquí sola.

Me indica una de las habitaciones al fondo de la cabaña donde puedo cambiarme. Allí hay un camastro enorme, al parecer para Kurl, unas mantas tiradas y herramientas de tamaño considerable. Al pasar mis ojos quedan atrapados en un espejo que hay en la pared. La imagen que me devuelve me deja sorprendida, soy yo pero me cuesta reconocerme. El pelo castaño me cae por la espalda, muy largo, como si no me lo hubiera cortado en años. El antaño apenas perceptible tono verdoso de mis ojos aquí me resulta algo más intenso, como todo a mi alrededor, pero ver esa profundidad del color en mis propios ojos me fascina. El resto de mi cuerpo me deja preocupada, está muy delgado, como si mi forma física fuera completamente nula, mis brazos y piernas son tan finos que me pregunto cómo pueden estar sosteniéndome.

De repente una idea pasa por mi mente y me quito apresuradamente el camisón. No está. Me acerco al espejo y paso los dedos por el hombro izquierdo. La cicatriz ha desaparecido. El último recuerdo que me podría quedar de mi familia en este mundo se ha ido.

Paso bastante tiempo mirando ese cuerpo en el que no me reconozco entre sollozos, comprendiendo que todo rastro de mi vida pasada quedó en el sueño, que en esta nueva vida no me queda nada. Poco a poco voy recomponiéndome, en este mundo puede que no tenga nada, pero tampoco lo tenía en el otro. Escucho las voces de esos extraterrestres fuera, tengo que encontrar a London, es mi único nexo con mi vida anterior.

Me visto con esas extrañas ropas grisáceas, unos pantalones, una especie de jersey y unas botas gruesas. También hay otras prendas más finas y ajustadas que utilizo como ropa interior. Las perneras de los pantalones me quedan un poco cortas y el jersey tan justo que si levanto los brazos se me ve la tripa. Las botas me quedarían bien si no fuera porque son extrañamente anchas y me sobra espacio por los lados.

Salgo fuera de la cabaña y el sol me ciega. Me cubro los ojos mientras me acostumbro a la claridad y veo la casita, hecha de madera basta y rodeada por enormes árboles que parecen robles. Debemos de estar en mitad de un bosque. La casa está en un claro entre los árboles, con abundante hierba por todos lados, es un paisaje idílico.

Frente a la casa hay dos naves. La más pequeña, parece directamente apoyada en el suelo, es muy estilizada y plateada como si fuese un espejo. La otra, en la que está apoyado Kurl esperándonos, es bastante más grande y ancha, pero con una cabina más estrecha y de formas rectas, completamente acristalada, y con lo que parecen unos grandes motores en la parte trasera. Está posada en cuatro grandes patas mecánicas bastante robustas. Pero lo que definitivamente diferencia a las dos naves es que esta última está... no diría que está destrozada, pero sí que tiene bastante mal aspecto. Los cristales están sucios, la pintura desconchada, la chapa está abollada en varias zonas y parece tener remaches y piezas que no encajan, como si hubiera sido reparada con piezas de desguace. Esta es la primera vez que veo una nave espacial y no me da ninguna confianza.

-Cuando dijisteis nave espacial, pensé en algo más parecido a esta plateada, no a... eso.

-Eh, un respeto, esta nave es mucho mejor de lo que parece -dice Kurl palmeando el casco de la nave-. No lo cambiaría por un speedway de estos modernos ni de broma. Esto es un clásico, de lo mejorcito que se podía conseguir en este sistema hace apenas cuarenta ciclos. En serio, todo el que era alguien importante llevaba uno de estos. Es cierto que ha visto tiempos mejores, pero nunca me desprenderé de ella, no hay nave mejor.

-¿Ya estás fanfarroneando de tu nave, Kurl? -Brais se acerca y mete una especie de caja blanca de plástico en la parte trasera-. Anda, monta en esa antigualla y vámonos.

-Ah no, tú conduces, yo como -Kurl abre la compuerta como si fuera de una furgoneta y se sienta en uno de los asientos traseros mientras coge la caja blanca y rebusca en su interior-. Ven Julia, tienes que tener hambre, no has comido nada sólido en cuatro días.

-Pues sí que tengo hambre, pero no sé si mi estómago lo soportará -noto el estómago vacío y un mareo que probablemente venga de la inanición-, y menos mientras viajamos.

Paso dentro de la nave y me siento al otro extremo del asiento. Brais cierra el portón lateral y al poco aparece sentado delante de nosotros en el enorme asiento, obviamente no hecho para su raza mientras empieza a apretar botones y la nave despega con un brusco movimiento.

-Los maensianos tenemos un dicho, come lo que puedas mientras puedas, porque nunca sabes si lo podrás hacer después. Vamos, pero si esta bueno, mejor, que tampoco somos animales -Kurl me tiende la caja-. Toma, mira a ver si te apetece algo.

Para mi sorpresa en la caja hay frutas y unos paquetes de algo que parecen galletas. A duras penas cojo una de las manzanas.

-Vaya, no me esperaba este tipo de comida, me imaginaba alguna clase de mejunje alienígena o algo así -le devuelvo la caja a Kurl-. Vaya manzanas más grandes ¿no? ¿Son de tu planeta? ¿No serán transgénicas o algo así?

-Estas son de aquí y no sé, a mí me parecen como siempre -Kurl coge una manzana de la caja y se la come de un bocado.- Las he recogido esta misma mañana.

-Julia -dice Brais asomando su cabeza entre los asientos-, te resulta raro porque en el sueño en el que tú has vivido ha evolucionado de forma diferente. En este mundo, sin la agresión humana al ecosistema todo es distinto. Los animales, las plantas… todo ha evolucionado de forma diferente.

-Pero vosotros también estáis aquí, lleváis aquí no sé cuántos mil años interactuando con el ecosistema igual que nosotros. Eso también tiene que haber cambiado algo.

-Bueno, igual igual no. Nosotros no arrasamos bosques para vender sus recursos, ni cazamos a animales hasta su extinción. El Orden prohibió tajantemente la explotación de los recursos de este planeta, ya que técnicamente os pertenece a los humanos. Hasta que se decida la suerte de vuestra raza, el Orden solo puede ocupar las zonas que se consideren indispensables y procurando minimizar el impacto en el ecosistema terrestre.

Miro la manzana. No tiene nada raro, solo que es un poco más grande de lo normal. Le doy un mordisco y siento su sabor fuerte e intenso pero nada empalagoso. Es delicioso, mejor de lo que recordaba, no sé si es porque no he comido nada en días o si realmente está más rica de lo que que recuerdo.

Me preocupa esa evolución de la que habla, pero los árboles que he visto no eran distintos de los que recuerdo, una cosa más a la que tendré que acostumbrarme en este mundo.

Doy otro mordisco a la manzana y miro por la ventana. La nave vuela muy bajo, casi tocando los árboles y mucho más rápido de lo que parece, en la cabina apenas se nota la velocidad. Miro a Brais, que está concentrado en unas pantallas sin atender a los mandos de la nave. En una de las pantallas aparece un mapa con la ruta trazada. La línea roja llega hasta nuestro destino y va desapareciendo por el otro extremo.

Estamos en España, en el norte. Es gracioso, he tenido que pasar por todo esto para volver a estar cerca de casa. Desde que me fui no pensé en volver, aunque ahora nada es lo que era.

Las otras pantallas de la nave muestran una serie de imágenes con textos, pero los extraños símbolos me son totalmente incomprensibles. Parece que está mirando las noticias o algo así.

-Toma Brais -Kurl le pasa un paquetito de lo que parecen galletas.

-Kurl mira, ha muerto el senador Baerk -Brais muestra una holopantalla con diversas imágenes, entre ellas un enorme cráter humeante con lo que parece el casco retorcido de una nave estrellada-. Dice que su nave se estrelló cerca del Orbe.

-Baerk -Kurl repite su nombre haciendo memoria-, ese era el de los derechos pro humanos, ¿no?

-Sí, aquí dice que todavía no saben la causa del accidente.

-Que conveniente, ya nadie más protestará por la construcción de la estación.

-¿Qué estación? -estoy harta de no saber de qué hablan.

Brais señala por la ventana.

-No has mirado bien el sol, ¿no?

-Pues no acostumbro a mirarlo directamente... -veo su brillante destello que me obliga a entrecerrar los ojos. El sol, no sé qué quiere que mire... Veo una pequeña franja negra que divide el sol en dos por la mitad- ¿Qué es eso que rodea al sol?

-Eso, Julia, es la nueva central energética solar para la colonia terrestre -Brais hace un gesto con la mano abarcando la estación-. Aunque claro, generará mucha más energía que la que necesita una simple colonia como esta y por supuesto no vamos a desperdiciarla, así que se venderá a otras galaxias próximas.

-Pero eso no le hará nada al sol, ¿no? -ver esa franja negra alrededor del sol es perturbador, no puedo ni imaginar el tamaño que tendrá esa cosa para verse desde aquí-. ¿No lo agotará o algo así?

-No, no -dice Kurl con la boca llena-, la estación es totalmente segura. Y cara, aunque no han faltado inversores.

-¿Entonces cuál es el problema?

-El problema es -contesta Brais-, que como te había dicho antes, el Orden prohíbe la explotación de los recursos. El sol se considera recurso de la Tierra. ¿Te haces una idea de lo que significa que ahora construyan esa estación? Técnicamente el Orden está aquí "de paso", una vez que se decida qué hacer con los humanos el Orden se retiraría del planeta. Si abren esa central, significa que tienen pensado quedarse en la Tierra mucho más tiempo. Y ya llevamos aquí demasiado.

Empiezo a ver las implicaciones, aunque para mí no son más que tecnicismos. Según me han dicho los extraterrestres llevan en este planeta más de cinco mil años, casi han estado más tiempo que nosotros, lo que me parece raro es que no se hayan apropiado del planeta definitivamente.

-¿En serio creéis que os iréis de este planeta? -pregunto tras un rato de silencio-. Decís que estamos siendo evaluados, ¿en cinco mil años no se ha podido decidir nada?

-Es una cuestión muy complicada -dice Brais pensando bien la respuesta-, decidir el destino de toda una raza es algo muy serio. Si fuera por algunos hace mucho tiempo que lo humanos habríais sido eliminados. Como sea, la decisión tiene que ser relativamente unánime y hasta ahora siempre ha habido reacios a tomar una decisión tan trascendental. Los areanos son muy longevos y algunos se niegan a votar esa propuesta más de una vez en toda su carrera a no ser que haya pasado algo grave. Todo se ha ralentizado mucho más de lo necesario.

Aún hay muchas cosas que no entiendo y ahora mismo tengo bastante con Brais y Kurl, no quiero saber lo que es un areano. Permanezco callada y mirando por la ventanilla, cualquier respuesta que reciba solo dará lugar a nuevas preguntas.

-Mira -dice Brais señalando por la ventanilla-, ese es el Orbe, de allí te saqué.

En la lejanía distingo la forma de unas enormes torres que se alzan en las alturas. Seis torres forman un círculo en torno a una torre central aún mayor. A su alrededor unos puntitos que imagino que serán naves van de un lado a otro, mientras que en el suelo se distingue lo que parece una ciudad. Desde la distancia la ciudad es minúscula en comparación con las torres, deben de medir kilómetros de alto.

-¿Ahí es donde están encerrados los humanos?

-Sí -contesta Brais con voz triste-. Y esa es la ciudad del Orbe, donde residen sus trabajadores. Empezaron siendo meras viviendas, pero con el tiempo se ha convertido en una verdadera ciudad con todo lo que te puedas imaginar.

-Cuando hablabais de un "orbe" di por sentado que el edificio era esférico.

-Ah, eso es porque las torres no son lo importante -Brais se gira en su asiento-, el Orbe es el núcleo del edificio, allí, en la torre central. En una esfera enorme hecha de gema de ewha, a ella es donde los elnaths nos conectamos para generar el sueño de los humanos -lo dice con una sonrisa, como alardeando de un hecho impresionante, pero en el acto se da cuenta de que está hablando con una humana a la que acaban de sacar de ahí y su rostro se vuelve más serio-. Lo siento, quiero decir que esa gran gema es el corazón del Orbe, sin ella no se podría llevar a cabo nada de esto.

Pasamos un rato en silencio, mirando las enormes torres hasta que Kurl, con la boca llena, llama mi atención y señala hacia el cielo.

-Y eso de allí arriba es la estación Lagranma -hace una pausa para tragar mientras diviso una forma plateada bastante grande en el cielo-. Ahí es donde los mandamases como Brais y su familia viven.

-Eh -se empieza a quejar Brais, pero desiste rápidamente-, sí, es verdad, los que tienen un puesto de poder dentro de este sistema viven allí.

-Es más grande de lo que parece -continúa Kurl-, orbita alrededor del planeta, justo por delante de la luna.

Al decir eso, de repente la miro con otros ojos. Una nave que está en el espacio, es mucho más pequeña que la luna pero aun así es un tamaño más que considerable. Poco a poco empiezo a ver que la infraestructura que los alienígenas han montado aquí es mucho mayor de lo que me pensaba.

Dejamos el Orbe atrás y el viaje continúa en silencio. El paisaje va cambiando a nuestro paso y la monotonía del trayecto hace que me empiecen a pesar los párpados. Juraría que no he llegado a dormirme, pero la voz de Brais me sobresalta.

-Vale, ya hemos llegado a lo que sería Arabia Saudí -dice Brais girándose en el asiento del copiloto-, ¿luego fuisteis al sur?

-Sí, bajamos hacia el sur -miro por la ventanilla de la nave, un mar de dunas se extiende hasta el horizonte-. La tumba estaba en una formación rocosa... -me callo cuando me doy cuenta de la inutilidad de mis datos en la situación actual.

-Por el tiempo que tardásteis, y la velocidad aproximada que pudisteis llevar, el ordenador estima esta zona -Kurl, sentado en el asiento del piloto muestra una holopantalla con un mapa del terreno con una zona resaltada-. Yo sugeriría barrer esa zona con todos los escáneres activados y esperar a que alguno detecte algo.

-Podemos estar aquí todo el día -Brais se coloca en el asiento mirando las pantallas-, pero es lo único que podemos hacer.

-Voy a activar el control manual -dice Kurl mientras aprieta una serie de botones en las pantallas y coge los mandos-. De acuerdo, los escáneres están activados. Creo que también podríamos usar el dron.

-¿Dron? ¿Qué dron? -dice Brais casi saltando de su asiento- ¿No te referirás a aquel escupe tuercas que iba dando tumbos?

-A ese mismo me refiero -Kurl busca emocionado por una pantalla holográfica-. No lo usaba desde que lo utilizamos para buscar el terreno para la cabaña. Lanzando dron rastreador -dice alegremente mientras la pantalla se ilumina.

Me acerco a la ventanilla y veo una bola reflectante cayendo al vacío. A poca distancia del suelo la bola disminuye la velocidad y cambia de dirección, tomando altura y alejándose.

-Estupendo, todos los sensores activados -Kurl, pulsa unos botones y toma los mandos de la nave-. Le he mandado rastrear al este de nuestra posición, así cubriremos más terreno.

-Bueno, ¿y cuál es el plan? -digo mientras los dos se miran extrañados- Porque tenéis un plan, ¿no?

-Eh, sí claro, por supuesto que tenemos un plan -Brais desvía la mirada y busca la de Kurl, pero este no le hace caso y vuelve a mirarme-. No quería aburrirte con detalles técnicos ni nada de eso, pero vamos, si quieres saber el plan... Kurl, cuéntale el plan.

-Que mal mientes Brais -Kurl se ríe- Si de mí dependiera, organizaría una distracción en la puerta del edificio que obligue a los guardias a salir y a dividirse. Es más sencillo eliminar grupos reducidos. Una vez dentro buscaría la sala de seguridad, y con ayuda de las cámaras buscaría a Unwei, a la vez que vería la disposición de los guardias y de los civiles.

La nave se queda en silencio, Brais lo mira con la boca abierta.

-Pero ni si quiera sabemos a dónde vamos, ¿cómo puedes haber pensado todo eso? -Brais se muestra divertido, pero rápidamente su cara muestra preocupación- ¿Instalaciones de seguridad, guardias armados?

-Todo son suposiciones basadas en la poca información que tenemos -Kurl mira fijamente al frente, parece estar concentrado o perocupado-. Unwei estará encerrado en alguna clase de instalación y si de verdad está detrás tu padre, te aseguro que habrá guardias armados. Todo el mundo sabe que los hombres de Agnok disparan primero y no se preocupan en preguntar. Si le ha hecho esto a su propio padre, imagina lo que le puede hecer a otros. Tú más que nadie deberías…

Una de las holopantallas se vuelve roja y las imágenes que mostraba desaparecen. La nave hace una brusca maniobra y desciende en picado.

-Poneros los cinturones -dice Kurl sin desviar la vista-, tenemos problemas.

-¿Qué ha pasado? -pregunta Brais mientras se sujeta como puede al asiento- ¿Lo has encontrado?

-Ellos nos han encontrado a nosotros -Kurl tira de los controles y la nave se endereza, a escasos metros del suelo, levantando nubes de arena a su paso-, han derribado el dron y nosotros somos los siguientes

-¿Estás seguro? -dice Brais con chillido- ¿No se habrá estropeado? ¡Era muy viejo!

Todos los paneles de la nave se vuelven rojos y suena una alarma. Kurl grita algo, pero no le entiendo. Brais busca apresuradamente por los lados de su asiento, seguramente el cinturón. Me mira y grita algo mientras señala, pero la alarma apaga el sonido del traductor. Noto miedo, no solo el mío, si no el de Brais también.

No entiendo lo que pasa, pero mi cuerpo no me responde, me duelen las manos de aferrarme al asiento y la cabina, teñida de rojo por la luz de las pantallas genera una opresión que me impide tomar aire. Escucho un fuerte estruendo que sacude toda la nave violentamente y un ardiente brillo cegador nos envuelve. No puedo creer que todo termine aquí.

Capítulo 12

Brais

Noto un fuerte impacto, escucho una puerta cerrándose y abro los ojos, todo me da vueltas. Tengo todo el cuerpo entumecido y dolorido, estoy tumbado en el suelo e intento levantarme, pero las fuerzas me flaquean y doy con la cara de nuevo en el suelo.

¿Dónde estoy? Todo lo que recuerdo es que nos habían lanzado algún tipo de proyectil y que la nave se estrelló.

Me incorporo sobre un costado y miro la habitación, es oscura, sin ventanas y con una puerta a mi espalda. Al fondo de la habitación hay un pequeño catre y en la otra esquina un baño. Pegado a la pared, cerca de la puerta, una mesa con un taburete. Me llama la atención la forma del mobiliario, parece demasiado humano.

Me duele la cabeza y la frente me arde. Me palpo la zona con la mano y noto un vendaje... Nos derribaron. Derribaron la nave, alguien ha tratado de curarme y me han traído aquí, vale pero, ¿dónde estarán los demás? Por favor que estén bien, no podría perdonarme que les hubiera pasado algo.

No sin esfuerzo me pongo de pie y tambaleándome llego hasta la puerta. Acciono el pulsador, pero está cerrada, no esperaba menos.

-¡Hay alguien ahí! ¡Abrid la puerta! -golpeo con el puño- ¿No sabéis quién soy? Abrid esta maldita puerta.

La puerta se abre de golpe, y aparece Agnok que me empuja lanzándome al otro lado de la habitación. Caigo sobre el catre y miro al maensiano mientras agacha la cabeza para entrar.

-Estate calladito y no molestes -su ira es más que palpable, no hace falta ser un elnath para notar su odio.

-¿Agnok? ¿Qué te crees que estás haciendo? -me pongo de pie-. Cuando mi padre se entere de esto…

La risa de Agnok suena como un rugido.

-Tu padre ya lo sabe, moc. Dentro de muy poco le podrás decir todo lo que quieras al respecto, pero hasta entonces -pone uno de sus enormes dedos sobre mi pecho y me obliga a sentarme en el catre-, estate tranquilito y sin armar jaleo, tu padre quiere verte intacto, pero podrá pasar por alto algunas contusiones.

-¿Dónde están mis compañeros?

-El señor Swarths tiene planes para la humana.

-¿Y Kurltama?

Agnok se ríe una vez más.

-Muerto -dice con satisfacción.

-No puede ser… -jamás pensé en la posibilidad de perder a Kurl, mi existencia no volverá a ser la misma, era como un hermano-. Os haré pagar por esto, a ti y a mi padre.

-No llores aun moc, que lo mejor está por llegar, cuando tu padre se haga cargo de la… -suena su comunicador y suelta un gruñido al ver interrumpido su discurso triunfal- Agnok.

-Señor, ¿puede venir a la sala de seguridad? -dice la voz por el comunicador- Ha ocurrido algo.

-Voy para allá -se da la vuelta y cierra la puerta mientras me muestra una sonrisa maliciosa y se dirige a un guardia-. Estas puertas no se abren hasta que vuelva, ¿entendido?

¿Puertas? ¿Más de una? Eso solo puede significar que Julia está encerrada por aquí cerca.

-¡Julia! -me pego a la pared e intento escuchar algo- ¡Julia! -oigo un leve sollozo- ¡Julia! ¿Eres tú?

-¿Brais? -escucho su voz a través de la pared, parece aturdida, como si se acaba de despertar.

-¡Julia! ¿Estás bien? -un sentimiento de frustración recorre mi cuerpo de arriba abajo, el consuelo de saber que está cerca se ve disipado cuando noto el dolor que está sufriendo.

-Me duele a horrores el hombro, debe estar dislocado o haberme roto algo.

-¿Qué te han hecho?

-No... No lo sé, creo que me lo hice cuando caímos. Brais, ¿Dónde estamos? ¿Qué está pasando?

-Nos han cogido, Kurl tenía razón, no sé qué van a hacernos. Espera, intentaré conseguirte ayuda -me dirijo hacia la puerta-. ¡Eh! ¡Guardia! ¿Podéis llevarla a la enfermería? Está herida.

-¡Silencio!

-Vamos, a mí me habéis curado. ¡Ayudadla a ella también!

-Si no cierras la boca, entro y le pego un tiro en la rodilla -la contundencia y frialdad de su tono me convencen de no intentarlo más.

Retrocedo hacia la pared y me dejo caer desalentado.

-No he entendido lo que ha dicho -la voz de Julia intenta aparentar normalidad y esconder el dolor que está sufriendo-, pero parece que no te ha hecho mucho caso.

-Intentaba que te llevaran a la enfermería.

Siento que ella también está cerca de la pared, percibo su sufrimiento con más intensidad. Intento pensar en una forma de salir, pero en mi cabeza solo aparece la imagen de Kurl. ¿Será cierto que lo han matado? Agnok no se lo inventaría solo para fastidiarme, le gusta demasiado alardear de sus méritos, pero... no puedo creer que esté muerto. Él es todo lo que me quedaba. Sin el abuelo y sin él...

-¿Qué vamos a hacer ahora, Brais?

-No lo sé, Julia. No lo sé... Lo siento, sabía que no debería haberte traído.

-Fui yo la que se empeñó en venir. Ahora solo piensa en cómo vamos a salir de aquí -aun estando en ese estado su alma es fuerte como una roca, junto al dolor me llega el ansia de luchar y de no darse por vencida.

Se escucha un ruido apagado y lejano por encima de nosotros. Las paredes vibran ligeramente.

-¿Qué ha sido eso?

-No lo sé, puede que sea la nave de mi padre... Julia, tienes que entender una cosa, si llega mi padre estamos perdidos. No sé lo que me hará a mí, pero a ti seguro que te utilizará para mantenerme bajo control.

-¿Bajo control? No sé qué puede conseguir conmigo pero no te preocupes por mí, tú mismo lo dijiste, no debería estar aquí, este no es mi mundo. No me queda nada a lo que aferrarme -un sentimiento de culpa me destroza por dentro, percibo su tristeza y se con toda seguirdad que yo soy el causante.

-Julia, no puedes decir eso. Tú no eres responsable de nada de lo que pueda pasar, todo esto es por mi culpa.

-Ya sé que esto es por tu culpa, no creo en las coincidencias, y aquí se juntan demasiadas. Los dos sabemos que no fui elegida al azar, y los dos sabemos que me estás ocultando algo.

-Por favor Julia, no lo entenderías.

-¿Qué me estás ocultando Brais? -nunca llegue a imaginar ni en el más complejo de mis sueños o cábalas que esta situación se iba a dar y llegados a este punto no creo tener el valor necesario para decírselo.

Tomo aire profundamente e intento infundir coraje sacando pecho.

-Julia yo... -parece que el universo entero se detiene para observar este instante, un descontrol de emociones se concentra en mi garganta e intento empujarlas hacia fuera-, yo soy tu marido -el silencio es eterno y siento la necesidad de romperlo cuanto antes-, quiero decir, yo le cree.

-¿Qué? -su dolor va transformándose en rabia que me golpea como un mazo.

-Yo fui el que cree a Iago -digo bajando la cabeza avergonzado, sabiendo que nada que haga ahora apaciguará sus ánimos.

Julia se queda en silencio y puedo notar como su rabia se va tornando en tristeza a través de la pared, lo que me hiere más todavía.

-¿En qué me ayuda esto ahora Brais? -su voz es apagada, sin ánimo.

-Puede que no lo entiendas, pero tienes que saber que cuando los elnath generamos al primer ente, no tenemos suficiente experiencia, por lo que los creamos como un reflejo nuestro -busco una explicación, pero en este momento no se si pretendo hacerle un favor queriendo que entienda la situación, o estoy siendo un egoísta haciéndola sufrir a propósito para calmar mi conciencia-. Ese reflejo se enamoró de ti, como hice yo. Sus sentimientos siempre han sido reales Julia, nunca dudes de lo contrario. Iago era una proyección mía perfecta, era como si fuese yo, por eso lo he observado durante toda su vida. Y cuando él se enamoró de ti... entiéndelo Julia, éramos iguales, yo también me enamoré de ti. Os he observado en muchos momentos de vuestra vida, era partícipe de vuestros sentimientos. Vuestras emociones me hacían completamente feliz... Cuando Iago murió me propuse estar siempre contigo, saber que estabas bien. Pero era algo completamente imposible, ni siquiera imaginaba que hablaría algún día contigo, solo el verte era suficiente para mí. Y entonces despertaste...

Se vuelve a escuchar un ruido lejano, pero ya no está sobre nuestras cabezas.

-¿Mi hijo también era creación tuya? -dice tras un momento de silencio, su voz cargada de dolor.

-No, Julia, Gabriel era real.

-¿Qué le...?

Se escucha un fuerte golpe y unos gritos graves y profundos. El guardia también grita y comienza a disparar. Algo grande golpea una pared y todo retumba levemente.

-¡Julia, aléjate de la puerta!

Me levanto y me coloco junto al camastro, mientras se escucha un agudo grito, aparentemente del guardia y se dejan de oír disparos.

Los golpes se escuchan cada vez más cerca. Tras un grito algo golpea contra las puertas de las celdas, Julia grita. Un grito de furia, de Agnok, el suelo retumba bajo sus pasos. Angok vuelve a gritar y golpea contra mi puerta, abollándola. Otro golpe desplaza la puerta en uno de sus lados. No aguantará uno más...

Con el tercer golpe la puerta cede, Agnok cae sobre ella lleno de sangre y contusiones, pero dispuesto a levantarse. Inmediatamente Kurl cae sobre él, dándole un puñetazo en la cara y sujetándole por el cuello.

-¡Estás vivo! -me invade la felicidad. Kurl me mira y sonríe. En ese momento Agnok le golpea y lo separa de él con sus piernas. Kurl retrocede desequilibrado, mientras Agnok se levanta. Sin darle tiempo a reaccionar, Kurl corre hacia él, embistiéndolo con un hombro. Las dos enormes moles impactan y las veo venir hacia mí. Me arrojo al suelo en el último momento y Agnok pasa sobre mí.

Cuando abro los ojos veo el enorme pie de Kurl junto a mi cabeza. Los dos están forcejeando, Agnok está contra la pared pero ambos recibiendo golpes.

-Ve a por Unwei, rápido. -grita Kurl mientras golpea-. Tenemos poco tiempo.

No es momento de dudar. Gateo por el suelo, mientras los enormes pies pisan a mi alrededor. Alcanzo la puerta destrozada y me levanto para pasar sobre ella, cuando Kurl impacta con la espalda en la pared junto a la entrada y Agnok cae sobre él.

Salgo al corredor, marcado por la batalla de los maensianos. Un psalterium vestido de uniforme está tumbado e inconsciente contra la pared. La puerta de Julia está abollada y doblada.

-Julia, vámonos de aquí -le doy al botón, la puerta se abre levemente pero se atasca y se queda encallada-. Vamos, por aquí.

Julia se acerca, noto su enfado. Se sujeta a la puerta y salta para pasar por la abertura. La ayudo a bajar.

-Ah, cuidado, no me toques, me duele mucho el hombro -baja y se separa de mí, sujetándose el hombro-. Acabemos con esto, encontrémos a Unwei.

-A tus órdenes -Julia me mira extrañada y comienza a andar por el pasillo. Siento su ira, pero con un matiz de añoranza, parece que nunca olvidará las frases de Iago.

Pasamos al lado de una mesa y veo nuestras cosas, los comunicadores y la gema vacía que me dio Dao´lon, al cogerla un mal presentimiento me invade.

-Vosotros dos no vais a salir de aquí -Agnok viene hacia nosotros, cojeando levemente y con abundante sangre verde por la cara. Aunque trabado, su paso es firme y el miedo me invade al sentir que su intención es matarnos.

Kurl se abalanza sobre él desde atrás, sujetándolo por el cuello, pero Agnok se revuelve y le da un codazo en la cara, al tiempo que se gira para enfrentarse a él.

-Corre, vámonos -le doy a Julia su comunicador y corro hacia el fondo de la habitación.

Salimos a un pasillo más grande. Unas franjas rojas parpadean en el suelo. A la izquierda se ve el rastro dejado por Kurl, paredes abolladas, marcas de disparos y un cuerpo inmóvil al final del pasillo. Mientras Julia se coloca su comunicador, activo el escáner de energía del mío.

-¿Qué haces ahora?

-Busco energía, la sala de conexión necesita mucha. Si seguimos los conductos más grandes nos llevarán hasta allí.

En la pantalla que sale de mi dispositivo aparecen unas líneas brillantes que representan los conductos de energía que recorren las paredes.

-Por aquí -giro a la derecha y corro por el pasillo, comprobando continuamente con el escáner cada habitación.

-¿Kurl estará bien?

-Visto lo visto no podemos dudar de él -no dejo que el menor rastro de vacilación afecte mi voz-. Nos encontrará antes de que nos demos cuenta, seguro.

Doblamos un corredor y veo una puerta donde confluyen cuatro grandes conectores.

-Miremos en esta sala -abro la puerta, la habitación tiene una iluminación azulada muy tenue. Es circular con un pilar en el centro y varias vainas a su alrededor-. Es aquí.

Por un instante el miedo me paraliza, no sé qué es peor si encontrarlo aquí o que no esté. Entramos y la puerta se cierra tras nosotros, sumiéndonos en la oscuridad con los objetos teñidos de azul. Noto una sensación extraña, como un zumbido apagado que se hace más fuerte al acercarme.

Alrededor del pilar central hay siete vainas, cuatro de ellas con una holopantalla encendida a su lado. Al acercarme lo noto, una sensación familiar, pero terriblemente diferente. Apoyo la mano contra el cristal.

-Abuelo… -está tendido en la vaina, vestido con una simple túnica blanquecina y con varias vías en los brazos. Sobre la frente lleva una banda de cristal conductor con numerosos circuitos iluminados que lo conectan con la máquina. Está pálido como la muerte, sólo hace poco más de una semana que lo vi por última vez y parece haber envejecido cien ciclos de golpe. Se le notan los huesos bajo la piel.

-¿Está bien? -Julia lo observa consternada a mi lado, siento la pena que le da verlo así, aunque no lo conocía con esta forma.

-No... no lo sé. Nunca le había visto tan mal, pero no es su cuerpo lo que más importa ahora -me pongo frente a holopantalla y busco los protocolos de sedación-. Aguanta, voy sacarte de esta maldita máquina -paso lo dedos por la pantalla y la cubierta de cristal se abre-. Ayúdame a quitarle las vías, con cuidado.

Cada uno por un lado retiramos cuidadosamente las vías que tiene a diferentes alturas de los brazos, cada una con un líquido de color diferente.

-¿Por qué no reacciona? -dice Julia mientras me contagia su preocupación-. Ya le has quitado la sedación.

-El sedante es muy fuerte y todavía sigue en su organismo. Tardará horas en despertarse... -si es que hemos llegado a tiempo y las drogas no han matado su mente para siempre, pero eso no puedo decírselo.

Vuelvo hacia la holopantalla y hago un escáner biológico. Una luz recorre su cuerpo y un montón de datos aparecen en la pantalla.

-¿Qué ha sido eso? ¿Qué le has hecho? -Julia está preocupada y asustada por Unwei.

-Es un escáner, quiero ver cómo se encuentra su cerebro, hay que separar su mente del mundo que está generando antes de desconectarlo. Si lo desconectamos de cualquier manera podríamos sacar un cuerpo vacío -Julia me mira desconcertada-. Ya le he dicho al sistema que lo saque de ahí.

La puerta se abre pero la luz queda bloqueada por el enorme cuerpo.

-Nos vamos ¡ya! -Kurl se apoya contra la puerta, cubierto de espesa sangre verde y sujetándose el brazo izquierdo.

-¡Kurl! ¿Estás bien? -él pasa por la puerta sin decir nada y se acerca a nosotros cojeando, no parece haberme oído.

-Oh querido amigo, cómo te han hecho esto... -Kurl se queda callado, mirando a Unwei. Tras un momento se inclina para cogerlo con el brazo derecho.

-No Kurl, no puedes sacarlo aún.

-Brais tenemos que irnos ya, tu padre está en camino y no tardará en llegar.

-Si le sacamos y su mente está aún conectada morirá, tenemos que esperar -le miro a los ojos, los dos sabemos que no lo voy a dejar morir.

-Nos matarán a los tres, lo sabes ¿no?

Nos quedamos mirando la pantalla, esperando que indique que lo podemos sacar sin peligro. Julia empieza a mirar las otras vainas, pero con un movimiento de negación con la cabeza le indico que no podemos hacer nada, no siento ninguna consciencia en ellos. No sé cuánto tiempo llevamos esperando. En cualquier momento puede aparecer padre, pero ya nada importa.

La puerta se abre, nos giramos y vemos un psalterium asomado, perece del equipo científico o el encargado de las máquinas. Levanta las manos haciendo un gesto inofensivo y desaparece mientras oímos sus pasos corriendo por el pasillo. Ninguno nos movemos.

Después de lo que parece una eternidad, la pantalla se ilumina con una luz azul claro, y me apresuro a quitarle a Unwei la banda de la cabeza para desconectarlo de la máquina, pero antes de que termine de hacerlo Kurl ya lo tiene cogido, sujetándolo como un bebé con su brazo sano.

Salimos de la habitación siguiendo a Kurl por los pasillos y aunque cojea tenemos que correr para alcanzarlo. Pasamos por el rastro de destrucción que ha dejado al entrar, no puedo creer que haya conseguido semejante caos estando herido.

Llegamos a lo que parece el pasillo principal y tras avanzar un poco Kurl me hace un gesto con la cabeza.

-Brais, ¿puedes cogerla? -miro hacia donde señala y veo un enorme rifle tirado en el suelo, al lado de un guardia inconsciente-. La perdí durante el combate con Agnok.

A duras penas cojo el arma, que es tan grande como yo y que juraría que más pesada. Intento colocarla en una mejor posición mientras corremos, cuando Kurl gira en una puerta y llegamos al hangar.

Es una estancia grande, con una puerta enorme al exterior y una especie de sala de control. Hay dos naves estacionadas, un rapid-trans verde de aspecto robusto, la nave de Agnok; y otra nave más grande, un transporte, seguramente donde traerían el personal de la estación. En el fuselaje lleva el logo de Eri-sinc una empresa de transporte de mercancías.

Kurl se dirige al transporte.

-¿Vamos a ir en esto? ¿No hay nada más llamativo? ¿Dónde pretendes aterrizarlo?

-Estaba pensando que esta es bastante más resistente, ya sabes, por si a alguien le da por dispararnos otra vez -abre la nave y deja a Unwei con cuidado en uno de los asientos-. Cuida de él, ¿quieres Julia? -se gira hacia mí y coge el arma de entre mis brazos, lo sujeta como si no pesase nada y me señala con ella la otra nave-. Brais, mira a ver si puedes mandar esa nave de vuelta al Orbe, quiero que tu padre no tenga tan claro a quién tiene que perseguir.

Corro hacia la nave y me meto en la cabina. Es un modelo deportivo, pero todo es tamaño extra-maensiano. Activo el ordenador central y precariamente marco un ruta hacía el puerto del Orbe. Cuando bajo la nave se eleva lentamente y sale por la puerta.

Vuelvo al transporte y nada más poner un pie la nave asciende y la puerta se cierra a mi espalda.

Capítulo 13

Dcicon

-¿Ya has decidido qué harás con Brais ahora que ha llegado hasta aquí? -dice Héctor desde el asiento del piloto.

Observo brevemente a Héctor antes de desviar mi mirada hacia la ventanilla. La nave sobrevuela el mar a una gran velocidad y en la distancia se divisa el desierto, pronto llegaremos.

-Eso ahora depende de él -digo sin dejar de mirar por la ventana-. Ha llegado demasiado lejos, quiera o no tendrá que elegir un camino.

-Los dos sabemos que ya ha elegido el camino -dice Héctor dejando patente el odio que le profesa.

-Entonces tendrá que atenerse a las consecuencias -me giro para mirarle a los ojos y en ellos veo la pregunta no formulada-. Te aseguro que no me temblará la mano, hay demasiado en juego para que un niño malcriado lo estropee todo.

-Tan malcriado como lo soy yo entonces -dice con media sonrisa.

-No creas -digo mirándolo seriamente-, he hecho todo lo posible por borrar la influencia de Unwei sobre Brais desde el día que volvió de Elnath, pero como ves nada ha dado resultado. Mi padre siempre lo ha llevado de la mano, de una forma o de otra no se separaba de él. Si yo le decía algo, Brais le preguntaba a Unwei que, por supuesto, le daba una visión completamente distinta de los acontecimientos, su visión, y él acababa haciendo lo que le decía su abuelo -suspiro y miro a Héctor-. Por eso él está donde está y tú estás aquí, sentado a mi lado.

-Gracias, padre.

La nave se queda en silencio durante un momento, aunque Héctor no tarda en romperlo.

-No deberíamos haber contratado a ese cruxor, no me fio de él.

-Yo tampoco me fio, pero le necesitamos. Ya has visto sus habilidades.

-Por eso mismo, es peligroso, no hay forma de controlarle -hace una pausa, siento como reúne valor para continuar-. Yo puedo hacer su trabajo, lo he estado haciendo todo este tiempo.

-Y lo has hecho muy bien, pero a estas alturas no podemos dejar que más gente sepa que hay un humano involucrado. El cruxor lo hará bien, no dejará ningún cabo suelto.

-Él es un cabo suelto, cuando cumpla con su parte acabaré con él -siento desprecio y celos en él, se ve intimidado por sus habilidades.

-Ten cuidado, los cruxors pueden parecer unos vagabundos solitarios, pero ten por seguro que están más organizados de lo que imaginas.

-Son una raza decadente -Héctor parece escupir las palabras-, se extinguirán en apenas unas generaciones y a ellos ni siquiera les importa.

-Héctor -mi paciencia se acaba y detengo su manera de pensar con una oleada de energía-, los cruxors son una raza antigua y poderosa, no los subestimes.

Asiente y permanece en silencio, sé que seguirá odiando a ese asesino y querrá demostrar que sus habilidades están a su altura, pero no puedo permitir que intente algo contra él, no saldría bien parado.

-Padre -dice más calmado un momento después-, ¿cómo ha conseguido Brais encontrar la ubicación de la base de emisión?

-No lo sé, ahora nos lo dirá él -digo tranquilamente, mirando el desierto que pasa velozmente bajo nosotros-. El maensiano de mi padre iba con ellos. Sé que Unwei siempre ha sabido más de lo que decía, no me extrañaría que le contara algo, esto no puede ser una coincidencia.

-Mucho no sabría Unwei si no previó que si se acercaba demasiado le harías desaparecer -puedo sentir cierta satisfacción en Héctor al tratar estos temas, aún necesita más autocontrol.

-O lo sabía perfectamente -digo intentando frenar su ímpetu-, nunca infravalores a tus enemigos. Aún me pregunto por qué mi padre no opuso ningún tipo de resistencia contra ti.

-Tendrías que haberle sacado todo lo que sabe por la fuerza -dice lleno de odio-, directamente de su mente. Con el poder de tantas gemas de ewha no podría haberse resistido.

-Sí que habría resistido, lo habría intentado por lo menos. Enfrentar el poder de las gemas contra su mente resistiéndose lo habría matado antes de hacerle ceder, estoy seguro. Ahora, sedado y bajo control, su mente pronto estará tan débil que me dirá lo que necesito sin apenas esfuerzo.

-De todas formas -prosigue Héctor-, sigo sin entender por qué no le matas. Qué más da lo que sepa, si muere dejará de tener importancia.

-Cuantas veces he de repetírtelo -la falta de control sobre sus emociones me enerva de sobremanera, y envío un ola de energía que le golpea. Héctor se sacude en su asiento y pierde el control de la nave por un instante-. Toda información es valiosa -le digo muy seriamente cuando me aseguro de que me presta toda la atención-, necesito saber de dónde sacó esa información y qué ha hecho con ella. Los pequeños detalles pueden desequilibrar la balanza hacia un lado u otro. Encárgate de ellos para asegurarte de que la desequilibran hacia donde te interesa. Nunca apuestes sin la certeza de que vas a ganar.

-Lo sé padre -dice Héctor aceptando el reproche-, pero llevamos tanto tiempo con esto…

-¡Precisamente! -le interrumpo-. Hay demasiado en juego para que un pequeño error eche por tierra tanto trabajo.

Suena un pitido en mi comunicador. Despliego la pantalla y en ella veo un mensaje de Shaezz, pero en él sólo hay un enlace al boletín de noticias del planeta Mu Arae. No puedo evitar que una sonrisa aparezca en mi rostro.

-¿Ha pasado algo? -pregunta Héctor.

-Ese cruxor es bueno -digo terminando de leer la noticia, mientras siento como Héctor se revuelve en su asiento.

-Pues no estabas muy satisfecho con él, por lo que hizo con el senador Baerk.

-Sí, el Óbice tuvo que mover los hilos para paralizar la investigación. Pero parece que desde que le advertí, se ha vuelto más eficaz. Según dice aquí, el senador Arzhú y el director Muree han sido asesinados, al parecer, mientras mantenían negociaciones con diversos grupos de contrabandistas y piratas espaciales. Muree utilizaba sus empresas para distribuir el material que los piratas saqueaban, y Arzhú, paralizaba cualquier acción en contra de dichos grupos. Parece que las últimas negociaciones no fueron muy bien y todo acabó con un tiroteo, donde murieron Muree y Arzhú entre otros muchos -no puedo evitar reírme mientras cierro la holopantalla.

-Sí, muy sutil, una matanza para ocultar un asesinato -dice Héctor con evidente desprecio- ¿Cómo se las arreglará para organizar esas historias?

-Nos está sirviendo bien, eso es lo importante. Las empresas de Muree han quedado desprestigiadas, pronto perderán gran parte de su valor, por lo que será fácil hacerse con ellas, y Arzhú… Bueno, nunca tuvo demasiado poder, pero es un voto menos a favor de los humanos. Lo importante a corto plazo es que una vez tengamos las empresas de Muree, controlaremos la estación solar en su totalidad.

-Entonces ya falta muy poco para que todo esto acabe -Héctor está emocionado.

-Paciencia hijo mío -digo mientras planes futuros surcan mi mente-, para que todo salga como queremos aún quedan muchos pasos que dar, pero definitivamente hoy hemos dado uno muy grande -mi felicidad se disuelve en el acto al ver la base de emisión en la lejanía, con una espesa nube de humo negro saliendo de la puerta de atraque-. Pero no te preocupes por planes futuros, porque es ahora donde se acumulan los problemas.

Parece que la estación ha sido atacada desde el exterior y tengo la certeza de que Brais ya no se encuentra en el edificio. La estación tiene defensas, ¿por qué no hay rastro de ninguna batalla?

-Padre -Héctor me señala en el horizonte.

En la lejanía, se observa una pequeña línea de humo sale del suelo.

-Debe de ser ahí donde los derribaron -digo con la voz cargada de ira-. Aterriza de una vez y veamos hasta donde se extiende la incompetencia de mis guardias.

Conforme nos acercamos veo la entrada del hangar medio abierta. La puerta y la fachada están cubiertas de disparos de algún arma de gran potencia. Una de las hojas de la compuerta está tan dañada que no se abre completamente. Mi serenidad termina cuando no percibo la energía de Brais en el complejo, y mi ira comienza a aflorar cuando siento la de Agnok, aún con vida.

La nave pasa lentamente y casi rozando por la estrecha abertura que deja la puerta. En el interior las luces de emergencia todavía están activadas y no hay rastro de ninguna otra nave, cosa que no me gusta nada. En el otro extremo de la sala distingo diversos cuerpos colocados en fila y tapados con telas improvisadas, todos muertos.

La nave termina de posarse y bajamos a tierra, Héctor, como siempre se coloca la capucha antes de salir. Nuestro recibimiento son un par de técnicos, el psalterium responsable de sistemas y uno de los médicos areanos. Todos ellos sienten temor.

-¿Qué ha pasado? -digo mientras bajamos por la escalerilla.

Se miran entre ellos, sin atreverse a responder.

-Señor... -dice tímidamente el médico- los prisioneros se han escapado. Un maensiano atacó la estación y los liberó.

Emito una oleada de ira, bajo la cual se encojen como críos atemorizados. El areano levanta levemente la mirada, pero en el acto la vuelve a bajar. Hay algo más que no se atreve a decirme.

-¿Qué más? -digo tranquilamente clavando mi mirada en la suya.

-Se... se han llevado al último sujeto que trajo -dice tímidamente, sin poder mantener la mirada.

-No esperaba menos -le digo a Héctor sin mostrar un ápice del odio que siento ahora, sabía lo que me encontraría desde que vi el humo-. ¿Dónde está Agnok?

-En la enfermería, señor -dice el médico haciendo un gesto con la mano, señalando el pasillo.

-Bien, pues vamos a verlo -digo casi alegremente.

-Señor -llama el médico apenas he dado un par de pasos.

-¿Sí?

-¿Qué... qué debemos hacer ahora?

Héctor me mira un instante mientras respiro profunda y pausadamente para eliminar en cierta medida la ira. Las decisiones importantes hay que hacerlas en frío.

-Todavía nos quedan tres sujetos en la sala de emisión, ¿verdad? -el médico asiente levemente- Bien, pues quiero que la estación esté otra vez operativa cuanto antes.

-Señor, la estación sigue operativa -interviene el psalterium -solo el hangar ha recibido daños.

-Entonces arreglen este desastre cuanto antes y vuelvan al trabajo. Me encargaré de que tengan nuevos… compañeros -digo mirando los cadáveres cerca de la pared-. ¿Entendido, todo en orden?

-Sí señor, gracias señor -dicen asintiendo y retirándose. Mientras se alejan por el pasillo hacia el interior de la estación, noto su alivio por el castigo que esperaban y no han recibido.

-Héctor, asegúrate de que todos hacen lo que tiene que hacer y prepara el sistema para cuando vuelva. Se discreto.

Héctor asiente y se dirige hacia la sala de control. Así es como debe ser un buen subordinado, silencioso y eficaz.

Cuando llego a la enfermería, el médico de fuera ya ha ocupado su puesto y seguramente ha informado a su compañero de mi indulgencia. De las seis camas de la enfermería solo dos están ocupadas, una con un guarda psalterium que se apresura a incorporarse cuando me ve, y en la otra está Agnok, aparentemente inconsciente.

-Lo siento señor -dice el guarda con voz entrecortada por el miedo-, todo fue muy rápido, no pudimos hacer nada.

-No importa soldado -digo tranquila y afablemente-, ¿son graves tus heridas?

-No señor -se apresura a contestar, irguiéndose-, puedo incorporarme al servicio de inmediato.

-Procede, ayuda a tus compañeros a poner todo en orden.

-Sí, señor -dice mientras asiente con la cabeza y sale de la habitación confiado.

Me dirijo a la cama de Agnok, los médicos también se acercan.

-¿Cómo se encuentra?

-Está inconsciente señor -dice avanzando un paso el médico que había permanecido aquí a mi llegada-. Luchó con el maensiano que atacó la estación. Tiene muchísimas contusiones por todo el cuerpo, heridas considerables y algunas fracturas leves. Lo más grave es una fisura en el cráneo producida por el golpe que lo dejó inconsciente, pero un maensiano como él se recuperará en relativamente poco tiempo.

-Bien, infórmeme de su evolución -digo mientras me dirijo a la salida.

-De acuerdo. Pero…, disculpe señor -me giro ante su llamada-, Agnok es el único que hablaba con usted, ¿cómo me pongo en contacto con usted?

Le miro, sin evitar una risa un poco cruel, y cierro la puerta tras de mí. Cuando llego al hangar, Héctor cierra la puerta y con ayuda de su comunicador piratea el sistema para que no pueda ser abierta.

-¿Todo listo Héctor?

-Sí padre, cuando quieras.

Subimos a la nave y salimos del hangar. La nave coge altura lentamente mientras se aleja, de vuelta al Orbe. A cierta distancia Héctor me mira, esperando la orden.

Asiento con la cabeza mientras percibo su exaltación contenida. Casi siento orgullo ante su progreso en el autocontrol de sus sentimientos, casi.

La nave describe una curva en su trayectoria lo que hace que la estación vuelva a aparecer en una ventanilla lateral. Héctor saca una holopantalla de su dispositivo y teclea en ella. Inmediatamente la estación explota. El fuego consume todo en su interior y la onda expansiva sacude la nave, que inmediatamente retoma su rumbo inicial.

-Padre, tienen a Unwei -dice Héctor, sin que se aprecie el más mínimo tono de preocupación en su voz.

No contesto, me limito a mirar por la ventana, pensando qué hacer a continuación. Brais estaba al límite, pero ahora que ha encontrado la base ha sobrepasado la línea.

-Según el ordenador estaba vivo cuando lo desconectaron del sistema -insiste Héctor-. Sus constantes eran débiles, pero estaba vivo.

Sigo en silencio. Hay que contar con que cualquier información que Unwei tuviera, la tiene ahora Brais, y eso le convierte en igualmente peligroso. El plan debe cambiar.

-Padre, hay que…

-Matarlo, sí lo sé -digo cortante-. Si alguna vez hubo una posibilidad para él ya no importa, sus actos han hecho que su destino ya no esté en mis manos. Lo que hay en juego está por encima de cualquier lazo familiar -no dudé con mi padre y por mucho que me duela, no lo haré con Brais. El fin de la humanidad y con ella la culminación de mi venganza está más cerca que nunca, pero el precio a pagar parece que será la vida de mi propio hijo.

-Yo me encargaré de él -noto en Héctor su ferviente determinación y odio.

-No, tú solo localízalo, Shaezz será la mano ejecutora -no puedo permitir que Héctor y Brais, antítesis de mi existencia, se crucen a mente abierta, ni siquiera en el final de uno de ellos.

Capítulo 14
Julia

-¿Mejor? -Brais aprieta la venda ajustándomela al hombro. El dolor tras haber recolocado la articulación sigue mordiéndome, pero la sensación cálida y reconfortante de la venda me calma ligeramente.

-Sí, gracias -Brais recoge el botiquín que ha encontrado en el carguero y va a atender a Kurl. En la butaca de al lado descansa Unwei, tumbado en una silla que le queda grande, no tiene buen aspecto-. ¿Se pondrá bien?

Brais se gira hacia él y le pone la mano en la frente con preocupación.

-No lo sé, pero si no despierta no podremos hacer nada por él. Su mente ha estado atrapada, y aunque la hemos liberado tiene que despertar por sí misma.

Le da la espalda y mira las heridas de Kurl, que ahora descansa en el sillón del piloto, cubierto de sangre verde y con una herida en el pecho aún abierta que gotea hasta el suelo creando un charco cada vez más grande.

-Parece que de momento no nos siguen pero voy a continuar sin rumbo fijo para asegurarme -a Kurl le cuesta hablar, su voz suena cansada y llena de dolor.

Brais limpia sus heridas con un paño húmedo. Cuando ha retirado la mayor parte de la sangre, saca del botiquín un bote y aplica una especie de ungüento morado en las heridas. Kurl pone cara de dolor y no puede evitar soltar un grave rugido.

-Esos hijos de Crux me dispararon después de que nos derribaran, los muy incompetentes me dieron por muerto -se ríe mientras da palmadas al gran rifle de su regazo-. Deberías haber visto sus caras cuando volé la entrada con mi Pransser.

-Todavía no sé cómo pudiste entrar ahí tú solo con esta herida.

-¿Esto? No es nada, lo peor es que me ha destrozado mi camisa favorita -se ríe pero se entrecorta por un ataque de tos-. Solo por ver la cara de Agnok cuando entró en el hangar y me vio rodeado de sus hombres inconscientes ha merecido la pena. Nunca he aguantado a ese bastardo.

-Estás loco -Brais se muestra realmente afectado, y por su cara y el afán con el que trata la herida de Kurl, se ve que es mucho más grave de lo que el maensiano quiere hacer parecer-, te podrían haber matado.

-¿Matarme a mí? Ya lo intentaron cuando no podía defenderme, creí que se merecían otra oportunidad, pero no se lo iba a poner tan fácil esta vez.

Kurl sigue rememorando el combate y Brais intenta a duras penas tratarle las heridas mientras el gigante se mueve en la silla y hace aspaviento con los brazos simulando la pelea.

El hombro me palpita bajo la venda con un dolor agudo, pero mucho más soportable que antes. Por las ventanillas se ve que la nave vuela a buena velocidad, pero apenas se agita, casi no se nota el movimiento. Hemos dejado atrás el desierto y ahora sobrevolamos terreno más rocoso.

Me acerco al enorme sillón donde descansa Unwei. Está tumbado, como dormido, aunque en su pálido rostro se aprecia un leve gesto de sufrimiento. Ninguna sensación emana de él. Es extraño, ya me he acostumbrado al continuo flujo de sentimientos de Brais. Pero en Unwei no hay nada, nada más que una respiración muy débil y algún pequeño movimiento.

Me siento a su lado y le cojo la mano que está preocupantemente fría. Intento imaginar a este pequeño ser como el caballero árabe que cambió mi vida tan drásticamente hace apenas un par de semanas. Le coloco la cabeza para acomodarle en el asiento y le aliso la túnica intentando darle la dignidad y el porte que siempre mostraba. Sin soltarle pongo mi mano derecha sobre su frente.

¿Esto es lo que tenías planeado? Siento mucho no haber podido llegar antes, he intentado ayudar a tu nieto, pero parece que no ha sido suficiente. Viéndolo así no puedo evitar que la tristeza me invada, pero... ¿y ahora qué? Si en mi mundo apenas tenía nada, aquí me temo que mucho menos.

Desde que te conocí has dado un toque de color a mi vida. Me propusiste retos que me dieron una motivación que creía ya perdida. Y tengo que reconocer que el hecho de rescatarte me ha hecho volver a sentirme importante, sentir que puedo hacer algo útil por alguien, pero tu plan era salvarte y reunirte con tu nieto, no para sacarte... así.

Tú me has traído aquí. En mi realidad siempre sabías que hacer para que fuésemos por el camino correcto, esperaba que aquí también me ayudases, que fueras para mí un guía en este nuevo mundo. Ahora estoy sola. Sé que Brais es una buena... persona y que me ayudará, que estará a mi lado, pero... no puedo, constantemente me recuerda a Iago, las mismas expresiones, el mismo humor, el mismo tipo de reacciones, es demasiado doloroso. No creo que me quede nada por lo que merezca la pena continuar.

Me viene a la cabeza una imagen de Gabriel jugando en el río el día del accidente, riendo y corriendo entre los árboles. Le llamo, viene y me da la mano, casi puedo sentirla apretando la mía.

No, es Unwei quién me aprieta la mano, me mira con los ojos apenas abiertos, con la mirada cansada y dolorida, pero me observa fijamente.

Ahora sus ojos están completamente abiertos, pero no son los suyos. Brais me mira con un brillo de felicidad e inquietud.

-¡Abuelo, abuelo! Mi Iago y aquella chica... Le ha besado, su primer beso. Vamos abuelo, tienes que verla, es preciosa. Venga, vamos -coge mi mano y tira de ella, pero no es mi mano, parece la mano de un elnath.

-Brais, tranquilízate -mi boca se mueve, pero creo que es la voz de Unwei la que sale de ella-. Te acuerdas de lo que hablamos, ¿verdad?

-Sí abuelo, pero es mi primer ente, ¡y ella es genial! -dice Brais sin reprimir su entusiasmo-. Le ha dicho que le quiere, abuelo. ¡Quiere a mi Iago!

-No puedes pasarte la vida en una realidad que no es la tuya, Brais, bien lo sabes. Déjalo antes de que sea más complicado alejarse.

-Lo sé abuelo, pero... estoy tan bien con ellos, las emociones que evocan son mucho más fuertes que cualquiera que haya sentido jamás

-el sentimiento que desprende Brais es embriagador, pura felicidad y entrega.

-Ya lo sé pequeño, pero no te hará ningún bien seguir obsesionándote con los humanos, tienes que olvidarte de ellos -Brais se entristece y mira al suelo mientras veo como mi mano se posa sobre su hombro-. Pero ahora vamos a verla, veamos a esa chica tan especial.

La imagen se difumina en un remolino de colores y formas. Cuando la imagen se vuelve a aclarar y las formas se detienen, Brais sale por una puerta y avanza por un pasillo blanco.

-Brais -le llamo con la voz de Unwei y él se da la vuelta sorprendido-. Sabía que estarías aquí.

-¡Abuelo! ¿Qué haces aquí?

-Me he enterado de que tu Iago y Julia se han casado, y como no me has dicho nada, he venido a verlo.

-¿Se han casado? No... no lo sabía... -miente desviando la mirada avergonzado.

-Por favor Brais, te he sentido desde mi despacho.

-Lo siento abuelo, sé que te dije que dejaría de verla, pero...

-Déjalo, no serás ni el primero ni el último. Siempre y cuando no interfieras en el devenir de los acontecimientos, no es algo tan terrible, y vas a seguir haciéndolo por mucho que se te prohíba. Comprendo que en esta vida puede haber pocas cosas que te hagan completamente feliz, así que será más fácil para todos que te apoye, y no que tengas que venir a verlos a escondidas.

-¿De verdad abuelo? ¡Muchas gracias! -Brais rebosa de felicidad, pero le cojo por los hombros y le obligo a mirarme.

-Brais, solo te voy a decir dos cosas. La primera es que puede que yo sea más tolerante en esto, pero a tu padre no le va a hacer ninguna gracia. Cuando se entere, porque ten claro que por mucho que lo escondas lo va a descubrir, intentará quitártelo de la cabeza de una forma o de otra. La segunda es que siempre tienes que tener en mente, que por muy puros y reconfortantes te parezcan, esos sentimientos no son tuyos, es la vida de esas personas y sus emociones son por y para ellos y no te pertenecen, bastante les hemos quitado ya a la humanidad. Solo quiero que tengas claras las consecuencias de tus decisiones porque tendrás que afrontarlas antes o después.

-Abuelo, no puedo dejarlos... no puedo dejarla. Si la hubieras visto en el altar, estaba preciosa. Y sentía una felicidad y un amor tal, que no puedo explicarlo con palabras.

-No hace falta pequeño -le pongo una mano en el hombro-, ya te estoy sintiendo.

La visión vuelve a retorcerse y cuando se estabiliza, Brais está de pie en un despacho. Sentado al otro lado de la mesa un elnath lo observa con mirada de desaprobación. En la habitación solo se siente el miedo y la vergüenza de Brais.

-Dcicon, ¿qué ha pasado?

-Tú lo sabías, ¿no, padre? -el rostro del otro elnath es serio y no muestra ningún tipo de emoción.

-Saber el qué.

-La obsesión de Brais por su ente y su compañera humana -dice sin variar el rostro, pero con un punto de desagrado en la voz-. ¿Desde cuándo?

-¿Desde cuándo? Pues desde que lo creó, imagino, como todos. Todos seguimos un tiempo a nuestros primeros entes, ¿verdad?

-No juegues conmigo padre -durante un instante siento la ira del padre de Brais antes de volver a no transmitir nada-. Sabes que lo que está haciendo no le hace ningún bien y no tiene ningún futuro, y aun así le proteges -se le ve alterado, pero sigue sin transmitir ninguna emoción-. Estarás de acuerdo conmigo en que hay que hacer que los olvide, tiene que concentrarse en su adiestramiento.

-Ya le advertí en su momento, pero él ha tomado su decisión y tendrá que vivir con ella. Y si es un error, será su error y tendrá que aprender de él, igual que todos aprendemos de nuestros propios errores.

-Padre, te corresponde a ti guiarle en su adiestramiento y a la luz de los acontecimientos queda claro que eres demasiado permisivo, cosa que no hace ningún bien a su progreso. A partir de ahora yo supervisaré tu adiestramiento, Brais -no miro a Brais, pero puedo sentir como su energía mengua por la tristeza-. No volverás a trabajar en ese sector, tendrás supervisión cuando entres en el sueño y cuando acabes las clases vendrás a mi oficina, te enseñaré lo que hago aquí, ya que algún día esta será tu responsabilidad. ¿Ha quedado claro?

-Sí, padre -dice Brais sin dejar de mirar al suelo, sin poder contener la pena y la vergüenza.

-Podéis retiraros.

Siento mi ira mezclada con la pena de Brais mientras nos dirigimos a la puerta. Antes de llegar a ella, todo se distorsiona a mi alrededor. Las formas cambian y se mueven mientras crean otras completamente distintas, antes de que todo se asiente escucho el sonido del comunicador. Contesto mientras la visión de un despacho deja de agitarse frente a mí.

-¿Kurltama? Hola querido amigo.

-Señor, necesito su ayuda -su voz parece agitada y desesperada.

-Cálmate, ¿qué ha pasado?

-Es Brais, por favor venga al sector de la humana.

-¿Brais? ¿Le ha pasado algo?

-Por favor, señor, ha perdido el control, está influyendo en todos los que se acercan a él.

-Voy enseguida, procura que nadie se acerque a él.

Me levanto y voy hacia la puerta. Todo se difumina y cuando abro la puerta me encuentro en una sala blanca llena de humanos en tubos de cristal. En el acto me invade la tristeza y la ira, la desesperación y la confusión. Al fondo de la sala veo a Brais aferrado a uno de los tubos y Kurl que enseguida se detiene frente a mí, con los puños apretados y con un reflejo de sufrimiento en su cara, consumido por la ira y la tristeza.

-Por favor señor, ayúdelo.

Toco su mano y entro en contacto con su mente, sacando todos esos sentimientos que no le pertenecen. Rápidamente su rostro se suaviza y sus músculos se destensan.

-Tranquilo, todo está bien ahora.

Me acerco a Brais, despacio bloqueando las emociones que brotan de él mientras le mando toda mi tranquilidad. Él me mira sin que mis emociones lo afecten lo más mínimo. Sin decir nada me acerco más y me siento a su lado, con las piernas cruzadas. Cierro los ojos, sostengo la gema con el ewha de mi abuelo y sigo mandándole tranquilidad, solo para que él la sienta.

No sé cuánto tiempo transcurre pero poco a poco Brais se va calmando. Abro los ojos, las lágrimas surcan sus mejillas, pero está más sereno.

-Lo siento abuelo -su voz es apenas un susurro.

-Tranquilo hijo, cuéntame lo que ha pasado -Brais permanece un instante de pie antes de sentarse frente a mí. Siento como intenta controlar su sufrimiento y su ira. Tengo un mal presentimiento, y esta vez lo tengo yo, no Unwei, quiero irme, pero no puedo dejar de ver la escena a través de sus ojos.

-Abuelo… ha habido un accidente -siento como una lágrima cae por mi mejilla, aunque el rostro de Unwei sigue sereno-. Iago y Gabriel han muerto… Julia ha sobrevivido de milagro, pero sus heridas son muy graves…

Los dos se quedan callados mientras Brais busca las palabras para continuar.

-Abuelo, yo no creo en las casualidades. Padre dijo que dejara de verlos y no le hice caso…

-Brais no. No pienses eso. Tú sabes que tu ente era muy antiguo, es normal que su energía se haya agotado. Y si el niño ha sido descartado… Normalmente lo hacen coincidir.

-No puedo creer que determinasen que Gabriel es una mala persona. No me lo creo, yo le conozco y no lo es. Solo es un niño.

-¿Qué dice el informe?

-Que ha sido descartado.

-Entonces ¿por qué dudas?

-Porque hay algo en mi interior que me dice que esto no es justo.

-La vida no es justa, tarde o temprano tendrás que entenderlo -se vuelve a hacer el silencio, Brais se seca las lágrimas con la mano pero ahora parece más tranquilo-. Vamos, te acompañaré a casa, allí honraremos la memoria de Gabriel como se merece.

Nos levantamos y vamos hacia la puerta, donde nos espera Kurl, más aliviado. Cuando vamos a salir, Brais me sujeta por el brazo.

-¿Sabes lo que más me duele de todo esto? Ella ahora está sola -a través del contacto de su mano y la mirada de sus ojos veo una frustración creciente-. Cualquier dolor que yo pueda llegar a sentir, no será nada comparado con lo que ella siente y no puedo hacer nada para ayudarla.

El rostro de Brais se desvanece y poco a poco va adquiriendo la forma de Dcicon.

-Lo has hecho tú, ¿verdad? -digo con voz acusadora-. Has eliminado su ente.

-Pues claro que he sido yo -dice con furia-, y tenía que haberlo hecho hace mucho tiempo. Te avisé de que le quitaras esa idea de la cabeza, padre, y no lo has hecho. Podría haber sido de otra manera, pero no me has dado opción, esto ha durado ya demasiado, no puede hacerle ningún bien.

-Brais puede controlarlo, esto no es como lo que te ocurrió con…

-Ni se te ocurra mencionarla -interviene violentamente levantándose de su silla-. Se lo que le ocurrirá si continua, y no voy a dejar que mi hijo sufra por una humana. Tanto como dices querer a Brais, deberías habérselo impedido desde el principio.

-No es nuestra decisión -le transmito sentimientos de conciliación, está demasiado alterado para escuchar-, tiene derecho a aprender de sus propios errores, y tú como padre esperar y ayudarle con tu experiencia.

-El tema está zanjado padre -intenta recobrar la compostura-, no hay más que hablar, solo lamento que la humana no haya muerto también, le deja un a cabo suelto a su obsesión.

-¿Te das cuenta de lo que estás diciendo? -sus palabras me dejan horrorizado-. Estás hablando de matar a una mujer y a un niño inocentes solo por satisfacer tus intereses y tus carencias como padre. ¿En qué me equivoqué contigo?

-No me des lecciones sobre paternidad -dice torciendo el gesto-, todo lo que se lo aprendí de tí. No deberías dudar de mí, estoy demostrando que haré cualquier cosas por el bienestar de mi familia -se hace el silencio y puedo ver como debate consigo mismo por continuar-. El chico no ha muerto -dice finalmente con la mirada baja, casi avergonzado.

-¿Cómo dices?

-Desperté al chico, él no tenía culpa ninguna -me mira fríamente, como si temiera que su buena acción me decepcionara, sabedor de que no es suficiente para exonerarlo a mi ojos-. Falsee los informes para que Brais no lo busque, eso sería casi peor.

Me quedo sin palabras, lo que ha hecho es horrible, pero aún veo luz donde antes sólo había oscuridad.

-No le diré nada a Brais -digo con voz serena y autoritaria-, no quiero que te odie durante el resto de su vida.

132

Todo se retuerce y contrae nuevamente hasta que la imagen se asienta otra vez mostrando ante mí a un enorme maensiano azulado con el pelo blanco. Estoy sentado ante la mesa de un despacho y le señalo con la mano para que se siente en un sillón junto a los ventanales. El maensiano toma asiento y se queda mirándome, esperando que le diga algo.

-Tokk, tengo que pedirte un favor.

-¿Va todo bien, señor?

-Sí, o al menos de eso quiero asegurarme. Necesito ayuda con un asunto personal, y solo puedo confiar en ti.

-Sabe que ya estoy retirado.

-Precisamente por eso amigo, hoy en día nadie se preocupa por lo que hace el ex jefe de seguridad del Orbe, ¿verdad?

-No, eso es verdad, a nadie le importa lo que haga el viejo Tokk, ni a los unos ni a los otros -el maensiano desvía la mirada por el ventanal un instante-. ¿De qué se trata entonces señor Swarths? ¿Para qué necesita sacar de su apacible retiro a este viejo?

-Necesito que encuentres a alguien, a un humano.

-¿Humano?

Tecleo unos extraños caracteres en el teclado y en la pantalla aparece una imagen de Gabriel... mi Gabriel. ¿Qué hace mi hijo ahí? Todo empieza a difuminarse, solo importa Gabriel. ¿Qué quieren de mi hijo? Ya solo veo su cara...

Siento como si alguien sacudiera mi cuerpo, mi mirada se aparta de la foto y todo vuelve a estar nítido. Tokk tiene la pantalla en las manos y lee la información que contiene.

-El muchacho ha sido despertado -vuelvo a decir con una voz que no es la mía-, pero los informes han sido modificados para que aparezca como descartado. Necesito que compruebes que es cierto, quiero saber si ese crío está vivo.

-¿Investigando en los asuntos de tu hijo? -dice sin apartar la mirada de la pantalla-. Los dos sabemos cómo funciona esto, estos documentos han tenido que pasar por las manos de don importante.

-Aún hay esperanza para él. ¿Podrás encontrar al chico? Me sentiría mejor si supiera que se encuentra bien -en el fondo tengo la sensación de que Unwei lo hace para asegurarse de que Dcicon no le ha mentido.

-Lo encontraré -siento su firme convicción-. ¿Lo traigo aquí cuando de con él?

-No, no quiero que interfieras en su vida. Cada uno tiene que recorrer su propio camino. Solo observa.

-De acuerdo señor Swarths -se levanta y se dirige lentamente hacia la puerta-, espero que no se meta en líos mientras no estoy.

-Muchas gracias amigo.

La puerta se cierra y la habitación se distorsiona, pero cuando vuelve a formarse la imagen es el mismo despacho. Hay algunas cosas diferentes, colocadas en otro lugar, pero estoy en el mismo despacho. La puerta se abre y entra un Tokk cambiado, es visiblemente más pequeño, su rostro tiene las facciones marcadas por el paso del tiempo y parece más delgado.

-¿Tokk? ¿Qué haces aquí? Creía que estabas en…

-Señor, lo he perdido.

-¿Qué? Tranquilízate y ven a sentarte viejo amigo -Tokk se sienta en el sillón muy erguido, como la última vez-. Cuéntame qué ha pasado.

-El chico se ha escapado del Hábitat con unos cuantos. Se ha unido a la resistencia. Casi muere en el hielo, estuve tentado de intervenir, pero los humanos lo encontraron.

Se hace un silencio incómodo, mientras veo como el maensiano espera que le indique su siguiente movimiento.

-No podemos hacer más entonces -Unwei se muestra sereno mientras que yo por dentro estoy desesperada, deseando saber más sobre mi hijo.

-Puedo intentar dar con el chico, señor, averiguar que ha sido de él.

-No Tokk, muchísimas gracias por tu ayuda, pero se acabó.

Su rostro se difumina y todos los colores se mezclan. Cuando se separan los colores forman un rostro familiar. Mi rostro… Soy yo, ¿es un…? No, no es un espejo, ahora soy London. Me acuerdo de este momento. Alargo la mano oscura y envejecida y toco su hombro… mi hombro.

-Julia querida, ten por seguro que las personas a las que queremos nunca nos abandonan por completo.

Todo parece iluminarse con una luz cegadora y poco a poco la nave vuelve a aparecer a mi alrededor. La mano de Unwei sigue sujetando la mía, me da un suave apretón y la suelta. Al momento parece que mi cuerpo no me sostiene y me tambaleo hacia atrás hasta caer sobre el respaldo.

Los ojos de Unwei siguen fijos en los míos. Me dirige una débil sonrisa y mira hacia mi lado mientras hace un casi imperceptible gesto con la mano.

-Señor -dice Kurl a mi espalda, se acerca y se arrodilla junto a él, cogiendo la débil mano de Unwei entre sus grandes manos verdosas.

Parpadeo, y vuelvo a ser consciente del mundo que me rodea. A mi lado está Brais mirándome sin decir nada.

-Brais… He visto... me ha enseñado cosas... recuerdos -todo lo que me ha mostrado Unwei aparece por mi mente como secuencias de una película, vuelvo a ver la cara de Gabriel-. ¡Mi niño! -me incorporo de golpe y agarro a Brais por su antebrazo. Con el mero contacto de la piel, empiezo a sentir la preocupación de Brais, mezclada con la felicidad y la pena-. Me ha mostrado a mi hijo. ¡Está vivo!

-¿Qué? -Brais parece bloqueado, me mira con sus ojos verdes, y no es capaz de decir nada ni hacer ningún movimiento. Las sensaciónes que me trasmitía también se han callado. Es la primera vez que no siento nada por parte de Brais.

-Brais -aprieto un poco la mano, las disculpas se me atragantan y no llegan a abandonar mi boca, he visto todo lo que ha pasado por estar junto a mí y aunque ahora lo entiendo mejor y me doy cuenta que no he sido justa con él, no puedo evitar sentir que todo es culpa suya-. Yo…

-No hace falta que digas nada -dice Brais con una sonrisa en los labios, de él brota un sentimiento de alivio y alegría-. Ya te estoy sintiendo.

-Brais, -Kurl lo llama mientras sigue arrodillado junto a Unwei- es el momento.

Brais me mira y siento como reúne todo su valor antes de colocarse junto a su abuelo, cogiéndolo de la mano con la izquierda y poniendo la derecha sobre su frente. Ambos se miran a los ojos.

Kurl se sienta en el suelo junto a mí. Lo hace lentamente y renqueando, parece que las heridas son graves.

-¿Te duele mucho? -le pregunto, no me atrevo a indagar sobre qué le habrá mostrado Unwei.

-¿El qué, esto? -dice quitándole importancia con la mano-. No, no es nada, una cicatriz más. ¿Tú qué tal te encuentras? Con todo lo que ha pasado no debe ser nada fácil.

-Sinceramente, no sé qué pensar. Antes no me importaba nada este lugar, pero ahora mi vida vuelve a tener significado.

-Tranquila Julia -dice mientras me cubre la espalda con su inmensa mano-, encontraremos a tu hijo.

Nos quedamos en silencio, simplemente contemplando al abuelo y al nieto. Tras largo rato, Brais se separa de Unwei y del bolsillo de su túnica saca una pequeña gema grisácea opaca muy apagada. La mira durante un rato y luego nos mira a nosotros. Sin decir nada rodea el asiento de Unwei, poniéndose a su espalda.

-Apaga el traductor -dice con la voz consumida y a punto de llorar-, esto merece la pena ser escuchado sin interferencias.

Busco entre los botones sin saber cuál tocar y cuando Kurl lo apaga por mí miro a Brais. La gema descansa ahora sobre la frente de Unwei, Brais la sujeta con los pulgares mientras apoya el resto de la mano en los lados de su cara. Agacha su cabeza y coloca su frente contra la piedra. Su rostro y su alma transmiten nerviosismo pero está decidido, mientras que Unwei está totalmente sereno. Ambos cierran los ojos y Brais comienza a murmurar con la voz muy melódica, como si cantase.

-Otsa´ta ha Inqüen, Ewha´akk suruk´na Tabtas Ilnroes´tu Dantha ann Ephve´ere. Unwei Swarths, Phinta´akk sunner Proteph´te hak´ha Haranna. Unwei Swarths, Phinta´akk sunner Proteph´te hak´ha Haran-na.

Repite la última frase una y otra vez, cada vez más alto, mientras que la gema se va volviendo verde, más transparente y más clara.

-Unwei Swarths, Phinta´akk sunner Proteph´te hak´ha Haranna. Indere´akhasa -de repente se detiene abre los ojos y mira la gema-. Unwey Swarths, Ewha´earu ha Untor´eo

Toca la mejilla del cuerpo inerte de Unwei y levanta la gema, que ahora es verde traslúcido y refleja los destellos de luz.

En ese momento cae de rodillas sin apartar la mirada de la gema mientras las lágrimas cubren sus mejillas. Voy a acercarme para ayudarle, pero Kurl me detiene suavemente con la mano.

Tras un momento de silencio, Brais se levanta y nos mira fijamente.

-Vamos a encontrar a Gabriel.

Capítulo 15

Julia

Kurl coloca las últimas rocas, parece que el frío no le provoca reacción alguna aun cuando Brais y yo hace rato que hemos tenido que meternos en la nave. Brais se frota las manos mientras observa detenidamente a Kurl, como si aún pudiese ver el cuerpo de su abuelo debajo de las rocas. No obstante su cara refleja tranquilidad.

Kurl se incorpora y nos mira, ha finalizado.

-¿Quieres salir a despedirte? -digo con voz cansada.

-Mi abuelo está con nosotros -dice mirando la gema verde que sostiene en su mano-. Ese es solo su cuerpo, ya no queda nada de su energía ahí.

-Pero aun así le has traído hasta el Everest para enterrarle. ¿Por qué no lo has hecho en un lugar menos precario?

-Él quería que su cuerpo descansara en casa. Esto es lo más cerca que puedo llevarle de nuestro planeta por ahora.

El aire helado casi me corta la respiración cuando Kurl abre la compuerta de la nave.

-Menudo frío hace ahí fuera -se sienta en un sillón de su tamaño y se frota los brazos desnudos intentando darles calor-. Deberías haberme dejado llevarlo a un bosque y quemarlo allí. Unwei se merece una hoguera gigantesca, todos deberían saber que ha muerto y acudir a honrarlo -se endereza en el sillón sacando pecho-. Habría talado todo el bosque para su pira.

-Unwei no necesita tantos honores, con que le recuerden los que le queremos está satisfecho -Brais contempla la gema verde, como si pudiese ver a su abuelo en su interior-. Pero le hace muy feliz saber qué crees que se merece tal honor.

-¿Así es como vosotros os despedís de vuestros muertos, quemándolos?- veo como la cara de Kurl cambia al oír mi pregunta.

-Sí -asiente muy serio-. El fuego nos purifica, el viento nos lleva por el mundo y al final nos devuelve a la tierra que nos dio la vida. Nuestros allegados hacen las piras y cuanto mayor sea, más demuestran sus seres queridos el amor que le profesaban -dice orgulloso-. Pero bueno, esa es la costumbre de mi raza, no la suya -Kurl nos mira a Brais y a mí tras un momento de silencio-. ¿Qué hacemos ahora?

Brais me mira con seriedad.

-Te llevaré con tu hijo -asiento con la cabeza mientras la esperanza que perdí años atrás hace latir mi corazón con fuerzas renovadas, solo entonces Brais desvía la mirada hacia Kurl-. Kurl, ya has pasado por…

-Ah no, ni lo pienses enano -dice Kurl muy serio-. ¿Pretendes que os deje solos y me quede en casa tranquilamente mientras tu padre nos busca? No, de eso nada. Además, se lo prometí a Unwei y los maensianos siempre cumplimos nuestras promesas.

Se miran en silencio durante un instante, imagino que Brais le estará transmitiendo algún sentimiento de gratitud o intentando que se lo replantee. Sea lo que sea que vayamos a hacer ahora, prefiero tenerlo a nuestro lado.

-Puedes parar con eso -dice Kurl pasándose su enorme mano por la cara-. ¿Se te ha ocurrido que tu padre me buscará para llegar hasta ti? Si me encuentra que sea a tu lado, a lo mejor así se olvida de mí mientras está ocupado contigo.

Los dos esbozan una sonrisa cómplice.

-Claro -dice Brais sacando pecho socarronamente-, ya sabemos quién es el peligroso del equipo.

-Bueno -dice Kurl mientras la sonrisa abandona su rostro-, ¿y cómo vamos a encontrar al chico?

-Unwei me mostró cosas -digo tímidamente-. Había alguien siguiendo a mi hijo, un maensiano.

-Tokk -dice Brais asintiendo-, trabajó para mi abuelo en el Orbe, era el jefe de seguridad.

-Deberíamos buscarle -digo entusiasmada ante la posibilidad de volver a ver a Gabriel-, él puede saber dónde está.

-Ya le busqué cuando tu abuelo había desaparecido -Intervine Kurl-. No hay ningún rastro suyo desde hace bastante tiempo y por lo que se el viejo es bueno, no daremos con él si no quiere ser encontrado. Yo descartaría esta vía.

-¿Entonces? -Brais le mira inquisitivo.

-Según me mostró Unwei, Gabriel estaba con alguien a quien llamaban rebeldes, podríamos preguntarles -los miro alternativamente buscando alguna reacción, Brais está pensativo, y Kurl desvía la mirada hacia otro lado-. Tiene que estar con ellos.

-Julia -dice Kurl arrastrando las palabras-, no es tan sencillo.

Sé que intenta ser sincero y realista, pero siento un puñal clavándose en el corazón. Veo la duda en su rostro y espero a que su siguiente frase de la última estocada que acabe con mi esperanza.

-¿Por qué no es tan sencillo? -interviene Brais de repente, Kurl lo mira confundido y mi corazón vuelve a latir tímidamente.

-¿Estás de broma? -dice Kurl entre aspavientos-. Esos salvajes matan a los extraterrestres, ¿recuerdas? Nadie que haya entrado en sus selvas ha salido. Sería más seguro ir a ver a tu padre.

-Esos "salvajes" nos atacan porque prácticamente hemos secuestrado a toda su especie. Solo suelen matar a los traficantes de esclavos -Brais hace un movimiento con la mano como si no tuviera ninguna relevancia-, y es normal, solo están liberando a los suyos. Además, nosotros llevamos buenas intenciones, venimos a ayudar.

-Un momento, ¿esclavos? -digo mientras veo a mis compañeros humanos bajo una nueva luz algo más oscura-. A parte de los que tenéis sometidos, ¿hay personas esclavizadas?

-Sí Julia, me temo que sí -Brais responde con una vergüenza que no apacigua mi ira-. Algunos son secuestrados del Hábitat y otros… son sacados directamente del Orbe.

-¿Así es cómo protegéis el universo? Priváis de libertad a una raza y además la explotáis.

-Sí, y ya vamos dándonos cuenta de quién es el responsable de todo -Kurl señala a Brais con la cabeza-. Puede que tu padre no los saque personalmente, pero sabes tan bien como yo que no hace nada por evitarlo. Y visto lo visto no dudo de que sea el primero en beneficiarse de ello -Brais nos hace sentir su odio y su vergüenza.

-Sí, ya ha quedado claro la profesionalidad de mi padre -dice Brais intentando recobrar el equilibrio de sus emociones-, pero ahora lo importante es Gabriel -sus emociones se vuelven caóticas por un instante-. Los esclavistas que se topan con los rebeldes se pueden dar por muertos, pero nosotros no somos esclavistas por eso no nos pasará nada.

-¿Por qué estás tan convencido? -pregunta Kurl incrédulamente.

-Los que han entrado en las selvas han sido grupos especiales o de reconocimiento, el ejército, mercenarios…

-Y ninguno volvió -le interrumpe Kurl.

-Exacto, porque todos eran una amenaza -dice Brais recalcando las palabras con sus manos y sin apartar los ojos de Kurl-. Pero cuando vean entrar a dos extraterrestres acompañando a una humana no sabrán que pensar, querrán saber qué hacemos allí y en ese momento les preguntaremos lo que necesitamos.

-¿Así de fácil? -dice con un tono burlón que contrasta con la seriedad de Brais.

-Bueno, si las cosas se ponen feas ahí estás tú para salvarnos, ¿no? -dice Brais jocosamente antes de volver a adoptar un tono más serio-. Kurl, no hay otra manera. Si se te ocurre un plan mejor me lo cuentas, mientras tanto voy a establecer la ruta -se sienta en uno de los sillones delante del panel de mando y despliega las pantallas holográficas.

-Sí, vale, estupendo, mi opinión no vale para nada, ¿no? El maensiano solo vale para repartir, por supuesto… Pues no dudes listillo que iré, así cuando nos maten podré decirte que te lo advertí -se recuesta en el sillón y cierra los ojos-. Despertadme cuando lleguemos ¿vale?

-De acuerdo, hermano -dice Brais mientras termina de establecer la ruta. Parece que estos dos siempre están de broma, puede que esa sea su forma de sobrellevar la tensión del momento.

Lentamente la nave empieza a cambiar de dirección, dejando atrás las colosales montañas. He llegado hasta aquí y casi me marcho sin apreciar la belleza del paisaje. Todo transcurre demasiado deprisa. Observo la cumbre nevada por última vez mientras cruzamos el mar de nubes como si volviéramos al mundo real.

La luz de las holopantallas se atenúa y Brais se gira hacia mí. Me mira durante un segundo, pero rápidamente baja la mirada.

-Brais, siento lo de tu abuelo... -las palabras me salen del corazón y la última imagen de Unwei acude a mi cabeza- que no hayamos podido llegar a tiempo.

-Como siempre decía mi abuelo, ha pasado lo que tenía que pasar. Por lo menos conseguimos sacarle de allí -mira la piedra verde en su mano, noto su alegría y como le brillan los ojos-. Ahora puede guiarme.

-Entonces... ¿puedes hablar con él?

-Más o menos -mira la piedra mientras busca las palabras adecuadas-. No puedo hablar con él directamente, pero entre los elnath no todas las conversaciones necesitan palabras. Sus sentimientos son los que me hablan.

-¿Y... cómo es?

-Verde, pequeña y redonda -dice alzando la gema con dos dedos para que la vea.

-No idiota -inmediatamente me pongo de mal humor, este es el tipo de bromas que Iago hacía todo el tiempo-, poder sentir el alma de tu abuelo, poder sentirnos a todos nosotros -termino la frase, pero el mero recuerdo de él me quita las ganas de continuar con la conversación.

-Pues... no sabría decirte -su cara refleja que ha notado la causa de mi enfado y hace el esfuerzo de continuar como si nada-. Desde que nacemos sentimos a todos los que están a nuestro alrededor. Al principio es muy caótico, solo imagina sentir tus emociones y las de otras personas, todo al mismo tiempo. No sabes cuales te pertenecen y cuáles no, pero al final aprendemos a diferenciarlas y a concentrarnos sólo en las que nos interesan.

-Parece una locura.

-Bueno, un poco sí, pero tú misma puedes oír todos los sonidos a tu alrededor, y concentrarte sólo en los que te interesan, ¿no?

-Visto así... -la complejidad y lo abstracto de la conversación hacen que empiece a perder interés.

-Es que no sé cómo explicarte bien todo esto -se queda callado un momento-, pero puedo enseñártelo. -mi cara debe mostrar mi confusión, porque rápidamente continúa-. Tranquila, solo te mandaré las emociones tal como las siento yo... si quieres -me mira a los ojos fijamente.

-De acuerdo- digo no muy convencida-, hazlo.

-Bien, tú tranquila, que no va a ser nada -se inclina hacia adelante en la silla, acercándose a mí-. Dame las manos.

Tardo un momento en reaccionar, pero me decido y me acerco hacia adelante. Veo sus pequeñas manos, con cuatro dedos y con unas uñas grandes y redondeadas.

Sus manos agarran las mías y al instante me recorre una oleada de emociones, todas las sensaciones se mezclan y se separan, fluyendo continuamente. Noto dolor y alivio, tristeza y alegría, odio y… amor, un sentimiento que me resulta demasiado familiar y doloroso. Al instante separo las manos y las emociones cesan.

Me vienen a la mente momentos preciosos con Iago que se tornan en dolor. Noto como se humedecen mis ojos y bajo la cabeza para secarme las lágrimas antes de que salgan.

-Estoy un poco cansada -digo con voz cortada-, creo que yo también me voy a echar un rato.

-Sí, claro -me mira entristecido y avergonzado-. Te despertaré cuando lleguemos.

Salgo de la cabina y entro en la zona de pasajeros que consiste en un pasillo central con sillones a un lado y una especie de bancos grandes al otro. Me tumbo de lado en el banco que tengo más cerca, anhelando que Iago me tape con la manta de pelo que teníamos en el salón, como tantas veces había hecho. Casi puedo oler su colonia cuando cierro los ojos y la imagen de su rostro se muestra frente a mí.

Las lágrimas caen lentamente. Todo en mi vida ha sido una farsa. Cómo soportar que la persona que más he querido, la persona a la que he amado, nunca haya existido. Tantos momento, tantos recuerdos… ¿Tuve que sobrellevar su muerte y ahora tengo que vivir con su inexistencia?

Y lo peor es Brais. Me recuerda a Iago constantemente, con su forma de actuar y siempre intentando ayudarme. Hasta utilizan expresiones parecidas… Él lo creó, es normal que sean tan parecidos, supongo. Pero el dolor que me provoca… Una sonrisa amarga se dibuja en mi cara. Con razón Unwei me dijo que me llevaría bien con su nieto, qué fácil es jugar viendo todas las cartas…

Aunque parecen ser los únicos que pueden llevarme hasta Gabriel. No sé por qué querrían ayudarme y siento que los estoy utilizando para llegar hasta él, pero ellos empezaron este juego, ellos me arrastraron hasta aquí. Si puedo volver a abrazar a mi hijo nada importa.

Espero que esté bien. Ha pasado mucho tiempo, ¿lo reconoceré cuando lo vea? ¿Qué haré si no se acuerda de mí? O peor, ¿y si cree que lo abandoné? ¿Y si me odia por dejarlo solo? Yo no podía hacer nada, pero un niño necesita a su madre. Mi pequeño… Hace una vida que me lo arrebataron, ahora será todo un hombre que ya no necesitará a su madre.

¿Y si yendo hasta él le hago más daño? Quizá debería dejar que viva su vida. Las lágrimas vuelven a brotar. ¡No! Al menos tengo que saber que está bien. Necesito verle al menos una vez. Luego le corresponderá a él decidir si me deja entrar de nuevo en su vida. Poco puedo hacer al respecto ahora, eso será problema de la futura Julia. Ahora lo más importante es encontrarlo, y para ello hay que encontrar a esos rebeldes. Los encontraré sin importar donde se escondan…

Empiezo a sumirme en el sueño mientras imágenes de mi pequeño Gabriel se entremezclan con los de un posible Gabriel mayor. Corro tras ellos pero nunca los alcanzo. Miro a mí alrededor, unas veces Iago corre junto a mí, otras lo hace Brais y otras voy sola. El pequeño mira hacia atrás y grita mi nombre mientras me saluda agitando la mano, pero le da la mano al Gabriel mayor y ambos se alejan, dándome la espalda. A mi lado, Iago se detiene quedando tras de mí. Mi cuerpo empieza a pesar más y más hasta que caigo y solo puedo verlos alejarse. Intento levantarme, pero mis brazos no me responden y las piernas no me sostienen. En ese momento Brais aparece y me ayuda a levantarme, pero es más grande, de mi altura. Me ayuda a ponerme de pie y apoyándome en él seguimos a Gabriel, pero da igual, nunca llegamos hasta ellos.

-Julia -escucho una voz grave que viene del comunicador-. Julia despierta.

Abro los ojos, Kurl está agachado junto a mí.

-Hemos llegado, ahora nos toca internarnos en la selva -dice con una amplia sonrisa-. Cuando estés lista nos vamos.

-¿Qué? -pestañeo para despejarme- Eh… sí, no tengo que coger nada, creo que estoy lista.

-Hemos encontrado algo de comida sintética. Si tienes hambre díselo a Brais, ¿vale? -asiento con la cabeza-. Bien, pues vamos.

Kurl coge el enorme rifle del suelo, se levanta y baja de la nave mientras le grita algo a Brais.

Me levanto y me asomo por la compuerta. El sol me ciega y tengo que poner la mano para protegerme, pero cuando mi vista se acostumbra veo la inmensa masa de árboles que nos rodea. Una gota de sudor cae por mi cuello y empiezo a ser consciente del calor y la humedad del ambiente. Me quito la chaqueta, la tiro en un asiento cercano y salgo al exterior.

Los árboles se alzan a nuestro alrededor, cubiertos de plantas que convierten todo en una masa verde. Entre los árboles se distingue a Kurl, avanzando lentamente.

-¿Estás preparada? -Brais me espera y me ofrece una especie de barrita energética o algo así- Ten, come algo.

-¿Dónde estamos? -miro a mi alrededor buscando alguna referencia.

-Vosotros lo conocéis como la selva amazónica -Brais despliega un mapa en su holopantalla que muestra el centro de la masa verdosa que conforma el Amazonas, pero sin las fronteras marcadas me es difícil saber exactamente donde-, por aquí, cerca de Bolivia y Perú.

-¿Habéis encontrado algún camino? -digo cogiendo la barrita de la comida que lleva.

-Pues… Define camino.

Otra vez actúa como él…

-Un sendero o algo que nos lleve hasta esos rebeldes -digo un poco molesta.

Brais parece que se lo piensa un momento.

-No, eso no lo hemos encontrado, pero ¿ves? -señala hacia la figura de Kurl- por allí no hay tantos árboles y es más fácil pasar.

-¿En serio? ¿Esto es lo mejor que se te ha ocurrido?

-¡Yo ya lo avisé! -se escucha el grito de Kurl entre los árboles.

-No lo entendéis, la perfección de este plan radica en su sencillez. Aún es pronto para vislumbrar el final de este modesto sendero. Además, si por alguna extraña razón fuera de mi comprensión el plan no funcionara, tengo otro alternativo -según hablaba se ha ido irguiendo, como convenciéndose de su plan perfecto-. ¿Nos ponemos en marcha?

-Vale, de acuerdo -acepto más motivada por la necesidad de hacer algo, cualquier cosa, para encontrar a Gabriel, que por la solidez de su plan.

-¿Por dónde entonces? -dice Kurl, ya más cerca nuestro.

-Pues... -Brais mira un mapa en una holopantalla de su comunicador-. No sé, por ahí mismo -señala a un lugar entre los árboles, pero nadie se pone a caminar.

-Te ríes de nosotros, ¿no? -Kurl le mira seriamente- ¿Vamos a ir cogiendo direcciones aleatorias?

-Que no, que no es aleatorio -dice mirándonos alternativamente-. Estoy seguro de que es por allí. Esa zona es donde desapareció el último equipo que vino aquí, bueno, por lo menos por ahí fue por donde aterrizaron.

Kurl le mira durante un rato y al final hace un gesto de desdén con la mano y se pone a andar.

-Sí señor, un plan sin fisuras -refunfuña Kurl mientras avanza entre los árboles, apartando la maleza con sus enormes brazos-. No veo qué puede salir mal.

Brais me hace un gesto para que continúe y avanzo por el surco en la maleza que deja Kurl, que sigue murmurando mientras Brais camina tras de mí cerrando la marcha.

No sé durante cuánto tiempo caminamos, pero según nos adentramos en la selva menos luz pasa entre las copas de los árboles. Kurl hace tiempo que ha dejado de refunfuñar y ahora va con más cuidado, deteniéndose a veces para observar y escuchar. En la lejanía se oyen ruidos de pájaros y de otros animales, pero a nuestro alrededor se hace el silencio. Por lo menos los animales nos evitan.

Tras lo que para mí son horas de marcha, Brais, exhausto, pide que nos detengamos. Nos agrupamos, pero Kurl parece nervioso y no para de mirar a nuestro alrededor.

-No me gusta nada este lugar -dice en voz baja, sin parar de observar-, hay demasiadas cosas acechándonos.

-¿Ahora te dan miedo los animalitos? -pregunta Brais con ironía, pero en su cara se puede ver que también está preocupado.

-Estos animales no se atreverían a intentar cazar algo de mi tamaño... -dice Kurl mirando fijamente a Brais -, pero algo así, no sería tan descabellado -levanta la mano, más o menos a la altura de Brais.

Brais abre mucho los ojos y se incorpora rápidamente.

-Bueno creo que ya nos podemos ir -dice recogiendo sus cosas rápidamente.

Caminamos hasta que el sol comienza a ponerse cuando empezamos a escuchar susurros a nuestro alrededor y a ver sombras que se mueven entre la maleza. Seguimos lentamente y muy juntos hasta que delante de nosotros, a unos veinte metros aparece un hombre entre las sombras.

-Brais -dice Kurl en un susurro-, están aquí.

Nos agrupamos y Brais pasa delante.

-Dejadme hablar a mí -dice Brais delante de nosotros-. Saludos, soy Brais…

-Silencio "comealmas" -grita el hombre con voz fuerte en el mismo idioma que Brais-, quedaos donde estáis, la chica puede venir conmigo.

-No, tranquilo -dice Brais levantando las manos, intentando calmarlo-, no venimos a causaros ningún mal, sólo queremos…

-Ya tendrás tiempo de hablar. Alejaos de la chica, ¡ahora!

-¡Por encima de mi cadáver! -dice Kurl adelantándose con el arma preparada.

En el acto decenas de sombras aparecen entre los árboles y veo sus armas que nos apuntan. Kurl se detiene y levanta su arma contra las figuras, demasiadas como para contarlas.

-Como prefieras maensiano -dice el hombre mientras alza la mano muy despacio.

-¡Espera! Lo haremos a tu manera -Brais se vuelve y obliga a Kurl a bajar el arma y a retroceder unos pasos, dejándome sola-. Pero por vuestro bien, espero que no le hagáis nada.

-No estás en posición de amenazar a nadie -dice otro hombre a nuestra espalda, mientras le da un golpe con la culata del arma a Brais en la nuca.

Brais cae al suelo y Kurl se gira rápidamente para golpear al atacante, pero al momento otros hombres aparecen como de la nada rodeándolo y apuntándolo con sus armas. En el instante que Kurl duda los hombres le golpean detrás de las rodillas haciéndolo caer. Los humanos lo retienen contra el suelo sin aparente resistencia, mientras le esposan los brazos a la espalda con unas bandas muy anchas de metal y le ponen una capucha negra en la cabeza. Otro hombre levanta a Brais, también encapuchado, y se lo carga al hombro.

Cuando reacciono y soy consciente de lo que hay a mí alrededor, veo que el hombre que nos había cortado el paso está frente a mí, acompañado por una mujer armada.

-Te llevaremos a nuestra ciudad, -dice el hombre entre las sombras -pero todavía no nos podemos fiar de ti.

La mujer me rodea poniéndose detrás de mí, sujetándome las manos a la espalda y poniéndome la capucha en la cabeza. Con un leve empujón me obliga a caminar mientras me guía en la total oscuridad.

Capítulo 16
Brais

-¿Por qué habéis venido aquí?

-Ya te lo dije ayer -digo al guardia de pie frente a mí-, hemos venido a buscar al hijo de la chica que venía con nosotros.

-¿Y para qué queréis encontrarlo? -dice el guardia mientras pasea de lado a lado de la habitación mirándome con desprecio- ¿Qué interés tenéis en él?

Siento su odio, el suyo y el de uno de los guardias detrás de mí. En el otro siento miedo, que puede ser más peligroso. Me recoloco en la silla, intentando acomodar los grilletes a mi espalda.

-Solo intentamos reunir a una madre con su hijo -acompaño mis palabras proyectando energía que pueda calmarlos y hacerlos más receptivos, pero sin la gema y sin contacto físico no consigo nada transcendente-. Comprendo que receléis de nosotros, pero Julia os lo puede contar todo, no hemos venido a haceros ningún mal, sólo queremos ayudarla.

-¿Ayuda? -el guardia se ríe con una sonora carcajada- ¿Ahora venís a pedirnos ayuda? Por lo que sabemos habéis sacado a esa pobre chica clandestinamente del Orbe. Seguramente la habéis engañado diciéndole que la reuniríais con su hijo, cuando en realidad querríais venderla como esclava o algo peor. Si por mí fuera os mataríamos a los dos y le contaríamos a la chica la verdad.

-Entonces me alegro de que no dependa de ti - digo tranquilamente-. Yo te he contado lo que pasa y seguramente mis compañeros te han contado lo mismo. Puedes creernos o no, pero es…

Su ira aumenta súbitamente un instante antes de que me cruce la cara de un bofetón.

-...la verdad -termino la frase y escupo una flema sanguinolenta, no creo que la teatralidad me ayude ahora, pero siempre me ha gustado. Lo miro a los ojos en silencio viendo cómo recobra el control.

-Voy a averiguar vuestras intenciones -se inclina hacia mí y me señala con su mano enguantada-, y lo voy a hacer de una manera o de otra.

Hace una señal a los guardias mientras se aleja al fondo de la habitación. Los guardias se acercan y mientras uno retira la mesa que tengo delante, el otro vuelca la silla, arrojándome al suelo. Las rodillas se resienten del golpe y con las manos atadas a la espalda no puedo más que caer de cara al suelo.

-Oye espera -giro la cabeza todavía aturdido, veo al guardia de pie ante mí, los otros han vuelto a su puesto junto a la puerta-, ¿qué hay de mis derechos? - el guardia muestra un gesto de confusión, solo por un instante-. Tengo derecho a una llamada -el aire se me escapa de los pulmones cuando recibo la patada de mi interrogador-. ¿Y un abogado? -me da otra patada, aún más fuerte.

-¡Deja de decir estupideces! -grita el guardia mientras me pone boca arriba con el pie-. Dime, ¿para qué habéis venido aquí?

-Ya te lo he dicho, venimos a pedir ayuda. Y si te soy sincero, por ahora estoy muy descontento, desde luego no voy a recomendar este sitio a mis amistades.

La broma me sale cara, pues recibo otra fuerte patada que hace que la habitación de vueltas a mí alrededor, pero casi merece la pena al sentir su frustración.

-Eso me lo creo, no podrás recomendar nada a nadie...

Se prepara para golpearme una vez más, pero antes de que lo consiga se abre la puerta del cuarto y otro humano entra. Lleva una ropa parecida a la de los otros y una pistola en una cartuchera en la cadera. Dice algo al guardia en ese idioma que usan los rebeldes, pero lo habla de una forma sucia, con un marcado acento de algún país del este de Europa. Claramente este hombre ha salido del Orbe.

El guardia le contesta enfadado al tiempo que retrocede. Junto a su rabia crece aún más la frustración.

-¿Ya has acabado? -digo desde el suelo sin aire- Creía que tenías más aguante, ¿eh? ya sabes a lo que me refiero -le guiño un ojo y le sonrío levemente mientras noto como su ira explota y me da una patada en la cabeza que me obliga a darme la vuelta y quedar con la cara pegada al suelo.

El guardia ladra algo, y los mismos guardias que me habían llevado allí me levantan del suelo y me sacan de la habitación. Muevo las piernas pero casi voy colgando de sus brazos, aún estoy aturdido de los golpes. Delante de nosotros camina mi rebelde salvador, guiándonos por los pasillos de su ciudad. El edificio está bastante bien equipado para ser subterráneo, parece que poseen alguna fuente de energía propia, o roban células de algún lugar. La estructura tiene fuentes de luz constante, pantallas táctiles repartidas por paredes y puertas y sistema de regulación de temperatura y humedad. Está mejor equipado que mi casa. Cuando hablan de ellos te los sueles imaginar cómo unos monos con lanzas saltando de árbol en árbol y desapareciendo al interior de la selva cuando se les persigue. Ahora entiendo cómo han sobrevivido casi cinco mil años luchando contra el Orden.

¿A dónde me llevarán ahora? En estos dos días solo he ido de la celda a la "sala de interrogatorios" por llamar de algún modo a esa habitación. Sé que Kurl está en la celda de al lado, pero ni siquiera he podido verlo o hablar con él más allá de dos o tres frases que nos han permitido. A él también le están interrogando. Me gustaría ver cómo le ha ido, después del primer día ya me dijo que a estos humanos no les interesaba nuestra historia y que tarde o temprano pasarían a algo más físico.

Por supuesto, aunque no nos dejaron hablar mucho más, sacó tiempo para felicitarme por mi brillante plan para encontrar a los rebeldes. Creo que su plan de sacar de sus casillas a nuestros interrogadores es su forma de vengarse de mí.

Lo peor es que no sé nada de Julia, con un poco de suerte ya estará con Gabriel. Imagino que la tratarán bien, pero el no saber cuál es su situación es una preocupación añadida.

-¿A dónde vamos ahora? -le digo al líder-. ¿Me vas a enseñar el resto de las instalaciones del Spa Resort Rebelde? Que amable.

-Tienes valor para seguir con tus juegos -dice en areano muy poco fluido con su marcado acento-, me caes bien para ser un alien.

-Sí ¿eh?, pues podrías haber venido hace un par de días, me habrías pillado de mejor humor -no parece que le entusiasme seguir con la conversación, pero es el primero con el que hablo que no me golpea o me manda callar-. ¿Cómo están mis compañeros?

-Vivos, aunque parece que el grandullón y tú deseáis lo contrario.

-Creíamos que teniasis más sentido del humor. ¿Cómo está Julia?

-¿La chica? Bien, ahora la verás.

Seguimos el trayecto en silencio y a los pocos minutos entramos en una amplia sala. El líder se hace cargo de mí y los guardias que esperan en la puerta la cierran tras nosotros. La sala es una enorme estancia circular, pero a diferencia del resto del edificio, que está hecho de materiales sintéticos, en esta tanto las paredes como el suelo son de piedra pulida muy antigua. Entramos a la sala y a la izquierda hay unas gradas semicirculares con bancos de madera llena de gente observándome atentamente. Todos murmuran y puedo sentir cierto temor mezclado con rencor.

A mi derecha veo tres humanos sentados en unas grandes mesas de madera pulida y tras ellos y por encima, otro más, obviamente el tipo verdaderamente importante aquí. Por más que miro, no veo a Julia por ninguna parte, espero que eso signifique que esta con su hijo.

El guardia se detiene cuando llegamos al centro de la sala y da un paso atrás para dejarme ante los que parece, van a decidir mi destino. Inmediatamente se abre una puerta al otro lado de la sala, y entra Kurl rodeado por cinco humanos armados con rifles apuntándolo. Kurl lleva las manos esposadas a la espalda, grilletes en los pies y un grueso collar al cuello. Lo hacen caminar hasta situarlo a mi lado, un poco retirado.

-Grandioso plan Brais... -dice Kurl en voz baja.

-Gracias Kurl -digo mientras el guardia nos hace señas para que nos callemos.

-Me gusta eso que te has hecho en la cara -dice Kurl irguiéndose, los guardias le mandan callar apuntándolo con los rifles.

El guardia que me ha traído aquí aparece entre nosotros dos y nos tiende los auriculares de un comunicador mientras activa la función del traductor. Eso me hace pensar en que deben de haberlo modificado de alguna forma, su idioma no está reconocido por el Orden, ellos mismos han creado una traducción compatible. Estos

152

humanos no solo roban tecnología, están interactuando con ella al mismo nivel que nosotros.

Mis pensamientos se ven interrumpidos cuando el hombre sentado arriba del todo se levanta y hace gestos con las manos a la gente para que guarden silencio. Los murmullos cesan en el acto y toda la atención se centra en nosotros, como si no la tuviéramos antes.

-Soy Ceyaotl, líder del Pueblo Libre -dice el hombre, de unos cuarenta o cincuenta años, pelo canoso y una barba corta y bien arreglada. Va bien vestido, con una túnica azul abierta con adornos de diversos colores-. Estáis ante este consejo para que decidamos vuestro destino.

Aunque la sala está llena de emociones, no creo captar ninguna de él. Su consejo, dos mujeres y un hombre, se muestran igual de impasibles.

-La situación es la siguiente -comienza el líder juntando las manos y echándose hacia adelante en la silla-. Sin atender a los motivos que os hayan traído aquí, habéis venido a nuestra tierra y ahora os encontráis en nuestra casa, sabéis donde está nuestro refugio y eso os convierte en un peligro. Si vuestra compañía hubiera sido otra ya estaríais muertos.

El pueblo murmura y el líder hace una pausa esperando su silencio.

-La muchacha jura que vuestros motivos son nobles -continúa-, pero nuestro pueblo sigue siendo libre debido a que no confiamos en vosotros los añanchis -por alguna razón el comunicador no traduce esa palabra, pero apostaría cualquier cosa a que es algo despectivo-. Conocemos las razones que nos ha dado la chica, pero no sabemos las vuestras. ¿Queréis exponer vuestras verdaderas intenciones ante este consejo?

Miro a Kurl, sus ojos me indican claramente que hable yo. Tomo aire mientras preparo rápidamente un discurso que nos permita salir de aquí con vida.

-Gente del Pueblo Libre, soy Brais Swarths, hijo de Dcicon Swarths -digo alto y lentamente para que toda la sala me escuche bien-. Él es Kurltama Karie Karum, mi protector y mi mejor amigo. Hemos venido en vuestra busca únicamente para reunir a una madre con su hijo, no os deseamos mal alguno ni tenemos intención de haceros ningún daño.

Murmullos recorren las gradas hasta que callan con una sola mirada del líder. Aunque en silencio, sigo sintiendo su desconfianza.

-Permitidme daros un poco de humildad. Por un instante cerrad los ojos y escuchad la voz de un alma que no es diferente de las vuestras, que sufre al ver día a día el horror al que someten a un pueblo, sin tan siquiera poder hacer nada para solucionarlo.

-Tomé una decisión que es ayudar a esta mujer -digo intentando no sucumbir a la presión de cientos de miradas clavadas en mí-. Llamadlo redención o compensación por mi indiferencia, me da igual, pero prometí hacer todo lo que estuviera en mi mano para ayudarla, y así lo hemos hecho, la hemos traído a vuestra casa para que se reencuentre con su hijo, uno de los vuestros.

-Nuestro destino está en vuestras manos, algo que ya sabíamos cuando decidimos venir aquí -abro mi alma e intento proyectar un sentímiento de fraternidad y hermandad, aunque con tanta gente y sin una gema de ewha la energía simplemente se diluye entre la multitud de humanos-. No hemos hecho ningún mal a vuestro pueblo y lo único que pedimos es ver la felicidad de nuestra amiga al volver a ver a su hijo. Después nos marcharemos y no volveréis a saber de nosotros.

Toda la sala guarda silencio mientras queda patente que he acabado mi defensa. El sentimiento general que me llega desde las gradas es de desconfianza y miran expectantes a su líder que toma la palabra.

-Buen discurso elnath, claramente sabes cómo manipular a los que te rodean, pero si se presta ayuda a Julia o no, no se está debatiendo en este juicio -hay algo que no me gusta en la forma en que ha hablado sobre Julia-. Consejeros, por favor, hablad para esta cámara. Antia, consejera del pueblo. Por favor.

Ceyaotl levanta su mano izquierda y una de las mujeres se levanta. Es joven, con un aspecto dulce y regio. Sus movimientos, elegantes, tranquilos pero firmes, denotan una seguridad impropia para alguien de su juventud.

-Hermanos, todos me conocéis -su voz es dulce, melodiosa y segura-, al igual que yo os conozco a vosotros y estoy aquí para velar por el bienestar de todas las familias a las que representáis. Por eso mismo solo puedo pedir la pena de muerte para los prisioneros -al decirlo baja la mirada hacia Kurl y yo, en sus ojos veo pesar y tristeza-. Lo siento mucho, pero ahora conocéis la ubicación exacta del nuestra ciudad, sería demasiado peligroso para nosotros que esa información dejara de ser un secreto.

Mientras Antia se sienta las gradas murmullan, imagino que comentando la decisión. Miro de reojo a Kurl. Parece tan preocupado como yo. Hasta este momento siempre había creído que acabarían por creernos y liberarnos, pero ahora verdaderamente veo que nos he metido en un verdadero aprieto.

-Allan, consejero de guerra -anuncia Ceyaotl mientras levanta su palma derecha para indicarle que se levante.

El único varón del consejo se levanta enérgicamente. Es un hombre de unos cuarenta o cuarenta y cinco años, de complexión fuerte y muy disciplinado, obviamente militar.

-Hermanos -comienza Allan, con voz dura y grave-, todos estamos de acuerdo, tal y como ha expresado la consejera Antia, del peligro que entraña que los añanchis den a conocer nuestro paradero. Pero esta es una oportunidad que no podemos dejar pasar -dice cerrando el puño, como si efectivamente se estuviera aferrando a ella con todas sus fuerzas-. Ellos conocen y tiene acceso a información que podría ser muy provechosa para nosotros, tanto para un futuro próximo como para un futuro más lejano.

-Propongo mantenerlos con vida -Allan deja de dirigirse al pueblo y nos mira a Kurl y a mí-, les custodiaremos aquí hasta que nos entreguen toda la información de que disponen.

Mientras el consejero se sienta, las gradas hierven en murmullos, parece que su comparecencia ha sido muy polémica. Viendo como la consejera del pueblo, que suena a que es la buena nos quería matar, lo último que esperaba era que el consejero de guerra vote por nuestra vida. Aunque veo lógico que un militar quiera aprovechar lo máximo posible cualquier recurso que pueda obtener del enemigo.

-Y por último -dice el líder, acallando con su voz todos los murmullos-, Eva, consejera espiritual, por favor aconséjanos.

Levanta las dos manos al frente y la mujer del centro se levanta lentamente. Es una mujer muy mayor, vestida con una amplia túnica blanca. La consejera Eva tiene el aspecto frágil de una persona anciana, pero parece que desprende un aura noble y venerable.

Sin decir una palabra rodea el estrado y con paso lento pero sin vacilación se dirige hacia nosotros. Murmullos de sorpresa surgen del pueblo, pero los consejeros no dan la impresión de afectarle su comportamiento. Se detiene delante de mí y escucho como el guardia saca su arma y me apunta.

-Por favor, Brais Swarths -dice mientras me tiende sus manos, como para que se las coja-, muéstrame tus verdaderos sentimientos.

Sus ojos y su leve sonrisa me trasmiten tranquilidad y confianza. Por fin alguien que quiere entenderme. No sé si sabe que podría manipular a mi antojo los sentimientos que le mandara, pero por la seguirdad y tranquilidad que demuestra y esos ojos que parecen ver dentro de mí, parece como si fuera capaz de saber si la miento o no.

Lentamente tomo sus manos y comienzo a pensar en todo lo que he pasado con Julia, haciendo que Eva pueda sentir lo mismo que yo. Le muestro el periodo antes de que Julia se despertara y la felicidad que sentí el primer día que dormía en la cabaña, después de sacarla del Orbe. Le muestro mis sinceros sentimientos de que solo quiero lo mejor para ella y mi férrea voluntad de reunirla con Gabriel. Le transmito como aborrezco este sistema que los oprime. Le muestro todo lo que tengo, como si, literalmente, mi vida estuviese en sus manos.

Durante un momento solamente mantengo mi amor por Julia, sin saber qué otra cosa podría demostrar mejor mi intención de estar a su lado y ayudarla. La anciana parece darse cuenta de que no aporto nada más y se retira mentalmente de mi contacto, algo que solo había visto hacer a los elnaths. Nuevamente el control personal que demuestra la mujer me impresiona. Lentamente suelta mis manos y antes de volverse, con una leve inclinación de cabeza me muestra gratitud.

Vuelve a su asiento, sin mirar a nadie en especial, como si su gesto fuera un mero trámite sin importancia. Se sitúa ante su mesa, aún de pie y mira profundamente al líder. Luego se vuelve hacia el pueblo y comienza a hablar.

-Nos enorgullecemos de nuestra humanidad, de los sentimientos que tenemos los unos para con los otros. Repudiamos a aquellos que nos invadieron, pues su ética es contradictoria, intentan juzgar nuestra libertad desde la esclavitud -alza una mano hacia mí-. Sus sentimientos no son tan distintos de los nuestros. El amor que siente por esta humana es más intenso que cualquier emoción que pueda sentir cualquiera de nosotros -la vergüenza me invade-. No seré yo quien los condene a estar separados el uno del otro.

Los murmullos estallan entre las gradas por el alegato de la consejera, pero yo solo pienso en Julia. Casi doy las gracias de que no se encuentre aquí ahora mismo, no creo que le agradara la idea de que la noble consejera pregone ante todo el pueblo que el enemigo extraterrestre está colado por ella. No se lo tomó bien la primera vez, mucho menos con público. Es más, si ahora creen que me va el royo entre especies, no creo que genere muchos votos de apoyo a nuestra libertad.

Miro a Kurl y parece alerta y expectante. Sabe que nuestro destino se decidirá en breve. Por el bien de todos espero que nos permitan marchar, porque no creo que Kurl se deje ajusticiar. No sé cuántos de estos guardias quedarían antes de que pudieran pararlo.

-Los alegatos han sido expuestos -dice el líder levantándose y atrayendo toda la atención hacia él nuevamente-. Ahora nos retiraremos a deliberar sobre el destino de los intrusos, gracias a todos y cada uno de vosotros por formar parte de esta asamblea y ser testigos de su juicio.

La gente se levanta y se dispone a abandonar la sala a la vez que sus voces despiertan entre la multitud. Por la puerta contraria por la que me han traído, los dirigentes bajan de su estrado y salen tranquilamente.

Los guardias toman posiciones en torno a nosotros. El que parece el jefe de los guardias nos quita el comunicador y se coloca a mi espalda para hacerme caminar. Los que apuntan con sus armas a Kurl lo hacen dirigirse hacia la puerta con bastante menos confianza.

-No es por desanimar -dice el jefe de los guardias a mi espalda en areano con su marcado acento del este-, pero no apostaría ni una botella de vodka por vuestro pellejo.

-¿En serio? -digo girándome para mirarle-. Pues haces bien, porque perderías. Ni tus jefes pueden resistirse a mi "sex appeal".

Suelta una carcajada.

-Pareces muy seguro -dice riéndose-. Creo que merecerá la pena la apuesta solo por ver como salís de esta.

Antes de que me dé cuenta nos introducen por una serie de corredores que contrasta con el edificio que habíamos visto, con pasillos de piedra con símbolos muy antiguos grabados. Nos detienen ante una puerta de madera, de aspecto bastante antiguo pero cuidado. Uno de los guardias llama a la puerta, la abre y hace pasar a Kurl, que tiene que agacharse para poder entrar.

Me vuelvo en dirección a mi captor.

-Creí que volvíamos a las celdas.

-Crees demasiadas cosas -dice mientras con un ademán de cabeza me indica que entre en la habitación.

La habitación parece tallada en la propia piedra, como si estuviéramos en una cueva. Al fondo, en una mesa ovalada también de piedra, se sientan los consejeros y el líder. Tallas de madera con distintos símbolos o representando diversos animales cubren las paredes.

Nos hacen pasar en la habitación hasta situarnos junto a Julia, que espera de pie delante de la mesa. Al vernos en su cara se dibuja una sonrisa, pero no puede ocultar una profunda tristeza, más intensa de la que portaba antes de venir aquí.

-Ya podéis retiraros -dice el líder tranquilamente-, gracias por traerlos.

Los guardias se miran extrañados pero no tardan en dar media vuelta y abandonar la habitación. El jefe de los guardias que me acompañaba no se mueve de su sitio y el silencio dura hasta que el último guardia cierra la puerta al salir.

-Difícil tesitura en la que nos hayamos -comienza el líder-. Por una parte, aún no habéis hecho nada en nuestra contra que os condene a muerte, más allá de ser añanchis, pero por otra parte, sois conscientes del peligro que supondría para nosotros que delataseis nuestra situación.

Abro la boca para hablar, pero el líder levanta una mano, interrumpiéndome.

-Salir de esta habitación con vida ahora mismo depende de vosotros -sus ojos nos escrutan desde detrás de su mesa-. Lo que os ofrezco es lo siguiente: vosotros dos -nos mira a Kurl y a mí- tendréis que ser útiles para nuestra causa, esa que vosotros decís aborrecer. Nos aportareis información y colaborareis con aquello que se os pida y si con el tiempo demostráis realmente de qué lado estáis en esta guerra, os dejaremos marchar. A cambio, os garantizo que Julia tendrá una buena vida entre nosotros.

Julia baja la mirada, su tristeza se me muestra al límite de lo soportable. Incluso Kurl se ha dado cuenta de que ocurre algo que no nos están contando. Por un momento me olvido de todos los presentes y me acerco a ella.

-Julia, ¿qué ha pasado? -le pongo mis manos esposadas sobre las suyas y siento su desasosiego con más intensidad.

-No está -dice apenas conteniendo las lágrimas-. Gabriel, ya no está aquí.

-¿Cómo que no está? -la miro expectante, pero cuando es obvio que no puede continuar me dirijo a los consejeros-. ¿Qué le ha ocurrido a su hijo?

Los consejeros se miran por un instante y puedo ver en los ojos del consejero de guerra que es reacio a proporcionarnos la información.

-El chico fue capturado hace casi dos meses junto con su pelotón -dice el líder Ceyaotl con un tono demasiado frío-. Siento decir que ya no se puede hacer nada por él.

-En realidad se puede hacer algo, señor -la voz del jefe de los guardias detiene al momento la conversación, puedo ver como el consejero de guerra le impone silencio con la mirada, pero el líder levanta una mano.

-¿Qué ocurre Yuri?

-Señor -continúa el guardia lanzando una mirada al consejero de guerra casi exculpándose-, Gabriel formaba parte de mi escuadra, no puedo evitar intentar estar al corriente del destino que corren mis hombres. Nuestros contactos con el mercado negro suelen mantenerme informado. Gabriel está vivo, él y otros tres de los nuestros.

Julia levanta la cabeza con los ojos muy abiertos. Parece estar a punto de saltar.

-¿Dónde están? -pregunta el consejero de guerra.

-Ignuk´tarr -maldición, la ciudad de los esclavistas, los bajos fondos y el mercado negro, nada bueno puede salir de allí.

-No hay nada que podamos hacer por ellos entonces -dice Allan, el consejero de guerra casi enfadado por la interrupción-. Sería un suicidio ir allí.

-Nosotros podemos entrar -la voz de Kurl atrae todas las miradas, permanece erguido y sereno-. Nosotros sacaremos a Gabriel de allí.

Se hace el silencio, casi puedo ver su mentes valorando cada posibilidad.

-¿Qué propones maensiano? -dice el líder arrastrando las palabras.

-Señor, con el debido respeto -interrumpe en voz baja la joven consejera Antia-, es una locura, no podemos confiar en ellos, harán lo que sea para salir de aquí y luego nos traicionarán.

-¿Y qué pasaría entonces, consejera Antia? -pregunta tranquilamente el líder.

-Pues... -Antia parece desconcertada por la pregunta, como si su respuesta fuera obvia-. Sabrán donde estamos y vendrán a por nosotros. Nos aniquilarán.

-Míralos Antia -el líder tiende una mano hacia nosotros-, ellos ya saben dónde estamos, han aparecido en nuestra puerta. ¿Crees que después de cinco mil años de conflicto no saben dónde encontrarnos? Lo saben, pero por alguna razón no les interesa que desaparezcamos.

-Somos el enemigo -dice de forma rotunda el consejero de guerra desde el otro lado de la mesa-, pero no suponemos ninguna amenaza, mientras existamos siempre habrá a quién echarle la culpa. De cada diez cargueros asaltados sólo un par lo hacemos nosotros -nos mira con cara de furia-. Solo somos peones en un tablero que no somos capaces de ver.

Evito mencionar que el Orden los considera otra fuente más de estudio.

-Antia -dice el líder inclinándose hacia ella y bajando la voz-, solo te pido que confíes en mí -se dirige a nosotros-. Podéis ver cómo estamos, vendemos a nuestra propia gente la falsa sensación de seguridad. Pero todo el mundo necesita tener un lugar al que poder llamar hogar, ¿no? Un sitio en el que sentirse seguro -nos mira a los tres detenidamente-. Decid qué pensáis, ¿realmente podéis ayudar?

-Un trato -comienza Kurl con su voz grave-, nosotros sacamos a los humanos de Ignuk´tarr y vosotros nos dejáis libres y cuidareis de Julia y de su hijo.

-¿Cómo sabemos que no nos traicionaréis y os marchareis? -dice la consejera Antia con cierta preocupación.

-No lo harán -responde la consejera Eva interviniendo por primera vez en la conversación mirándome a mí-. Él hará cualquier cosa por ella y por su hijo.

La vergüenza vuelve a asaltarme y esta vez acrecentada por la presencia de Julia, por suerte Kurl sale en mi rescate.

-Correcto, no lo haremos, pero para vuestra seguridad él vendrá con nosotros -señala a Yuri detrás de nosotros.

-Irán más de los nuestros -interviene rápidamente el consejero de guerra-, no os dejaremos solos con él.

-Los que queráis -dice Kurl muy tranquilo-, pero le quiero a él en el equipo.

Kurl mira a Yuri y este muestra una sonrisa que confirma que está de acuerdo. No sé a que está jugando Kurl pero parece que está llegando a algún tipo de acuerdo. Por supuesto que haremos lo que sea para rescatar a Gabriel.

-Le hiciste una promesa a esta mujer, elnath -dice el líder-, espero que la cumplas y no me obligues a arrepentirme de confiar en vosotros.

-¿Tenemos un trato entonces? -digo intentando simular la misma confianza que tiene Kurl.

-De momento colaboraremos para traer a Gabriel y a los demás a casa -dice Ceyaotl tras una pequeña conversación con sus consejeros-, los términos de vuestra liberación los discutiremos más tarde.

Kurl y yo nos miramos intentando ver hasta qué punto estamos dispuestos a llegar. La conclusión es clara.

-De acuerdo -decimos casi al unísono.

-Bien -el líder mira a sus compañeros, parece dar por finalizada la conversación-. Yuri, puedes desencadenarlos. Llévalos a uno de los barracones vacíos, que nadie los vea hasta que preparéis la operación.

-Sí, señor -asiente y se arrodilla a mi espalda para desatarme las muñecas.

Mientras Yuri está ocupado con mis esposas, Kurl da un fuerte tirón, destrozando las suyas. Los consejeros se detienen en el acto y veo que Yuri y el consejero Allan empuñan ahora sus pistolas. Kurl, sin importarle sus reacciones, termina de forzar los grilletes y los deja caer.

-Empezaban a irritarme -dice Kurl mientras se frota despreocupadamente las muñecas -. Cuando quieras podemos empezar.

Capítulo 17
Julia

Abro los ojos, apenas un leve parpadeo. Ayer fue un día muy intenso y sólo he dormido unas pocas horas seguidas, no puedo parar de pensar en Gabriel. Si volveré a verle o solo son falsas esperanzas.

La habitación está a oscuras pero la luz del pasillo entra por la puerta abierta. Las otras camas, que anoche estaban ocupadas por soldados rebeldes, ahora están vacías y perfectamente hechas.

Me incorporo lentamente, mis músculos casi ni me responden. Apenas me levanto de la litera, la silueta de un hombre queda recortada en la luz del pasillo.

Escucho unas palabras sin sentido. Aunque no lo entiendo, sé que es la voz de Yuri, el guardia que me trajo hasta aquí. Casi en el mismo instante en que pienso en decirle que no le entiendo me acuerdo del traductor que me dieron. Lo cojo de la mesilla y cuando termino de configurarlo como me enseñaron y me lo pongo, Yuri repite:

-Buenos días, casi se te pasa la hora del desayuno.

-¿Es muy tarde?

-Para ti no -contesta esbozando una sonrisa-, pero de haber sido uno de mis compañeros le habría caído una buena reprimenda. Ven, te enseñaré dónde están los vestuarios.

Me acerco lentamente hasta la puerta, aclimatando mis ojos a la luz.

-Toma -me tiende una pequeña pila de ropa perfectamente doblada-, te he traído ropa -me mira de arriba abajo-, creo que esta te será más cómoda.

Casi involuntariamente miro mi ropa. Parece que me he ganado suficiente confianza para conseguir algo mejor que el mono de trabajo descolorido que me dieron al entrar.

-Gracias -digo avergonzada-, con todo lo que ha pasado, ni siquiera me había parado a pensar en la ropa que llevaba.

-Solo es un uniforme básico, como el que llevamos todos. Vamos, es por aquí.

Me conduce por los pasillos. Otras personas deambulan por ellos, imagino que cada una tendrá su trabajo en el complejo, pero cuando pasamos todas inclinan levemente la cabeza ante Yuri.

-Aquí todos te respetan mucho, incluso los consejeros -digo rompiendo el silencio-. Debes ser muy valorado… o muy temido.

-Esperemos que sea lo primero -responde riéndose-. Mira aquí es.

Nos detenemos ante una puerta doble. Encima de ella hay un letrero con unos símbolos extraños, me recuerdan a caracteres mayas o aztecas.

-Al fondo están las duchas -dice Yuri señalando con la mano-. Cuando acabes, te estaré esperando en el comedor, por aquel pasillo a la izquierda.

-Vale gracias.

Yuri asiente con una sonrisa y se marcha.

Los vestuarios son una habitación grande con hileras de taquillas formando pasillos con bancos en el centro. A la derecha una abertura conduce a las duchas. Está completamente vacío.

La sala de las duchas es blanca, de un material que me recuerda a una mezcla entre plástico y cerámica, con duchas colocadas en las paredes y separadas entre ellas por una especie de biombos o mamparas rígidas. Me dirijo a una de las más alejadas. En la mampara hay pequeños ganchitos donde cuelgo la ropa nueva y la toalla. La ropa vieja ni me molesto en colgarla, solo la dejo ahí tirada. El mando consiste en una rueda, que imagino que regulará la temperatura, pero por más que lo giro no sale agua.

Por casualidad me da por pulsar la rueda y el agua cae sobre mí. Es una sensación extraña, aunque el agua sale tan fría que lanzo un grito de sorpresa, es muy agradable volver a sentirla sobre el cuerpo. Poco a poco giro la rueda y el agua sale más caliente, reconfortante. Pero a la vez es raro. El agua corriendo por mi cuerpo se siente diferente a lo que recuerdo, como más viva, más intensa. Consigue que mi mente se quede en blanco y solo pueda disfrutar de la sensación de bienestar.

Una imagen fugaz de Gabriel me hace volver al mundo real. Todo puede terminar muy pronto. Por muy agradable que sea esto, no tengo tiempo que perder aquí.

Termino apresuradamente y me visto con el uniforme. Una ropa interior que parece de algodón y el mono azul y gris de los soldados. No sé quién lo habrá elegido, pero ha acertado con la talla. Tiro la ropa vieja en una cesta grande de lona, llena de ropa arrugada y salgo hacia el comedor.

El comedor es una sala enorme con mesas alargadas colocadas en filas y otras mesas redondas más cerca de las cocinas. Hay varias personas sentadas en las mesas, formando pequeños grupos.

Cuando me ve, Yuri se levanta de una de las mesas y se acerca a la encimera donde está la comida mientras me hace señas para que me acerque.

-Vamos, mira a ver que te apetece -dice mientras coge una bandeja-. Coge cuanto gustes.

Miro a ver que puedo tomar, pero solo veo la misma papilla que me llevan dando desde que estoy aquí.

-¿En serio, esto es lo único que tenéis?

-Me temo que sí, hay que ser prácticos- dice Yuri mientras sirve dos platos de ese puré blanquecino-, la vida en la clandestinidad es lo que tiene, que no se nos permiten muchos lujos. Pero tenemos algo que estoy seguro te gustará.

Estoy a punto de reprocharle, pero de pronto lo huelo.

-Café.

Que aroma más placentero.

-Sí -dice mientras sirve dos tazas-, uno de los pocos lujos que nos podemos permitir. Pero espero que te guste solo, porque no tenemos nada más.

Nos sentamos en una de las mesas alargadas, uno frente al otro. Aunque sé que su sabor no es tan desagradable como parece, el aspecto de la papilla me echa para atrás. Sin embargo casi no puedo dejar de oler la taza de café.

-Entonces… -digo, no sabiendo cómo empezar- ¿conoces a mi hijo?

-Sí, hicimos un par de misiones juntos -toma un trago de café y prosigue-. No es por desmerecer a los demás, pero ese crío tenía algo especial.

-¿Crees que está bien? -se la respuesta que me va a dar, pero necesito oírlo.

-Lo capturaron esclavistas, Julia -su rostro se vuelve muy serio, pero no aparta la mirada-. No, no creo que esté bien. Pero está vivo, eso es todo lo que importa.

La imagen de Gabriel siendo torturado me provoca un escalofrío que me hiela el corazón.

-¿Qué le están haciendo?

-Ahora no es el momento -aunque su voz en seria y firme en sus ojos veo comprensión-, te lo contaré todo cuando estemos todos juntos y planeemos cómo sacarle de ahí, ¿de acuerdo? Ahora intenta tranquilizarte y come algo, lo vas a necesitar.

Intento disimular mi descontento y pruebo un par de cucharadas de la insípida papilla.

-¿Cómo acabaste aquí? -digo rompiendo el silencio, intentado quitarme la imagen de Gabriel de la cabeza.

-Acabé aquí porque no hay ningún otro sitio al que ir -dice recuperando su habitual sonrisa-, esa sería la versión resumida.

-¿Y la versión extendida?

Sonríe y toma aire.

-Mi familia era de Vladivostok. Nunca me gustó estudiar y mi padre, que no era el mejor ejemplo que digamos, empezó a presionarme para que trabajase con él. Aprovechaba la gran afluencia del puerto para llevar su pequeño negocio de tráfico de armas -lo dice como si fuera la cosa más normal del mundo-. Con dieciséis años le vi darle una paliza al capitán de un barco por negarse a llevar uno de sus cargamentos, aunque accedió después de amenazarle con matar a su familia.

-Desde ese día odié a mi padre, y en cuanto tuve edad suficiente me marché de allí. A las pocas semanas, mi hermana me encontró. A mi padre lo habían detenido y seguramente no saldría de la cárcel en mucho tiempo -una sonrisa se dibuja en su rostro, como si le agradara lo que le pasó a su padre-. Mi familia necesitaba dinero, así que fui a la base militar más cercana y me alisté.

-Fue duro, pero era de las primeras cosas que parecía dárseme verdaderamente bien. Promocionaba con relativa facilidad y en apenas cinco años entre en el grupo de operaciones especiales. Tenía una buena vida. Mi familia estaba bien, tenía un trabajo que me gustaba y una chica esperándome en casa.

-En mi última misión, el objetivo tenía información muy peligrosa para nuestro país. Mi responsabilidad era eliminarlo antes de que comunicase dicha información, pero aborté la misión porque había civiles que corrían peligro y habría bajas. Mis superiores dijeron que las bajas civiles eran tolerables y me acusaron de alta traición, condenando también a mi familia.

-¿Qué les pasó? -su historia me hace sentirme culpable, no soy la única con un pasado trágico.

-No lo sé -dice encogiéndose de hombros-. La noche antes del consejo de guerra caí inconsciente y cuando me desperté lo hice aquí.

-Aquí, ¿en este sitio?

-No, no -dice riéndose-. En este mundo. Me llevaron al hábitat.

-¿Hábitat? Lo he oído mencionar antes, ¿qué es eso?

-Es la ciudad donde llevan a los humanos cuando nos despiertan -dice como si fuera obvio-. ¿No te han explicado nada? -al ver mi cara de confusión asiente- Cuando un humano es despertado lo llevan al hábitat con los demás, allí le explican cómo funciona el mundo en el que van a vivir a partir de entonces.

-¿Y luego vienen aquí?

-¿Aquí? -hace un gesto para quitarle importancia- No, no, esos humanos no tienen nada que ver con nosotros.

-¿Por qué?

-Esos humanos son elegidos por unos valores y educados para coexistir en una nueva realidad multirracial. Eso suena muy bien en teoría, pero la realidad es que buscan gente que represente los valores que "ellos" quieren para la raza humana.

166

-No lo entiendo.

-Es fácil, mira -dice inclinándose hacia delante-. Los alienígenas creen que los humanos somos malvados por naturaleza y que vamos a destruir el universo. Por eso nos duermen a todos y nos evalúan en un mundo ficticio, para ver si de verdad somos tan malvados, aunque lo que de verdad les preocupa es que destruyamos el universo. Los que son buenos salen, los que son malos no. Parece sencillo, ¿no?

-Si obvias lo de someter a toda una civilización a una realidad alternativa, sí, parece sencillo.

-Exacto -dice con una sonrisa-. El problema está en quién dicta que un sujeto es bueno o malo. Para mí una cosa puede ser buena mientras que para ti es mala y aquí ocurre lo mismo. Seguramente podemos considerar que una persona fuerte que lucha por lo que cree puede ser un buen valor, pero "ellos" lo considerarían peligroso. A alguno con ese valor le pueden despertar y a otro no, dependerá de quién lo juzgue. Con el tiempo la cuestión se ha simplificado, dando más posibilidades a alguien capaz de asimilar el sistema y adoptar las pautas que se le han marcado.

-¿Estás diciendo que solo despiertan a los que saben que los obedecerán?

-No, estoy diciendo que liberar humanos es una farsa dedicada a calmar a aquellos de los suyos que protestan contra lo que se está haciendo aquí para intentar convencerles de que el sistema quiere llegar a alguna parte.

Pienso en lo que ha dicho, una nueva versión de un mundo que no comprendo, pero por mi cara ve que no lo he entendido.

-Cuando se montó esto -dice muy serio-, lo hicieron pensando en que algún día se decidiría el destino de nuestra raza. Si somos buenos nos liberarán a todos, si somos malos no destruirán. Decidan lo que decidan, el destino será el mismo para todos los humanos, incluidos los que ahora están "libres". Sólo nos despiertan para hacer ver que el sistema no es tan malo a ojos de aquellos que piensan que es una crueldad. Es todo política.

-No eres nada esperanzador -poco a poco voy siendo consciente de la complejidad de este mundo en el que he despertado.

-Lo siento pero es así, en el hábitat no hay esperanza y les da igual. A los humanos sometidos al programa de reeducación no les importa nada fuera de su burbuja. Por eso me escapé y por eso se escapó tu hijo. Allí no hay esperanza, aquí sí. Hacer que una madre y un hijo se reencuentren es una de las mayores muestras de esperanza que puedo haber visto desde que desperté.

Nos quedamos callados unos segundos.

-Aquí todos somos una gran familia -dice señalando con la mano a las demás personas en el comedor-, pero es muy raro el caso de que dos personas se conozcan de su vida pasada y mucho menos que sean familia.

-¿Cómo llegó a formarse esta gran familia?

-¿Perdón?

-Esta… resistencia, ¿cómo evitaron ser capturados por los extra- terrestres y empezaron a combatirlos?

-Ah, por lo que tengo entendido fue bastante complicado y caótico. ¿Hasta dónde te han contado?

-Mmmm -hago memoria de esta incomprensible historia-, unos alienígenas le dan tecnología a Namer, luego ven que no la usa apro- piadamente y como castigo condenaron a la raza humana, ¿no?

Yuri se ríe.

-Qué forma tan abreviada de decirlo -sonríe demasiado divertido para el tema que estamos tratando-, ¿quieres la versión extendida? Bien, para empezar, los añanchis… perdón, los alienígenas que cono- cemos hoy en día no fueron los que contactaron con Namer. Una antigua raza le proporcionó tecnología avanzada para la que la huma- nidad no estaba preparada a cambio de cierto número de almas. Una vez que tuvieron lo que querían, se marcharon y Namer se obsesionó con el poder, cosa que le corrompió y utilizó su nuevo poder para so- meter al mundo.

-Entonces apareció el Orden. Mandaron sus tropas a la Tierra, le arrebataron la tecnología al descendiente de Namer y nos capturaron uno a uno. Obviamente no se hizo todo en una tarde, pasaron mucho tiempo persiguiendo a cada pueblo, que luchaban a muerte para con- servar sus vidas, fue una guerra cruel. Al parecer las selvas del Ama- zonas fueron demasiado para ellos.

-Los pobres indígenas pensaban que eran dioses o añanchis, de- monios en su lengua, y no tardaron en enfrentarse a ellos. Cuando vieron que no podían hacer nada se escondieron en la selva. No sé si fue por la densidad de los árboles y la maleza, o de toda la cantidad de vida orgánica junta, pero los sensores no funcionan bien en esta zona, por lo que tenían que buscar a los indígenas a pie, y con ello perdieron toda la ventaja.

-¿Y por qué no arrasar la selva o algo por el estilo?

-Una de sus normas -dice con voz socarrona- es que no pueden alterar nada en un planeta ocupado de esta forma. Los muy hipócritas se esfuerzan al máximo por no trastocar el ecosistema de la Tierra, mientras esclavizaban a toda la humanidad.

-Como sea, los supervivientes de las distintas tribus de la zona se ocultaron en la selva. Poco a poco se fueron juntando para protegerse mutuamente, y decidieron esperar a que pasase esa "ira divina". Con el tiempo, individuos salían a explorar. Cuando entraban dentro de los sensores del Orden eran capturados, así que sabían que los "dioses" seguían allí.

-Las tribus unificadas empezaron a comprender la situación. Se hicieron llamar los "carhué ába", el pueblo libre y se organizaron para expulsar a los añanchis del planeta. Y eso es lo que seguimos haciendo después de todo este tiempo.

-El Orden después de construir la primera torre del Orbe dejaron de preocuparse tanto por esos escasos humanos libres y muy poco a poco los indígenas fueron saliendo de la selva. Parece que un equipo de investigación del Orden fue hacia algún punto de... -mira en su comunicador- ¡Der'mo! -el traductor no lo traduce- Si has terminado... -dice recogiendo apresuradamente las dos bandejas-. Ha llegado el momento de ponernos en marcha.

Me levanto y me dirijo hacia la puerta. Cuando Yuri se une a mí después de dejar las bandejas, indica el camino y me conduce por los pasillos apresuradamente.

-Le dije a tus amigos que nos reuniríamos con ellos hace más de media hora -dice sin reducir su velocidad-. El pequeño es muy pesado preguntando por ti todo el rato -suelta una carcajada-. Y no quiero que el grandote se ponga nervioso.

Mientras caminamos, siento que cada vez estoy más ansiosa. Se me acelera el corazón al pensar en que pronto iremos a buscar a Gabriel.

-Yuri -digo tímidamente-, ¿realmente, crees que tenemos posibilidades de rescatarle?

-Muy pocas -dice girándose sin dejar de caminar-, ¿realmente te preocupa eso?

Le miro confundida. Sonríe levemente mientras gira por un pasillo custodiado por dos soldados. Estos saludan a Yuri y continúan en su posición.

-Mírate, has conseguido despertar, escapar del Orbe y llegar hasta aquí, ¿cuántas posibilidades crees que había de que pasara todo eso? Además, aunque te dijese que no tenemos ninguna posibilidad, ¿dejarías de intentar encontrar a tu hijo?

-No -respondo siendo realmente consciente después de su razonamiento-, por supuesto que no.

-Entonces preocúpate sólo cuando llegue el momento de hacerlo. Además -dice deteniéndose junto a una puerta-, vamos a hacer que esas posibilidades aumenten.

Da un par de golpes en la puerta, la abre y espera a que pase.

-¡Por fin! -dice Brais levantándose de un salto de un camastro al fondo de la sala-. Julia, ¿estás bien? Más os vale que la hayáis tratado bien -dice en areano mirando furiosos a Yuri.

Yuri se ríe.

-Salvo por la comida, no creo que tenga queja. Vamos -dice señalando el pasillo-, tenemos trabajo que hacer.

Brais y Kurl se acercan.

-¿Puedes dejarnos un momento? -le digo a Yuri-. Me gustaría hablar con ellos.

-De acuerdo, volveré en cinco minutos.

Yuri cierra la puerta. Brais y Kurl me miran extrañados.

-Julia -Brais se acerca preocupado-, ¿ha pasado algo?

-Sí, lo que ha pasado es que os habéis sacrificado para ayudarme y aun no entiendo por qué. Quería daros las gracias, hasta ahora no sabía a qué os exponíais por traerme aquí.

Los dos se relajan visiblemente.

-Eres un buen ser -dice Kurl-, y sin ti no podríamos haber encontrado a Unwei. Es lo mínimo que te mereces. Además -dice recobrando la compostura-, no tenía nada mejor que hacer.

-Julia -dice Brais con nerviosismo en la voz-, te prometimos que te llevaríamos con Gabriel -baja la mirada avergonzado-. No tienes que agradecernos nada.

-Aun así, muchas gracias -digo con una sonrisa.

170

Llaman a la puerta y Yuri asoma la cabeza.

-¿Preparados? Tengo algunas ideas que puede que os gusten.

Damos por finalizada la conversación y seguimos a Yuri, que nos lleva a una habitación cercana. La sala consta de numerosas sillas orientadas hacia una mesa con una enorme pantalla detrás.

-Acercaos a la mesa -dice Yuri-. Aquí solemos organizar nuestras misiones.

Se sienta tras la mesa y sobre ella se activa una holopantalla. Todos nos reunimos a su alrededor.

-Antes de decidir nada -comienza Yuri-, esto es Ignuk´tarr, pero mi informante me asegura que es aquí donde se encuentra Gabriel.

Teclea rápidamente y en la holopantalla aparece la imagen de una ciudad de edificios bajos parecidos a chabolas colocados arbitrariamente en torno a un edificio mucho más grande, como una nave industrial de unos cuatro pisos de altura. Multitud de alienígenas llenan las calles y hay naves de aspecto siniestro sobrevolando los edificios. Brais y Kurl se incorporan un poco, visiblemente más tensos.

-¿Qué pasa? -digo nerviosa ante sus reacciones.

-Sur´taruk -dice Kurl en voz baja.

-Exacto -dice Yuri con voz afectada-, ahí es donde tenemos que entrar.

Capítulo 18
Anukk Ramnha

Llevo tanto tiempo aquí encerrado que ya no me cuesta trabajo entenderlos.

-Seres del universo, el combate que todos ansiabais se dispone a comenzar -odio la voz de ese comentarista, demasiado teatrero, demasiado jovial, puede ser porque cada vez que la oigo me juego la vida-. Por la entrada norte y ataviado de rojo, venido de los confines de los profundos océanos del planeta Domonak, "la garra de aguas turbulentas", "el ladrón de alientos", "el cegador" ¡Kra'nco!

La multitud grita enfervorizada, pidiendo a su campeón que acabe con el malvado. Siempre claman por mi muerte. El planeta Domonak... no me suena, todavía no he matado a ninguno de ellos. Mi madre tenía razón, cada día puedes aprender algo nuevo.

-Y en la puerta sur...

Por fin es mi turno, esto va a empezar.

-... ataviado de azul, salido de las profecías más oscuras de los elnath -el primer campo de energía se desactiva y el guardia me hace avanzar por el largo túnel-, algunos dicen que fue criado por los mismísimos demonios cruxor, "el destructor de mundos", "el aniquilador de toda vida" ¡Anukk Ramnha!

Paso por el último campo de energía que se vuelve a activar a mi espalda mientras la luz de los focos me ciega brevemente y la multitud grita ensordecedoramente pidiendo mi cabeza.

Cuando mis ojos se adaptan a la luz miro rápidamente el entorno a ver qué han preparado esta vez. El área de combate habitual, una zona rectangular de unos dieciséis por veinticinco pasos aproximadamente, esta vez han puesto una especie de foso con agua alrededor manteniendo unas pasarelas en las puertas, reduciendo así la superficie. "Profundos océanos del planeta Domonak…", un foso con agua para una raza acuática, tiene sentido. El resto de la zona no ha cambiado, la misma superficie lisa de losas gris oscuro.

Mi contrincante ya está preparado y armado. Se ve claramente que es un ser acuático, pues tiene branquias a ambos lados del cuello, pero no parece que tenga problemas para respirar aire. Tiene unos ojos grandes y negros que no reflejan ninguna emoción. De la cabeza le salen una especie de púas que le recorre toda la espina dorsal, unidas por una pequeña membrana. Tiene unas manos y pies grandes con pequeñas membranas entre los dedos. En la mano lleva una lanza pequeña, de medio metro más o menos. La hoja de esa arma va a ser algo a tener en cuenta.

Hago caso omiso a los gestos amenazantes del sapo y miro el pequeño estante de armas a mi lado. Esta vez me han dado un par de cuchillas. Tienen una hoja que recubre el mango protegiéndome la mano y que termina por debajo del mismo. Para simplificar, me han dado dos cuchillos. Los cojo y corto el aire probando su peso y equilibrio. No están nada mal, definitivamente he luchado con armas peores.

-Las apuestas quedan cerradas -la histriónica voz del comentarista me hace volver la atención a mi adversario- porque el combate va a comenzar en tres,…

El domonak en el acto cambia su posición, preparándose para el combate, quizá ha reaccionado demasiado rápido.

-…dos…

Coge su arma con las dos manos, apuntando hacia mí con la hoja, parece que alguien tiene prisa por acabar con esto.

-… uno…

El domonak acciona algo en el arma y la hoja sale disparada. Me aparto en el último instante, lo que no impide que la hoja me haga un doloroso corte en la mejilla izquierda.

-¡…a luchar!

Me paso el dorso de la mano por la herida para comprobar su magnitud. No parece grave, pero al público le gusta, ver mi sangre les alienta a gritar.

-¡Muerte, muerte, muerte!

El domonak sonríe maliciosamente y recupera la hoja, que está unida al mango con una cadena. Reacciono tarde y la cadena está fuera de mi alcance, me muevo para no ser un blanco fácil. Cuando la cadena se retrae completamente me vuelve a apuntar, no puedo dejar que me alcance. Corro hacia él, cambiando de dirección cada pocos pasos.

Al ver cómo me acerco y no tener un blanco claro, duda un instante. Eso es suficiente para mí. Recorro los últimos metros que nos separan y salto con la intención de darle un golpe directo a la cara. Reacciona rápidamente y bloquea mi cuchilla con su lanza. Con la misma mano que he golpeado cojo el mango de su arma y forcejeo para apartarla. El domonak cae en la trampa y pone toda su fuerza en evitar perder su arma. Aprovecho su distracción y le golpeo con la otra cuchilla en el abdomen. Se aparta en el último instante como puede y evita lo que podría haber sido una herida fatal, pero no se escapa sin manchar mis cuchillas con su sangre azulada.

Emite un grito de dolor, pero rápidamente se agacha, obligandome a seguirle para recuperar el equilibrio. Casi sin darme cuenta noto como salta y apoyándose en mi pecho con sus dos patas se impulsa con una fuerza monstruosa que me lanza contra el suelo. Al caer ruedo hacia atrás alejándome de cualquier posible golpe lanzado contra mí, pero cuando levanto la mirada no hay nadie.

En el agua. Justo en ese instante la cadena sale disparada desde una parte del foso a mi espalda. Muevo las cuchillas instintivamente y el alivio recorre mi cuerpo al escuchar el sonido metálico cuando encuentran la hoja de la cadena. Sin parar a agradecer mi buena fortuna me arrojo al suelo y sujeto la cadena con una mano mientras con la otra, clavo con toda mi fuerza la cuchilla entre los eslabones, dejándola fija al suelo.

Inmediatamente la cadena se tensa, pero desde el agua es imposible hacer la fuerza necesaria para soltarla. Me permito una sonrisa maliciosa, la multitud aclama, me confío demasiado. Antes de poder reaccionar, el domonak cambia de posición velozmente, moviendo la cadena con él. Salto para esquivarla, pero me golpea en la pierna haciéndome perder el equilibrio. Aprovechando el momento, el domonak sale del agua y corre hacia mí. Sin tiempo para recobrar el equilibrio lanzo una cuchillada para evitar que se acerque más, pero pasa por debajo de la trayectoria y me embiste con el hombro.

Caigo de espaldas cerca del foso y el impacto me deja sin aire. Se lo que me espera si me quedo aquí, así que intento recuperarme lo más rápido posible y levantarme, pero solo me incorporo los justo para ver cómo el domonak pasa por encima de mi cabeza cayendo al agua detrás mía. Noto sus fríos dedos alrededor de mi cuello y el fuerte tirón que me arrastra al agua.

Durante un instante no sé dónde es arriba y dónde es abajo, estoy totalmente desorientado, pero al momento vuelvo a ser consciente de la presión en el cuello mientras me estrangula y me arrastra al fondo del foso. Por fin dejo de escuchar al público, sus voces aquí no se oyen... Ataco con la cuchilla, pero mi movimiento es torpe y lento debajo del agua y no hago blanco. En el acto, noto sus fuertes manos retorciéndome la muñeca, produciéndome un intenso dolor que me hace soltar el arma.

Se coloca detrás de mí, sujetándome fuertemente por cuello manteniéndome en el fondo. Los pulmones me arden por la falta de aire y veo pequeños destellos ante mis ojos. Busco a tientas con mis manos algo con lo que zafarme, mis golpes no hacen que el domonak afloje su presa. Imágenes de mi vida empiezan a pasar por mi mente. Mi madre, mi padre, la última navidad que pasamos juntos... parece un broma que los momentos que recuerdo justo antes de morir son a-quellos que realmente no he vivido. Mis dedos buscan a ciegas el mango del punzón que tengo dentro de la bota. Con un último movimiento desesperado apuñalo a mi espalda.

Tras un débil grito ahogado por el agua el domonak me suelta, momento que aprovecho para impulsarme en el fondo e intentar llegar a la superficie antes de perder el conocimiento.

El aire entra tan fuerte en mis pulmones que me produce dolor. Los atronadores gritos de la gente vuelven a mis oídos, golpeándome la cabeza y desorientándome más. Nado hasta el borde y me quedo allí sujeto, recobrando el aliento. Cuando soy un poco más consciente de donde me encuentro, hago acopio de todas mis fuerzas para salir del agua, esperando en el último momento que una mano me vuelva a arrastrar al fondo.

Gateo un metro fuera del agua entre toses y bocanadas de aire entrecortadas. Abro los ojos levemente y veo mi cuchilla atrapando la cadena. Me acerco casi cayéndome hasta el arma, la recojo y me incorporo a tiempo para ver como mi enemigo sale del agua con mi otra cuchilla en la mano. A parte de la herida del abdomen, ahora sangra por la pierna donde debo de haberle alcanzado con el punzón.

Nos acercamos el uno al otro, él cojeando, yo casi sin fuerzas. Cuando estamos a apenas tres pasos el domonak abre su apestosa boca y escupe una asquerosa sustancia pegajosa que me da en los ojos. El impacto me sobresalta y casi me hace caer hacia atrás. No puedo ver nada. Los gritos aumentan con lo que no puedo oír por donde se acerca. Noto un fuerte impacto detrás de una rodilla que me hace caer. Todo va a acabar, el público aclama por ello y siento la ira del domonak empuñando la cuchilla detrás de mí. Siento toda su ira, se convierte en un faro para mí. Siento el estallido de su rabia cuando ejecuta el golpe. Me agacho y noto como la cuchilla corta el aire apenas unos centímetros sobre mi cabeza.

Sin dejar que recobre el equilibrio, aprovecho el impulso de haberme agachado para levantarme mientras giro y poner toda la fuerza que me queda en el golpe con la cuchilla. Solo durante un instante todo se queda en silencio. Casi un instante mágico, antes de que el público estalle en gritos, aclamaciones y maldiciones.

Me limpio como puedo la sustancia de los ojos y miro al domonak tirado en el suelo, en los últimos estertores de la muerte con la cuchilla clavada en el pecho. Ahora todo parece ir a cámara lenta. El comentarista dice algo, pero no distingo el qué. Sin que me dé cuenta uno de los guardias se coloca a mi lado y me coge del brazo para llevarme al interior del complejo. Va fuertemente armado y se preocupa bien de alejarme de cualquier arma que haya por el camino, pero noto su miedo.

Me dejo llevar hasta mi celda, el camino de vuelta siempre se me hace mucho más corto que el camino de ida. Estoy agotado, esta vez ha estado muy cerca. Me dejo caer en el camastro, el guardia no cierra la puerta, se queda allí. Antes de que me pregunte realmente por qué hace eso, entra el doctor, el areano que siempre me trata las heridas. Llamarle doctor es una forma poética de decir que es el que me aplica el ungüento cuando una herida está demasiado mal para curarse ella sola. No suele visitarme después de un combate, suelen dejarlo para el día siguiente.

Como siempre, me limito a dejarle hacer, hace tiempo que aprendí la lección. Me revisa en busca de más heridas. Cuando toca mi mano, no puedo reprimir un grito de dolor. Parece que ese domonak me ha roto la muñeca cuando la ha retorcido. Me la aprieta mientras coloca los huesos en su posición natural, produciendo un dolor extra solo por diversión. Cuando termina coloca una férula transparente con un líquido espeso azul oscuro en su interior. Luego me echa el habitual ungüento verde oscuro en todos los cortes y golpes. Recoge los utensilios pero saca otra botellita que nunca había visto. Moja un trapo con su líquido y me lo restriega por los ojos. Al instante noto un inmenso escozor pero cuando lo retira, el trapo está completamente manchado de la sustancia negruzca que el domonak me escupió.

Por fin el areano se marcha, me recuesto sobre el camastro, cierro los ojos y caigo derrotado por el cansancio. Una puerta chirría, una voz grita pidiendo ayuda. Me doy la vuelta hacia la pared, hace mucho que aprendí a ignorar a los otros humanos, su suerte no está en mis manos.

Un fuerte golpe metálico en los barrotes hace que instintivamente me coloque en posición de defensa. Un guardia me mira desde el otro lado de la puerta.

-Prepárate, sales a pelear -su cara muestra la sonrisa socarrona de aquel que disfruta plenamente de hacer sufrir a los demás.

Se marcha sin más explicaciones. ¿Volver a pelear? No puedo haber dormido tanto. No es normal que me hagan combatir tan pronto. Giro la muñeca herida y ahogo una mueca de dolor, parece que se han cansado de mí y han decidido eliminarme, deberían saber que no puedo luchar con la mano así.

Sacudo la cabeza, no puedo pensar así. Si tengo que luchar, lucharé. Y sobreviviré, como siempre he hecho. Me siento en el camastro, dispuesto a vestirme para salir, pero al bajar la mirada me doy cuenta de que ya estoy vestido. Al volver no me quité ni las botas. Las palpo sólo para confirmar que he perdido el punzón. Una lástima, me costó conseguirlo, esperaré mi oportunidad para hacerme con otro.

Uno de los guardias pslaterium se acerca a mi puerta y mantiene la posición, esperando órdenes. En otras tres jaulas otros guardias hacen lo mismo.

-Me da igual lo que me hagáis -le digo al guardia-, no pienso luchar contra humanos.

El guardia me mira por encima del hombro y suelta una risa despectiva y vuelve a su posición, no se molesta en contestar. Esto es raro, casi nunca hacen luchar a un humano contra otro si no saben expresamente que están dispuestos a combatir. Y yo hace mucho que lucho solo, que me separaron del grupo común de humanos. ¿Puede ser que esos humanos hayan accedido a luchar contra mí? Hay muchos que por la promesa de un día más de vida harían cualquier cosa.

La orden llega a través de los comunicadores. Los guardias activan sus porras energéticas y abren la puerta. Salimos y los miro uno por uno. Sus ojos no reflejan traición. Tienen miedo, no saben a dónde van. Para dos de ellos será su primera salida a la arena, al otro lleva más tiempo en las celdas, al menos ha sobrevivido a un combate, es carhuí, del pueblo libre, me suena haberle visto alguna vez en la ciudad.

Nos hacen avanzar. Me adelanto sin dudar, he hecho este trayecto muchas veces. El carhuí se sitúa a mi lado, cojea notablemente de su pierna derecha, me temo que será un objetivo fácil. Uno de los novatos intenta correr, pero cae al suelo tras ser golpeado con la porra. El guardia lo levanta bruscamente y lo coloca en la fila, mientras el otro pide clemencia en un inglés perfecto. Apenas los sacan del Orbe los capturan como esclavos, apostaría que le han despertado solo para esto.

-Creo que de esta no salimos -dice el tullido en carhuí, el idioma rebelde.

-Eso creía yo antes de cada combate.

-No estamos en nuestra mejor forma -dice mirando la férula de mi muñeca-, ¿qué hacemos?

-Espera cualquier cosa, aprovecha cualquier oportunidad y nunca dudes, sobre todo no dudes.

La barrera de energía se apaga y sin que nadie me lo indique comienzo a ascender por el túnel mientras las luces se encienden a mi paso. Los gritos de la gente comienzan a oírse claramente. Por encima, la voz del comentarista presenta el combate. El miedo de los otros humanos aumenta. Salimos a la luz de los focos, los demás miran al público, intimidados, mientras yo compruebo la distribución del terreno.

Ahora el foso con agua ha desaparecido y está el habitual suelo liso. Los muros que nos separan del público tienen largas estacas afiladas de metal y en la parte de arriba un cordón de energía rodea todo el campo. Nuestro enemigo no está todavía, pero sea lo que sea, no quieren que salte a las gradas.

-¿Podrán los humanos -grita el comentarista con su estridente voz-, liderados por el mismísimo Anukk Ramnha, sobrevivir a las temibles bestias de las lunas heladas de Xor'nirr?

Xor'nirr, me temo que aún no maté a nadie de allí. Terribles rugidos surgen del otro túnel, sobrepasando el clamor del público. Su sonido atemoriza a mis compañeros, pero hace hervir la sangre del público que aclama con fuerzas renovadas.

Doy por finalizada la comprobación y me giro hacia el estante a recoger un arma. Un par de puñales con una hoja de no más de ocho centímetros y dos palos con púas en la punta. Cojo uno de los puñales y reparto el resto de armas entre mis asustados compañeros, que al parecer no se habían dado cuenta de que estaban ahí.

El campo de energía de la otra puerta se desactiva y lentamente, gruñendo aparece lo que se asemeja a un enorme lobo de pelaje azul con vetas blanquecinas. Su lomo se alza hasta el metro sesenta, metro setenta, aproximadamente. Tiene la cabeza grande con el morro alargado y repleto de afilados dientes, con los incisivos mucho más largos, sobresaliendo de la mandíbula. Sus ojos amarillos nos observan y evalúan, pero rápidamente miran a su alrededor. Parece nervioso.

-Agrupaos -les digo en carhuí, sin apartar los ojos del enorme animal, ellos se acercan a mi lentamente, aunque el inglés ha sido arrastrado por el otro-, nos cubriremos los unos a los otros y...

El animal ruge hacia nosotros, parece que nuestro movimiento, por mínimo que haya sido le ha llamado la atención. Da unos pasos separándose de la puerta e inmediatamente entran en la arena otras dos criaturas ligeramente más pequeñas y con un color algo más grisáceo, estoy seguro de que el grande es el líder. Siento el miedo de mis compañeros. Esta vez creía que esos malnacidos nos lo pondrían más fácil. Definitivamente, no todos saldremos con vida hoy de aquí.

-Por parejas -grito ante la nueva amenaza. Automáticamente, el novato me mira, buscando mi compañía, pero viendo que no me muevo, se aleja del tullido. El inglés le sigue, formando así su pareja. Miro de reojo a mi nuevo compañero sin perder de vista a los enormes animales que vienen hacia nosotros-. No te separes mucho.

-Te cubriré las espaldas -dice con convicción en la voz. Siento una chispa de valor dentro de él.

Nos ponemos en movimiento, lentamente y hacia un lateral del estadio, intentando enfrentarnos sólo con una de las bestias por vez. Los animales se mueven con nosotros, también muy despacio, con la velocidad de un cazador que evalúa a su presa. El otro equipo, pegado al muro contrario intenta rodear a las bestias, parece que quieren alejarse lo más posible de ellas.

Puede funcionar, por suerte o por desgracia, parece que su líder tiene toda su atención puesta en mí y los demás lo siguen, abriendo un pequeño hueco cerca del muro por el que el otro grupo podría pasar. Ellos también se han dado cuenta, porque se apresuran para ponerse a la espalda de las criaturas. Al tiempo que ellos aceleran su movimiento, el líder, que está más cerca de mí, emite un ligero gruñido mientras hace un gesto con la cabeza. Instantáneamente las otras dos bestias se giran y gruñen a sus nuevas presas.

Seguimos en movimiento, mientras que la otra pareja se ha frenado en seco, parecen congelados, conscientes de que el más mínimo movimiento disparará el ataque. El inglés sucumbe al pánico y echa a correr hacia el muro de la puerta, dejando solo a su compañero. Al instante una de las criaturas grisáceas se lanza al ataque. Con un potente movimiento pasa como una exhalación frente al paralizado novato y alcanza al que huye por la espalda. Cae al suelo y la bestia lo sujeta boca abajo con sus garras. Sus gritos desesperados compiten con los del público, hasta que la bestia pone fin a su sufrimiento mordiendo con su enorme mandíbula en el cuello y desgarrándolo de golpe, lo que, con el tamaño de su boca, le produce una terrible herida desde el centro del pecho.

Su sorprendido compañero, mira el ataque boquiabierto, casi distingo una leve sonrisa al ver que no ha sido él la víctima. Se gira al tiempo de ver como la otra criatura lo ataca. El empujón lo proyecta contra el muro, donde choca y se clava una de las estacas en el vientre y otra en el hombro derecho. La bestia se aproxima y le desgarra el cuello de forma similar a su compañero de manada.

Los dos ataques se han producido en apenas unos segundos, pero aunque es obligatorio reconocer que ha sido impresionante y completamente brutal hay algo que me llama la atención. Sus movimientos han sido más bruscos y toscos de lo que cabría esperar atendiendo a su comportamiento y musculatura. Son fuertes y rápidos, pero no parece que se encuentren totalmente cómodos. Debe de ser la gravedad de la Tierra, he visto antes problemas para adaptarse.

Aunque de momento hemos podido mantener la distancia con el líder, los otros se colocan en posición, acercándose por nuestro flanco. Mientras pienso cómo vamos a enfrentarnos a esta amenaza, el líder lanza una especie de ladridos a los otros dos que se detienen en seco. Cambian de dirección y gruñen al tullido. Parece que quieren separarnos. ¿Podría ser que el líder me haya reconocido también como una especie de líder o como el más fuerte, y quiera un desafío?

Preparo el cuchillo, pero me niego a dejar que nos separen. Si intentan mordernos para hacerlo, quizá pueda atacarlos. Eso seguro que forzaría también su ataque, por mucho que el líder me quiera para él, pero ¿qué más podemos hacer?

El líder también parece haberse dado cuenta de mis intenciones y se acerca amenazante, dispuesto a comenzar nuestro duelo. Son unas criaturas más inteligentes de lo que parece. Las otras dos bestias cercan a mi compañero, que aun viéndose completamente superado, se mantiene firme con el puñal preparado, demostrando infinitamente más valor que los otros dos.

El enorme líder parece que se dispone a atacar, me preparo para saltar debajo de él, cerca de la garganta. En el último momento cesa en su ataque y mira hacia arriba. A través de un humo del que antes no había sido consciente, un cuerpo enorme cae entre nosotros, provocando que el suelo tiemble a mis pies. El ser golpea fuertemente al animal, rechazando su posible ataque.

Me mira de reojo. Es un maensiano. ¿Qué hace aquí? Antes de poder preguntarme algo más, el líder lo ataca intentando alcanzarlo con sus agudos incisivos. El maensiano consigue detenerlo y forcéjean durante un rato. La criatura, sobre sus patas traseras lanza dentelladas, mientras que el maensiano intenta sujetar su cabeza con sus fuertes brazos.

Un grito me saca de mi aturdimiento. Me giro y veo al tullido en el suelo, su pierna herida sangra por lo que parece un zarpazo, y una de las bestias intenta abrir un hueco entre sus cuchilladas para atacarlo. Corro hacia él y a mi lado pasa la otra bestia, sin hacerme caso, acudiendo a ayudar a su jefe.

El tullido recibe un golpe en la mano con el morro, que hace que suelte el cuchillo. La bestia se dispone a asestar la dentellada final, pero consigo embestirlo con el hombro mientras intento apuñalarla en un ojo. Fallo, el cráneo desvía la hoja del cuchillo y ambos caemos al suelo. No le he causado una herida mortal, pero sí lo dejo aturdido, aunque no tarda en intentar morderme. Para su desgracia, estoy sobre él, lejos de sus fauces lanzando cuchilladas a la cabeza y el cuello.

Me digo a mí mismo que ya es suficiente, que ya está muerto y saco el cuchillo de la garganta destrozada de la bestia. Alzo la mirada, preguntándome si ayudar al oportuno maensiano o no.

El maensiano sujeta al líder con uno de sus enormes brazos alrededor de su cuello, mientras que con el otro intenta mantener a la otra criatura fuera del alcance de sus mandíbulas. El líder intenta soltarse, pero en esa posición no puede alcanzar al maensiano, la otra bestia se sacude y ataca con sus garras. El brazo del maensiano ya tiene numerosos cortes.

Compruebo que el tullido está bien y me dispongo a ayudar al maensiano, pero en ese momento empuja a las dos criaturas, alejándolas de él. Rápidamente se lanza contra la más pequeña, a la que agarra del cuello y luego busca su cintura. La bestia se retuerce, pero no puede hacer nada para evitar ser levantada en el aire. El maensiano ruge ferozmente mientras da media vuelta cogiendo impulso y lanza al animal sobre las gradas. Sin detenerse, se gira hacia el líder, justo en el momento en que la bestia ataca. Detiene a la criatura sujetando sus mandíbulas abiertas a escasos centímetros de él. Ambos forcejean, pero el maensiano, en vez de usar su fuerza para alejar al animal, la utiliza para separar sus fauces.

Cuando la bestia nota la fuerte presión que le obliga a abrir las mandíbulas intenta retroceder, ataca con sus garras buscando soltarse, pero nada funciona. El maensiano suelta otro terrible rugido mientras concentra toda su fuerza y con un horrible chasquido, termina de separar sus mandíbulas. Suelta al animal muerto y respirando pesadamente se vuelve hacia mí.

-Gabriel, he venido a sacarte de aquí -dice con voz grave en areano.

¿Gabriel? Hace mucho que nadie me llamaba así.

-¿Quién eres? -digo casi balbuceando- ¿Cómo sabes mi…

-No hay tiempo para eso -dice cortándome.

Se dirige hacia la puerta por la que entramos al estadio mientras saca algo de los pliegues de su ropa. Es una esfera, del tamaño de una manzana o un poco más grande. Quedándose a cierta distancia de la barrera de energía activa la esfera, que brilla con líneas de azules y la arroja contra ella.

Las luces de la esfera se apagan de golpe emitiendo un zumbido. La barrera de energía crepita levemente y se apaga junto con las luces del túnel más cercanas. El maensiano saca otra esfera, la activa y la tira rodando túnel abajo.

-Vámonos -está claro que sabe lo que se hace.

En el aparente momento de calma, me permito mirar el estadio. El complejo se llena de humo mientras la gente corre y grita por las gradas. Los cordones de energía de las verjas están desconectados y veo a la bestia haciendo estragos entre el público antes de que los guardias lo abatan. Puedo distinguir el origen del humo, cerca de la entrada hay un pequeño incendio que la bloquea y el fuego avanza lentamente por el tendido.

-¿Quieres quedarte aquí eternamente? -grita el maensiano desde la rampa- ¡Vamos!

No sé qué suerte me depara con este nuevo individuo, pero definitivamente prefiero arriesgarme. Si no fuera porque es extraterrestre, casi parece que me está rescatando.

Ayudo a levantarse al tullido, que tiene una cara de asombro digna de mención, sé que nos va a retrasar, pero no voy a dejarle aquí para morir. Antes de que consiga levantarlo por completo, el mensiano nos empuja, justo para apartarnos de una ráfaga de proyectiles. Por el rabillo del ojo veo a un guardia apuntándonos con su arma desde las gradas.

Antes de plantearme mi siguiente movimiento, al maensiano me empuja firmemente hacia la puerta.

-Rápido, baja. Yo me encargo de él -dice mientras levanta al carhuí.

Sin pararme a pensar corro hacia la puerta esquivando los disparos. El maensiano avanza algunos metros detrás de mí, llevando al herido bajo un brazo sin ningún esfuerzo aparente.

En cuanto entro en la seguridad del túnel y veo la segunda barrera de energía desactivada, creo de verdad que puedo escapar de aquí. Corro por el túnel, hacia la sala donde desde hace tanto tiempo ha estado mi celda. La luz allí abajo casi me anima a seguir corriendo.

Entro en la sala y mi cuerpo reacciona antes que mi mente. Salto hacia atrás cubriéndome con la pared y veo los impactos de las balas que podrían haberme matado. Asomo mínimamente la cabeza y me vuelvo a esconder mientras los disparos vuelan en mi dirección. Solo hay un guardia y en cuanto escucho que deja de disparar, salto hacia delante y ruedo hacía él. Al incorporarme le lanzo el puñal y salto a un lado antes de que me alcancen las balas. Escucho el impacto, su grito de dolor y como el cuerpo se desploma. Antes de que pueda recuperar el arma, el maensiano entra desde el túnel con el tullido.

-¿Cuál es el plan? -le digo cogiendo el puñal y mirando la puerta cerrada que tenemos delante.

-Salimos por la zona de carga -dice el maensiano dejando al tullido en el suelo para que se ponga de pie-, tengo a alguien esperandonos allí.

-Sabes que las puertas están cerradas, ¿no?

-Eso déjamelo a mí -dice con una sonrisa mientras le sustituyo ayudando al carhuí-, tengo una llave maestra. ¿Hay más humanos?

-No -digo sin creerme que haya venido a rescatar a todos los humanos-. Los que había han muerto en la arena.

Hace un gesto de impotencia y se dirige hacia la puerta. Ciertamente es un ser extraño, su energía es diferente a la que he sentido con otros alienígenas. El tullido pasa un brazo por mi hombro, para apoyarse.

-¿Quién es ese? -dice en voz baja, casi temiendo que el maensiano se entere.

-Una luz en la oscuridad, compañero.

El maensiano le da un puñetazo a la puerta de metal, abollándola. La agarra por los bordes que ahora no encajan en la pared, y tirando hacia atrás la arranca de su sitio.

-Por aquí -dice cogiendo la puerta con las dos manos y pasando por la abertura.

Lo seguimos por un pasillo. Cuando vemos la siguiente sala se adelanta. Cargando con el tullido no puedo mantener la velocidad del maensiano, pero le apremio a avanzar más deprisa. Escuchamos disparos y llegamos justo para ver como el maensiano, parapetado tras la puerta de metal avanza lentamente hacia uno de los dos guardias que le disparan.

Estamos en la zona de carga, por aquí es por donde llegué a este infierno. Hay cajas grandes y contenedores, pero nada se interpone entre el maensiano y el guardia. El otro guardia está en una plataforma más alta al lado de un enorme portón metálico. Esa es la puerta que da al exterior.

El maensiano llega hasta el guardia que ya no puede retroceder más, y le golpea con el plano de la puerta. El guardia cae contra la caja que tiene detrás, momento que aprovecha el maensiano para cogerlo con una mano y lanzarlo contra el otro guardia. El aturdido guardia vuela siete metros antes de estrellarse contra la pared. Su compañero lo esquiva saltando del altillo, pero cuando se reincorpora, el manesiano le está esperando y le golpea violentamente con la puerta en la cara con un amplio movimiento.

El tullido y yo avanzamos mientras que el maensiano se dirige hacia la puerta. Da un fuerte golpe y espera. Se escucha otro golpe por fuera de la puerta como respuesta y el maensiano acciona el control de la compuerta para abrirla.

La enorme persiana metálica se eleva lentamente, dejando entrar el frío pero aliviador aire del exterior, parece ser de noche ahí fuera. Cuando hay altura suficiente, entra velozmente un hombre, se coloca en posición y apunta rápidamente con un rifle buscando posibles enemigos.

-¿Todo en orden? -le dice al maensiano en areano con un marcado acento ruso.

-Sí -contesta el maensiano-, rápido, vámonos.

El hombre me mira y me sonríe. Lo conozco, es Yuri, fue mi líder de escuadra en algunas misiones. Antes de poder decirle nada, desaparece al otro lado de la puerta.

-¡Moveos! -grita.

-Vamos -dice el maensiano, empujándome para obligándome a continuar.

Nos acercamos tan rápido como podemos. Frente a la puerta hay una nave de carga, con los portones abiertos esperándonos. Ante la visión de la nave, el tullido parece recibir nuevas energías porque aumenta su velocidad.

Avanzamos por la calle desierta hacia la nave. Miro los pequeños edificios de precaria construcción que nos rodean, casi esperando que en cualquier momento salga alguien que me devuelva a mi prisión. En ese instante veo al maensiano escoltándonos hasta la nave y sé que eso no pasará.

Llegamos a la nave donde un elnath nos espera. Tiende sus pequeñas manos para ayudarme a subir al tullido, rodea con sus brazos su torso y empuja hacia arriba. Lo empujo también y en el esfuerzo, mi mano toca la del elnath. Una extraña sensación me invade. Es algo raro, algo que nunca he sentido en este mundo, pero sí en el otro. No sé qué es, pero me trae recuerdos dolorosos. Me siento confundido. ¿Por qué un elnath debería transmitirme una sensación familiar?

Aparto la mano de golpe. Creo que lo estoy mirando con furia, porque siento su confusión y su preocupación. Subo de un salto a la nave, ayudo al carhuí a levantarse y a sentarse en uno de los asientos sin poder evitar mirar de reojo al elnath. Detrás de mí sube el maensiano y la nave se balancea por su peso. Cierra la compuerta y noto la aceleración que me empuja hacia atrás, obligándome a sujetarme en el asiento para no caerme.

El maensiano se sienta tras saludar al elnath, que saca un botiquín y se acerca al carhuí para inspeccionar sus heridas. ¿Quiénes son estos extraterrestres, y por qué está Yuri con ellos? ¿Y por qué el elnath me transmite esta sensación? No puede ser una casualidad. Tengo que apartar la mente de estas cosas.

-¿Estás bien? -le pregunto al carhuí cuando hace un gesto de dolor.

Asiente, parece tan confundido y lleno de desconfianza como yo. De repente noto otra sensación en la nave. Es una sensación familiar, diferente a la del elnath, más intensa.

-¿Gabriel? - escucho una voz temblorosa a mi espalda.

Me giro y la veo. No puede ser…

-¿Madre?

Capítulo 19

Julia

Escucho como se apaga la ducha. Estoy impaciente, hace apenas cinco minutos que entró, pero no quiero volver a perder de vista a mi hijo. Mientras volvíamos en la nave el shock había sido demasiado fuerte para los dos, y para cuando los nervios y los sentimientos se calmaron, sólo tuve unos pocos minutos para hablar con él, para intentar conocer a ese hombre que una vez fue mi pequeño Gabriel.

En cuanto llegamos a la base de los Carhué ába, se lo llevaron al médico. Estaba aliviada por ello porque no tenía muy buen aspecto, pero aun así me hubiera gustado estar con él. ¿Cómo estarán Brais y Kurl? Nos volvieron a separar. Me han traído a la zona residencial y nos han dado esta pequeña vivienda, por lo menos mientras Gabriel se recupera, antes de que vuelva a su servicio como soldado. Yo podré seguir viviendo aquí, pero no sé qué pensar. Estoy agradecida de que nos den un sitio donde vivir, pero aún no sé si es aquí donde quiero estar. Aun no entiendo este nuevo mundo.

La puerta del baño se abre. Me incorporo, expectante, mientras Gabriel entra en la habitación. Se ha convertido en un muchacho alto y apuesto como lo fue su padre, de pelo oscuro y despeinado y con unos ojos verdes que desprenden ganas de vivir. No me puedo creer lo mayor que se ha hecho y el mono militar que viste le otorga aún más presencia. Nuestras miradas se cruzan y él sonríe con la misma sonrisa que de niño denotaba plena felicidad. Tengo que contenerme para no abalanzarme sobre él y abrazarlo, pero es él quién lo hace. La felicidad me invade y las lágrimas caen por mis mejillas. Noto un fuerte apretón y sus brazos me alzan del suelo.

-Mamá, pensé que no volvería a verte -dice antes de dejarme otra vez en el suelo.

Mis lágrimas de felicidad se tornan en lágrimas de culpa. Doy un paso atrás, él intenta acercarse, pero antes de que pueda hacerlo le digo:

-Lo siento mucho, hijo -me seco las lágrimas con la mano-. Lo siento porque te fallé. Te fallé hace trece años.

-Mamá -interrumpe con voz tranquila-, tú no podías hacer nada para evitar lo que pasó.

-Estabas muerto... -digo entre sollozos- en el fondo debí saber que seguías vivo. Nunca debí perder la esperanza.

Se acerca y me abraza, oculto mi rostro contra su pecho, como él hacía conmigo cuando era pequeño.

-No pasa nada, no tenías forma de saberlo -me coge la cara entre sus manos y la levanta para que lo mire-. Sonríe y disfruta de este momento, porque ahora estamos juntos, nada más importa.

Sonrío consolada por la madurez de sus palabras. Apoyo la cabeza otra vez en su pecho y cierro los ojos, disfrutando cada segundo.

-¿Estás bien? -digo al cabo de un rato tras soltarle-. ¿Te duele?

-No, no te preocupes -levanta la mano cubierta por una férula azulada y mueve ligeramente los dedos-, se curará rápido.

-Ha tenido que ser muy duro ¿no? -bajo la mirada y contengo las lágrimas-. Estar aquí tú solo.

-Al principio fue muy difícil, sí -hace una pausa, recordando la historia de su vida mientras camina hacia la cama y se sienta en la esquina-. Cuando me sacaron del sueño intentaron explicarme lo que había ocurrido, pero yo no entendía nada. Nos llevaron al Hábitat, con el resto de los humanos. Allí los extraterrestres nos preparaban y ayudaban en lo que necesitásemos, pero todos les teníamos miedo. Nos explicaron cuál era la situación de la Tierra ahora, que habíamos sido elegidos por ser buenas personas, un ejemplo de lo que la raza humana debería ser, porque al parecer, y esto ahora me hace mucha gracia, nuestra alma no conocía ningún mal.

-He escuchado antes eso del Hábitat -me siento a su lado y le cojo de las manos-, dijeron que era una ciudad de humanos, ¿por qué no te quedaste allí?

188

-Sí, al principio me parecía un paraíso. Edificios relucientes, hermosos parques y todas las comodidades con las que puedas soñar. Con el tiempo descubrí que cuanto más complacida estaba la población menos se quejaban o se preguntaban por lo que les rodeaba.

-No entiendo cómo puede ser tan malo, parece más seguro que esto.

-Intenta imaginártelo, allí todo el mundo está solo, sin familia, arrancado de su propia vida. Los niños conviven en una especie de orfanato todos juntos, donde se les da la educación. Allí nos enseñaron la historia real de nuestro planeta, la historia del Orden, aprendíamos las diferentes razas, a hablar areano, pero sobre todo nos enseñaban cual era nuestro sitio. Los humanos somos malvados y para poder demostrar que no es así, que somos una raza que merece ser libre, debemos obedecer a todo lo que nos manden. Esa es la primera norma allí, obedecer. No en el sentido de esclavitud, sino evitar que te cuestiones si lo que te dicen está bien o mal.

Intento visualizar a los niños reunidos, solos y asustados mientras les adoctrinan.

-Por eso salí de allí -dice, continuando su historia-. Al principio me rebelaba y ellos me castigaban con el fin de que aprendiera la lección. Hay elnaths que controlan a los más problemáticos. Si recibes suficientes castigos te llevan con ellos a reeducación, y cuando regresas no vuelves a ser el mismo. Se lo hicieron a algunos compañeros míos. Antes de que eso me ocurriera comprendí que no podía hacer nada, que sería mejor esperar y buscar el momento apropiado para escapar.

-A los diecisiete se acaban las clases y te dan la libertad de hacer lo que quieras, de disfrutar de todos los lujos que te ofrecen. En mi nueva libertad conocí a un agente de los Carhué ába, en ese momento no sabía quién era, pero pensaba como yo. Empecé a pasar más tiempo con él hasta que a los dieciocho consiguió organizar mi huida.

Hace una pausa, buscando entre sus recuerdos. Por su cara puedo ver que son recuerdos duros.

-Escapar de allí no fue nada sencillo. El Hábitat está en los hielos del norte, casi en el polo para evitar que cualquiera que consiga huir no llegue muy lejos. Conseguimos salir tres de allí, y caminamos durante dos días a través del hielo y la nieve a la espera que un aerodeslizador nos encontrase y nos llevase con los Carhué ába. Cuando por fin dio con nosotros solo quedábamos dos. En ese viaje sentí por primera vez lo que es la muerte.

Se queda callado, puedo ver lo que le dolió perder a ese compañero. Es justo como la visión que me mostró Unwei.

-Una vez con los Carhué ába todo fue más sencillo. Aquí te cuentan su lado de la historia, y no te castigan ni te rechazan si no compartes sus creencias. En este lugar hay mucha gente conviviendo, unos han nacido libres y otros han sido despertados, pero todos viven juntos. En el Hábitat todos son individuos solitarios, mientras que aquí forman una gran comunidad, una gran familia.

-Pronto aprendí lo importante que es colaborar con los demás, formar parte de la comunidad. Decidí ayudar con lo que pudiera, pero no sabía hacer nada, no tenía ningún oficio que aportara algo. Lo único que quería era ayudar a otros que fueran como yo, así que me uní al servicio militar. Me entrenaron y cuando estuve preparado empecé a formar parte en algunas misiones.

-El resto creo que ya lo sabes. En la última misión, mientras asaltábamos un almacén de suministros los guardias nos detuvieron y a los supervivientes nos vendieron a los esclavistas. Nos hicieron pelear contra infinidad de bestias y monstruos en esa maldita arena, ni siquiera soy consciente de todo el tiempo que pasé allí. -mira instintivamente la puerta y se queda pensativo, la experiencia le ha marcado más de lo que quiere dejar ver- ¿Más de dos meses habéis dicho?, ha sido casi como una vida entera. Al principio nos protegíamos los unos a los otros, pero poco a poco mis compañeros fueron muriendo, fui quedándome solo -baja la mirada, pero en sus ojos no veo tristeza si no furia-, al final solo podía concentrarme en sobrevivir -me mira y sonríe, la ira parece diluirse tras esa sonrisa-. Y entonces viniste a rescatarme.

-Yo no hice nada -digo bajando la mirada, avergonzada-, fueron Brais, Kurl y Yuri los que se jugaron su vida para liberarte.

Gabriel frunce el ceño al oír los nombres.

-¿Cómo acabaste junto a esos extraterrestres, mamá? -dice muy serio y con odio.

-Es una larga historia que ni yo misma comprendo -digo lentamente-. El abuelo de Brais hizo que despertase y Brais me sacó del Orbe.

Me mira directamente, sin decir nada, pero obviamente pidiendo mí historia. Guardo silencio un tiempo, buscando la manera de comenzar.

-Después del accidente estaba sola y perdida.

-Un accidente, entonces papá también murió -dice para sí mismo.

-Sí -una ola de dolor me recorre al volver a recordarlo todo-, sin vosotros no podía estar en casa, los recuerdos me superaban. Decidí marcharme, intentar comenzar una vida nueva, y por idas y venidas del destino acabé trabajando en el museo del Cairo, restaurando toda clase de documentos antiguos.

-Recuerdo que te encantaba el antiguo Egipto -dice con una sonrisa triste-. En casa había un montón de pergaminos de esos con jeroglíficos puestos en cuadros.

No puedo evitar sonreír al recordar aquella casa, cuando todo era perfecto. Veo en sus ojos que quiere que continúe con la historia y la sonrisa se desvanece de mi rostro.

-Durante todo este tiempo -digo con voz cansada-, he volcado mi vida en ese trabajo con la única intención de acallar los recuerdos. La rutina me permitía sobrevivir.

-Hace unas semanas se puso en contacto conmigo London, un hombre rico que me quería contratar para que tradujese una serie de pergaminos que podrían llevar a la tumba de uno de los hijos del primer faraón de Egipto.

-Namer -dice Gabriel.

-¿Conoces a Namer?- digo extrañada.

-Aquí todos conocen a Namer -se incorpora un poco y hace un gesto como si fuera obvio-. Pero no te recomiendo gritar su nombre por ahí, no es muy querido, todos creen que por su culpa estamos así.

-¿Creen? ¿Tú no crees que ocurriera eso?

-No dudo de que hiciera lo que dicen -dice animado- pero creo que si no hubiera sido por él, habrían encontrado otra excusa para intervenir. Los humanos sólo somos víctimas de los miedos de los extraterrestres.

Nos quedamos callados, pensando es sus palabras.

-¿Y qué pasó con esos pergaminos? -dice Gabriel, retomando la conversación.

-Los pergaminos eran un diario del hijo de Namer donde explicaba como su padre obtuvo el poder, lo utilizó para su propio beneficio, se corrompió y condenó a toda la humanidad. También contaba como los "dioses" les declararon la guerra y como de un día para otro todo su mundo cambió.

-Parece que esos pergaminos eran una forma muy conveniente de contarte la historia de nuestro mundo -dice Gabriel muy serio.

-Más tarde descubrí que London era un ente creado por Unwei, el abuelo de Brais, para hacerme comprender la verdad y despertarme en el verdadero mundo -Gabriel va a decir algo, pero le corto-. No creo que el mero conocimiento fuera el que me hiciera despertar, imagino que Unwei lo provocó de alguna forma.

-Cuando desperté, estaba en casa de Brais y Kurl, fuera del Orbe. Unwei me despertó porque sabía que Brais me encontraría, y me sacó de allí antes de que me eliminaran. Aunque yo no lo sabía, Unwei me había sacado para avisar a Brais de que corría peligro. La ubicación de la tumba del príncipe era el lugar donde tenían encerrado a Unwei, geográficamente hablando.

Según hablo me doy cuenta de que todo suena muy surrealista, pero Gabriel se mantiene callado, esperando el final.

-Fuimos a rescatarlo -ahora mismo prefiero evitar la parte donde nos capturan-, pero llegamos tarde y no pudimos hacer nada por él más allá de liberarlo y escuchar sus últimas palabras. Brais metió su alma en una piedra...

-...una piedra de ewha -completa Gabriel.

-Sí, eso. Unwei me había dicho que estabas vivo, que estabas aquí. Brais y Kurl, aunque apenados por la muerte de Unwei, estaban agradecidos porque mi ayuda los había conseguido llevar hasta él y prometieron que harían todo lo que pudiesen para encontrarte y reunirnos -le cojo de la mano-. Y lo han hecho, se dejaron capturar por la resistencia para hacerlo, sin saber si los dejarían vivos o no.

-Vaya -dice Gabriel después de un tiempo de reflexión-, no está mal para tu primera semana aquí.

-Sí, no ha sido precisamente una estancia fácil –digo soltando una risita.

-Mamá- dice de repente, muy serio-, ¿no te parece todo muy conveniente? Sé que gracias a ellos estamos juntos, pero no me fio. No sabes qué motivos ocultos pueden tener.

-Puedo entender tu recelo -pongo una mano en su rodilla-, has sufrido mucho por su culpa.

-Mamá, no lo entiendes…

-¡No, Gabriel! -digo autoritaria-. Aquí no hay malos o buenos, Brais y Kurl han hecho honor a una promesa poniendo su vida en peligro, ellos te sacaron de allí -puedo sentir su descontento-. No te pido que confíes en los extraterrestres, te pido que confíes en mí.

-Haré lo que pueda -baja la mirada, como hacía años atrás cuando le regañaba-. Si has llegado a respetarlos es por algo, intentaré dejar atrás mis prejuicios.

El hombre que tengo delante es el mismo niño complaciente que crié. Estoy tentada de ir a abrazarlo para consolarlo, igual que cuando era un niño, pero justo en ese momento alguien llama a la puerta pidiendo permiso. Un guardia entra.

-El Consejo se reunirá en veinte minutos para comunicar el futuro de vuestros amigos -dice después de hacer un saludo a Gabriel-. Me han pedido que os acompañe a la sala del pueblo, si me hacéis el favor.

Gabriel asiente y el guardia sale de la estancia. Me mira a los ojos, sin decir nada, parece querer confirmar que todo sigue bien. Le sonrío, ansiosa por seguir descubriendo cuanto ha madurado mi hijo. Se levanta y extiende una mano para ayudarme a incorporarme.

Capítulo 20

Brais

-¿Tienes algún plan por si nos quieren ejecutar? -dice Kurl mientras esperamos fuera de la sala a que nos llamen.

Lo miro desconcertado. Yuri suelta una carcajada y nos mira con actitud divertida.

-¿Por qué nos iban a ejecutar? -pregunto sobresaltado- Hemos hecho todo lo que nos propusimos, incluso rescataste a otro humano además de Gabriel.

-Por eso -dice Kurl muy tranquilo-, ya no nos necesitan.

-Déjate de bromas -digo sonriéndole.

-Entiendo -se encoge de hombros-, entonces no hay plan de escape.

-Que mal opinión tenéis de nosotros -dice Yuri con su acento ruso-. No sé si tomármelo como un halago o como un insulto.

Esperamos un momento y las puertas se abren. Hasta nosotros llegan los murmullos de la gente que nos espera en el interior. Yuri hace una seña con la mano y nos acompaña dentro de la sala. Esto es buena señal, supongo, que nos inviten a entrar y no que nos obliguen a punta de pistola como la otra vez.

-Buena suerte, espero no tener que ser yo vuestro ejecutor -dice con una sonrisa maliciosa.

Kurl y yo nos miramos extrañados mientras lo dejamos atrás. A nuestras espaldas escuchamos a Yuri en lo que debería sonar como una risa maligna. Kurl me mira.

-Me cae bien para ser humano.

La gente debería saber que los humanos no son los monstruos que las autoridades nos hacen creer. Hay humanos malos, por supuesto, ¿pero no hay individuos perversos independientemente de la raza a la que pertenezca?

Volvemos a estar en la sala del pueblo con el consejo frente a nosotros y las gradas llenas de gente a nuestra espalda. Afortunadamente esta vez no estamos esposados aunque hay guardias a cierta distancia, por ahora parece que no nos consideran una amenaza. Yuri entra y se coloca en la puerta. En las gradas, en primera fila, veo a Julia y a Gabriel. La expresión de Julia ha cambiado totalmente desde que se reencontró con su hijo. Por fin se la ve feliz.

Delante del consejo hay dos hombres, uno vestido de negro y el otro vestido de blanco. Permanecen firmes, mirando al frente y sin moverse. Cada uno lleva un cesto de mimbre. Es extraño, la gente no parece prestarles atención, pero su presencia claramente es significativa.

El líder se levanta y el público se calla. El líder… creo que debería ir aprendiéndome su nombre.

-Hermanos -comienza, atrayendo la atención de todos-, nos hemos reunido hoy aquí para que decidamos entre todos el destino de estos añanchí -los murmullos brotan entre la multitud, el líder espera pacientemente-. Todos sabéis cómo llegaron hasta nosotros, para poder decidir su futuro también debéis valorar lo que han hecho.

-Arriesgaron sus vidas para traer a esta mujer con nosotros —sigue mientras alza una mano hacia Julia-, exponiéndose a nuestro juicio por ayudarla. Su promesa fue reunirla con su hijo, un miembro de nuestra familia que fue apartado de nuestro lado. Se internaron en Ignuk'tarr, ciudad de esclavistas y traficantes, un lugar donde los nuestros son obligados a luchar contra inimaginables bestias hasta morir. Ellos entraron y rescataron a su hijo y a todos los humanos que quedaban con vida -baja la cabeza y habla con voz afectada, sus palabras arrastran a todos los aquí reunidos, sabe perfectamente cómo y qué tiene que decir para llevar a los demás a su terreno-. Lamentablemente sólo uno de los esclavos, otro miembro de nuestra familia, consiguió salir con vida.

-Estos son sus actos. Podrían haber intentado escapar, pero están aquí, ante vosotros, para conocer su destino. Ahora los otros miembros del consejo os darán su opinión. Allan, consejero de guerra, por favor, hablad para la cámara.

El consejero Allan hace una pequeña reverencia con la cabeza al jefe y se levanta de su butaca.

-Ceyaotl, gracias por darme la palabra -dice en tono formal-. Antes de dar mi opinión tengo que compartir la información que hemos obtenido de estos añanchí -sus ojos se detienen un instante en los míos sin mostrar ninguna emoción, luego pasan a Kurl y continua dirigiéndose a su pueblo-. Según los canales oficiales del Orden, el máximo dirigente del Orbe Dcicon Swarths, padre del aquí presente, Brais Swarths, ha repudiado a su hijo públicamente, acusándolo de traidor al Orden por colaborar con la causa rebelde humana.

La noticia me deja en shock. Mi padre me ha denunciado ante el Orden. Noto que Kurl me dice algo, pero no puedo reaccionar. Sé que mi padre quiere capturarme y no dudo de que quiera hacerme algo peor que al abuelo. Por lo que me mostró el abuelo tiene motivos de sobra para querer eliminar a cualquiera que conozca sus secretos. Si la información que me dio Unwei llegara a los oídos apropiados padre estaría en un buen problema. Pero nunca creí que llevara esto al ámbito público.

-Además -continua el consejero Allan-, el Orden ha acreditado dichas acusaciones y busca a Brais Swarths por conspiración contra la institución y colaboración con un grupo terrorista, así como el secuestro y asesinato de Unwei Swarths, su abuelo -las palabras me impactan como una bofetada, el muy bastardo me intenta inculpar de todo a mí-. También se busca a Kurltama Karie Karum como colaborador en los anteriores delitos. El Orden no conoce el paradero de los sujetos y ofrece recompensa por cualquier información o por su captura.

La gente en las gradas comienza a hablar entre ellos, alzando la voz cada vez más alto. Pronto gran parte de las gradas está de pie gritando a los consejeros. Las voces se entremezclan y el traductor sólo recoge algunos fragmentos.

-¡Entreguémosles! -gritan algunos.

-Cambiadlos por prisioneros -dicen otros.

Ninguna de las voces que transmite el traductor nos apoya. Julia me mira preocupada. Gabriel, a su lado, no muestra ninguna emoción, pero casi podría decir que no le preocupa demasiado nuestra suerte. Con todo lo que ha vivido no le culpo.

El líder Ceyaotl se levanta sin decir palabra, pero su mera presencia impone el silencio. Poco a poco la sala vuelve a estar bajo su control y siento cientos de ojos clavados en mi nuca. Kurl continua sereno, diría que no se ha movido un ápice desde que todo empezó. Ahora veo que quizá antes no estaba bromeando.

-Esa es la información que disponemos de ellos -retoma el consejero Allan, después de que el líder le vuelva a dar la palabra-, pero mi primera opción no sería confiar ciegamente en el Orden. Han demostrado -alza una mano hacia nosotros- que a largo plazo pueden ser un recurso muy valioso para nosotros. Pueden ayudarnos a rescatar a más reclusos de los que podríamos obtener con un intercambio. Por eso creo que no deberíamos entregarlos. Pero por otro lado, esta decisión supondría que si el Orden supiera que los escondemos, nos convertiríamos en un objetivo prioritario con todas las consecuencias que ello conlleva.

El consejero hace una pequeña reverencia con la cabeza y se sienta entre los murmullos crecientes del público. Acto seguido el líder se levanta y agradece sus palabras. Kurl, a mi lado, permanece inalterable, pero casi escucho el "ya te lo dije". Miro al frente al tiempo que la joven consejera Antia se levanta grácilmente y mira a su pueblo.

-Gracias Ceyaotl -dice la consejera dirigiéndole una sonrisa respetuosa-. Para comenzar quiero agradecer, tanto personalmente como en nombre de todo el pueblo libre, a Brais Swarths y a Kurltama Kary... -se traba y mira unos documentos sobre su mesa- Karie Karum, por haber traído a dos de nuestros hermanos de vuelta a su hogar -nos mira con una sonrisa cálida en el rostro acompañada de un genuino sentimiento de gratitud-. Muchas gracias por traerlos de vuelta a casa -dice en un areano forzado al tiempo que hace una leve reverencia. Kurl responde también con una leve inclinación, pero a mí no me da tiempo a reaccionar cuando la consejera retoma su discurso en carhuí.

-Independientemente de la ayuda que hayan podido prestarnos o que puedan llegar a prestar -prosigue con una expresión en el rostro mucho más seria-, me preocupa mucho su presencia entre nosotros. Como el consejero Allan ha dicho, si el Orden se entera que los ocultamos, cosa más que probable puesto que los están relacionando con nosotros, no soy capaz de imaginarme lo que le ocurriría a nuestro pueblo. Por el bien de nuestra comunidad y por nuestro futuro, creo que la opción más lógica sería entregarlos.

En esas últimas palabras creo sentir culpabilidad en su juicio. Parece que a la fría consejera ya no le resultamos tan perversos, pero tiene que mirar por su pueblo, su decisión es más que respetable.

El público comenta en voz baja, la consejera Antia hace una pequeña reverencia y se sienta. El líder da paso a Eva, la consejera espiritual, que se levanta y en el acto las gradas se callan y esperan expectantes.

-Gracias -dice la anciana en voz baja en dirección al líder-. Antiguamente, cuando los añanchi llegaron a nuestras tierras, nuestro pueblo creía que eran dioses sobrenaturales. Luego empezó la guerra, y pensaron que eran demonios. Tardamos mucho en ver que los añanchi no son tan diferentes de nosotros. Y que si nos encontramos en esta situación es porque nos tienen miedo.

La gente murmulla ante esto último.

-Los añanchi vinieron porque somos malvados -dice levantando la voz, como una madre regañaría a un hijo-, mezquinos y traicioneros, porque podríamos acabar con todo el universo con nuestros actos. No es agradable decirlo, pero hay mucha gente malvada entre nosotros. Sin embargo, también hay muchas personas bondadosas. ¿Por qué debe prevalecer la maldad respecto a la bondad?

-Demostremos que somos mejores de lo que ellos creen. Pero no se lo tenemos que demostrar a ellos -dice alargando la mano, casi señalando al Orden directamente-, demostrároslo a vosotros mismos. Por las noches todos soñamos con ser libres, ahora tenéis la primera oportunidad en cientos de años de hacer algo que nos haga merecedores de dicha libertad.

La consejera Eva se sienta y los susurros recorren las gradas. Unos rostros se ven muy convencidos sobre su propia decisión, otros no tanto. Vuelvo a mirar a Julia, anhelando que no sea la última vez que la vea. Sigue preocupada y al percatarse Gabriel coge su mano.

-¿Queréis decir algo? -dice el líder Ceyaotl con voz amable dirigiéndose a nosotros.

Kurl y yo nos miramos, puedo notar su compromiso, pero no puedo arrastrarle conmigo. Antes de que diga nada me adelanto.

-Acudimos a vosotros para cumplir una promesa que ya está realizada -comienzo-. No queremos causaros ningún problema. Si con ello puedo ayudaros, por favor, canjeadme por algunos de los vuestros. Solo pido que dejéis libre a Kurl, pues él no tiene ninguna responsabilidad en esto.

-Nuestro destino será el mismo -dice Kurl dando un paso adelante, luego me mira-. No será de otra manera.

Hay un momento de silencio, tras el que el líder se levanta nuevamente.

-Hermanos -dice solemnemente Ceyaotl-, las partes han hablado, ahora os toca a vosotros decidir. ¿Actuamos a su favor o en su contra?

El hombre de blanco y el de negro, hasta ahora meras estatuas, avanzan hacia las gradas. La gente tiene algo reluciente en sus manos. El hombre de blanco sujeta su cesta y comienza a pasar por la primera fila de las gradas, seguido del hombre de negro. La gente echa, lo que parece una pequeña piedra esférica elaborada de oro o un metal similar, en una cesta o en la otra, dando así su voto. Ni Gabriel ni Julia votan, por lo que entiendo que todas estas personas son las que representan al resto del pueblo.

Mientras los dos hombres recorren las gradas, las puertas se abren y dos guardias entran empujando una gran balanza de oro. La balanza flota sobre el aire, montada sobre una plataforma gravitacional, el mismo modelo que las que utiliza el Orden para mover mercancías.

Todavía no puedo creer que padre haya llevado esto ante el Orden. No sé en qué estará pensando, si el Orden me arresta contaré todo lo que sé sobre él, lo que como mínimo conllevaría un investígación que le dejaría muy mal parado. Y tengo al abuelo conmigo, él es la prueba de que no fui yo el que lo secuestró. Visto así no sería tan mala idea que el Orden me encontrase, así los Carhué ába también dejarían de ser el centro de atención.

La presión parece desaparecer por momentos. Ya no me importa tanto lo que decidan, voluntaria o involuntariamente me entregaré al Orden con la esperanza de las autoridades vayan luego contra padre… contra Dcicon. Sé que Unwei me dijo que me alejara de él, que hiciese lo que hiciese no me entrometiera, pero lo que Dcicon le hizo no puede quedar impune. Además -miro a Julia y a Gabriel, cogidos de la mano-, ya están juntos, aquí estarán a salvo.

Mi ánimo vuelve a bajar. Dcicon no es estúpido, por muy desesperado que esté no recurriría al Orden si no tuviera cubiertas las espaldas. ¿Pero qué puede hacer? ¿Sobornar a los oficiales para que lo dejen al margen? ¿Matarme antes de que me interroguen? No sé si su mano llegará tan lejos, pero viendo lo que le hizo al abuelo me temo lo peor.

Los dos hombres terminan de recoger los votos y bajan las gradas, situándose junto a la balanza mientras el líder Ceyaotl baja de su estrado con paso ceremonioso y se coloca ante ella.

-El pueblo ha hablado -dice Ceyaotl dirigiéndose a nosotros en areano- os deseo la mejor de las suertes, extranjeros.

Extranjeros. Es la primera vez que se dirige a nosotros sin llamarnos añanchis…

Ceyaotl hace un gesto y el hombre vestido de blanco, no sin esfuerzo, coloca su cesta en uno de los brazos de la balanza, que se vence inmediatamente. El líder hace otro gesto y la otra cesta es colocada en su posición y se suelta, dejando que los pesos hagan su trabajo. La cesta blanca comienza a elevarse. Contengo el aliento. La balanza oscila lentamente hasta que la cesta negra termina siendo la más pesada.

La cesta negra… ¿eso es malo? El público parece satisfecho. No importa, que me entreguen es lo mejor que puede pasar. Ceyaotl se dirige hacia el centro de la sala con una sonrisa en la cara y nos indica que nos acerquemos. Kurl y yo nos miramos extrañados, pero nos colocamos a su lado.

-Hermanos -dice el líder muy animado- estoy muy orgulloso de vuestra decisión. Demos la bienvenida a Brais Swarths y a Kurltama Karie Karum, que desde ahora convivirán con nosotros.

Convivirán, eso quiere decir que nos han indultado, aunque muchas de las caras del público no parecen muy felices con la noticia. Aun así parecen caras de resignación y no de odio, respetan la decisión de la mayoría.

-Gracias por participar en este consejo -continua, haciendo una leve reverencia-. Podéis retiraros, hermanos.

La gente se levanta y comienza a salir por las puertas a ambos lados de la sala. Julia parece dudar si levantarse o no, Gabriel espera de pie a su lado. Un guardia les apremia para que abandonen la sala, a lo que Julia se levanta y se dispone a marcharse mientras me hace gestos de que nos veremos luego. La mirada de Gabriel no es tan afable.

-Enhorabuena -nos dice Ceyaotl en voz baja y en areano-, me gustaría hablar en privado con vosotros -nos mira a los ojos hasta que

200

aceptamos, luego mira fijamente a Yuri, y sin hacer ningún tipo de gesto, vuelve a dirigir su mirada hacia nosotros-. Yuri os llevará conmigo cuando todo esté un poco más despejado.

Dicho eso se retira, acompañado por los otros miembros del consejo. A nuestra espalda aparece Yuri.

-Nos ha dicho que nos llevarías con él -le digo.

-Sí, ahora cuando no haya tanta gente en los pasillos -dice mirando alrededor.

-¿Por qué tu jefe no quiere que le vean hablando con nosotros? -dice Kurl cortante.

-Me temo que no tengo esa información -dice Yuri-, pero si os vais a quedar por aquí hay ciertas cosas que tendréis que saber.

Si nos fuesen a recordar las normas de educación imagino que podrían hacerlo en público y no en privado y con secretismo, pero evito el comentario. Sea lo que sea pronto lo sabremos.

-Por cierto, enhorabuena -dice Yuri con su habitual sonrisa-, me alegro de no tener que haberos ejecutado.

-Me habría gustado ver como lo intentas -replica Kurl imitando su sonrisa.

Yuri suelta una carcajada a la que rápido nos unimos Kurl y yo. Todavía riéndose, Yuri pasa entre nosotros dos y dando una palmada en la espalda a Kurl dice:

-Vamos, después de la charla con el "jefe" como vosotros decís, nos tomaremos esa botella de vodka que os prometí.

Yuri nos lleva por la instalación hasta el despacho del consejo, con sus ornamentadas puertas. Entramos y vemos al final de la habitación a Ceyaotl, único ocupante de la estancia en esta ocasión.

-Por favor pasad -dice desde detrás de su mesa-. Yuri, ¿te importa esperar fuera?

Entramos, Yuri cierra la puerta tras nosotros. Ceyaotl me indica una silla y se disculpa con Kurl por no tener asientos de su tamaño. Kurl se apoya en la mesa de otro de los consejeros. Esta cruje bajo su peso, lo que hace que Kurl se levante de inmediato. Se sienta en el suelo, a mi lado, pero con su estatura, aún está por encima de mí.

-Antes de nada, esto es tuyo -me tiende la mano, con mi gema de ewha.

La cojo y en el acto me siento reconfortado por la familiar presencia del abuelo. Mi mente vuela hacía mi siguiente paso, y una sensación procedente de la piedra me dice que no lo haga.

-Y eso es tuyo -dice el líder señalando el rifle de Kurl colocado en un estante en un lateral de la habitación-. Aunque te pediría encarecidamente que la escondieses en público. Mi pueblo os ha dado su beneplácito, pero no creo que les agradase mucho verte armado cerca de sus hijos.

-Tranquilo -dice Kurl, que mira el arma pero la deja en el estante.

-Bueno, iré al grano -dice Ceyaotl con voz apagada-. El pueblo os ha aceptado y podréis quedaros con nosotros todo lo que deseéis, pero debo pediros que os vayáis. El pueblo ha dado su aprobación y estoy orgulloso por ello, pero vuestra presencia aquí nos pone en peligro de una forma que no podéis ni imaginar.

-Tenéis que entender que llevamos miles de años resistiendo, y la forma de hacerlo ha sido el no ser nunca un objetivo principal, pasar lo más desapercibidos posible. Con vosotros aquí tienen una excusa para entrar, y vuestra gente sabe perfectamente dónde encontrarnos, vosotros bien lo habéis demostrado. Por eso, por el bien de mi pueblo, os ruego que os marchéis de aquí. También os pediría que una vez fuera de aquí os dejéis ver para que el Orden sepa que no estáis con nosotros y descartarnos como objetivo.

-Es decir -interviene Kurl-, que nos pedís que nos sacrificamos por vosotros. Tu pueblo nunca ha tenido realmente una elección.

-No te equivoques -responde Ceyaotl-, mi pueblo ha demostrado que puede superar sus prejuicios. Ellos han decidido y respeto su decisión, no seré yo quien os obligue a marcharos. Si os quedáis aquí lo aceptaremos y os protegeremos si llega el momento, con la poca capacidad de la que disponemos.

-No os obligo a marcharos, os lo pido a título personal. Decís que compartís nuestra causa. Si lo hacéis, entenderéis que vuestra presencia aquí es muy peligrosa para nosotros, que puede llevarnos a la destrucción de nuestra forma de vida.

-Sí, lo entendemos -digo por fin, podría haber evitado mucha discusión si hubiera dicho esto antes-, por eso nos iremos. Mañana o pasado a mucho tardar.

-¿Nos vamos? -dice Kurl confundido.

-Sí -digo tranquilamente-, aquí sólo causaríamos problemas. Y no he juntado a Julia y a Gabriel para ahora llevar al Orden hasta ellos.

-¿Entonces os marcháis? -pregunta Ceyaotl confundido, seguro que no esperaba que nos fuéramos tan fácilmente-. Muchas gracias por hacer eso por nosotros, es mucho más de lo que merecemos por el trato que os hemos dado. Decid cuando queréis partir y a dónde iréis y os proporcionaremos un transporte y suministros para llegar hasta allí.

-Nos marchamos lo antes posible -digo-, y aún no he decidido a donde, pero nos gustaría despedirnos.

-Mañana por la mañana tendréis una nave preparada para vosotros -dice Ceyaotl-. Podéis ir a donde queráis en nuestra ciudad, Yuri os llevará donde digáis.

-Gracias, señor -digo. La habitación se queda en silencio, Ceyaotl ha conseguido lo que quería y creo que mucho más rápido de lo que esperaba, no hay nada más que discutir, pero parece que le cuesta despedirnos-. Si eso es todo, entonces nos marchamos.

-Muy bien, -dice- que vuestra corta estancia entre nosotros sea agradable.

Salimos de la habitación y noto las dudas de Kurl, necesita una explicación, pero Yuri nos espera junto a la puerta. Nuestra conversación tendrá que esperar.

-¿A dónde vamos? -dice Yuri, alegre como siempre.

Miro a Kurl. Tengo que explicarle mis planes, pero ahora puede ser el último momento que tengo para hablar con Julia antes de irnos.

-¿Puedes llevarnos con Julia? -pregunto a Yuri.

-Seguro -dice apartándose y activando su comunicador-, llamaré a Gabriel a ver dónde están.

-¿Qué tienes en mente Brais? -dice Kurl muy serio.

-No podemos quedarnos aquí eternamente.

-Lo sé -noto su desconfianza-, me refiero a qué vamos a hacer cuando nos marchemos.

-Intentar solucionar las cosas Kurl -la energía el abuelo continúa previniéndome en contra de mi decisión-, no podemos hacer otra cosa.

Mi respuesta no lo tranquiliza pero no insiste, sabe que intentaré protegerle y yo sé que no se separará de mi lado. Hasta que llegue el momento no hay más que hacer. Yuri nos hace un gesto para que le sigamos.

Recorremos los pasillos, al principio sólo ocupados por guardias que están más acostumbrados a nuestra presencia. Es cuando llegamos a las zonas civiles cuando grupos de gente se concentra a nuestro alrededor. El sentimiento predominante es la curiosidad, lo que me hace sentir como un animal expuesto al público. El enfado de Kurl crece por momentos, no es un buen momento para que toda esta gente venga a nosotros.

Lamentablemente también siento miedo e ira entre las personas congregadas. Una leve oleada de energía lleva mi mente hacia pensamientos más comprensivos. Envío mi gratitud al abuelo y continuamos nuestra marcha lentamente entre la multitud.

Cada vez hay más gente, colapsando el pasillo. Yuri parece nervioso y nos asegura que ya estamos llegando. Y una vez que lleguemos qué. ¿Continuaremos caminando por la ciudad para que todos puedan vernos, o tendremos que ocultarnos de ellos?

La muchedumbre se aparta unos pasos cuando pasamos. Todos menos una pequeña niña que permanece de pie delante de Kurl. La niña pequeña, pálida, morena con el pelo recogido en dos trenzas, mira fijamente a Kurl, como si no hubiera nadie más alrededor. De repente la comitiva se detiene, la curiosidad es reemplazada por el miedo. Salvo la niña, ella no tiene ni un atisbo de miedo, sólo pura curiosidad, la típica curiosidad humana.

Kurl mira a la niña intrigado y hace una profunda respiración, lo que le da cierto aspecto amenazador. La gente ahoga una exclamación, incluso se escucha la voz de quien parece ser la madre de la niña, llamándola, pero nadie se acerca, nadie se atreve. La niña sigue mirando a Kurl con sus grandes ojos azules, parece divertida.

-Pues no me pareces un ser malvado -dice la niña con voz inocente.

Kurl sonríe.

-Intento no serlo -contesta, mirando a la niña desde arriba.

La niña le mira confundida. Yuri se arrodilla a su lado y le coloca el auricular de su traductor. Luego aprieta un botón, y aparentemente el aparato repite la traducción, porque la niña asiente.

-Entonces… -comienza la niña, mirando al suelo con vergüenza- ¿podrías decirle a tus amigos que nos dejen salir fuera?

El ánimo de Kurl cae de repente, tanto que se arrodilla ante la niña. Entre la gente reunida, los murmullos aumentan ante las palabras de la niña, pero cesan para escuchar una respuesta.

-Son muchos a los que hay que convencer -dice Kurl arrodillado, tendiéndole una mano a la niña-, pero te prometo que haré todo lo que esté en mi mano.

La niña duda un instante, pero pone su manita sobre la de Kurl con una sonrisa. Kurl cierra su mano, con lo que envuelve su brazo casi hasta el codo. La gente está inquieta a nuestro alrededor. Algunos parecen alegrarse por lo que está ocurriendo, pero la gran mayoría están preocupados, sobre todo la madre de la niña. Puedo notar su consternación sin necesidad de usar mis habilidades.

Me preocupa esta situación, cual puede ser la reacción de la muchedumbre. Obviamente Kurl no tiene ninguna mala intención con la niña, pero es mejor no añadir más tensión a este primer contacto con el pueblo. Siento una cálida sensación procedente de la piedra, transmitiéndome la aprobación del abuelo.

Casi sin ser consciente, guiado por la piedra, me concentro en la sensación de angustia de la madre, e intento que Kurl sea consciente de ello. Acto seguido, su semblante cambia sutilmente y lentamente suelta la mano de la niña y la apremia con la cabeza para que vuelva con su madre.

-Gracias -dice la niña. Le devuelve el auricular a Yuri que lo recibe con una sonrisa, y se despide de Kurl con la mano mientras vuelve con su madre. Esta la abraza y se apresura a alejarla de nosotros. Con ella también se marcha una parte de la gente.

-Vamos -dice Yuri, con evidentes deseos de secarnos de la multitud-, no estamos lejos.

Lentamente reanudamos la marcha. Algunos nos siguen manteniendo la distancia, otros se marchan, al parecer saciada su curiosidad. Kurl no dice nada sobre lo ocurrido, pero obviamente sabe que le he transmitido los sentimientos de la madre. Ha sido la primera vez que utilizo la piedra del abuelo para transmitir emociones. Lo había hecho antes, pero eran piedras sintéticas y la sensación no ha tenido nada que ver. Definitivamente, con la piedra noto la presencia del abuelo en cada uno de mis actos, guiándome, enseñándome.

Salimos a una sala mucho más grande y amplia, el mercado según nos cuenta Yuri. Es curioso que lo llamen mercado, porque aquí ni se compra ni se vende nada, solo se distribuyen los suministros entre la población. Pero sí que parece un mercado, con la gente reunida, yendo de un local a otro para recoger lo que necesitan en cada caso. Les proporciona un atisbo de libertad.

Entre la gente, en una de las esquinas de la sala, distingo a Julia y a Gabriel, que se apresuran a acercarse a nosotros cuando nos ven.

-Menos mal que os han soltado -dice Julia con una gran sonrisa.

Gabriel permanece junto a su madre, pero su actitud no es tan afable como la de Julia. El grupo de gente que nos acompaña, parece no saber cómo reaccionar ante la presencia de Julia. Esta les mira sorprendida.

-¿Y toda esta gente? -pregunta en voz alta, descaradamente y abarcándolos con las manos.

-Nadie puede resistirse a ver un cuerpazo como el mío -dice Kurl, marcando un poco los músculos del pecho y los hombros.

Todos nos reímos, incluso Gabriel esboza una sonrisa. La gente, la mayoría no nos entiende, pero intuyen que hablamos de ellos, parece incómoda de repente. A algunos les puede la vergüenza y se marchan. Los otros, al ver que se van quedando solos, poco a poco también se alejan.

-Gracias -le digo a Julia-, me sentía demasiado observado.

Ella permanece callada un momento, sonriéndome. Siento su felicidad, esa vitalidad, igual que la que tenía años atrás cuando estaba junto a su familia.

-No -dice acercándose unos pasos-, gracias a vosotros, por todo lo que habéis hecho por nosotros -se arrodilla y me abraza, cierro los ojos y me concentro en sus sentimientos-. Gracias por llevarme con él -dice en voz baja.

Siento su felicidad y su gratitud y las piernas me tiemblan ante tal emoción. Querría que este abrazo durara para siempre. Me doy cuenta que mis brazos cuelgan absurdamente a los lados sin saber qué hacer con ellos. Pero cuando me dispongo a devolverle el abrazo ella se levanta y abraza a Kurl.

-Gracias Kurl -dice abrazando a Kurl, que se ha inclinado un poco para estar a la misma altura, con una de sus grandes manos en la espalda de Julia.

-Y a ti también -dice abrazando a un desprevenido Yuri-, muchas gracias.

-Lo hice encantado -dice Yuri, mirándonos sin saber qué hacer.

Cuando se separan Gabriel se acerca a Yuri y le tiende la mano.

-Gracias, señor -dice Gabriel, mostrando su respeto a su superior.

-El plan fue suyo -dice Yuri, haciendo un ademán con la cabeza en nuestra dirección-, yo solo mantuve la nave en marcha.

Gabriel nos mira y veo la duda en sus ojos. Lentamente se acerca a Kurl.

-Gracias por sacarme de allí -dice Gabriel tendiendo su mano también a Kurl-. Eres un gran guerrero.

Kurl estrecha su mano y asiente. Se nota cierta admiración y respeto entre ambos.

-Tú también luchaste bien -dice Kurl irguiéndose cuan alto es.

Cuando se sueltan, Gabriel se gira lentamente hacia mí y sus dudas casi lo paralizan. Por un momento creo que pasará de largo, pero con un semblante serio me tiende la mano.

-Gracias.

Alargo mi mano hacia la suya, y ante mis intenciones noto la negativa del abuelo, casi pidiéndome que no lo haga. Lo ignoro y cuando estrecho la mano de Gabriel, aprovechando el contacto físico, utilizo la energía de la piedra para sondear sus sentimientos. Necesito saber por qué está resentido conmigo. Necesito confirmar lo que sabe de mí, de quién fui en su vida.

Envío mi energía a través de su cuerpo, mientras los avisos del abuelo son casi como gritos en mi cabeza. Siento su recelo y repulsión. Unos sentimientos muy profundos. Su rostro cambia, sabe lo que estoy haciendo. Una oleada de energía me golpea y me obliga a salir de su cabeza. ¿Cómo es esto posible? Sólo un elnath podría hacer eso. La energía del abuelo me ayuda a recuperarme del impacto.

Gabriel, con el rostro crispado por la ira, se acerca un poco, sin soltarme la mano.

-No te confundas -dice en voz muy baja-, tú nunca serás él.

Suelta mi mano, y sin apartar sus ojos de los míos retrocede hasta el lado de Julia. Los demás nos miran extrañados.

-¿Pasa algo? -pregunta Julia a Gabriel.

-No -dice cortante-. Nada más allá de la mera gratitud.

El grupo permanece en silencio, la tensión es palpable. Kurl dice algo, lo escucho, pero las palabras parecen no tener significado para mí. Los demás retoman la conversación. Menos Gabriel, que no aparta sus ojos de los míos. Tiene una expresión neutra pero sus ojos me transmiten puro odio.

¿Cómo es posible siquiera que haya notado mi presencia en su mente? La energía del abuelo me apremia a continuar, intenta que encuentre la respuesta. Si ha notado mi intromisión, puede que haya hecho algo mal, que no haya utilizado bien mis habilidades. El abuelo muestra su negativa. No, no he sido yo, ha sido él. No solo notó mi presencia, si no que me expulsó. Tiene control sobre su energía, un control que nunca había visto en nadie que no sea elnath. El abuelo afirma, pero pide la conclusión. Gabriel tiene habilidades que sólo los elnath poseemos, por lo tanto tiene que tener algo de elnath. Noto la misma sensación que me indica que voy por buen camino. Pero eso es imposible. Gabriel es humano, ¿cómo puede tener una parte elnath? ¿Alguna clase de experimento? El abuelo muestra su desacuerdo.

-Brais…

Abuelo, no sé qué intentas decirme, pienso, tratando de comunicarme con él, aunque sé que sabe todo lo que me pasa por la cabeza, sin necesidad de expresarlo en pensamientos.

-Brais…

Es imposible que un humano tenga capacidades elnath por sí mismo. Estoy seguro que tienen que haberle…

-¡Brais! -noto una fuerte sacudida. De repente vuelvo a ser consciente de lo que me rodea. Todos me miran extrañados. Kurl, que es el que me ha empujado, me hace señas para que mire hacia delante. Ante mí veo a un chico humano, de pie apoyado sobre unas muletas y con la mano extendida hacia mí. Es el chico que rescatamos junto a Gabriel.

-¿Qué? ¿Qué ha pasado? -digo, sintiendo un terrible vergüenza por haberme quedado absorto en mis pensamientos.

-Aarón, aquí presente, ha venido a agradecernos que le rescatáramos -dice Kurl, al parecer algo molesto por mi actitud-. Ha venido a invitarnos a cenar con su familia como muestra de gratitud.

Miro al chico, que sigue con la mano extendida, un poco confundido.

-Lo siento Aarón -digo estrechándole la mano y transmitiéndole mi arrepentimiento.- Soy Brais Swarths y aceptamos encantados tu ofrecimiento.

Ante la energía que le llega se muestra receloso, y entonces comprendo que seguramente sea su primer contacto con un elnath y que no sabe qué le estoy diciendo. Yuri no tarda en traducirle mis palabras, a lo que el chico responde con una tímida sonrisa.

El grupo comienza a andar, siguiendo a Aarón que charla alegremente con Gabriel y con Yuri en carhuí. Gabriel se muestra mucho más animado con su camarada humano. Julia camina con Kurl y conmigo y me mira preocupada por mi abstracción de antes, pero no pide explicaciones al igual que Kurl, cosa que agradezco, aunque obviamente ambos saben que ha pasado algo con Gabriel.

Noto de nuevo la energía desaprobadora del abuelo, pero esta vez no va dirigida hacia mis pensamientos, si no hacía mis actos anteriores. No debo usar mis habilidades con gente que no está acostumbrada a ellas. Para los elnath es algo habitual mostrarnos nuestros sentimientos, para otras razas es algo invasivo y extraño.

Llegamos a la residencia de la familia de Aarón, una puerta más en un largo pasillo de la zona residencial. Junto a la puerta abierta y dando la bienvenida espera la madre de Aarón, una mujer mayor que rebosa felicidad. Saluda con efusividad a Gabriel y a Yuri, haciendolos pasar junto con su hijo. Detrás nos acercamos Julia, Kurl y yo. La mujer saluda a Julia tiernamente y la invita a pasar.

Cuando es nuestro turno, para mi sorpresa, la mujer nos saluda con la misma efusividad o incluso más si cabe. Nos coge de las manos y nos da su agradecimiento mirándonos a los ojos. Es el primer humano aquí que no muestra ningún tipo de prejuicios hacia nosotros. En ella solo noto la inmensa gratitud y felicidad de una madre a la que le han devuelto a su hijo.

Pasamos al interior, agradecidos de salir de los pasillos y las miradas escrutiñadoras de los vecinos. La casa es como todas las viviendas aquí, una sala grande con la cocina integrada donde se hace la mayor parte de la vida, un baño y una serie de aberturas excavadas en la pared que parece que utilizan como camas.

En el centro de la sala hay una gran mesa, que en realidad son varias mesas juntas con un gran mantel que las cubre, aparentemente hecho a mano. Sobre la mesa está el banquete. Hay abundancia de la papilla que llevamos comiendo desde que estamos aquí, pero también hay fuentes con algunas frutas y frutos secos, queso e incluso algo de carne. Es obvio que esta comida es un lujo para ellos, se la habrán dado por ser una ocasión especial o puede que incluso tenga que haber pedido algún favor.

Nos sentamos a la mesa. Las sillas son diferentes, por lo que imagino que se las habrán prestado los vecinos y Kurl se sienta en un sillón grande en el que entra justo. La mujer nos da otra vez las gracias y tras una breve oración nos invita a comenzar.

Aarón sigue su animada charla con Gabriel y Yuri y nosotros nos comunicamos como podemos con su madre. Yuri tarda poco tiempo en cederle su traductor, ya que él no lo necesita.

La comida, a excepción de la insípida papilla, está deliciosa. Ilana, que es como se llama la mujer, nos cuenta como la despertaron con apenas quince años, en plena segunda guerra mundial. Que tuvo que dejar a su familia en el campo de concentración. También nos cuenta cómo acabó uniéndose a los carhué aba y pudo formar una familia feliz. Perdió a su marido hace unos años y hace poco su hijo fue capturado, pero aun así se la ve feliz. Vive con lo que tiene y lo acepta con una gran valentía. Al devolverle a su hijo, prácticamente le hemos devuelto la vida.

Miro como ha sido mi vida en comparación y siento vergüenza. Siempre he tenido todo lo que he querido. Mi único problema hasta hace semanas era que no quería el trabajo que mi padre me ofrecía, y aun así era un puesto muy bueno.

La velada transcurre agradablemente. Todos reímos cuando, una vez que la botella de vodka de Yuri se ha acabado, Kurl y Aarón recrean la batalla en la arena, con Aarón actuando con un feroz lobo espacial. Ilana nos instiga a seguir comiendo, aunque ya no podemos más.

Y así, entre risas, comienza a sonar un ensordecedor pitido. El sonido intermitente nos paraliza a todos. Cuando vamos a reaccionar, Yuri ya ha recuperado su comunicador y ha salido al pasillo. Los demás nos miramos sin saber qué hacer.

Casi al instante Yuri vuelve a asomar la cabeza por la puerta.

-Rápido, dirigíos a las zonas de evacuación -dice apremiante.

-¿Por qué? ¿Qué pasa? -grita Gabriel para hacerse oír por encima de la alarma.

-Nos atacan.

Capítulo 21

Julia

El sonido es ensordecedor. Su eco se expande por los pasillos de tal forma que es imposible saber su origen. Estamos paralizados, salvo Kurl que está sacando su arma de la bolsa que llevaba y Gabriel que ha ido a reunirse con Yuri fuera de la habitación. Ilana abraza a su hijo y de repente siento preocupación por Gabriel. ¿Se habrá ido a combatir?

Me dirijo hacia la puerta para ir a buscarlo, pero antes de alcanzarla Gabriel y Yuri entran con gesto consternado.

-El Orden ha irrumpido en la ciudad -grita Yuri para hacerse oír por encima de la alarma-, tenéis que llegar a un punto de evacuación. Ellos pueden llevaros hasta las naves -dice señalando a Ilana y a Aarón.

Gabriel inspecciona una pistola que supongo que le habrá entregado Yuri y se dispone a marcharse con él.

-¿A dónde vas? -grito mientas le sujeto del brazo.

-Madre -dice Gabriel con evidente ira-, tengo que ayudarles.

-No me dejes, por favor -le suplico-. Hemos estado separados mucho tiempo...

Mis palabras hacen que suavice su mirada. Mira a Yuri.

-Quédate y llévalos hasta la salida -dice Yuri, que acto seguido se gira para irse.

-Podemos ayudar -grita Brais, frenando a Yuri-. Me quieren a mí. Llévame hasta ellos y me entregaré. Podemos detener esto.

-Demasiado tarde -contesta Yuri-. Disparan a matar, nos están masacrando. No creo que hayan venido a hacer prisioneros. Salid de aquí.

Dicho eso y sin esperar respuesta, Yuri desaparece por la puerta. ¿Cómo puede estar pasando esto? Siento que todo es por mi culpa, que yo lo he provocado. Si no les hubiera traído aquí para encontrar a Gabriel...

-Brais, basta -grita Kurl, amartillando el arma. Miro a Brais, que está muy intranquilo y apesadumbrado. Es su culpabilidad la que siento, lo que sentíamos todos-. Gabriel, sácanos de aquí.

Gabriel asiente y todos lo seguimos fuera de la habitación. Los pasillos son un caos. La gente corre de un lado para otro buscando a sus familiares, pero la inmensa mayoría corre hacía el segundo corredor de la derecha. Avanzamos lentamente entre la multitud, mientras Gabriel grita instrucciones que no oímos.

Cuando nos introducimos en la muchedumbre la gente empieza a fijarse en la presencia de Brais y Kurl -sobre todo de Kurl- y la confusión se hace general. Los que están tras nosotros retroceden y toman otros caminos. Los que están por delante se apresuran, intentando aumentar la distancia con nosotros lo máximo que el muro de cuerpos les permite.

Aun así avanzamos a buen paso. Ahora que no hay tanto caos a nuestro alrededor cojo la mano de Gabriel. Me mira y me sonríe, aunque veo preocupación en sus ojos. No quiere dejarme sola, pero puedo notar que desearía estar combatiendo junto a sus compañeros.

La muchedumbre no es tan densa ahora. Parece que se han ido dispersando por diversos corredores, cada cual a su vía de escape. Corremos pegados detrás del grupo principal, que aunque no huyen de nosotros, tampoco nos miran con buenos ojos.

Miro hacia atrás. Brais y Kurl corren justo detrás nuestro, aunque por la cara de Brais diría que nuestro ritmo es excesivo para él. Tras ellos, a cierta distancia, avanzan a duras penas Ilana y Aarón. La anciana mujer no puede correr mucho y su hijo apenas puede mantener el ritmo con sus muletas. Tiro de la mano de Gabriel, que se gira y al instante es consciente de la situación.

Bajamos la velocidad y dejamos que nos sobrepasen. Las personas de delante, al ver a los suyos entre nuestro grupo, se acercan un poco queriendo ayudarles. Así, un hombre sujeta a Ilana y la insta a correr más rápido. Aarón, viendo que su madre está atendida se ve más libre y cojea veloz a su lado, apoyando sus muletas cada dos o tres pasos.

Avanzamos por los pasillos hasta que empezamos a escuchar disparos a nuestra espalda. El grupo se detiene un instante, casi esperando ver a las tropas del Orden correr tras nosotros, pero cuando se aseguran de que están en un corredor lateral retomamos la marcha, apresurándonos por alejarnos de allí cuanto antes.

Pasamos cruce tras cruce, pasillo tras pasillo, cuando una lluvia de disparos se desencadena sobre el grupo, pocos metros delante de mí. El pasillo perpendicular al nuestro está invadido de soldados que disparan indiscriminadamente. Gabriel me empuja contra la pared apartándome de la abertura del corredor mientras las balas siguen volando por el pasillo.

Cuando vuelvo a mirar, el suelo está lleno de sangre y cuerpos. Ilana ha sido abatida y no se mueve, el hombre tumbado junto a ella, asustado y entre gritos, avanza a gatas entre los cuerpos para salir de la boca del pasillo, pero una nueva ráfaga lo lanza contra el suelo y lo deja inmóvil. Aarón está tirado en el suelo, estirándose desesperadamente, tratando de alcanzar el cuerpo inerte de su madre. Las personas que quedan del ahora dividido grupo gritan desde el otro lado de la abertura. Algunos dudan si ayudar a sus compañeros caídos, pero una nueva ráfaga de disparos disipa toda confusión y la mayoría huye por el otro extremo del pasillo.

-¡Sacadlo de ahí! -grita Gabriel mientras dispara asomándose por la esquina.

Kurl se acerca a la esquina, apunta con su arma por encima de Gabriel y dispara un par de veces. Brais y yo cogemos a Aarón por los tobillos y hacemos fuerza para traerlo hacia nosotros, sacándolo de la abertura. Lo incorporamos contra la pared, pero el chico, con lágrimas en los ojos, no deja de mirar el cuerpo de su madre.

-Retroceded al último cruce -dice Gabriel sin dejar de disparar.

No sin esfuerzo incorporo a Aarón y apoyado sobre mí y con la ayuda de Brais corremos hasta el otro pasillo, a unos quince metros. Al cabo de un momento Gabriel y Kurl se reúnen con nosotros mientras siguen disparando desde la esquina. Aarón se desprende de nosotros y camina cojeando sin ayuda de muleta alguna. Hago ademán de ir a consolarlo, pero Brais me detiene con un leve movimiento.

-Se van por el otro extremo -dice Kurl-, siguen al grupo principal. ¿Está muy lejos la salida?

-Nos obligan a dar un rodeo -dice Gabriel mientras comprueba el cargador de su arma-, pero no tenemos otra alternativa.

Continuamos por nuestra nueva ruta de escape, en la que no hay rastro ni de gente buscando refugio ni de enemigos disparando. Ahora avanzamos más lentamente, pues Gabriel se detiene en cada cruce y en cada pasillo para buscar posibles emboscadas. Por el momento la triste fortuna nos sonríe, porque aunque seguimos escuchando disparos y gritos, estos no se encuentran en nuestro camino.

Giramos por un corredor y la escena nos paraliza en el acto. A la altura de un cruce, todo el pasillo está bañado en sangre y agujeros de bala. Los cuerpos están esparcidos por el pasillo, aunque hay muchos amontonados junto a la abertura del otro pasaje, los guardias que han muerto durante el tiroteo. En el centro, cubierta de sangre de arriba abajo, hay una niña pequeña llorando de rodillas junto a un cuerpo.

Gabriel y Kurl se acercan rápidamente con las armas preparadas comprobando el pasillo en busca de enemigos, luego nos acercamos a la niña.

-Mami… -solloza mientras se aferra a la mano lacia de su madre.

-Tranquila cariño -digo arrodillada a su lado y cogiéndola por los hombros aún a sabiendas de que no me entenderá.

La niña se sobresalta ante el contacto, no se había dado cuenta de nuestra llegada y nos mira a todos despacio, sin saber cómo reaccionar.

-Es la cría de antes -dice Kurl sorprendido, se arrodilla junto a ella y le tiende las manos-. Ven, te sacaré de aquí.

La niña, en estado de shock y con un movimiento casi mecánico, se introduce lentamente entre sus brazos y se acurruca junto a su pecho mientras solloza. Kurl la levanta y tras asegurarse de que está bien sujeta nos pone a todos en movimiento. La niña sigue terriblemente asustada, pero parece reconfortarle el estar cogida por el enorme brazo de Kurl.

Al pasar miro por la abertura al otro extremo del pasillo donde hay unos cuantos cuerpos de los extraterrestres caídos. Son de distintas razas y visten unos uniformes azules y negros. La vista de Gabriel se detiene en sus armas y se acerca a comprobar los cuerpos. Kurl le grita que vuelva, que es peligroso, pero Gabriel hace caso omiso y continúa.

-Si tenemos otro enfrentamiento será mejor que estemos preparados -dice Gabriel cuando vuelve.

Ahora porta un rifle. Le tiende otro con una empuñadura demasiado alargada a Aarón y mientras este adapta y prepara al arma, veo en sus ojos la intención de utilizarla muy pronto. También le tiende un cinturón con lo que parecen un par de granadas a Kurl. Con la pistola aún en la mano nos mira a Brais y a mí y sin decir nada se la guarda.

-¿No nos das un arma? -pregunto sin estar segura de si quiero llevar una.

-No tenéis entrenamiento de combate -dice muy serio-, prefiero que os mantengáis a cubierto.

Kurl parece aprobar su decisión, pero es patente que quiere que nos pongamos en movimiento. A un gesto de Gabriel, Aarón encabeza la marcha, seguido de Kurl, Brais, yo y con Gabriel cerrando la marcha. Aarón demuestra mucha seguridad. Aunque cojea, no hace ningún gesto de dolor y mantiene el ritmo como cualquiera de nosotros.

Hace un rato que no escuchamos ruidos de combate cuando llegamos a una zona de almacenaje, donde Gabriel nos informa que está nuestra salida. Es un pasillo muy ancho, casi bloqueado por numerosas cajas entre las que se distinguen diversos pasillos laterales. Aarón avanza lentamente, asomándose por cada abertura antes de continuar. Seguimos así durante bastante tiempo por el abarrotado almacén hasta que al fondo, entre las cajas, distinguimos una puerta metálica con una luz naranja parpadeando encima.

Aarón avanza hacia la puerta. Pasa junto la abertura de un pasillo lateral y escuchamos unos gritos seguidos de disparos. Me cubro instintivamente y cuando miro de nuevo a Aarón, este se ha introducido en el pasillo y está apostado en un contenedor protegido de los disparos. Gabriel se adelanta hasta la abertura y comienza a disparar.

-¡Pasad al otro lado y abrid la puerta! -grita Aarón.

En el acto Gabriel y Aarón comienzan a disparar con sus rifles, momento que aprovechamos para pasar al otro lado. Entre disparo y disparo escucho a la niña gritar. Kurl, protegido al otro lado la abertura intenta calmar a la niña pero no puede evitar estar pendiente del combate y veo en su cara la duda de ir a ayudarles o permanecer con la niña.

-¡Te cubro, sal! -grita Gabriel disparando.- ¡Aarón!

Ambos bandos siguen disparando, pero Aarón no retrocede.

-¡Aarón, vamos! -grita Gabriel desesperadamente.

-No vendrá -dice Brais en voz baja-, en él sólo puedo sentir ira y deseo de venganza.

Me lo quedo mirando apenas un segundo, tengo que avisar a Gabriel. Me giro hacia él y entonces el pasillo explota y Gabriel sale despedido hacia atrás. La cueva tiembla a nuestro alrededor y un ardiente resplandor nos lanza a Brais y a mí al suelo. Cuando abro los ojos, una nube de polvo lo cubre todo. Se distinguen fragmentos del techo derrumbados aquí y allá.

-¡Gabriel! -grito, aunque no escucho mi propia voz, sólo un incesante pitido que me daña el oído. No puedo verlo, el polvo hace que me escuezan los ojos. Noto como la mano de Brais me ayuda a levantarme mientras dice algo que no soy capaz de escuchar. ¿Me habré quedado sorda? Lentamente me incorporo, pero siento que el suelo gira a mí alrededor y me cuesta mantener el equilibrio. Avanzo hacia la zona de la explosión, medio a gatas, medio levantada.

Gabriel sale de la nube de polvo aturdido y tambaleándose de lado a lado. Apenas llega hasta mí lo abrazo con todas mis fuerzas, pensando que lo había perdido otra vez. Le sujeto la cara entre las manos para verlo bien. Tiene un corte en la ceja que sangra copiosamente y bastantes magulladuras, pero por lo demás parece estar bien. Él me mira con idéntica preocupación y al comprobar mi estado intenta alejarse hacia la nube de polvo. Trato de retenerle entre mis brazos, pero me mira muy serio y dice algo que no oigo.

Me mira confundido, parece que se acaba de dar cuenta de que tampoco puede oír. Me pone una mano en la mejilla, provocando que me tranquilice notablemente y hace un ademán con la cabeza, indicándome que regrese con Brais y Kurl. Luego se gira y, llevándose la mano al oído se dirige a la abertura del pasillo.

-Tenemos que marcharnos -escucho que dice Kurl cuando me reúno con ellos. El sonido aún es bajo, sepultado por el doloroso pitido, pero por lo menos vuelvo a oír-. Esa explosión atraerá a todos los soldados hacia aquí -al decirlo abraza un poco más fuerte a la niña, cuyo rostro es inexpresivo. De sus ojos siguen brotando lágrimas, pero parece que los sucesos la han dejado petrificada.

Brais está de acuerdo. Nos giramos cuando escuchamos los gritos de Gabriel. Entre el polvo que se va asentando, vemos los restos del pasillo bloqueado por los cascotes. Gabriel aparta los escombros del techo derrumbado mientras llama a gritos a Aarón. Kurl avanza un par de pasos pidiéndole a Gabriel que vuelva, pero al ver que no le hace caso, se detiene. Me acerco a él y le sujeto por los hombros.

-Gabriel -alzo la voz para que sea capaz de oírme por encima del pitido-, tenemos que irnos.

-Hay que ayudarle -grita él, dejando de apartar rocas e incorporarse para observar el derrumbamiento-. Si volvemos atrás podemos llegar hasta él por un pasillo lateral.

Tiene intención de volver por el pasillo, pero lo detengo.

-Gabriel, hijo... -no sé qué puedo decirle en este caso.

-¡Gabriel! -grita Kurl, acercándose un poco-. Vámonos, hoy ya ha caído demasiada gente.

Gabriel lo mira fríamente, pero no se mueve de su sitio. Kurl pone una mano en su hombro y se inclina un poco para mirarle cara a cara.

-Les daremos su merecida venganza, tienes mi palabra -dice Kurl en voz baja, mirándolo a los ojos-, pero hoy no. Hay personas que aún nos necesitan -hace un gesto hacia la niña que sostiene entre sus brazos y hacia mí.

Gabriel baja la mirada y lentamente asiente.

-Vámonos -dice con una mirada triste.

Kurl asiente y se dirige hacia la puerta metálica al final del pasillo. Brais nos espera donde le habíamos dejado y cuando Kurl llega hasta él camina a su lado. Gabriel y yo vamos detrás, pero él se adelanta pasa observar los siguientes pasillos laterales.

Se asoma a observar el pasillo y nos indica que continuemos. Pasamos otro más y llegamos al último.

-Despejado -dice bajando el arma y caminado visiblemente aliviado hacia la puerta.

Al pasar junto a la abertura, por el rabillo del ojo, veo una sombra apenas perceptible que se separa de la pared.

-¡Brais Swarths! -grita la sombra.

Brais se detiene a mi lado, paralizado. La sombra extiende un brazo hacia él y escucho un disparo. Instintivamente empujo a Brais, lanzándolo al suelo.

Siento un frio que me recorre y entumece todo mi cuerpo, hago un gran esfuerzo pero no soy capaz de abrir los ojos. Por un momento vuelvo a sentir como el amor me abraza, como me reconforta y me atrae hasta él… Iago.

-¡No! ¡Mamá! -escucho el grito lejano de Gabriel que se va apagando, siento su angustia y su desesperación. Noto sus manos, sus lágrimas sobre mí, como me llama entre sollozos, pero no puedo verle, intento mirarle una última vez pero no soy capaz.

Quiero ayudarle, calmarle, decirle que todo irá bien, pero la oscuridad me rodea y cada vez es más patente y densa. Una lágrima de impotencia brota de mis ojos, y con ella siento como se va todo el calor de mi cuerpo. Ahora solo noto el amor de Iago junto a mí.

-Iago… -digo con el alma- cuida de nuestro hijo.

Capítulo 22
Dcicon

-Señor -suena la voz por el comunicador-, el emisario Varkka ha llegado.

-Hazle pasar -apago el comunicador y miro a Héctor que sabe perfectamente lo que le voy a decir-. Puedes retirarte.

Asiente y se marcha por la puerta del fondo hecho una furia. Cuántas veces hemos pasado por esto y en todas y cada una de ellas se enfurece como la primera vez. La puerta se abre y el arrogante elnath entra con paso lento y engreído. Como siempre viste una de esas caras túnicas que sólo los aristócratas y pomposos como su padre suelen llevar.

-Emisario Varkka, bienvenido a la estación Lagranma -digo al tiempo que hago la leve reverencia.

-Querido Dcicon -dice con evidente falsedad mientras hace también la reverencia. Nuestras frentes se tocan y como era previsible solo me deja sentir una vacía sensación de fraternidad, lo mismo que hago yo-, que alegría volver a verte.

-Espero que haya tenido un viaje agradable -digo cuando nos separamos.

-Viajar al límite exterior siempre es un suplicio -dice haciendo un gesto de desdén-, pero se ha hecho bastante más... interesante cuando he escuchado las últimas noticias de este planeta.

Me dirige una sonrisa, pero en sus ojos veo cómo me evalúa constantemente. Entiendo que no aprueba el ataque a los rebeldes humanos, pero intento no desvelarlo, estoy seguro de que no tardará en sacar el tema. Antes de continuar la conversación le invito a sentarse.

-¿Le apetece tomar algo? -digo cuando nos sentamos uno frente al otro.

-Por favor, dejemos las cortesías y vayamos al asunto que me ha traído a este desagradable planeta -dice de repente muy serio-. El asalto contra los rebeldes ha sido una imprudencia. Deberías habernos avisado.

-Tuve que aprovechar la oportunidad que se me ofreció -digo igualando la frialdad de su mirada-, no había tiempo para dudar. Además por lo que tengo entendido el movimiento nos ha sido muy favorable -ahora es mi turno de mirarle con acritud.

-Efectivamente la noticia pasa de planeta en planeta, y con cada uno la historia aumenta en magnitud, las bajas del Orden son mayores y los humanos son más temibles -hace una pausa-. Este ataque ha reavivado el temor que inspiran los humanos por todo el espacio del Orden, eso te lo concedo. Pero involucrar a las fuerzas del Orden ha sido un movimiento muy arriesgado.

-Mis agentes lo tenían todo controlado -digo con indiferencia.

-Exacto, tus agentes -su tono ya no es serio, ahora es de enfado-. Te estás extralimitando en tus funciones, no es la primera vez que te advertimos. Tus jueguecitos con los senadores están empezando a entrar en conflicto con nuestras negociaciones. Ese es nuestro trabajo, no el tuyo. Llevamos miles de años haciéndolo.

-Permítame la franqueza, emisario, pero yo no dispongo de la paciencia que tenéis en el Óbice, creí que sería mejor acelerar las cosas.

Por primera vez no puede controlar sus emociones y siento su ira durante un instante. Es cierto que ya me han avisado y que no les he hecho caso, pero es la forma perfecta de enmascarar mis negocios en la estación solar a sus ojos. Solo un puñado de los sobornos o coacciones tiene que ver con los humanos, esto me corrobora que lo estamos haciendo bien, no han sido capaces de ver lo demás.

-No te sobrevalores -dice inclinándose hacia mí-, hasta ahora lo has hecho bien, pero si sigues haciendo esto por tu cuenta y algo sale mal estás solo, no nos tendrás para respaldarte. Recuerda que fuimos nosotros los que te pusimos donde estás ahora, ni siquiera tu propio padre te dio su apoyo como dirigente del Orbe. Si quieres seguir en tu puesto será mejor que empieces a informarnos de tus operaciones. De todas.

-Entiendo su preocupación emisario Varkka -bajo la mirada, toca claudicar, al menos durante esta conversación, ellos seguirán intentando controlarme y yo seguiré llevando a cabo mis operaciones, los dos lo sabemos-, pero le aseguro que mi compromiso con la causa es indiscutible, si obro así es por aprovechar las oportunidades y no retrasarlo todo con tanta burocracia.

-Está bien -dice recobrando un poco más la compostura-, por fortuna hemos sabido aprovecharnos de la situación. Queda un último paso y por fin podrás cumplir aquello por lo que nos buscaste.

-¿Un último paso? -digo intentando disimular mi desconcierto, mi obcecación con la búsqueda de Brais me ha distraído de las repercusiones que he causado.

-El Orden realmente no sufrió tantas bajas como dicen las noticias -dice echándose para atrás en su asiento-, pero ha recordado a todos la labor que se lleva a cabo en este planeta. La toma de este planeta nunca fue demasiado importante para ellos, solo intervinieron porque los elnath lo exigimos, y después de cinco mil años es normal que se hayan olvidado del tema. Simplemente carece de interés para ellos -vuelve a inclinarse hacia delante-. Pero este ataque se lo ha recordado a todos, y ahora tenemos los votos necesarios para actuar.

-¿Cuándo ocurrirá? -digo demasiado rápido llevado por la excitación.

-El senador Vizho presentará la propuesta al consejo en la próxima sesión. Tú estarás allí y darás tu valoración como dirigente del Orbe. Les informarás de lo perversos que son los humanos y los senadores estarán a favor de su erradicación -dice con una sonrisa de satisfacción.

La erradicación de los humanos… ¿Cuánto tiempo llevo luchando por ello? Realmente nunca creí que llegaría a verlo. Por fin el universo se verá libre de esta despreciable raza. Aunque quizá llega antes de lo debido, aún quedan algunos cabos sueltos en la estación solar. Nada realmente preocupante, pero me gustaría haberlo solucionado antes de que se decida qué pasará con este planeta cuando todo haya acabado.

-El senador Vizho se pondrá en contacto contigo dentro de un día o dos continua Varkka sacándome de mis pensamientos-, te hará la solicitud formalmente, pero te sugiero que prepares cuanto antes los informes, al Óbice le gustaría verlos antes de que se expongan a la cámara, asegurarnos de que todo se hace como es debido.

-Descuide, llevo años preparando este momento -engreído, quién se cree que es para decirme cómo hacer mi trabajo, si todo sale bien será el primero al que ponga en su sitio-. El Óbice puede confiar en mí, no os decepcionaré.

-Hablando de decepciones -dice inclinándose hacia delante y mirándome maliciosamente-. Estuvimos a punto de intervenir cuando nos enteramos de que el Orden iba a por tu hijo. ¿Qué se sabe de él? Nuestras fuentes no tienen constancia de que lo capturasen, pero allí abajo podría haber ocurrido cualquier cosa.

-Está muerto -digo cortante-. Se quitó la vida antes de que lo capturasen. Esas eran sus órdenes.

-¿Ordenaste suicidarse a tu propio hijo? -pregunta desconfiado-. Por lo que teníamos entendido, a tu hijo no le sentó muy bien lo que hiciste con su abuelo e iba a renegar de ti.

Su mirada de superioridad me hace hervir la sangre. Sé que me tienen vigilado, parece que con algún confidente más de los que habíamos detectado. No le daré la satisfacción de verme recular.

-No discutiré que mi hijo no entendía el peligro que entrañaba Unwei -digo mirándolo fríamente-, pero no toleraré que pongáis en duda nuestra lealtad. La operación se llevó a cabo de forma tan impecable que vuestros espías no fueron capaces de distinguir la verdad.

-Utiliza tus recursos como quieras Dcicon -dice con voz tranquila, se levanta y su voz se torna más amenazante-, pero la próxima vez asegúrate de mantenernos informados.

Lentamente se gira y se dirige hacia la puerta dándome la espalda. Un balazo en la cabeza, eso es lo que se merece, tengo la pistola aquí mismo, en el cajón. Algún día... Reprimo mis sentimientos y me levanto para acompañarlo a la salida.

-Un último paso y culminaremos el trabajo por el que nuestros antepasados lucharon -dice con regocijo-. Todo el planeta Elnath te estará observando cuando des la alegación definitiva -se detiene y se inclina a modo de despedida.

-No os defraudaré -me inclino y nuestras frentes se tocan, transmito mi férrea determinación, pero él no muestra ningún atisbo de emoción.

-No lo pongo en duda -dice altivamente-. La próxima vez quizá podríamos tratar esos pequeños asuntillos que aún no nos has contado.

Me mira fría y amenazadoramente antes de darse la vuelta y marcharse.

La puerta se cierra y aún tengo que contener mi ira porque podría sentirla. No sé qué están tramando, pero me tienen vigilado a unos niveles que no sospechaba. Después de tanta preparación todo recae en un simple informe firmado por mi mano, han dejado claro que ese es todo el valor que tengo, y nada más. Una vez se presente carezco de importancia, soy prescindible.

Noto como crece en mí la tentación de ir a por la pistola y acabar con él. Engreídos, sin mí no habrían conseguido nada. Se limitan a regodearse desde sus sillones mientras que ordenan que haga su trabajo por ellos.

Respiro intentando tranquilizarme. Solo son una herramienta, me repito una y otra vez. Cuando todo acabe ya no me necesitarán, pero yo tampoco los necesitaré a ellos. Algo más calmado y con el principio de un plan en la cabeza me vuelvo hacia mi despacho, pero en la silla está sentado Shaezz.

-¿Por qué has tardado tanto? -grito sin poder reprimir mi rabia y pasando por alto su desfachatez-. Debías haber informado hace dos días. ¿Qué ha pasado?

-Usted me paga por infiltrarme en sitios imposibles -dice reclinándose hacia atrás en la silla y poniendo los pies en la mesa-, debe comprender que no siempre es fácil volver a salir de allí.

Me acerco a su lado hecho una furia y le indico con la mirada que se levante de la silla, hoy no estoy para juegos.

-No se equivoque, señor Swarths -dice con su mirada rojo intenso fija en la mía que hace que un escalofrío recorra mi espalda. Aun así no aparto la mirada-, yo no soy uno de sus subordinados a los que puede hablar de cualquier manera. Estoy aquí porque usted me necesita y yo he aceptado el trabajo. Por el bien de todos, espero que mantengamos las formas.

Dicho esto, se levanta y me ofrece la silla, rodea la mesa y se sienta en uno de los sillones junto a la pared. Cuando vuelve a mirar hacia mí, su mirada se ha relajado, sus iris se han vuelto amarillo claro y muestra su actitud habitual.

-Los intercepté cuando estaban evacuando la instalación -dice Shaezz como si nada hubiera pasado-. Su hijo y la mujer están muertos, el maensiano y otro rebelde que iba con ellos fueron heridos de gravedad -una sensación de tristeza y dolor recorren mi cuerpo. Por un segundo se apodera de mí, pero dejo que mi ira lo eclipse.

-¿Los has dejado vivos? -pregunto furioso mientras me siento.

-Lo justo para que vean un amanecer más -dice tan convencido que por un momento me cuesta dudar de su palabra-, en la selva no tardarán en caer.

-No me satisface esta noticia, pero ahora hay asuntos más importantes que el maensiano -el cruxor permanece callado sin variar su expresión-. El elnath con el que he estado reunido, él o su organización tienen espías a mí alrededor. Quiero sus nombres, ante quién responden, quiero saberlo todo sobre ellos.

-¿Alguna eliminación?

-Sólo si eres descubierto, cosa que no quiero que pase.

-Creía que tenía sus propios espías para este tipo de tareas -el cruxor muestra una sonrisa maliciosa.

-No puedo fiarme de ellos ahora -su mirada me enfurece-. Tampoco tú me inspiras mucha confianza, pero al menos nadie te controla.

-De acuerdo -dice mientras se levanta-, localizaré a los informantes, pero requerirá tiempo.

-Los quiero en nueve días.

-Justo antes de la reunión del consejo del Orden -dice, haciendo ver que está al corriente de todo-. Tendrá su informe.

Se gira y sale por la puerta principal. En el pasillo siempre hay gente, pero estoy seguro de que nadie le verá salir. Otro más que parece estar al tanto de mis asuntos. En este caso sé que es por su habilidad y no por un descuido, pero no puedo dejar de preguntarme cómo se han podido enterar. ¿No ha servido de nada crear compañías inexistentes y falsas identidades? Si una panda de delincuentes ha podido averiguarlo de forma clandestina, que no podrá hacer el Orden si investigasen de forma seria.

Me siento en la silla, y tras unos minutos Héctor se sienta frente a mí.

-Necesito que compruebes nuestra tapadera -digo con cansancio en la voz-. Demasiada gente parece estar al tanto.

-Padre -dice en tono confiado-, la red es segura.

-No podemos confiarnos, ha habido filtraciones -Héctor me mira alarmado-. He mandado al cruxor a ocuparse de ello.

-Puedo hacerlo yo -dice con entusiasmo-, puedo encontrar a esos traidores.

Le hago un ademán con la mano para que lo deje.

-Haz lo que te he pedido -le digo con voz monótona.

Antes de que responda, le indico que se vaya con la cabeza. Duda un instante, pero se despide y se marcha de nuevo por la habitación trasera. Aguardo un momento para asegurarme de que estoy solo. Poco a poco mi odio y frustración se disipan, no puedo luchar contra la tristeza.

Busco la bolsita de piel que siempre llevo colgada al cuello y saco la gema de ewha que contiene. En cuanto mi mano entra en contacto con ella, la tristeza y la pena se hacen casi insoportables.

-No esperaba que esto terminara así -digo frotando la gema con el pulgar-. Tenía que haberme hecho caso. Soy su padre, quería lo mejor para él -noto como las lágrimas brotan de mis ojos-. Siento mucho lo que le he hecho a nuestro hijo.

Al decirlo, entre toda la tristeza, el dolor y la pena, despunta una punzada de odio. Me concentro en ese odio y lo aprovecho para escapar de la vorágine de sentimientos por Brais. Vuelvo a guardar la gema en la bolsa de piel. Al no entablar contacto físico, las emociones emitidas por la piedra pierden intensidad, pero no por ello deja de alcanzar una magnitud terrible.

Abro los pliegues de mi túnica para volver a guardar la bolsita, pero me detengo. Sus emociones ahora son muy fuertes. Demasiado. Arranco la bolsita de la cadena que la sujetaba y la dejo en un cajón del escritorio.

-Lo siento Drina, pero con la muerte de nuestro hijo, no creo que sea capaz de controlarte.

Capítulo 23
Gabriel

El cuchillo rasga trazos mecánicamente sobre la superficie del árbol. Pasa de un movimiento al siguiente de forma lenta y constante. Finalmente se detiene, no hay más letras que escribir:

"Tu hijo nunca te olvidará"

Bajo la mirada. Las virutas de madera se mezclan con la tierra que cubre la tumba de mi madre. Intento apartarlos inútilmente sin poder parar de pensar en ese pasillo vacío. Podría haberla salvado si hubiera visto aquella sombra, nunca me lo perdonaré.

Vuelvo a mirar la frase grabada en la madera. No es suficiente para ti. Después de todo lo que has pasado para volver a mi lado nada es suficiente. Las lágrimas brotan en mis ojos y me apresuro a limpiar de corteza la superficie del árbol. No es justo, deberías estar aquí conmigo.

Me detengo y permanezco arrodillado junto a su tumba. Me seco las lágrimas y veo mis manos manchadas de tierra. Vuelvo a ver el pasillo y una sombra que brota de entre las sombras. Las lágrimas paran y cojo con más fuerza el cuchillo. Si estuviera al alcance de mi hoja… él y todos los añanchi que…

-Gabriel -una mano toca mi hombro e instintivamente me vuelvo y apuñalo. Noto que me agarran la muñeca como si fuera una tenaza y me la retuercen, obligándome a soltar el cuchillo que cae al suelo y toda la escena se queda en silencio.

-Tranquilo -dice Yuri con voz baja pero firme.

-Lo siento -digo al reconocerlo, siento vergüenza por mis actos y me levanto, separándome un paso de él-, me has sorprendido.

Me mira fríamente durante un instante y sin apartar la mirada:

-Entrad, ahora vamos nosotros -a su espalda cuatro soldados que lo acompañan se miran entre ellos dubitativos antes de obedecer e irse-. Haces bien al estar alerta aquí fuera -me dice mientras relaja su postura-. Y más cuando es un sitio en el que sabes que no deberías estar.

Aparto la mirada, los otros lo dijeron al llegar, que no saliéramos de la cueva, pero nada me mantendrá alejado de ella.

-Se por lo que estás pasando, pero…

-¿Lo sabes? -lo interrumpo bruscamente- ¿Sabes lo que es que te arranquen de los brazos de tu madre cuando solo era un niño, crecer solo en un mundo extraño? Luchar día a día contra una muerte segura, perdiendo todo atisbo de esperanza y humanidad sólo para divertir a aquellos que me capturaron. Y cuando ya no hay futuro posible, más allá del siguiente combate, mi madre aparece, tras años convencido de que no volvería a verla. Aparece para rescatarme de mi prisión, para devolverme mi esperanza, mi humanidad, y para qué. Para volver a perderla otra vez, viéndola morir entre mis brazos -la ira recorre todo mi cuerpo, puedo sentir cada oleada como si fuera tangible-. Perdona que te lo diga, pero no sabes una puta mierda.

-Sé lo que es perder a un ser querido -dice con voz firme sin apartar su mirada-, y no puedo imaginarme el dolor de perderlo dos veces. Piensa que el día en que te rescatamos, tu madre te volvió a dar la vida. Se sacrificó para darte otra oportunidad, aprovéchala.

Sus palabras son como una bofetada en la cara.

-Mi madre no se sacrificó por mí -casi escupo esas palabras-, lo hizo por ese asqueroso añanchi.

-Sin ese asqueroso añanchi tu madre y tú nunca os habríais encontrado -dice sin alterar el tono-. Ese añanchi ha renunciado a su vida por tu madre y por ti sin pedir nada a cambio. Es el único extraterrestre que ha hecho algo bueno por un humano. Para bien o para mal tu madre tomó una decisión muy valiente, tendría sus motivos, deberías respetarlos y cuando el odio te deje, comprenderlos.

Sus palabras me duelen y aunque sé que en parte tiene razón, no puedo evitar odiarlos por todo lo que nos han hecho. La mirada de Yuri se suaviza. Recojo el cuchillo del suelo y miro su hoja.

-¡Señor! -llama uno de los soldados saliendo apresuradamente de la cueva-. Le necesitamos dentro.

Yuri me mira fijamente y señala con la cabeza la entrada.

-¿Vamos?

-Dame un minuto -digo con voz serena-, necesito despedirme.

Me mira durante un instante, calibrando su confianza en mí. Asiente y se aleja hacia la cueva. En ningún momento vuelve a mirar atrás.

Nuevamente a solas me giro hacia la tumba. Por mi mente pasan imágenes de ella, de cuando la perdí cuando era niño, de su cuerpo sin vida entre mis brazos, de su sonrisa al reencontrarnos.

-Madre… -miro mi mano. Casi sin ser consciente he cogido con fuerza la hoja del cuchillo y ahora brota sangre, tiñendo palma y hoja de rojo vivo. Aprieto aún más fuerte, saboreo el dolor y pongo la mano manchada de sangre sobre la madera tallada-. Madre, haré que los que nos hicieron esto paguen con su vida.

Hecho el juramento me despido de ella y hago un esfuerzo por alejarme de allí. Me adentro en la cueva unos pocos pasos cuando llegan hasta mí voces y gritos del interior. Mis ojos aún no se han adaptado a la oscuridad, pero acelero el paso.

-¿Nos apuntáis a nosotros? -grita un hombre-. Matadlos a ellos, todo esto es por su culpa.

Veo la luz de la cámara principal y me acerco corriendo. La situación es extrema. A un lado están los supervivientes, furiosos, algunos armados con palos, piedras y pequeñas porras de madera. Al otro Brais, postrado en el saco de dormir en el suelo, aún inconsciente, y Kurl a su lado, de pie e imponente con su arma en las manos. En medio de los dos grupos los soldados, con Yuri a la cabeza, intentan resolver la disputa. Algunos soldados apuntan con sus rifles a los hombres armados para evitar que se acerquen.

-Calmaos y alejaos -intenta hacerse oír Yuri.

-Cada minuto que pasan aquí nos ponen en peligro -grita una mujer.

-Matadlos, nos han traicionado -grita otro.

Los demás gritos son incomprensibles, la tensión va en aumento, en cualquier instante la muchedumbre dará un paso adelante, y no creo que los soldados lleguen a disparar a los suyos.

Yuri se fija en mí y veo preocupación en sus ojos. Lentamente su mano va hacia la pistola que lleva a la cadera. No llega a cogerla pero permanece preparado. Por el griterío no lo escucho, pero en sus labios leo que dice mi nombre. Otros hombres me miran y parecen coger ánimo en su causa.

-Acaba con ellos chico, mataron a tu madre -me grita uno de los supervivientes.

Bajo la mirada y veo mi mano ensangrentada sosteniendo el cuchillo. Ni siquiera era consciente de que no lo había guardado. La sangre gotea por la hoja. Miro a Yuri y ahora entiendo su cara de preocupación. Kurl me observa esperando una reacción. Mi mente está en blanco y sin saber qué hacer a continuación doy un paso hacia el grupo.

La muchedumbre me aclama y la sangre hierve en mis venas. Mi mente retrocede en el tiempo, vuelvo a estar en la arena, donde tengo que matar o morir.

Sigo caminando directo hacia los soldados, atravesando el grupo enfervorecido. Algunos me gritan arengas, otros me dan palmadas al pasar a su lado. El odio de todos y cada uno me envuelve y me empuja hacia delante. Al llegar a la cabecera del grupo tengo los puños apretados tan fuerte que la sangre casi se ha cortado. Doy otro paso hacia los soldados y esta vez todo el grupo me sigue. Los soldados nos apuntan y nos ordenan retroceder. Yuri me mira con preocupación, con la pistola cogida con las dos mano pero apuntando al suelo.

Me acerco un paso más y lentamente me doy la vuelta. La muchedumbre me mira extrañada.

-Alejaos de ellos -digo en voz baja, las palabras casi no salen de mi garganta, no puedo creer lo que estoy haciendo.

El grupo se detiene y murmuran entre ellos.

-¡Que os alejéis! -grito al tiempo que levanto el cuchillo amenazante.

El grupo retrocede unos pasos y me miran indignados. Murmuran entre ellos, algunos siguen gritando pidiendo la muerte de los añanchi. Uno de ellos esgrime un palo hacia mí.

-Vaya forma de deshonrar a tu madre -dice el hombre escupiendo odio por la boca-, muere por su culpa -señala a Kurl y a Brais-, y ahora tú los defiendes. Debe estar retorciéndose en su tumba.

Antes de que acabe la frase, me he adelantado dos pasos y sujeto el cuchillo fuertemente contra su yugular.

-Si vuelves a mencionar a mi madre te corto el cuello -digo con la voz cargada de furia.

Sus ojos se desorbitan de terror y una fina línea de sangre surge de su cuello. El estallido de adrenalina, la sensación del miedo de un enemigo vencido, vuelvo a sentirme como en la arena. Sus compañeros retroceden a su vez.

-¿No se ha derramado ya demasiada sangre? -escucho una voz profunda pero tranquila a mi lado.

Kurl se encuentra allí, desarmado frente a la muchedumbre. Desprende calma y confianza. Aflojo mi presa y Kurl no tarda en introducir una mano entre mi objetivo y yo, obligándome a alejarme y colocándome a su espalda. Nos mira de reojo a mí y a los soldados, instándonos a alejarnos. Yuri levanta su arma hacia él, aunque a Kurl no parece importarle. Los demás soldados mantienen la posición, pero no saben a quién apuntar, unos apuntan a Kurl, otros a la muchedumbre, uno me apunta a mí y otros al suelo.

En la muchedumbre se miran unos a otros, viendo su posibilidad de conseguir algo de sangre añanchi. En sus rostros veo duda, ciertamente sienten odio hacia ellos, pero no dudarían tanto si ante ellos estuviera Brais y no el gigantón que les dobla en altura.

En mitad del momento de tensión se escucha el chillido de una niña. Una mujer pide a la niña que vuelva, pero casi al instante, de entre la muchedumbre sale corriendo la niña pequeña que rescatamos durante el ataque. La pequeña corre sin que los otros puedan detenerla y se abraza a la pierna de Kurl. Kurl pone una de sus grandes manos sobre la niña de forma protectora y espera la reacción del grupo.

-Aparta de ahí niña -grita uno de ellos.

-¡No! -chilla ella apretando su carita contra la pierna de Kurl.

-Tu familia murió por su culpa, -grita otro- ¿no te das cuenta?

-Ellos me sacaron de allí, no vosotros -dice sollozando-. Vosotros me dejasteis sola.

El grupo se queda callado. Algunos bajan la mirada, otros refunfuñan. Parece que la situación se ha estancado, no van a hacer nada con la niña de por medio.

-Valientes malnacidos -dice uno de los cabecillas señalando a Kurl-, escondiéndoos detrás de una niña pequeña. Esto no ha terminado -dice dirigiéndose a Yuri-, o te los llevas de aquí o las cosas acabarán mal.

Yuri no responde, el hombre mantiene su mirada furiosa. Poco a poco la muchedumbre se dispersa retrocediendo al otro extremo de la caverna. Ojos maliciosos siguen contemplándonos desde las sombras lejanas. Los soldados bajan sus armas pero permanecen en alerta unos instantes. Kurl se arrodilla y abraza a la niña.

-Gracias -le dice en carhuí de forma bastante torpe.

La niña no dice nada y sigue abrazando a Kurl unos segundos más, hasta que éste se levanta.

-Por un momento creí que ibas a hacer una locura -dice Kurl dirigiéndome una mirada severa.

-Por un momento yo también lo pensé.

Yuri pone una mano en mi hombro y veo aprobación en sus ojos.

-Esto se nos está yendo de las manos -dice una voz de mujer tras nosotros.

-Antia -dice Yuri haciendo una pequeña reverencia-. Me temo que la situación en los otros refugios no es mucho mejor, aún sin la presencia de nuestros amigos -hace un gesto hacia Kurl.

La consejera mantiene su postura elegante y erguida, pero su mirada es triste y cansada. Viste la túnica blanca que llevó en el último consejo, pero está rasgada y manchada.

-¿Habéis encontrado a Eva? -dice preocupada.

-No -Yuri hace un gesto a sus hombres que se separan y toman posiciones más relajadas, nosotros nos dirigimos hacia una mesa apartada-. Muchos aseguran que la vieron caer, varios grupos nos hemos adentrado en el complejo en ruinas y no la hemos encontrado entre los cuerpos que sacamos.

Antia baja la mirada apenada.

-¿Habéis contactado con algún puesto avanzado?

-Conseguimos lanzar la señal de que estábamos bajo ataque -dice Yuri apoyándose contra la pared-. Según el protocolo no podemos entablar contacto hasta que lleguemos al Santuario.

Antia asiente. Conoce perfectamente el protocolo, pero guarda esperanzas de que alguien de los puestos avanzados venga a sacarnos de aquí.

-¿Alguna orden de Ceyaotl?

-Mantener la posición hasta que las últimas patrullas añanchi se vayan.

La consejera se hunde visiblemente. Se nota que toda esta presión la está afectando mucho. El grupo permanece en silencio, sin saber qué más decir en esta difícil situación.

-¿Qué te ha pasado? -dice la consejera sujetándome la mano y observando la herida. Abro la boca, pero ningún sonido sale de ella, no puedo decirle que me lo hice yo mismo-. Ven, hay que curarlo antes de que se infecte.

Me conduce a la pequeña zona destinada a los heridos y busca entre los escasos suministros mientras me indica que me siente.

-Has sido muy valiente -dice mientras me limpia la herida.

La miro escéptico sin decir nada.

-Lo más fácil es ceder a tus impulsos -continua-, y con todo lo que has pasado tenías motivos de sobra.

-Matarlo no habría solucionado nada -digo con voz débil.

Permanecemos callados. Pienso en lo que ha pasado mientras ella atiende la herida. Entré en la cueva convencido de que acabaría con él, pero no sé cómo todo ha acabado así. Iba decidido a hacerlo y todo ese odio me empujaba a ello... pero algo me decía que estaba mal. Madre, espero que tengas razón.

-Ya está -dice la consejera apretando el vendaje.

Le doy las gracias, recoge las vendas y demás cosas y me deja allí sentado, mientras se va a atender a otro superviviente. Cuando llegamos había muchos heridos. Ella se ocupó de todos, ninguno sabíamos que tuviera esa clase de conocimientos, pero no lo ha hecho mal desde entonces.

Abro y cierro la mano acomodando las vendas y siento el pinchazo de la muñeca rota en la arena, bajo la férula azulada ahora manchada con mi sangre. Mis pensamientos vagan sin rumbo e inconscientemente me aprieto la herida con el pulgar de la otra mano. Siento el dolor a través de la venda que me recuerda mi promesa. ¿Y ahora qué? ¿Hacia dónde continuar?

-Consejera -llama Yuri, situado cerca del camastro de Brais junto a Kurl y la niña-. Me parece que su pequeño paciente se está despertando.

Antia se apresura a comprobar su estado. Me levanto y voy lentamente hacia allí sin saber muy bien qué debería hacer. Todo son palabras de alegría y sonrisas mientras que el elnath apenas ha abierto los ojos sin ser consciente de lo que pasa. Me detengo ante él, de pie, mientras que los demás están arrodillados.

Brais pasa su mirada de uno a otro y mueve la boca como si quisiera decir algo pero sin emitir ningún sonido. Lentamente detiene sus ojos en mí, muestra una leve sonrisa, pero rápidamente es reemplazada por un gesto de preocupación. Intenta incorporarse y hace grandes esfuerzos por hablar. Antia intenta hacer que se tranquilice.

-¿Dónde está Julia? -consigue decir al fin con voz áspera y débil. Me mira fijamente a los ojos y siento en él una profunda preocupación. Al ver que no le respondo se lo pregunta a Kurl angustiado-. Kurl, ¿dónde está?

-Por favor dejadnos solos -nos pide el maensiano.

-¿Qué? No, no, no puede ser -el pequeño elnath se retuerce en su saco, llora e intenta gritar con su débil voz. Kurl le sujeta y nos hace gestos para que nos alejemos. La tristeza que me invade es tal que me paraliza y hace que las lágrimas broten de mis ojos. Reconozco esta sensación, yo también la he sentido antes.

Yuri me sujeta por un hombro y me hace alejarme. Por más que me alejo la intensidad es abrumadoramente potente. Desde la distancia lo miro, debatiéndose entre los brazos del maensiano. No puedo oírle, pero siento a su alma gritar con una intensidad que no lograría ninguna voz.

Capítulo 24

Brais

Repaso las marcas en el árbol manchado de sangre con los dedos. Por mucho que me duela la herida del pecho no es comparable con el dolor que siento en el alma. La herida cicatrizará, pero tu pérdida no sanará nunca.

¿Por qué te pusiste en medio? El disparo era para mí, yo era el que debería estar aquí enterrado y tú estar ahí dentro con nuestro hijo. Llegué a soñar con tener una vida junto a ti, y en vez de eso solo te la he destrozado. Es todo por mi culpa, por mi egoísmo. No fui capaz de alejarme de ti, de dejarte vivir tu vida.

Pongo una mano sobre la tierra y cierro los ojos. Me concentro desesperadamente en sentir algo, alguna emoción procedente de ella. Mis dedos se aferran al suelo cada vez con más fuerza y las lágrimas vuelven a brotar de mis ojos. Ojalá pudiera sentirte una vez más.

En respuesta a mis ruegos siento levemente su alegría y su amor. Es una mera reminiscencia proveniente de la gema que sostengo en la mano, solo un reflejo fugaz de lo que fueron sus verdaderas emociones. Casi hago un gesto de dolor al comprender que lo único que me queda de ella es un recuerdo infinitamente menor a lo que en verdad era. Me enfurezco con el abuelo por mostrármelo y dejo caer la piedra al suelo.

Me invade la soledad. No tengo fuerzas ni para levantarme. Y aunque las tuviera, a dónde ir, por qué continuar.

"Iago…-casi puedo volver a escuchar sus últimas palabras- cuida de nuestro hijo".

234

Me pidió que cuidara de Gabriel... Dijo Iago, no Brais. Me miró a los ojos y me lo pidió. ¿Cómo puedo cuidar de él si no me quiere a su lado?

-Brais -escucho la voz de Kurl a mi espalda. Me giro sobresaltado, estaba tan abstraído que ni siquiera lo he sentido acercarse-, ¿estás mejor?

Lo miro un instante sin saber que responderle. Decido dejar que se acerque, pero mi boca no emite ningún sonido. Asiento con la cabeza, Kurl se arrodilla a mi lado junto a la tumba y permanecemos unos instantes en silencio.

-¿Cómo está tu herida? -dice calmadamente.

Sin apartar la vista de la tumba me llevo la mano a la herida del pecho. Por un momento vuelvo a verla sobre mí, mirándome fijamente.

-La herida es lo que menos me preocupa ahora -digo con gran esfuerzo. Kurl me mira visiblemente consternado, por fin aparto la vista de la tumba y le miro con una sonrisa triste-. Me curaré.

El silencio vuelve a rodearnos.

-La echaré de menos -dice Kurl, yo asiento, más para mí que para él y permanezco callado-. Pocos seres he visto tan valientes.

-Me pidió que cuidara de Gabriel -digo con mi voz rasposa.

-Cuidarlo... ¿Cómo su padre? -responde, sabiendo como siempre lo que me preocupa.

Asiento.

-¿Cómo voy a cuidar de él si me odia, Kurl? Ni siquiera me quiere a su lado.

-¿A caso es necesario estar junto a alguien para protegerlo? -le miro sin comprender- Brais, no sé si el Orden piensa que estás muerto o continua buscándote, pero aún eres un objetivo.

-No soy un objetivo para el Orden, lo soy para mi padre -solo pensar en él hace que me hierba la sangre-. El Orden es solamente una herramienta más para acabar conmigo.

-Razón de más para alejarnos de Gabriel, de todos los humanos. Marchémonos lejos y olvidémonos de todo.

-Nos iremos -le miro fijamente, con más determinación de la que he tenido en toda mi vida-, pero te aseguro que mi padre pagará por todo lo que ha hecho.

Kurl me mira perplejo.

-Haría exactamente lo mismo que tú -dice intentando tranquilizarme-, pero ahora no es el mejor momento para pensar en esto. Hay que ir paso a paso, y lo primero es alejarnos de aquí, tienes que recuperarte.

-Puede que tengas razón -miro al suelo, el dolor y el cansancio pueden más que la ira y el sentimiento de venganza.

Vuelvo mi mirada hacia el árbol, las palaras marcadas en la corteza manchada de sangre. Sangre es lo único que he traído, tanto a la vida de Julia como a la de los otros humanos.

Recojo la piedra de ewha e intento levantarme. Me faltan las fuerzas y las piernas me flaquean, pero apoyándome en Kurl lo consigo. Me dispongo a avanzar, pero mis piernas no se mueven. Caminar hacia dónde. A dónde puedo ir ahora, para qué. Todo lo que tenía ha quedado destruido, y allá a donde vaya esa destrucción me seguirá.

La debilidad hace que me flaqueen las piernas de nuevo, pero Kurl me sujeta por la espalda.

-Tranquilo -dice Kurl-, como decía el sabio Unwei Swarths, en la oscuridad más intensa es donde más brillan las luces.

Me siento un poco reconfortado, sabiendo que Kurl me acompañará allí donde vaya. La piedra me transmite confianza para avanzar. Con la ayuda de Kurl doy un primer paso y poco a poco nos dirigimos hacia la cueva. En mi mente todo es nebulosa y no veo más allá de lo que habrá tras el siguiente paso, pero en Kurl siento una confianza que me reconforta. Parece que tiene claro lo que hay que hacer, por lo menos uno de los dos lo tiene.

-¿A dónde vamos a ir, Kurl?

-Sinceramente, no sé ni cómo vamos a salir de esta selva. Pero lo primero será alejarnos de los humanos. Yuri dijo que el Orden rastreó todo el complejo. Al no encontrar nuestros cuerpos seguirán buscando, así que será mejor desaparecer una temporada.

Según nos adentramos en la cueva, sentimientos de odio, ira, miedo y tristeza llegan hasta mí en oleadas. Al cruzar la abertura que da a la caverna principal el grupo de humanos nos mira con rencor. Kurl tiene razón, tenemos que alejarnos de ellos cuanto antes.

236

Nos dirigimos hacia lo que hasta ahora ha sido mi camastro, un saco de dormir revuelto con sabanas en el suelo. En otro de los camastros duerme Mica, la niña que sacamos durante la huida. Junto a ella, sentados en el suelo, Gabriel y Antia hablan en voz baja. Siento cierta complicidad entre ellos.

Antia nos ve llegar y se acerca a nosotros. Gabriel la sigue y cuando nuestras miradas se cruzan veo en sus ojos una tristeza que no me deja leer en sus emociones.

-¿Cómo estás? -pregunta Antia con evidente preocupación. Oficialmente nadie me ha dicho lo grave que estoy, pero me temo que es más de lo que creo.

-Bien, solo estoy un poco cansado.

-Túmbate ahí, déjame ver.

Estoy demasiado cansado para discutir con ella por esta tontería, así que me tumbo y la dejo hacer. Retira los vendajes manchados de sangre y observa con cara consternada.

-Será mejor que no te muevas mucho o la herida no se cerrará.

Me unta una pomada que saca de una de las mochilas, uno de los pocos suministros médicos que pudieron llevar consigo.

-Mañana vendrán a buscarnos para llevarnos al refugio -dice Antia tras un momento de indecisión, nos mira a Kurl y a mí como si fuera a decir algo más, pero en su lugar rebusca en la mochila y saca unas vendas limpias-. Sé que dijeron que ahora formabais parte de nosotros, pero…

-Tranquila -le digo cogiéndole la mano-, no teníamos pensado acompañaros. Ya habéis sufrido suficiente por nuestra culpa.

Antía me mira entristecida, pero en cierta medida aliviada. Lentamente comienza a vendarme la herida. Miro a Gabriel, intentando adivinar su reacción ante nuestra no tan futura marcha, pero se muestra impertérrito.

-¿Qué vais a hacer? -pregunta Antia cuando termina el vendaje-. ¿A dónde iréis?

Sin saber qué contestar miro a Kurl.

-No lo sabemos aún -dice él-, pero nos iremos cuanto antes.

No podemos evitar lanzar una mirada furtiva al grupo de humanos que nos observan desde el otro lado de la habitación.

-Es más -digo mientras intento incorporarme, siento una punzada en la herida que me obliga a recostarme otra vez-, cuanto antes podría resumirse en unas pocas horas.

-Deberías descansar, no puedes caminar con la herida en ese estado -dice Antia, casi olvidando que hasta hace un instante estaba pensando cómo decirnos que se irían sin nosotros.

-Yo cargaré con él -interviene Kurl-. No será el mejor reposo del mundo, pero te trataré con mucho cariño.

Sonríe burlonamente. Incluso Gabriel esboza una leve sonrisa.

-Yuri ya se imaginó que querríais marcharos cuanto antes -dice Antia mirándonos a Kurl y a mí-, pero me dijo que le esperarais, quiere hablar con vosotros antes de que os vayáis -Kurl y yo nos miramos sin saber cuánto tiempo podemos quedarnos sin causar más problemas, Antía se anticipa-. Yuri estará aquí mañana por la mañana. Así al menos descansaréis esta noche.

Kurl se encoge levemente de hombros.

-De acuerdo -digo finalmente- nos quedaremos hasta mañana.

-Me alegra oír eso -Antia esboza una sonrisa triste y se vuelve hacia la pequeña Mica que se está despertando. Mira furtivamente a Gabriel, y luego a Kurl y a mí-. Me gustaría que pudierais quedaros con nosotros -dice mientras se levanta y se dirige a Kurl-. Creo que antes de que os marchéis deberías hablar con Mica. Te considera su salvador y no quiere separarse de ti. Cuando se entere de que os vais no sé cómo se lo tomará.

Kurl la mira un instante y asiente. Antía a su vez nos mira a cada uno, recoge las vendas sucias y los demás suministros médicos y se sienta junto a la niña. Mica se estira, aún un poco somnolienta y le dirige una tierna sonrisa a Kurl. Cuando ve que la estoy mirando me saluda tímidamente con la manita. Desde que estamos aquí es la primera vez que me ve despierto. Le respondo al saludo alzando la mano y esbozando una sonrisa. Antia comienza a hablar con la niña y yo miro al centro de nuestro reducido grupo.

Gabriel permanece con nosotros y no relaja en absoluto su actitud fría y seria. No aparta sus ojos de mí, pero es indecisión y no ira lo que veo en ellos. Intento incorporarme, pero el dolor me obliga a permanecer tumbado. Gabriel toma aire, por fin decidido a hablar, pero es a Kurl a quien se dirige.

-¿Puedo hablar contigo un momento? -dice mientras alza la mano hacia otra parte de la cueva, invitándolo a acompañarle.

Kurl me mira un instante, casi para ver si me parece bien. Lentamente se levanta y se aleja con Gabriel. Los otros humanos les dirigen miradas hoscas mientras se encaminan a la abertura principal de la cueva.

Es obvio que nunca me querrá a su lado. Ni siquiera quiere hablar conmigo, creo que es momento de aceptarlo. Aun así no puedo esperar a saber de qué están hablando. Me concentro en Kurl para sentir sus emociones. Percibo su serenidad, pero de repente capto un atisbo de miedo y duda. Por un momento me quedo atónito y pierdo la conexión con él. Podría contar con los dedos de mi mano las veces que he sentido el miedo por parte de Kurl.

Gabriel dice algo más efusivamente, se gira y se marcha hacia donde están sus cosas. Kurl permanece allí, de pie, obviamente queriendo continuar con la conversación. Lentamente se acerca hacia mí.

Se arrodilla y espero un momento a que comience a hablar, pero cuando es patente que no sabe cómo empezar estallo.

-Vamos Kurl, dilo. ¿Qué ha pasado?

-El plan ha cambiado -le lanzo una mirada incrédula instándole a continuar-. Gabriel viene con nosotros.

-¿No se supone que intentábamos evitar eso?

-Queríamos alejarnos de él para protegerlo, pero él no quiere ser protegido. Es lo bastante maduro como para que respetemos su decisión.

-Bueno, vale, no quiere que le protejamos, ¿entonces para qué quiere venir con nosotros?

Me mira fijamente, casi preocupado.

-Quiere que le llevemos hasta Dcicon, quiere vengar a su madre.

Nos quedamos callados un momento. Miro a Gabriel, sentado en el suelo contra la pared. Hay una mochila a sus pies y sostiene un cuchillo entre sus manos como sostengo yo mi piedra de ewha en las mías. Muestra una vez más una fiera mirada que luego aparta.

-Kurl -digo sintiéndome cada vez más cansado-, no sé cómo va a terminar todo esto.

-Haremos lo posible para que termine bien, tú ahora descansa.

Intento negar con la cabeza, hay que pensar qué vamos a hacer ahora que Gabriel nos acompañará, cómo lo protegeré, pero los párpados cada vez me pesan más y pensar me es más difícil. Poco a poco voy perdiendo la consciencia y sucumbo al sueño.

Camino por los corredores de la ciudad humana. Las luces parpadean y los pasillos se cubren de sombras. Escucho gritos a lo lejos, el casi imperceptible llanto de un bebé. En una intersección, cadáveres humanos cubren el suelo aquí y allá, las paredes manchadas de sangre aún fresca. Sigo caminando hasta llegar a una zona llena de contenedores apilados formando pasillos que se pierden en la oscuridad.

-¡Brais Swarths! -grita una voz.

El eco resuena en mis oídos mientras me giro buscando su origen. Bajo un foco, rodeada de oscuridad, veo a Julia de pie ante un pasillo. Corro hacia ella y escucho un disparo. Estoy a apenas tres pasos de ella y veo la bala que vuela lentamente. Julia permanece quieta esperando recibir el disparo. Con un último esfuerzo me interpongo entre la bala y ella y aguanto la respiración, esperando recibir el impacto en cualquier momento.

Escucho un gemido a mi espalda. Al girarme veo a Julia, sangrando abundantemente por una herida en el pecho. Sus ojos me miran con cierto alivio y comienza a caer. Intento sujetarla, pero no puedo hacer nada para evitar que me caiga encima. Su sangre brota sobre mí, y sus ojos muertos están fijos en los míos. No puedo soportar esa mirada, la total ausencia de vida. Intento desesperadamente salir de debajo de ella, pero haga lo que haga sus ojos no se apartan de los míos.

Alargo mis manos desesperado por aferrarme a algo cuando toco un rostro. El cadáver de Unwei yace junto a mí. La visión me asquea e intento apartarme hacia el otro lado. Allí los ojos muertos de mi madre me observan en silencio. Grito horrorizado y por fin consigo quitarme el cuerpo de Julia de encima. Me alejo a gatas de los cadáveres y al levantar la vista, a poca distancia, está padre, con una pistola en la mano y mirándome con una sonrisa triunfadora.

Las paredes y techos se desploman y de sus grietas brota sangre y junto con sus escombros caen cuerpos humanos. El sol en su ocaso ilumina lo que antes era oscuridad, y en un abrir y cerrar de ojos me veo arrodillado en un campo de cadáveres humanos. Al otro lado, padre sigue mirándome con esa mirada despiadada.

Noto una mano que me sacude, alejándome de él.

-¡Brais! Brais despierta.

En el acto abro los ojos y observo a mí alrededor, confundido y con la respiración acelerada. Kurl y Antia están junto a mí con cara de preocupación. Unos pasos por detrás Gabriel, Yuri y un par de soldados me observan sin mucho mejor ánimo.

-Por Tumm -exclama Kurl-, ¿estás bien?

Le miro perplejo, sin saber que contestar.

-Nos tenías preocupados -dice Antia-, llevamos un buen rato intentando despertarte.

Parpadeo un par de veces intentando aclararme. Toda la angustia de la pesadilla debo habérsela trasmitido, por eso están tan preocupados.

-Lo siento -digo intentando incorporarme, siento un pinchazo en la herida, algo menos agudo que antes-, solo era una pesadilla, siento haberos asustado.

-No podíamos despertarte -dice Kurl seriamente-, eso es lo que nos asustaba.

-Solo ha sido un mal sueño -digo, aunque es el peor sueño que he tenido en mi vida, distinto de todos los demás- no hay de qué preocuparse -"al menos por ahora", no puedo evitar pensar.

-¿Cómo te encuentras? -dice Antia- ¿Puedes levantarte?

Intento levantarme del camastro, el pinchazo casi me hace caer, pero Kurl me tiende una mano y consigo permanecer de pie.

-Me duele -digo, manteniendo el equilibrio y llevándome una mano a la herida-, pero estoy bastante mejor que ayer.

-De todas formas no te esfuerces mucho -dice Antia mientras me revisa brevemente el vendaje.

-Me alegro de ver que estás bien -dice Yuri con su típica sonrisa mientras se acerca-. Sinceramente, no creí que sobrevivirías a ese balazo.

Por un momento vuelvo a ver a Julia cubierta de sangre y mirándome a los ojos. Por respuesta asiento levemente la cabeza. Casi me irrita que se muestre tan frívolo.

-El grandullón me ha dicho que tenéis la intención de marcharos cuanto antes. Cuando estéis listos os espero fuera de la cueva, tengo algo para vosotros que os va a gustar.

Dicho esto se aleja con sus hombres y se dirige al otro grupo de humanos.

-Ya he recogido las cosas -dice Kurl-, cuando digas nos ponemos en marcha.

A sus pies hay una bolsa con lo que parece unas mantas y algunos alimentos. Miro a Gabriel que habla con Antia y Mica. En su hombro cuelga una mochila también lista para el viaje.

-Si no queda nada más, vámonos.

Nos acercamos a Gabriel y Antia. La herida me duele, pero por el momento puedo mantener el paso.

-¿Listo? -pregunta Kurl. Gabriel asiente y se coloca la mochila.

-Gracias por todo -le digo a Antia mirándola a los ojos, luego no puedo impedir bajarlos avergonzado-, y siento mucho toda la destrucción que os he traído.

-Espero que algún día podamos reunirnos y hablar de ello tranquilamente responde Antia con tristeza en la voz-. Que tengáis suerte en vuestro camino.

-Adiós.

Kurl y Gabriel también se despiden. Aunque su despedida es fría, sigo notando mucha complicidad entre Gabriel y Antia. Cuando Kurl se despide de Mica, esta solloza y le da un abrazo. Kurl se lo devuelve y cuando la suelta, Antia la toma de la mano.

Dejamos atrás las miradas de odio de los humanos y salimos de la cueva, donde bajo un sol radiante, Yuri se afana en organizar a sus hombres para comenzar la evacuación.

-Todos sabéis lo que tenéis que hacer, ¿verdad? -dice Yuri a sus hombres en carhuí. Todos afirman y se separan cada uno con una tarea. -Parece que tenéis prisa -nos saluda de nuevo en areano.

-Ya hemos causado demasiados problemas –contesto con voz cansada-, cuanto antes nos vayamos mejor.

Yuri asiente y nos indica que le sigamos. Nos internamos entre los árboles tras él y al poco rato, Kurl tiene que cogerme en brazos, cuando es patente que no puedo subir y bajar por las enormes raíces que sobresalen de la tierra.

Acabamos por salir a un claro donde espera una nave de transporte que se nota que es bastante antigua y que ha pasado por bastantes reparaciones.

-No os preocupéis -dice Yuri dando unos golpecitos en la nave-, os llevará allí donde necesitéis ir. Siempre y cuando no sea fuera de este planeta.

-Gracias por todo -dice Kurl irguiéndose delante de él -. Ha sido un honor conocerte, eres un orgullo para tu raza.

-Vaya gracias -dice Yuri con una sonrisa, luego se cuadra también de forma militar, agradece sus palabras y le estrecha la mano.

-Gracias Yuri -digo, todavía desde los brazos de Kurl -espero que tú y los tuyos podáis alcanzar la paz por la que lucháis.

-Que tengáis buen viaje -dice Yuri estrechándome la mano-, que nuestros caminos se vuelvan a cruzar.

Kurl abre la compuerta de la nave y me ayuda a sentarme en uno de los asientos. Mientras él se coloca a los mandos y pone en funcionamiento todos los ordenadores, veo cómo Yuri despide a Gabriel. Ambos se cogen de los antebrazos y Yuri le entrega una hoja, que sin llegar a mirar guarda en un bolsillo. Entra en la nave en silencio, deja su mochila en un asiento a mi lado y se sienta junto Kurl, como su copiloto.

-Bien -dice Gabriel serio-, ahora a dónde vamos.

Eso mismo me pregunto yo. Tras unos instantes de silencio y mientras la nave despega, Kurl contesta.

-Al único sitio al que podemos ir.

Capítulo 25

Gabriel

-Gabriel -escucho la voz débil de Brais, esperando desde la puerta-, ¿te importa si te acompaño?

En realidad sí que me importa, pero llevo ya casi un día entero evitándolo. Desde que Kurl se marchó a por suministros y a averiguar cómo están las cosas, me he alejado todo lo posible de Brais. No sé muy bien por qué, se supone que ahora estamos en esto juntos y tarde o temprano tendremos que interactuar.

Lo miro y asiento. Se acerca con paso lento y se sienta en la hierba junto a mí, en el exterior de la cabaña a la que hemos venido. Es una casa de madera en un claro del bosque bastante agradable, el primer sitio al que trajeron a mi madre.

-¿No deberías mantener reposo? -las palabras salen casi involuntariamente de mi boca, inconscientemente vuelvo a intentar alejarlo.

-No me quieres cerca -responde con su marcado acento-, lo entiendo perfectamente, pero has sido tú el que ha venido a nosotros para que te ayudemos -dice tras una pausa-. Y vamos a ayudarte, pero tienes que saber que le prometí a tu madre que te protegería y quieras o no voy a cumplir su última voluntad. Así que por el bien de ambos y por el bien de la tarea que tendremos entre manos, tendrás que aprender a aceptarme y poder tratar conmigo. Como sabrás, a veces para alcanzar nuestros objetivos hay que hacer cosas que no nos gustan.

En el acto me giro y lo fulmino con una mirada cargada de ira. Él me observa con aire autoritario. Esa es una de las frases que solía decir mi padre, no tiene derecho a utilizarla.

-¿Qué pasa? -continua-. Pones la misma cara que cuando te enfadabas con seis años.

-¿Quién te crees que eres? Me da igual lo que hayas hecho en el pasado, tú nunca serás mi padre. Estoy aquí para acabar con el cabrón que mató a mi madre y tú me llevarás hasta él. Y cuando todo esto acabe no nos volveremos a ver, ¿entendido?

-Si quieres llegar hasta Dcicon vas a tener que aceptar las cosas como son. No te pido que seamos amigos, ni siquiera que te caiga bien. Solo necesito que podamos mantener una conversación sin que quieras matarme constantemente, y necesito que aceptes quien soy.

-¡No puedo! -digo mientras me levanto del suelo y lo miro desde arriba.

-¿Por qué? -grita él también, haciendo un gran esfuerzo por levantarse- ¡Dilo!

-Representas todo lo que odio. Eres un maldito alienígena, participaste en todo lo que nos habéis hecho y… traicionaste el amor de mi madre, la hiciste creer en algo que ni siquiera existía. Traicionaste mi amor. Nada de lo que has hecho es real, solo has corrompido a los que has tocado.

-Las cosas no son como tú crees, o por lo menos no eran esas las intenciones, y vas a tener que aceptarlo.

-Nunca -le digo casi inclinándome sobre él.

Baja los ojos, visiblemente apenado y susurra:

-Por las malas entonces.

Levanta la mirada y su expresión es más decidida. Con un rápido movimiento coge mi mano, levantando mi palma hacia arriba. Antes de que pueda reaccionar, coloca la gema de su abuelo en mi mano y la aprieta con la otra. En el acto siento la determinación de Brais, una determinación que me impide actuar.

Por mi mente pasa la imagen de mi madre de joven, y con ella siento una enorme felicidad. Siento la alegría de papá cuando se entera de que mamá está embarazada.

-Te dije que iba a ser niño -dice mi padre con una resplandeciente cara de satisfacción mientras abraza a mi madre cuando les dan la noticia.

-¿Habías pensado ya el nombre? -pregunta mi madre risueña.

-Sí, Gabriel.

-¿Gabriel? Me gusta. ¿Es por algo en especial?

Mi padre se ríe.

-Siempre he pensado que de ti solo puede salir un ángel.

-Qué tonto eres.

Ambos se dan un cariñoso beso

Siento la alegría de mi padre cuando me cogió en brazos por primera vez. Lo veo sujetándome mientras intento dar mi primer paso. Ayudándome a soplar mi primera vela. Cogiéndome en brazos y calmándome cuando me herí las rodillas al caerme corriendo. Veo como mi madre y mi padre han estado en cada momento de mi vida, cuidando de mí y haciéndome feliz.

Veo a Brais, suplicándole a un elnath mayor. Siento su tristeza porque cree que estoy muerto y mi madre está sola. Noto que la energía de Brais y la de mi padre son la misma.

-Sé lo que intentas y no lo permitiré -digo, haciendo un gran esfuerzo para sobreponerme de sus visiones-, tú no eres él.

La energía se corta de repente y el mundo parece definirse a mí alrededor. Las piernas no me sostienen lo que hace que me caiga de rodillas.

-Tienes razón, yo no soy él -dice Brais tranquilamente, frente a mí-. Él soy yo. Es todo lo que yo habría sido si hubiera tenido la oportunidad.

Exhausto, apoyo las manos en el suelo y bajo la mirada.

-Con esto no trato de convencerte o manipularte -continua Brais tras un momento en silencio-, solo quiero que veas que no soy el monstruo que tú crees que soy -se da la vuelta y se marcha en dirección al interior de la cabaña-. Cuando estés preparado para que te enseñe a luchar contra Dcicon ven a verme -dicho esto cierra la puerta y todo queda en silencio.

En el suelo, junto a mí, veo la piedra de Brais. Tímidamente la cojo y en ella siento una débil energía que me recuerda a la que he sentido antes. Progresivamente la energía se hace más intensa y con ella mi percepción del mundo cambia drásticamente. Cada ser vivo a mí alrededor parece brillar ahora con un color propio, cada uno emite un sonido único. Ahora soy consciente de la energía de cada árbol, de cada brizna de hierba.

Todas las sensaciones están entremezcladas, pero a la vez son independientes y están diferenciadas. La cabeza me da vueltas, comienzo a marearme y aunque cierro los ojos, todo sigue brillando y sonando a mí alrededor. En la lejanía escucho algo parecido a gritos. Cientos, miles de gritos que se acercan rápidamente. Abro los ojos e intento incorporarme, pero estoy tan mareado que no puedo concentrarme en nada en concreto. Las voces me alcanzan. Millones de voces gritando de terror. La sensación me impacta como una ola y antes de ser consciente mi grito se une al de ellos.

Abro los ojos y veo las estrellas sobre mí, siento el frío viento nocturno en la cara. La cabeza me duele terriblemente, noto el eco de unos gritos lejanos. Estoy tumbado en la hierba, justo donde estaba, tapado con una manta sintética. ¿Qué ha pasado?

Brais está sentado a mi lado, cubierto con una manta por encima de la cabeza. Mira hacia el suelo, pero sus ojos están perdidos en el infinito. Por la abertura de la manta veo que tiene sostiene la gema.

Me incorporo sobre un costado. Sus ojos siguen vagando por el vacío, incluso los mueve como si buscara alguna cosa.

-Brais -mi voz suena ronca.

No parece inmutarse.

-¡Brais! -exclamo mientras lo zarandeo levemente en el hombro.

Parpadea, una única vez y muy despacio, y lentamente levanta la cabeza hacia mí.

-Gabriel -dice con la voz muy débil- ¿estás bien?

-¿Qué ha pasado?

-Hace frío, deberíamos ir dentro -replica totalmente ausente.

-Brais, ¿qué ha pasado? -digo perdiendo la paciencia.

Sin hacer caso, Brais se levanta, se arropa con la manta y se marcha a paso lento hacia la cabaña. Intento levantarme rápidamente, pero ante el súbito movimiento noto un pinchazo en la cabeza que me hace trastabillar. Tengo que apoyar las manos en el suelo para no caerme, pero aun así consigo alcanzar a Brais cuando abre la puerta.

-Brais -le digo una vez dentro y sujetándole por los hombros para que me mire-, ¿qué ha sido eso? Ese dolor.

-"El Grito" -dice, algo más recompuesto.

-¿Qué?

-La leyenda de "El Grito" -dice clavándome la mirada y abriendo mucho los ojos, como si eso lo explicase todo-. La razón por la que hace tanto tiempo vinimos a este planeta.

-Vinisteis a esclavizarnos.

-Se supone que se vino para impedir que se destruyera el universo. La leyenda de "El Grito" dice que sería en este planeta donde comenzaría.

-¿El fin del mundo? -digo casi esbozando una sonrisa, no puedo creer en algo así, aunque no puedo quitarle importancia a lo que he sentído-. ¿Cómo estás tan seguro de eso?

-No lo estoy, ni siquiera lo he sentido… pero mi abuelo sí -mira la gema sobre su mano-. Y es el fin del universo -matiza-, el final de todo.

-Espera un segundo -digo levantando la voz-, creí que vosotros vinísteis para que nosotros no hiciésemos lo que fuera que creéis que íbamos a hacer. Pero los humanos están encerrados, no podemos hacer nada, no puede haber tal destrucción.

-A menos que no la provoquéis los humanos -dice Brais más para sí mismo que para mí.

-¿Qué? ¿Qué quieres decir?

-No lo sé -dice en voz baja.

-¿Cómo que no lo sabes? -digo gritando y acercándome a él.

-¡No lo sé! -grita dándose la vuelta y alejándose de mí- Ya te he dicho que no lo he sentido, pero la energía de mi abuelo nunca estuvo tan alterada. No sé por qué ha vuelto a pasar esto ahora, después de tantos miles de años. No puede ser una coincidencia.

-¿Y por qué no lo has sentido? -digo tranquilizándome un poco-. Puedo asegurarte que ha sido muy intenso.

-Lo sé, antes de que gritaras sentí tu sufrimiento -dice Brais volviéndose hacia mí-. Puede que sea porque no tenía la piedra y tú sí.

De repente vuelvo a ser consciente, la piedra.

-Espera. Se supone que solo los elnaths podéis usar esas piedras, pero cuando la toqué…

-Creía que lo sabías -dice extrañado.

-Saber el qué.

-Sobre tus habilidades.

-¿Qué habilidades?

-Tus habilidades empáticas -dice tratando de explicarse, viendo que no contesto continua-. Puedes sentir a los demás y cuando tus sentimientos son muy intensos, los demás se contagian de ellos. Lo llevas haciendo toda tu vida.

Sus palabras me sorprenden, pero haciendo un rápido repaso por mi vida no puedo negar la realidad.

-Pero no tiene nada que ver con lo que tú haces -digo confundido, sin querer que tenga razón-. Eso que he sentido con tu piedra no lo había sentido antes en toda mi vida, ni siquiera algo parecido.

-Tus capacidades están dormidas, pero las tienes.

-¿Quieres decir que el resto de la gente no es así, no siente así?

-No, Gabriel -dice con algo de apuro-. Creía que lo sabías. Evitaste que leyera tus emociones y lo hiciste conscientemente. Entre los elnath eso sólo lo hace alguien que tiene control sobre sus habilidades.

-¿Por qué? -digo de repente, él me mira confundido- ¿Por qué soy así?

-Ya lo sabes -dice bajando la mirada. Le observo con furia y tras unos segundos cede-. Cuando un elnath crea un ente, lo hace insuflándolo con ciertas características pensadas para crear un individuo en concreto. Cuando creamos a nuestro primer ente, no somos capaces de crear algo totalmente nuevo por lo que volcamos toda nuestra esencia en él. Ese ente suele ser eliminado tras cierto tiempo. Si por cualquier motivo no lo es y su creador sigue vinculado a él, como fue mi caso, ese ente adquiere cada vez más... no sé cómo decirlo, más esencia, más espíritu, más alma. Cuando el ente tiene descendencia, y siempre que la sincronía con su pareja sea perfecta, puede ocurrir que el bebé nazca con parte de esa esencia o de ese espíritu.

Doy un paso atrás, horrorizado.

-Eso es imposible. Tú nunca estuviste... -aparto la idea de mi mente antes de que se dibuje- físicamente con mi madre.

-Eso no importa -dice con una sonrisa-. Aunque el material genético utilizado fuera de otro humano cualquiera, era mi esencia la que estaba junto a ella. Mi esencia era la persona que ella amaba.

Me alejo otro paso.

-Tienes que entender que allí dentro nada es físico, todo es energía. Ha habido muchos casos a lo largo de la historia, pero no sabemos exactamente como ocurre, solo sabemos que ocurre. Se implantaron medidas para evitarlo, como la de eliminar a nuestro primer ente.

-Pero tú no lo hiciste.

-Y no me arrepiento de ello -dice mirándome fijamente.

Doy un tercer paso hacia atrás y caigo sobre uno de los sillones. Permanezco allí sentado un tiempo, con todos los sentimientos e historias dando vueltas por mi cabeza. Brais se sienta junto a mí.

-Te dejé la piedra con la intención de que comenzaras a aceptarme -dice inclinándose para mirarme a los ojos-. Pero no solo tienes que aceptarme a mí. Todos tus sentimientos, sean mejores o peores tienes que aceptarlos como lo que son.

-¿Por qué me cuentas todo esto? -digo muy cansado de repente.

-Porque cualquier sentimiento -de repente se muestra muy serio-, por pequeño que sea, que te produzca dolor, tristeza o pesar, mi padre lo utilizará en tu contra. Lo multiplicará por mil y te hará caer llorando a sus pies, hará que te lances con furia ciega contra tus compañeros o destrozará tu mente con un solo pensamiento.

Lo miro durante un instante y luego bajo la cabeza. No sé qué quiere decirme con esto. ¿Qué quiere que haga, que deje de sentir? Tengo la cabeza a punto de estallar. Demasiadas emociones, demasiada información. Vuelvo a mirarlo, en busca de alguna respuesta.

-No puedo dejar de sentir emociones -le digo con cansancio en la voz.

-No he dicho que lo hagas, sólo tienes que aceptar tus sentimientos y no dejarte dominar por ellos.

Vuelvo a bajar la mirada.

-No sé qué esperas de mí.

-Espero que cuando estemos ante Dcicon y él utilice la muerte de tu madre para torturarte y manipularte, sientas todo ese dolor, el mismo dolor que sientes ahora -dice poniéndome una mano en el pecho-. Espero que lo aceptes como muestra del amor que sientes por tu madre, y que te de la determinación necesaria para apretar el gatillo.

Permanecemos en silencio bastante tiempo, intentando asimilar sus palabras.

-Tranquilo -dice apretándome levemente la mano e incorporándose-, cuando llegue el momento, estarás preparado.

Brais se incorpora y se dirige hacia su cama. Cuando apenas ha dado tres pasos escuchamos una nave acercarse. En el acto reacciono y salto hacia la mesilla donde había dejado la pistola.

-No pasa nada -Brais me detiene alzando una mano-, es Kurl.

Me freno, pero cuando Brais se dirige hacia la puerta cojo el arma. De repente Brais se apresura hacia la puerta.

-Algo malo pasa -dice abriendo la puerta mientras se echa mano a la herida-, Kurl está muy alterado.

Ambos salimos fuera de la cabaña justo cuando la nave termina de tomar tierra. Sin apenas apagar los motores, la compuerta se abre y Kurl sale del vehículo con paso decidido hacia nosotros. Su cara muestra consternación y puedo sentir en él una profunda preocupación.

-¿Qué ha pasado? -pregunta Brais.

-Tienes que ponerme en contacto con Yuri -me dice Kurl casi amenazante.

-No… no puedo -digo mientras recuerdo lo que me dijo Yuri-. Sé dónde se han refugiado, pero no hay forma de contactar con ellos.

-Entonces llévame hasta él.

Capítulo 26

Dcicon

Sigo al guardia por el pasillo en absoluto silencio y hace que me detenga ante las puertas dobles. En las paredes, cuadros de los antiguos dirigentes del Óbice miran al vacío, pero a la vez siento como si me juzgasen.

Recuerdo la primera vez que estuve ante estas puertas, en un complejo subterráneo apartado de toda civilización en el planeta Elnath. Me parecían impresionantemente hermosas, con unos grabados exquisitos. Ahora el brillo de una madera tan noble me resulta apagado y sus adornos toscos. La impresión de la primera vez se ha diluido. Aún recuerdo que me atreví a soñar con que mi cuadro colgaría algún día en esta misma pared. Qué ingenuo era entonces.

El guardia elnath atiende a su comunicador y me alza una mano para hacerme esperar. No puedo evitar bajar la mirada hacia el pomo de la puerta, esculpido de una sola pieza de gema de ewha. Toda la sala está diseñada para sondear a aquel que entre y ese sondeo comienza en el momento en que se toque el pomo de la puerta.

No puedo permitir que ninguna emoción me traicione. Cualquier paso mal dado puede estropearlo todo, ahora que ya falta tan poco. Intento dejar mi mente en blanco…

Una cálida sensación me invita a entrar.

Suspiro y alargo la mano hacia el pomo. Conforme la acerco, siento la presencia de diversas ewhas al otro lado de la puerta que al instante me envuelven con sentimientos casi familiares invitándome a reunirme con ellos.

Mientras abro la puerta soy consciente de que me he tensado ante su escrutinio e intento relajarme, mantener mis sentimientos bajo control.

Entro en la sala circular y camino por las baldosas hechas de gema de ewha hasta el centro del estrado, también del mismo mineral, rodeado por las cinco familias. Bajo la tenue iluminación, me sitúo en el centro del círculo formado por los cinco estrados. En lo alto, presidiendo cada estrado, está el dirigente de cada familia. Bajo ellos, sus tres miembros de más confianza, y aún más abajo, yo.

Entre agradables sensaciones de júbilo y gratitud, me giro, mirando a cada uno de los líderes y transmitiéndoles mis cordiales saludos.

-Dcicon -dice Than Vannesh a mi espalda, lo que me obliga a darme la vuelta para mirar al viejo elnath-, nos alegra que hayas podido venir. Siéntete acogido por esta cámara.

-Antes de nada -dice Kury Ony, a su lado-, y de forma unánime, queremos trasladarte nuestras felicitaciones por tu trabajo y por evitar que la profecía se cumpla.

-Las generaciones futuras recordarán tu nombre como el de un héroe -dice Amok Tsury, nuevamente detrás de mí-, y nuestros antepasados podrán descansar en paz sabiendo que el destino por el que lucharon durante tantos años se ha cumplido.

-Comienza una nueva era para nuestra raza -dice Thuk Fabel-, y en gran parte es gracias a ti.

Sentimientos de gratitud y felicitaciones me envuelven. La forma de hablar del consejo y las continuas oleadas de sentimientos me aturden y me desconciertan, me empujan una y otra vez a bajar la guardia. Incluso su cerrado acento me resulta raro.

-Gracias a vosotros, y a vuestros ancestros -digo haciendo una leve reverencia para guardar las apariencias-, pues si no es por la constante lucha del Óbice, la profecía podría haberse cumplido hace mucho tiempo. Ha sido un honor para mí participar activamente en esta cruzada. Ahora todo individuo en el universo podrá vivir su vida sin el peligro constante que suponían esos humanos.

Veo sonrisas en los líderes y miradas suspicaces entre sus acólitos.

-Ciertamente -dice Rifez Ansa'hara, situado a mi derecha, haciendo una pausa para dar un sorbo del vaso situado ante él-, la misión por la que se formó esta cámara hace ya tantos y tantos años se ha cumplido. Pero donde unos ven el final, otros vemos el comienzo.

-Llevamos incontables años luchado para proteger al universo de su destrucción -dice Vannesh-. Y nuestro éxito ha sido impecable. ¿Por qué disolvernos cuando juntos podemos hacer tanto bien a nuestra raza?

-Durante milenios los areanos han llevado la voz cantante en el Orden -dice Fabel-. Son demasiado pasivos y taimados. Con nuestra influencia, podemos hacer que nuestra raza crezca y ocupe el lugar que se merece.

Los miro desconcertado, aunque en vano intento ocultar mis emociones.

-Dcicon, sabemos que tu participación con el Óbice siempre ha sido bajo unas condiciones muy claras y nunca te has sentido parte de nosotros -dice Tsury como respuesta a mis pensamientos-. Pero empieza una nueva era y queremos que formes parte de ello.

Imposible, tengo que alejarme de ellos. Sin darme tiempo a contestar, Ony interviene.

-Antes de que digas nada, tienes que saber lo mucho que te apreciamos. El propio Vannesh te acogerá bajo su protección. Serás un miembro de pleno derecho del Óbice.

Una oleada de emociones me envuelve, invitándome a aceptar, tentándome con el poder y con la gloria que alcanzaríamos.

-Esta no es una oferta que hagamos a la ligera -dice Fabel, con tono amenazante.

Intento mantener el control, pensar claramente, pero las constantes oleadas de emociones no me ayudan a concentrarme. Mi unión con ellos siempre tuvo un propósito muy marcado y este ya se ha cumplido. Su mundo de confabulaciones ya no me interesa, aunque no puedo permitirme tenerlos en mi contra, conozco sus secretos, si me niego están obligados a eliminarme. Como siempre esto es solo fachada, me muestran buenas formas cuando quieren decir que me tienen bajo su poder. Tengo que seguir con ellos e intentar mantenerlos bajo control, como he hecho hasta ahora.

Levanto la mirada hacia Fabel y Tsury, esperando que no hayan sido conscientes de mi último razonamiento. Me miran con una sonrisa de complacencia, pero bajo ella veo total control sobre mí.

-Líder Vannesh -digo girándome hacia él y haciendo una reverencia-, será para mí un honor ser miembro de esta cámara y entrar a formar parte de su familia.

-El honor es nuestro -dice Vannesh, mientras las oleadas de emociones se suaviza-, ya que los recursos que aportarás a nuestra nueva causa son de inestimable valor. La estación solar de la que te has apoderado nos dará pleno control energético del sector Dephiros en el límite exterior. Ya has hecho un buen trabajo para asegurarte de que nadie pueda relacionarla con nosotros.

¿Con nosotros? Esa estación es mía. Ahora no puedo evitar que se apoderen de parte de los beneficios, pero por lo menos tengo que intentar mantener el control total sobre ella.

-Pero antes de discutir cualquier detalle sobre el futuro -dice Ansa'hara-, creemos que te has ganado tiempo para ti. Tu hijo ha dado la vida por la causa y en el proceso también has perdido a tu padre y a tu mujer. Has pasado demasiado tiempo lejos de casa, rodeado de otras razas. ¿Por qué no regresas a Elnath? Encontraremos una buena vivienda para ti y algo en lo que gastar tu tiempo.

No me quieren a mí, quieren la planta. Creí que tardarían más en intentar separarme de ella. No puedo permitirlo, si les cedo el control estoy perdido, estaría totalmente a su merced. No he sacrificado tanto tiempo y esfuerzo, para que se deshagan de mí cuando ya no les hago falta.

-Con el debido respeto -digo sin poder contener mi furia por lo que estoy escuchando-, como habéis dicho, he pasado mucho tiempo fuera. Eso me convierte en el elnath de esta sala con más conocimientos sobre el sector Dephiros. Se ha formado una pequeña célula de comercio en el planeta, y cuando la eliminación humana se haya completado, esta no desaparecerá. Opino que destinarme fuera del sector sería desaprovechar mis talentos.

Tras mi ataque de rabia, siento como las energías con las que me intentan bloquear se atenúan un poco. Puedo utilizar la ira para escapar momentáneamente de su control, y en sus caras veo que ellos lo saben. Los líderes se miran entre ellos mientras llevan a cabo una conversación sensitiva.

Me sereno un poco tras este descubrimiento, pero sin olvidar que, aunque pueda librarme levemente de sus manipulaciones, no quiere decir que pueda librarme de su influencia. En esta cámara son demasiado poderosos.

-Tendremos en consideración tus palabras -dice Sury, tras la breve pausa-, pero la decisión final recaerá en el líder Vannesh.

-Por supuesto líder Tsury -digo de nuevo con una reverencia-. Independientemente del futuro que designéis para mí, mi actual cargo de máximo dirigente del Orbe me obliga a estar presente durante la eliminación de los humanos.

Atisbo una breve mirada entre los líderes del Óbice. Vannesh asiente levemente tras la discusión mental entre ellos.

-Atiende tus obligaciones, Dcicon -dice Vannesh, cuya orden viene acompañada por una carga emocional-, y asegúrate de mantener tu posición en el nuevo orden que se forme en el planeta. Seguiremos la evolución de los acontecimientos y decidiremos nuestros próximos pasos, pero lo primordial ahora es que te hagas un hueco en ese nuevo esquema social.

Asiento con la cabeza, y les transmito mi determinación.

-Una cosa más -dice Vannesh mirándome seriamente-, cuando se produzca la eliminación de los humanos, asegúrate de que mueran todos los humanos.

Lo miro fijamente pero no digo nada.

-Hemos pasado por alto durante demasiado tiempo a esa mascota tuya -dice Fabel-, esa aberración. La profecía no dice que hagan falta millones de humanos para destruir el universo, uno solo podría hacerlo. No vamos a afrontar tan enorme riesgo por un mero capricho.

Siento todas las miradas sobre mí, esperando una reacción. Para que el destino de Héctor quede en mis manos, lo primordial es mostrarse colaborador.

Sin más opciones asiento ante los líderes, sin ocultar mis reservas por sus órdenes. Todos se mantienen en silencio, evaluándome y seguramente discutiendo entre ellos si deben fiarse de mí o no.

Tras lo que parece una eternidad, los líderes sonríen y las oleadas de energía se diluyen poco a poco. El ambiente se va relajando.

-Este es un gran día para esta cámara -dice Ony-, demos la bienvenida a un nuevo miembro y brindemos por nuestra nueva causa.

Las puertas dobles se abren y dos elnath vestidos con túnica entran en la sala. Llevan una bandeja con bebidas que distribuyen por los estrados, empezando por los líderes, luego sus subordinados y por último a mí. La copa contiene Amala, un licor amarillo y de olor dulzón propio de las tierras altas, una de las bebidas más caras del universo. Los líderes aguardan hasta que los elnath de servicio se marchan y se levantan de sus asientos.

-Por Dcicon Swarths y por la supremacía elnath -dicen los cinco líderes al unísono.

La cámara entera levanta la copa y apoya ligeramente la frente sobre su borde, como es la tradición elnath, volvemos a alzarla hacia los anfitriones y bebemos.

El líquido me quema mientras baja por mi garganta y al mirar a otros elnath, a ellos también les ha resultado una bebida demasiado fuerte, aunque algunos parecen haberlo disfrutado mucho. Ony y Vannesh comentan algo, esta vez de viva voz. Otros elnaths aprovechan la ocasión para murmurar entre ellos. Definitivamente la tensión en el ambiente parece haber desaparecido.

Ansa'hara levanta las manos, haciendo que la cámara guarde silencio.

-Hermanos del Óbice -hace una pequeña pausa dramática -, esta es la primera de muchas reuniones...

La tos de Tsury interrumpe el discurso. Ansa'hara aguarda a que su ataque de tos cese mientras Tsury levanta una mano pidiendo disculpas. Cuando se dispone a hablar de nuevo, uno de los subordinados de Vannesh también empieza a toser, y luego otro de Ony. Me doy cuenta de que el hormigueo producido por el licor no ha cesado, incluso se ha incrementado. Ony también comienza a toser, y la tos de Tsury es tan intensa que le hace tener que postrarse en su silla.

Al momento toda la cámara se debate entre convulsiones. Algunos elnaths se retuercen en el suelo, agarrándose fervientemente la tripa. Vannesh llama a gritos a la guardia. Siento un dolor punzante en el estómago que me obliga a inclinarme.

-¡Traición! -grita Vannesh, que entre toses mira a sus hasta ahora compañeros con odio. Uno de los miembros de su familia sube a ayudarlo, pero no está en mejor condición que él.

¿Alguien ha traicionado al Óbice? Seguramente tendrán enemigos, pero ninguno tan idiota como para atacarlos precisamente en este lugar ¿O puede ser que uno de los líderes se ha atrevido a traicionar a los demás? Todos tosen y parecen afectados por la bebida, pero eso no asegura nada.

Las puertas se abren y entran apresuradamente dos guardias elnaths armados. Al ver el caos de la sala permanecen congelados en el sitio sin saber qué hacer. Miran a todas partes buscando un enemigo inexistente.

Mi garganta se resiente y empiezo a toser, sin embargo soy el único que aún permanece de pie. Tsury ha caído bocabajo sobre su estrado y no se mueve. Los demás líderes agonizan, algunos sentados y otros tirados en el suelo. Un elnath se arrastra por el suelo en dirección a la puerta, levanta la mano y cae inmóvil.

Siento el dolor de todos y cada uno de los elnaths de la habitación. La cámara funciona como un gran conector, y en estos momentos de sufrimiento los elnaths no pueden contener lo que sienten.

Y el padecimiento es enorme. Cada uno transmitimos y recibimos nuestro sufrimiento, nuestro miedo y desesperación. Sentir como uno de ellos muere es un suplicio y a la vez un alivio pues sus emociones mueren con él, una dosis menos del atroz sufrimiento que me paraliza.

-¡Tú! -dice Vannesh, señalándome entre toses desde su asiento, se lleva la mano a la boca y la separa manchada de sangre- Nos has traicionado, ¡matadle!

Tiene un violento ataque de tos y cae al suelo, bajo su estrado.

Los guardias levantan sus armas hacia mí. Antes de que pueda reaccionar, un ataque de tos hace que caiga de rodillas. No sé qué está pasando, alguien ha llegado hasta nosotros y nos ha envenenado. Siempre supe que mi relación con el Orbe acabaría matándome, pero creí que sería por su mano, no a su lado.

Levanto la vista hacia mis verdugos, que me miran con la cara contraída antes de caer pesadamente al suelo. Tras ellos una esbelta figura se acerca y me tiende algo. Concentro mi borrosa mirada en la figura, y veo a Shaezz arrodillado ante mí sosteniendo una piedra de ewha.

Alzo la mano hacia la piedra, y cuando la toco, una oleada de imágenes sensoriales me golpea y por un instante no consigo tomar aire. Mientras los recuerdos vuelven a mi mente en tromba, voy siendo consciente de lo ocurrido.

Todo estaba planeado. Yo mismo puse parte de mis recuerdos en esta piedra de ewha para mantener el plan a salvo del escrutinio del Óbice. Veo esos recuerdos desde otra perspectiva, como si fueran de otra persona, no puedo creer que yo haya concebido esta locura, pero aunque me parezca imposible lo reconozco como mi obra.

De forma brusca, Shaezz levanta la manga de mi túnica y me clava un inyector. Bajo la mirada hacia mi brazo y el dolor vuelve a mi mente, sacándome de mi estupor y devolviéndome a mi situación actual. Poco a poco los recuerdos se asientan en mi mente y me dejan ver la imagen completa.

El cruxor arranca el inyector y se aleja inspeccionando la sala. Tapo la marca de la aguja con la mano y me sorprende notar como el antídoto atenúa los efectos del veneno.

Me levanto pausadamente y contemplo mi obra. Todo es como tiene que ser. Sin los humanos el Óbice no tiene razón de existir, aun menos cuando quieren arrebatarme lo que es mío.

-Coge todas sus gemas -le digo a Shaezz, aunque veo que ya ha recogido unas cuantas-. ¿Has matado a todos los demás?

Shaezz me mira con una sonrisa maliciosa.

-A todos. Nadie que lo haya visto entrar aquí sigue con vida.

-Bien -digo mientras me dirijo a la puerta.

Mi paso es lento por los efectos del veneno pero mi dirección es fija. Hay que volver cuanto antes a la Tierra, ya solo queda una cosa por hacer.

Capítulo 27

Brais

-¿Cuánto más habrá que bajar? -pregunto mientras ilumino con la luz de mi comunicador la oscura gruta.

-Son los Andes, calcula la profundidad que puede haber –responde Gabriel con desgana.

El silencio vuelve a rodearnos, solo roto por nuestras pisadas y las piedras sueltas que desplazamos. Las coordenadas que tenía Gabriel nos han llevado hasta lo alto de estas montañas, a un volcán aparentemente inactivo. La entrada estaba oculta y tardamos bastante tiempo dar con ella, pero entre eso y el tiempo que llevamos andando, creo que habrá pasado la mayor parte del día. Hemos descendido tanto que soy consciente del cambio de la presión y de la temperatura del ambiente.

Empiezo a sentir miedo y preocupación. Es una sensación lejana, pero puedo percibir que es de mucha gente.

-Estamos cerca -digo en voz baja, pero el eco resuena por la caverna-. Gabriel, creo que es mejor que tú vayas delante ahora.

-Claro, por si les da por disparar, ¿no? -dice con una mueca.

Kurl y yo no podemos reprimir una sonrisa. Continuamos el descenso y noto como el camino empieza a ser menos irregular, menos natural. La piedras han sido movidas y las paredes recortadas para facilitar el paso.

-Siento un pequeño grupo justo delante -digo casi en un susurro.

Gabriel asiente y se identifica en carhuí, pero en el acto cuatro luces se encienden ante nosotros.

-¡Añanchis! -grita uno de los guardias. Todos nos apuntan con sus armas y gritan en carhuí.

Kurl y yo levantamos las manos mientras Gabriel intenta calmarlos. Habla con el que parece su jefe, pero ninguno deja de apuntarnos. La discusión se acalora y Gabriel saca su pistola sujetándola con dos dedos para no parecer una amenaza. El jefe se la arrebata con un violento movimiento. Los otros guardias hacen ademanes con sus armas, indicándonos que nos arrodillemos.

Kurl se arrodilla lentamente y yo no tardo en seguirlo. Gabriel permanece de pie hablando apresuradamente, mientras el guardia sigue ordenándole que se arrodille. Gabriel se resiste y el guardia que tiene a su espalda le da un golpe tras las rodillas, lanzándolo al suelo.

Kurl se levanta de un salto y los guardias le apuntan y le gritan. Siento el ansia de sus intenciones y aprovecho que no se centran en mí para meter la mano en el bolsillo y coger la gema de ewha.

Con el mero contacto de la piedra, comienzo a transmitirles sensaciones tranquilizadoras. Ante mi intrusión mental, siento como se incrementa en ellos el miedo, que aprovecho para manipularlo y redirigirlo hacia la curiosidad. Su furia es fuerte pero dudan antes sus nuevas emociones.

Kurl los ve titubear y me mira extrañado. Lo ignoro y me concentro aún más en ellos, su furia inicial los ha protegido en primera instancia, pero en este momento de flaqueza me introduzco aún más en sus mentes, sometiéndolos a mi control. Siento como el abuelo me guía con su energía, pero a su vez me transmite prudencia, me alienta a no dejarme llevar por ansia de poder.

Es una sensación embriagadora que me invita a continuar. Impongo mi voluntad ante ellos, y sus miradas cargadas de miedo y confusión se relajan y adoptan una expresión más serena y decidida. Bajan sus armas y permanecen allí de pie, esperando mis órdenes.

Una nueva oleada de energía de la piedra me golpea casi como una bofetada. Me hace ser consciente de mis actos desde otra perspectiva, una que no está cegada por el poder. Me veo controlando a estos humanos como si fueran meras marionetas y no puedo más que asquearme de mí mismo por haber disfrutado haciéndolo.

Poco a poco sustituyo ese control absoluto sobre su voluntad por sensaciones apaciguadoras, intentado mostrarles que no somos sus enemigos.

-Diles que nos lleven hasta sus líderes -le digo a Gabriel.

Este se levanta y se apresura a traducirles mis palabras. El jefe parpadea, casi como si no entendiera sus palabras, pero se gira y se adentra en el túnel. Yo sé que no es que no entienda sus palabras, si no que no entiende por qué las obedece.

-¿Qué has hecho? -me pregunta Kurl mientras me levanto y seguimos a los guardias.

-Aquello por lo que los elnaths somos temidos -digo con una mueca de amargura.

Kurl se queda mirándome y noto su preocupación.

-¿Les estás controlando la mente? -pregunta Gabriel casi con asco.

-Nos llevarán ante sus líderes -digo cortante-. Luego, espero que me perdonen -digo en voz baja, más para mí que para los demás.

Seguimos a los guardias y no tardamos en llegar a una zona iluminada con lámparas. Tras ellas hay una pareja de guardias que nos miran extrañados. Nuestros guías les dicen algo y continuamos. Las luces iluminan ahora el corredor, que se nota que ha sido trabajado para formar un suelo y paredes lisas.

Los muros están tallados con distintos símbolos en relieve. Entre lo que parece un alfabeto, hay muchos dibujos primitivos. En las diferentes formas reconozco a areanos, elnaths y otras razas que participaron en la esclavización de este planeta. También hay humanos luchando y muriendo frente a ellos y otros huyendo bajo la montaña, imagino que a esta misma cámara. Tras ellos se muestra la tierra con humanos tumbados en el suelo, aparentemente dormidos y los areanos, o "dioses" como creían entonces, caminan entre ellos.

Entramos en una cámara más grande, que parece la antesala de otra de proporciones mucho mayores. Más guardias entran en esta sala y hablan con nuestros guías. La marcha se detiene y los guardias a nuestro alrededor mantienen sus armas preparadas.

-Parece que el querer ver a sus líderes, no les resulta una razón suficientemente buena para que estemos aquí -dice Gabriel-. Creo que tendrás que hacer más magia de esa tuya si queremos pasar.

-No puedo manipular a tantos -digo casi encogiéndome.

Afortunadamente Yuri entra en la cámara con otro puñado de hombres y mi suspiro de alivio queda ensordecido cuando sus acompañantes nos apuntan con sus armas. Poco a poco voy retirando mi presencia de la mente de los soldados y estos vuelven a ser conscientes de lo que ocurre. Por suerte no saben lo que les ha pasado cuando Yuri da algunas órdenes y nos mira.

-Por favor, acompañadme -su tono indica una orden clara, y los hombres apuntándonos no facilita la situación.

Caminamos tras Yuri rodeados por sus hombres. Entramos en la siguiente cámara, una enorme caverna que se alza muy por encima de nuestras cabezas. Allí se encuentra la mayoría de los supervivientes humanos que nos miran atemorizados. Entre el mar de miedo que son sus sentimientos, distingo despuntes de ira de aquellos que nos reconocen. Caminamos junto a la pared y nos llevan hasta otra cámara.

-¡Kurl! -grita una voz infantil a nuestras espaldas.

Mica sale de la muchedumbre por debajo de las piernas de un hombre, pero un guardia no la deja continuar. Intentamos volver, pero los guardias nos obligan a entrar en la siguiente estancia. Noto el ansia protectora de Kurl mientras lo obligan a continuar, los guardias deberían estar agradecidos de que se haya reprimido.

Entramos en la sala contigua y corren unos cortinajes tras nosotros. Dos guardias se quedan custodiando la entrada, y los demás, tras avanzar un poco bajan las armas.

-Os pido disculpas por la fría bienvenida -dice Yuri-, esos eran supervivientes de otros refugios, no sé cómo habéis conseguido que os escolten hasta aquí.

-No estaban dispuestos a hacerlo -digo arrepentido-, por suerte para vosotros los elnaths no suelen formar parte en las escuadras de intervención.

-No es de mucho consuelo -responde Yuri preocupado-, pero me alegro de que halláis llegado sanos y salvos. Seguidme, hablaremos mejor en privado.

Yuri se dirige hacia una abertura y nosotros tras él, sus guardias toman posiciones en la sala, pero no nos siguen.

-Decidme, -dice mientras caminamos-, ¿debe preocuparme vuestra presencia aquí?

-Me temo que sí -dice Kurl muy serio-, traemos noticias muy graves. Lo suficientemente graves como para que vuestro consejo deba ser consciente de ellas.

Yuri se detiene y mira a Kurl consternado. Siento una preocupación en él que no ha hecho más que crecer desde que hemos llegado.

-¿Queréis reuniros con el consejo?

-Creemos que todos debéis saber lo que sucede -responde Kurl.

-Tenéis que saber que la situación es mucho peor que cuando os fuisteis -dice Yuri mirándonos a todos-. Aquí hay muchos supervivientes de otros refugios que, aunque a menor escala, también fueron atacados. No os conocen y odian a los añanchis. Y los que os conocen no os profesan mucho más cariño.

-Diremos lo que tenemos que decir -digo atrayendo la atención-, luego haced lo que queráis.

Yuri nos mira un instante, sopesando la situación.

-De acuerdo -dice dirigiéndose hacia otra dirección-, por aquí.

El trayecto se hace ahora en silencio. Siento la preocupación de Yuri, cosa que me hace dudar. He estado con él en otras ocasiones conflictivas y no le había notado tan consternado como ahora. Si la situación aquí es tan complicada, cómo reaccionarán ante lo que se avecina.

Llegamos a unos cortinajes que dan paso a una sala más limpia y despejada. Yuri le dice algo a uno de los guardias de la entrada, y este se marcha por el pasillo por el que hemos venido.

La sala tiene una mesa grande de piedra con cuatro sillas a su alrededor. Hay otras sillas por la estancia, pero son de menor calidad. El suelo está cubierto en algunos puntos con alfombras descoloridas, pero en buen estado.

En una de las sillas está sentado Ceyaotl, que al vernos no varía un ápice sus facciones, pero no me pasa desapercibida su pena y amargura. A su lado, una mujer mayor que no conozco se pone de pie violentamente y nos mira con odio. Comienza a gritar algo, imagino que insultante, pero Ceyaotl levanta una mano haciéndola parar, y dice algo en voz baja para calmarla.

-A Ceyaotl ya lo conocéis -dice Yuri-, ella es la nueva consejera espiritual Shara, procedente del refugio del norte. Yo traduciré sus palabras, si os parece bien.

Asiento levemente con la cabeza y aunque miro a Ceyaotl, los ojos de la consejera Shara me taladran con furia. Nueva consejera. La consejera Eva siempre se mostró razonable y me entendía a la perfección, es una lástima que haya muerto.

Los cortinajes se abren y entra Antia con aire preocupado. Siento su pesar, pero cuando cruza su mirada con la de Gabriel, este se disipa transformándose en ese cálido sentimiento que tan bien conozco y por el que tantos humanos han sufrido.

-Me alegro de veros -dice recobrando un semblante serio, propio de su cargo.

-Consejera Antia -digo con una inclinación de cabeza, al parecer, la única que se alegra de nuestra presencia.

-¿Y bien? -dice Yuri, sentándose en una de las sillas de piedra, junto con los demás miembros del consejo, lo que me indica que él adopta el puesto de consejero de guerra-. ¿Qué os ha traído nuevamente ante nosotros?

-El futuro de la raza humana está en grave peligro -dice Kurl.

-Vuestra presencia aquí es garantía de ello –le corta Ceyaotl.

Antes de que Kurl continúe con su discurso, intervengo.

-El Orden ha aprobado la eliminación total de la especie humana.

Los consejeros me miran fijamente, sin poder asimilarlo. Yuri es el primero que aparta la mirada para ver la reacción de sus compañeros.

-¿Cómo sabemos que lo que decís es cierto? -dice tras un largo silencio Ceyaotl.

-¿Crees que venimos hasta aquí para pasar el rato? -respondo ofendido-. Dentro de tres días los pocos que os escondéis aquí seréis los únicos humanos con vida en la Tierra. ¿Cuánto tiempo más piensas que tardarán en venir a buscaros? ¿Crees que no han ido a por vosotros porque habéis permanecido ocultos a sus radares? Seguís con vida porque os están estudiando. Da igual que estéis en el Orbe o en libertad, solo sois fuentes de datos. Y ya han llegado a una conclusión, ya no sois necesarios.

La sala vuelve a permanecer en silencio mientras digieren mis palabras. Siento un pinchazo de vergüenza al haber perdido el control así, pero es algo que debía decirse y me reafirmo. Kurl me mira, y siento que está de acuerdo. Noto la ira de la nueva consejera de espíritu cuando Yuri termina de transmitirle la reprimenda. Antía recibe la noticia con desasosiego, siento mucha desesperanza en ella.

-¿Tres días? -pregunta Yuri, a lo que Kurl asiente-. No podemos preparar un ataque con posibilidades reales en sólo tres días y menos con nuestros efectivos diezmados.

-Por eso no vamos a atacar -interviene Ceyaotl-. Siempre hemos sobrevivido escondiéndonos y eso es lo que vamos a hacer ahora.

Yuri se vuelve hacia él de forma fulminante.

-¿No vamos a hacer nada? ¿Vas a dejar que mueran?

-Están fuera de nuestras posibilidades -replica Ceyaotl serenamente-, tú mismo lo has dicho. No podemos mandar a la muerte a nuestros guerreros y dejar desprotegido el santuario. Nos ocultaremos y sobreviviremos, como hicieron nuestros ancestros.

-¿Realmente dejarás que los maten sin hacer nada? -digo sin poder creerme lo que estoy oyendo.

-¿Y qué quieres que haga, elnath? -responde Ceyaotl levantandose de la silla-. Mi pueblo está más debilitado que nunca, no voy a mandarlos a una muerte segura para salvar a otros que hace ya mucho tiempo que están condenados.

-Esos otros también son nuestro pueblo -dice Antia. Ceyaotl se gira hacia ella con mirada reprendedora, pero ella no se amilana. Aunque se muestra firme ante el escrutinio, siento la tristeza que la invade, tanto por la situación como por las decisiones de su líder.

-Esconderos no os salvará -dice Kurl.

-Este lugar es defendible -responde Ceyaotl mientras se vuelve a sentar, sin mirar a Kurl-, si tenemos que luchar lo haremos aquí.

-Si tenéis que luchar debería ser por una causa noble que enardezca vuestro espíritu y honre a los caídos -dice Kurl-. Defender a vuestro pueblo capturado e inocente ha sido el motivo que mantuvo vivos a vuestros antepasados. Ahora pretendéis darles la espalda cuando más os necesitan y vais a esconderos en un rincón oscuro, entre gritos de terror y con sus muertes en la conciencia mientras llega el momento final.

-¿Habéis venido a decirme cómo debe morir mi pueblo?

-Intento que te plantees por qué estarías dispuesto a morir —responde Kurl muy calmado de repente-. Se lo prometí a una niña y

266

pienso hacer todo lo que esté en mi mano para evitar que toda esa gente simplemente desaparezca.

Gabriel y yo nos miramos, sin saber cómo reaccionar, pero totalmente de acuerdo con Kurl.

-Tienes un plan -dice Yuri levantándose-, de otra forma, no te mantendrías tan firme.

-Me mantendría tan firme aún sin un plan -dice Kurl esbozando media sonrisa-, pero sí, lo tengo.

-¿Acaso con alguna posibilidad? -exclama Ceyaotl tras una carcajada de desprecio.

-Siempre hay una posibilidad para aquellos que aún tienen esperanza y están dispuestos a luchar hasta el final.

Ceyaotl mira a sus consejeros y siento la confusión en él. Es comprensible, la última vez que confió en nosotros su pueblo sufrió las consecuencias. Pero él mismo tiene que ver que, esconderse sin hacer nada a la espera del golpe final no es una solución.

Ceyaotl y Yuri se miran fijamente y la determinación del nuevo consejero de guerra brilla en sus ojos.

-De acuerdo -dice Ceyaotl con algo más de confianza-, expón tu plan maensiano.

Capítulo 28

Dcicon

Llaman a la puerta.

-Doctor Harris -el celador abre la puerta-, traigo a su paciente.

-Adelante señora Walker -digo cuando por fin sus ojos se cruzan con los míos.

-No, no, por favor -intenta retroceder al pasillo, mira suplicante al celador que con gesto amable pero firme la obliga a entrar y sentarse en el diván-. Es él, por favor, no nos dejéis a solas.

-Martha, tranquila -le dice el celador agachándose a su lado-, todo va a salir bien. Es el doctor Harris, le conoces desde hace años.

Impotente, deja de insistirle, sabe que lo único que conseguirá es que la seden. El celador se levanta para marcharse, le doy las gracias inclinando la cabeza. La puerta se cierra y no puedo evitar mirarla con una sonrisa maliciosa.

-Hola Martha -digo acercándome a ella-, ha pasado mucho tiempo desde la última vez que vine a este mundo a verte.

La que ahora veo ante mí es una mujer muy mayor, mucho más de lo que es en realidad, su pelo, antaño pelirrojo, es ahora gris y quebradizo. Sus ojos azules ahora están apagados, como carentes de esperanza. Su piel es pálida y está demasiado delgada. Casi es un insulto a la mujer que fue, pero es lo que se merece. Por un momento no puedo remediar acordarme de cuando estábamos juntos, hace tantos años, e involuntariamente mi mano se alza para acariciarla la mejilla.

Ella retrocede evitando el contacto, lo que me arranca del pasado y me devuelve al presente. Me levanto sin poder reprimir un gesto de furia y me siento en la mesa frente a ella.

-¿Qué es lo que quieres, Dcicon? -dice intentando mostrar entereza, pero los dos sabemos que hace mucho tiempo que conseguí que su alma estuviera destrozada.

-¿Acaso necesito una razón para venir a verte? Lo he hecho muchas veces a lo largo de estos años, ¿no? Quizá menos de las que me hubiera gustado -muestro una sonrisa-, seguramente muchas más de las que te hubiera gustado a ti.

-Me has destrozado la vida -dice con un sollozo.

-Solo eres la consecuencia de tus actos -digo levantando la voz-. Fuiste tú la que me traicionó, no lo olvides.

-¿Cómo quieres que lo olvide? -ella también eleva el tono hasta lo que sus fuerzas le permiten- Durante treinta años has estado apareciendo para recordármelo, para regodearte. Volviste de entre los muertos para hacerlo.

-Yo no habría muerto si no fuera por tu culpa -no puedo reprimir el enfado y me levanto hacia ella-. Lo di todo para permanecer a tu lado, pero no era a mí a quien querías, ¿verdad? Cuando se terminó el dinero resultó que ya no me amabas tanto, ¿no?

-Estabas enfermo -dice rompiendo a llorar-, es... estabas muriendo.

-¡Me estaba encargando de ello! -digo haciendo un esfuerzo por no gritar-. No iba a dejar que mi ente muriera, íbamos a ser felices. Pero tú te fuiste. Cogiste a nuestro hijo y simplemente te marchaste.

-Yo no lo sabía -su rostro es de súplica, sólo el mirarlo me hace querer abrazarla o estrangularla-, te estabas consumiendo, no podía ver como poco a poco te marchitabas. Te estaba viendo morir.

-Sí, una pena -digo retrocediendo-, estabas tan triste. Por eso fuiste con Richard, él te animó, ¿no? Él y su dinero.

Baja la mirada avergonzada, llorando en silencio.

-A él también le hago visitas de vez en cuando, ¿lo sabías? -sus ojos llorosos me miran inquisitiva, me enfurece que siga preocupándose por él-. O lo hacía. Murió hace unos años, solo, en la calle, mendigando lo suficiente para su próxima dosis. Le quité todo lo que tenía, lo convertí en un miserable, exactamente como a ti.

No dice nada, baja la mirada y llora en silencio. Siento su tristeza, su rabia, su impotencia. Permanecemos los dos en silencio, como suele ocurrir cada vez que vengo a verla, no puedo evitar decirle todo lo que llevo dentro de la forma más cruel posible esperando que su sufrimiento me traiga algo de alivio, pero solo me proporciona más dolor.

-¿Cómo... cómo está Héctor? -se atreve a preguntar por fin.

-Está bien -digo observándola para ver su reacción-, se ha convertido en todo un hombre al que no conocerás jamás. Apenas se acuerda de ti, si es lo que quieres saber. Y sus únicos recuerdo de este mundo son de como su madre abandonó a su padre moribundo para irse con un ricachón borracho que la mantuviera aunque la ignoraba.

Rompe a llorar otra vez. Este es el momento, el punto en el que la hago comprender una y otra vez que se equivocó y entiende que todo este sufrimiento es por su culpa. Me arrodillo frente a ella, le sostengo el rostro entre mis manos, ella esta vez no se aparta. Le hago sentir el amor que siento... que sentía por ella.

-Shh, no pasa nada -la abrazo mientras llora, ella quiere apartarse, pero ese sentimiento de amor la mantiene confundida-, todo tu sufrimiento terminará muy pronto.

-¿De verdad? -se separa un poco para mirarme a los ojos, en ellos vuelvo a ver un destello de lo que fue, un destello de lo que me enamoró de ella.

-Sí, de verdad -le hago sentir que es real, ella me odia, pero la perspectiva de que todo acabe por fin la hacen aceptar mis caricias-. ¿Te acuerdas cuando te decía que eras la mujer más importante del universo? ¿Qué sería capaz de hacer cualquier cosa por ti?

Ella asiente mientras le transmito esos sentimientos rememorando el pasado.

-Te voy a demostrar que es cierto. Eres la mujer más importante del universo. Sólo por ti, toda la raza humana dejará de existir.

Cuando es consciente de mis palabras intenta alejarse, pero la sujeto para mantenerla frente a mí.

-Exacto -digo con la voz cargada de furia, pero las lágrimas brotan de mis ojos-, recuerdas cuando te dije que todos los humanos pagarían por el daño que me habías hecho. Pues ya está, mi sino se ha cumplido y todos seréis destruidos -pienso en el momento final, en perderla definitivamente y mis defensas se vienen abajo-. Si solo me hubieras amado como yo te amé…

Ella está aterrorizada, pero no puedo evitar acercarme a sus labios una última vez. Entre lágrimas le doy un beso que ella no devuelve, pero ya no me sabe cómo antes, ahora me sabe a traición.

Me levanto y me alejo de ella, hecho una furia y recobrando la compostura. En todo el universo es el único ser que me hace perder el control de mis emociones, siempre lo ha sido.

-¿Querías saber a qué había venido? -digo señalándola-. Para esto, para hacerte saber eres la causante de la destrucción de la raza humana. Tu egoísmo me hizo ver que todos sois iguales. Por culpa de tu traición una civilización entera dejará de existir.

-¡No! Por favor, no lo hagas -suplica arrodillándose a mis pies-. Haré lo que quieras, pero por favor no…

Me separo de ella y la miro con odio.

-Este es tu castigo final, saber que la destrucción de tu raza es culpa tuya, y que tu hijo es el que me ha ayudado a conseguirlo.

-¡No! ¡Qué le has hecho a Héctor! -sus gritos son estridentes e intenta aferrarse a mi mientras me dirijo hacia la puerta.

-Celador -llamo cuando la abro-, está teniendo uno de sus episodios, llévela a aislamiento.

-Sí, doctor -el celador entra y sujetándola por el brazo la saca de la habitación.

-Pero por favor, no la de ningún tipo de sedación -digo en el último segundo-, para que el tratamiento sea efectivo necesita ser consciente de todo lo que está pasando.

El celador asiente y continúa llevándosela por el pasillo mientras grita desesperadamente y se retuerce en sus brazos.

-Adiós, Martha.

Capítulo 29

Dcicon

Los actos protocolarios me resultan anodinos, y más aún cuando los dirigentes de cada una de las razas del Orden ni se han dignado a acudir y se han limitado a enviar a un representante en su nombre. Aquí queda retratado lo que opina el universo de los humanos, nunca les ha importado este conflicto o nuestra causa.

Esperamos en el hangar principal de la estación para dar la bienvenida al comité. Las puertas se abren y dos enormes guardias maensianos avanzan con paso firme y alerta, encabezando el grupo. Tras ellos desfilan los que se convertirán en testigos, seguro que muchos involuntarios, del gran acontecimiento.

Los guardias maensianos se separan para formar un pasillo que conduce hacia nosotros los anfitriones. Uno de los tres embajadores areanos que lideran la comitiva, se adelanta a saludar a Fraihon Bannar, el frío areano máximo responsable y coordinador del sector Dephiros, luego saludan menos efusivamente a Rafik Likan, capitán de la estación Lagranma y cuando llega mi turno siento en ellos una mezcla de respeto e incertidumbre. Valoran el paso que se va a dar, pero no están seguros de que sea lo correcto.

Tras de mí, saludan al jefe de seguridad del sector y a las distintas personalidades que pretenden ser algo. Antes de darme cuenta ya está ante mí el embajador psalterium, y un par de vox tras él. La cantidad de representantes de cada estamento del Orden es inquietante, pero ninguno es un miembro con notoriedad. Cada dirigente ha enviado a un consejero, embajador o ayudante, acompañado por supuesto de su respectiva nota excusándose.

Esta comitiva retrata la verdadera cara del Orden en este asunto. Nos apoyan porque necesitan a los elnaths, pero no les importa nada nuestra causa ni nuestras creencias. Estoy de acuerdo en que la eliminación de una especie es algo muy drástico, pero los humanos demostraron hace muchísimo tiempo que no merecen seguir con vida, que son un peligro para todos.

En general la indiferencia se ha apoderado de los representantes. A la mayoría no les importa que estemos aquí reunidos para ser testigos de la eliminación de una raza traicionera y destructiva. Este es el acontecimiento más importante de sus carreras y se esfuerzan por interpretar un papel que no les corresponde. Aunque insultante, su escaso interés es beneficioso, como siempre digo, la indiferencia es buena para el negocio.

Súbitamente siento una presencia en la sala. Su energía invade la habitación, pero no soy capaz de divisar la fuente. Demasiados seres para buscar a alguien concreto entre la multitud. Definitivamente es un elnath, firme y calmado, y con una determinación perturbadora. Una ayudante de Fraihon le comenta algo al oído, seguramente la identidad de este nuevo invitado, a juzgar por su repentino nerviosismo.

La fila de representantes empieza a escasear y por fin consigo encontrarlo. Thadan Daresh, uno de los cinco consejeros del Orden. Los demás han enviado representantes, pero él ha venido en persona. Miro a Fraihon y parece aún más sorprendido que yo, por lo que deduzco que no soy el único al que no se le ha comunicado la llegada de Daresh. Espero que su presencia aquí no resulte peligrosa, pero es algo que debería haber supuesto.

Fraihon se deshace en saludos, reverencias y halagos ante él. El capitán Likan se cuadra como si volviese a ser un cadete en la flota. Cuando Daresh se detiene frente a mí, comienzo a realizar el saludo protocolario del Orden, pero él me sujeta suavemente la cabeza y me responde con el saludo tradicional elnath.

El acto me coge un poco desprevenido, y apresuradamente levanto toda clase de defensas mentales.

-Dcicon Swarths -escucho su voz en mi cabeza en cuanto nuestras frentes se rozan-, el gran adalid elnath, aquel que silenciará el grito.

-Consejero Daresh -respondo en su mente de la misma forma-, es un honor.

-Me gustaría conversar en privado contigo antes de que el proceso comience. Cuando la recepción finalice nos reuniremos en tu despacho.

Daresh se separa sin dejarme contestar y prosigue con el protocolo. Aunque el saludo no ha durado más que un instante, ha sido suficiente para nuestra conversación mental.

Paso por alto el hecho de que no me ha pedido una reunión, me la ha ordenado. Héctor está en el despacho, y Daresh es demasiado poderoso como para esconderlo en la habitación contigua.

-¿Sabíais que el consejero Daresh acudiría al acto? -pregunta Fraihon acercándose al capitán y a mí. El capitán Likan niega con la cabeza.

-Creo que nadie lo sabía -digo sin apartar la mirada de Daresh-, por seguridad.

-Si hubiera sabido que venía, habría organizado algo más digno de un consejero -refunfuña-, no le habría hecho arrastrarse con esos... -nos mira al darse cuenta de que casi pierde la compostura-, con los demás representantes.

Sin decir nada más se marcha y comienza a dar órdenes a sus ayudantes. Miro al capitán, que no es el mejor conversador del mundo y tras despedirme con una leve inclinación de la cabeza me retiro.

No puedo evitar sentirme nervioso, y más cuando falta tan poco. Fraihon enseguida le busca un lugar distinguido al consejero Daresh, al que no puedo parar de lanzar miradas de reojo. Fraihon hace un gran discurso sobre la historia del sector, los próximos acontecimientos y el futuro del mismo. Se esmera en transmitir el gran sacrificio que es para los colonos vivir en el sector Dephiros, cosa que no parece impresionar a los asistentes, que pronto empiezan a perder el interés. No como yo, que directamente nunca he tenido el menor interés en la ceremonia, aprovecho la primera oportunidad que se presenta y me marcho al despacho.

-Héctor -llamo nada más cerrar la puerta.

No tarda nada en salir de las habitaciones traseras y antes de que pueda decir nada le interrumpo.

-Ahora no Héctor, tienes que irte inmediatamente -noto su desagrado y hace ademán de volver a la habitación-. Tienes que irte lejos del despacho, no puedes quedarte aquí.

Se da la vuelta con furia y me sostiene la mirada. Está harto de que le haga esto, y los dos sabemos que no será la última vez que ocurra. Sin decir nada pero dejando patente su enfado se dirige hacia la puerta.

-Vigila tus pasos, hijo -digo apelando mezquinamente a los lazos familiares-, la estación está atestada de representantes diplomáticos y su respectiva seguridad -hago una pausa a la vez que le transmito mi preocupación para darle más énfasis-. Hay un elnath especialmente sensitivo, no te acerques a él.

-Sí, padre -dice remarcando el "padre" de forma burlona y marchándose sin mirar atrás.

Por un instante estoy tentado de ir tras él y tratar de calmarlo, pero tengo cosas más importantes que requieren mi atención y me recuerdo que Héctor puede ser muy efusivo, pero sabe lo que tiene que hacer y por qué tiene que hacerlo.

No pasa mucho tiempo antes de que a modo de llamada, sienta la energía de Daresh al otro lado de la puerta. Instintivamente toco la piedra de mi abuelo, sujeta a una fina cadena, y la saco de la túnica para que quede visible colgada al cuello. Luego hecho mano a las piedras que llevo prendidas en el cinturón, ocultas dentro de la túnica. Muchas de ellas tomadas de las posesiones de aquellos que se opusieron a mí, las demás son los propios elnaths que se me opusieron. Estos fueron los más difíciles de someter, pero su poder me será muy útil en este momento.

Por último saco la gema del bolsillo, la piedra con el ewha de mi madre, mi última adquisición. Lo siento madre, pero aún no has entendido lo que intento hacer, y ahora necesito que todas las energías estén conmigo. Abro el cajón y dejo la piedra dentro, junto a la gema de Drina. Al ver su piedra siento la necesidad de sostenerla y sentirla, pero antes de que ese sentimiento me posea, cierro el cajón de golpe y le transmito a mi invitado el permiso para entrar.

La puerta se abre lentamente y Daresh entra con paso tranquilo. Cierra la puerta casi sin hacer ruido y se adentra en mi despacho sin decir palabra. Le hago un gesto para indicarle que se siente, y cuando lo hace permanece un momento mirándome en silencio.

-En primer lugar quiero trasladarte mi más sincera admiración para la dinastía de los Swarths -comienza el consejero proyectándome una oleada de cálida gratitud-. Generación tras generación, tu familia ha prestado un servicio impecable al Orden, y qué decir tiene que enorgullecéis a la raza de los elnath. Siento mucho lo que ha ocurrido con tu hijo y tu padre, es una verdadera tragedia nos entristece a todos.

Se lo agradezco con una inclinación de cabeza, mostrándome consternado por el dolor. Hay un momento de silencio en el que el consejero no deja de mirarme fijamente, analiza cada una de mis reacciones.

-Pero la verdadera razón por la que me encuentro hoy aquí Dcicon -dice con un tono mucho más serio-, es para preguntarte ¿por qué? ¿Por qué ahora?

-Yo mismo me he hecho esa pregunta un millón de veces desde que ostento este cargo -le contesto tras un instante de silencio, mientras aparento reflexionar sobre la pregunta más trascendental de mi vida, y preparo la respuesta oficial para este tema en concreto-, ¿y por qué no ahora? Los estatutos que encontré para valorar la actividad humana eran erróneos de base, las acciones son independientes unas de otras y no pueden ser sumadas como un conjunto. Una buena acción no exculpa una mala acción, ni en grado ni en forma, deben ser consideradas independientes y ser analizadas de una forma objetiva.

-Recopile y cotejé todos los datos de interés y el resultado es irrefutable, los humanos son más destructivos de lo que nos imaginábamos, no solo en los especímenes del Orbe, que son esclavizados mediante una ilusión de libertad por unos pocos individuos que se afanan por amasar poder; si no también en aquellos que han logrado permanecer fuera del sistema, que matan inocentes e intentan hacernos responsables de sus actos.

-Perdona que te interrumpa Dcicon -dice Daresh cortante- pero ya he leído los informes. Lo que me gustaría conocer es el momento exacto en el que alcanzaste ese grado de clarividencia, ¿fue antes o después de que tu hijo te traicionara y se uniera a esos "ajenos al sistema"?.

-Entiendo con esto que el Orden duda de mi trabajo -digo ofendido, viendo que hacerme el inocente y repetir una y otra vez la versión oficial no resultará con el consejero-, aunque su misma cámara votó a favor ante las pruebas que los asistentes asignados, entre ellos yo, les presentamos.

-Las pruebas presentadas fueron concluyentes, demasiado concluyentes si se me permite mencionarlo -deja la sospecha en el aire, pero de una forma casi halagadora-. Entiéndeme, la curiosidad inicial en este tema se ha transformado en obstinación pura. Incontables veces se ha buscado una sentencia para el problema humano, tanto a favor como en contra, y en multitud de ocasiones las pruebas presentadas gozaban de una contundencia mayor que las que se han expuesto en este caso. Aun así, en cinco mil años, el consejo nunca ha tomado una decisión definitiva al respecto. Solo quiero saber.

Su última frase es cortante y traslada inquietud al ambiente.

-Los humanos son malvados -digo reclinándome, mientras intento calmar mi nerviosismo-, era cuestión de tiempo que el universo se diera cuenta. ¿O es que me está acusando de algo?

-Tengo entendido que no hace mucho le visitó Anael Varkka, emisario del senador Vizho.

-Así es -respondo.

-Son conocidos militantes del Óbice -por fin desvela sus motivos para estar aquí-. Me preocupa que hayas recibido presiones por su parte y tu informe pueda haberse visto afectado.

-Usted mismo dijo que había leído el informe -digo, mostrando mi alivio ante la que parece la única arma del consejero-, debería saber que están fechados mucho antes de recibir la visita del emisario Varkka. Pero aun así no negaré que he recibido numerosas visitas de miembros asociados al Óbice, como tampoco se lo negaría cualquiera de mis predecesores. Siempre han intentado que los informes obedezcan a sus intereses, creo que eso no es un secreto, aunque sus visitas nunca han sido muy eficaces.

-Me parece muy curioso que cuando por fin consiguen su objetivo -dice casi despreocupadamente, como si no supiera que sus palabras van cargadas con toda la intención-, todos sus componentes aparezcan muertos. ¿Sabes algo al respecto, Dcicon?

-Siempre he escuchado que cuando los humanos fueran erradicados -digo en tono jovial, y espero que no vea cuánto disfruto con este tema-, el Óbice no tendría razón de ser y desaparecería. A lo mejor era más literal de lo que nos imaginábamos.

Daresh me mira furioso y por un instante puedo vislumbrar sus sentimientos. Mi satisfacción aumenta y me inclino hacia delante.

-Consejero Daresh, ¿puedo preguntarle algo? -Daresh me mira pero continuo sin que le dé tiempo a decir nada-. ¿Por qué no detiene esto si es lo que desea? Usted tiene la potestad de hacerlo, nadie podría negárselo, podría presentar un recurso y dilatar el proceso hasta hacerlo perderse en el olvido, pero aun así se empeña en buscar motivos ocultos o conspiraciones.

El consejero se queda totalmente callado, con la mirada perdida. En teoría puede hacerlo, pero un consejero no se arriesgará a llevar la contraria de forma unilateral a una decisión del resto de las razas sin tener una justificación más que contundente. Sin variar su semblante se levanta y parpadea para volver de sus pensamientos.

-Nos veremos en la ceremonia adalid Swarths -dice con un tono de derrota en la voz.

Se gira y sale por la puerta sin esperar respuesta. Le observo marcharse, guardo silencio hasta que se cierra la puerta. Fragmentos de la conversación resuenan en mi cabeza, las emociones que le he mostrado, las que puedo no haber reprimido totalmente. Busco algún posible error que pueda estropearlo todo. Sabe que hay algo turbio detrás de todo, pero no puede hacer nada para demostrarlo. Al menos el Óbice sabía cómo cubrir su rastro.

Saco mi segundo comunicador, el que utilizo para contactar con Héctor y Shaezz, y les mando un mensaje para que vengan a mi despacho cuanto antes.

Héctor llega primero, bastante más tranquilo. Puede que haya visto la situación de la nave y haya entendido la gravedad de la presencia de los diplomáticos. No mucho después Shaezz entra por la puerta principal, como si no tuviera que ocultarse.

-La presencia del consejero Daresh lo complica todo -les digo con voz firme-, no necesita muchos motivos para detener la ceremonia y nosotros no vamos a darle ninguno. Héctor, los rebeldes humanos intentarán rescatar a los suyos, infíltrate entre ellos y neutraliza cualquier acción que pueda suponer algún peligro.

Héctor asiente emocionado, percibo sus ansias por comenzar.

-Shaezz, tú te quedarás conmigo. Quiero que analices la seguirdad del consejero y encuentres cualquier brecha, es posible que tengas que hacerle una visita.

Shaezz tarda un instante en asentir, por primera vez siento algo en él, y no sé si es algo bueno.

Capítulo 30
Kurltama

-Thanaros a Lagranma -digo imitando el tono frío y mecánico que acostumbran a usar los pilotos de los cargueros-, esperamos permiso para entrar en la estación.

Nos acercamos lentamente a la enorme nave orbital y noto como los demás pasajeros del carguero miran hacia ella con angustia. Normal, la mayoría son humanos que solo la han observado con odio desde tierra.

-Lagranma a Thanaros -contesta la voz femenina, seguramente areana, desde el comunicador-, les enviamos los vectores de aproximación. Por favor, sigan las instrucciones indicadas y prepárense para la inspección de abordo.

-Gracias Lagranma, Thanaros fuera.

Apago el comunicador y configuro el piloto automático para seguir las coordenadas que nos ha mandado la estación. Me doy la vuelta y veo a los demás mirándome fijamente.

-Iros preparando -le digo a Yuri.

Yuri asiente y comprueba el cargador de su rifle. Sus mejores soldados, cinco hombres y dos mujeres, se apresuran a imitarle. Sus movimientos son nerviosos e imprecisos en comparación a lo que he visto en mi estancia con ellos. Son presa del miedo aunque se esfuercen para no demostrarlo. Yuri también es consciente de ello, y tras acabar sus preparativos, reúne a sus hombres en un estrecho círculo y comienza una arenga inspiradora.

Su discurso parece calmarlos y sus rostros muestran algo de la determinación que les faltaba. Gabriel se mantiene apartado de los demás humanos, con las armas preparadas y mirando hacia la estación, aunque sus ojos miran más allá de la gran nave, parecen perderse en el vacío.

Brais está sentado en el asiento del copiloto, con las piernas cruzadas, los ojos cerrados, sujetando su piedra como si temiera que alguien se la fuera a arrancar de las manos. Siento tener que molestarlo pero está llegando el momento.

Apoyo una mano sobre su hombro. Él lentamente abre los ojos, totalmente sereno.

-Estoy listo -dice aflojando la tensión sobre su piedra.

La convicción y la madurez que veo ahora en él, serían inimaginables antes de que todo esto explotara, Unwei debe estar orgulloso.

Yuri da una orden a sus hombres y estos se dirigen a la zona de carga de la nave, situada en la parte trasera. Mira a Gabriel, que parece estar a mundos de distancia y no reacciona. Le llama una vez, pero es a la segunda cuando este se gira y vuelve a ser consciente de todo lo que le rodea. Antes de entrar en la zona de carga se gira y nos mira fijamente a Brais y a mí. Yuri le palmea el hombro instándole a entrar, y este no tarda en hacerlo.

-Estamos en tus manos pequeño -dice Yuri sin un ápice de su sonrisa habitual, está totalmente centrado en la misión-, si algo sale mal, os cubriremos desde aquí.

Brais asiente y Yuri entra en la zona de carga. No llega a cerrar la puerta, deja la abertura justa para abrir fuego de ser necesario. Me alegro de que los humanos puedan contar con un guerrero de su valía.

Vuelvo hacia los controles y me siento a los mandos cuando la puerta del hangar comienza a abrirse. La luz del interior me ciega brevemente. Brais no ha vuelto a su sitio, se ha quedado junto a la puerta mirándola sin pestañear. Pasamos la compuerta, que se cierra tras nosotros, ya no hay vuelta atrás. Ahora la esperanza es nuestra mejor arma. Desvío la mirada hacia el armario de mi izquierda y sonrío al pensar en el arma que hay dentro. Tú también serás de mucha ayuda.

La consola de abordo indica que atraquemos en el muelle siete, y la nave se dirige hacia allí de forma autónoma, siguiendo las coordenadas de la torre de control. Entramos por un compartimento que se cierra tras nosotros y la nave se posa en una cámara espaciosa y despejada. La comunicación nos informa de que esperemos durante la descompresión. Cuando finaliza, la voz nos pide que abramos la puerta para permitir entrar al equipo de inspección.

Miro a Brais, para ver si está preparado. Asiente con la cabeza y se separa de la puerta, intentando parecer más natural. Quito el bloqueo de las puertas y veo como abajo, en la cámara, se abre una compuerta y el equipo de inspección se acerca a la nave.

El equipo está formado por un areano vestido con ropas de oficio, el funcionario a cargo de la inspección; dos guardias psalterium, uno de ellos con un escáner biométrico con el que recoge lecturas del exterior de la nave; y un guardia maensiano que cierra la comitiva.

Tardan quizá demasiado tiempo en llegar a la puerta, espero que el escáner no nos delate antes de que podamos comenzar. Afortunadamente no es así y la puerta se abre. Un psalterium con traje de combate entra primero. Va armado con un rifle estándar de los servicios de seguridad. Lanza una rápida mirada al interior de la nave, y entra. Le sigue el areano, que tiene que agacharse para pasar.

-Saludos -dice realizando el saludo del Orden-, soy el administrador Soren Banon. Si nos permiten, realizaremos una inspección para comprobar que no introducen en la estación mercancías prohibidas por las leyes del Orden ni especies no reguladas. Antes de comenzar, ¿tienen algo que declarar? -Brais y yo negamos con la cabeza-. Bien, entonces procederemos a la inspección, si pueden colocarse a ese lado de la cabina, por favor.

Me levanto y me pongo donde ha indicado, pero veo que Brais duda, no es lo que estaba previsto. Con paso lento viene hacia mí y siento su ansia por empezar. Pero aún es pronto, dos miembros del equipo de inspección ni siquiera han entrado en la nave.

El guardia psalterium se acerca a la zona de mandos. Finge inspeccionarlos, pero su objetivo es tenernos bajo control. El areano camina distraídamente por el habitáculo sin prestar demasiada atención. Cuando el maensiano entra, casi puedo sentir la concentración de Brais, preparándose para actuar. Pero todo será inútil si el último miembro del equipo no entra en la nave.

El maensiano se coloca cerca de la puerta, preparado para intervenir si ocurre algo. Veo como el psalterium del escáner aún está ocupado analizando algo del exterior, pero mi pulso se dispara cuando el areano, con su paso despreocupado se acerca peligrosamente a la puerta de la zona de carga. Echa un rápido vistazo por la abertura, confío que dentro esté demasiado oscuro como para que vea algo.

Le hace una seña al maensiano que se acerca con intención inspeccionar la zona de carga. Si esa puerta se abre, estoy seguro de que el maensiano caerá muerto en el acto, como morirá nuestro plan cuando den la alarma. Noto como el guardia psalterium sujeta su arma con más fuerza, y el maensiano saca una pistola de gran calibre mientras camina. Se detiene junto a la puerta y busca con la mirada al areano pendiente de una confirmación.

El areano asiente y el maensiano alza una mano hacia la puerta. Casi puedo imaginar el sonido del rifle de Yuri siendo amartillado, pero justo en ese momento el psalterium del escáner entra por la puerta, sin hacer caso a otra cosa que no sean las indicaciones de su pantalla.

Brais, con la piedra en la mano, baja la cabeza y cierra los ojos. Siento como su mente toca la mía, y en ese momento todos se vuelven hacia él. El areano lanza un grito de advertencia y el psalterium del rifle le apunta rápidamente. El tiempo parece detenerse a mi alrededor, veo el potencial peligro y no soy capaza de reaccionar. Tardo un instante en darme cuenta que el tiempo no se ha detenido, es el equipo de inspección el que ha quedado paralizado, dominado por el poder de Brais. Un momento más tarde sus ojos se ponen en blanco y caen desmayados.

La presión que nublaba mi mente se disipa y veo como Brais se relaja, visiblemente abatido y conmocionado. Yuri abre la puerta con el rifle preparado y apuntando a los cuerpos inmóviles. Cuando ve que no hay peligro sale con sus hombres y se separan para maniatar y amordazar a los prisioneros.

-Lo siento -dice Brais con la voz apagada-, creo que también te afecté a ti.

-No pasa nada, ¿estás bien? ¿Puedes continuar?

-Sí, no te preocupes -se acerca al areano y le pone una mano en la frente.

-¿Qué hacemos con este? -pregunta Yuri junto al maensiano-. No tenemos nada lo suficientemente fuerte para él.

Saco mi arma del armario y la preparo.

-Atadle con todo lo que os sobre y rezad para que tarde en despertarse.

Me vuelvo hacia Brais a tiempo para ver como el areano se levanta. Su rostro es totalmente inexpresivo, sometido a la voluntad de Brais.

-Esperad a mi señal -dice sin apenas mirarnos, totalmente concentrado.

-Ten cuidado Brais -le digo mientras se marcha por la puerta, aunque si me ha escuchado, no hace ademán alguno para responder.

Yuri y sus hombres llevan al equipo de inspección a la zona de carga. Al maensiano intentan cargarlo entre todos, pero se limitan a apoyarlo contra la puerta. Voy hasta la cabina, desde donde soy capaz de ver la puerta del hangar. Yuri no tarda en reunirse allí conmigo y veo que sus hombres están colocados en posiciones estratégicas cubriendo la puerta.

Por la puerta del hangar pasa un trabajador psalterium, uno de los mecánicos a juzgar por su mono de trabajo. Yuri se tensa visiblemente cuando el psalterium mira hacia la nave, pero afortunadamente es un mecánico, ajeno a la seguridad, y pasa de largo.

No sé cuánto tiempo ha transcurrido, pero parece una eternidad. Ni Yuri ni yo hemos apartado la mirada un instante de esa puerta, ni las manos de las armas. Casi nos sobresaltamos cuando una comunicación entra en la nave.

-Kurl, llévalos hacia la entrada del hangar -dice la voz de Brais-. Entrad en el muelle 3, la puerta estará abierta, y no hagáis ningún ruido hasta que yo os vuelva a abrir la puerta. Luego seguid hasta la sala de control.

La transmisión se corta, Yuri yo nos miramos un instante antes de salir rápidamente de la nave y dirigirnos al pasillo. Me asomo y no hay nadie, por lo que avanzamos en cerrada formación, con las armas preparadas. Los demás hangares están cerrados y no nos cruzamos con nadie, hasta que al doblar una esquina, veo la puerta abierta del muelle 3. Cuando todos estamos dentro, la puerta se cierra automáticamente tras nosotros. Los humanos se muestran nerviosos y Yuri les hace un gesto para que guarden silencio. Pasa un instante y escuchamos voces al otro lado de la puerta. Distingo al menos tres voces, pero pasan de largo sin ningún tipo de vacilación. Esperamos expectantes hasta que la puerta del hangar se abre, y formando nuevamente en posición, guío a los humanos hasta la sala de control del hangar.

Entramos en la sala y veo a Brais de pie junto a tres areanos inconscientes, uno de ellos el inspector de la nave.

-No sé de cuánto tiempo disponemos -dice Brais con mejor aspecto que antes, alguien podría entrar aquí en cualquier momento y dar la alarma, así que debemos actuar rápido.

Al decirlo se acerca a mí y me tiende la mano. Se la estrecho sin dudarlo, y en el acto me inunda con una sensación de cariño y de gratitud.

-Cualquier calificativo queda empequeñecido al compararlo contigo, mi enorme amigo -dice Brais en un tono cálido, que a mí me sabe a despedida-. Eres el mejor ser que he conocido, jamás habrá nada que puede hacer o decir para compensar todo lo que has hecho por mí -sus últimas palabras resuenan en mi cabeza acompañadas por una oleada de emociones-. Te quiero, hermano.

Me quedo atónito un momento, sin poder articular palabra. Brais sonríe y se dirige a Yuri, con el que también mantiene unas rápidas palabras. Me siento estúpido por no haber podido responderle a mi mejor amigo, tengo que reprimirme para no ir tras él, pero me doy cuenta de que aunque no le haya dicho nada, seguramente haya percibido todo lo que siento.

Se reúne con Gabriel junto a la puerta.

-Os deseo la mejor de las suertes -digo mirando a Gabriel, cuyo rostro refleja una concentración fuera de lo normal.

Gabriel asiente, pero no dice nada ni parece tener la intención de decirlo. Para mi sorpresa siento una cálida sensación de gratitud. Miro a Brais por un momento, pero sé que no procede de él, la sensación que percibo es completamente diferente, pero a la vez familiar. Miro nuevamente a Gabriel, proyectando sus emociones sobre mí. Me sorprende lo rápido que ha aprendido a controlar sus habilidades heredadas.

Yuri les desea suerte. Gabriel y Brais asienten y desaparecen por la puerta. Aguardamos un momento en silencio, asimilando que tanto ellos como nosotros ahora estamos solos, dependemos de nuestros propios medios.

-Espero que estéis preparados -digo atrayendo la atención sobre mí-, porque esta era la parte fácil. Se os ha dado la oportunidad de luchar por el destino de vuestra raza, no la desaprovechéis.

Dicho esto, y pensando que ya les hemos dado a Brais y a Gabriel suficiente tiempo para alejarse de nuestra ruta, salgo por la puerta con el ansia del maensiano que se dirige a la batalla.

Me asomo por la esquina. Despejado. Hago una señal y todos me siguen rápida y silenciosamente hasta la siguiente esquina. Tenemos que llegar hasta el ascensor de servicio que nos llevará hasta el nivel de comandancia, atravesar la zona de oficiales y de ahí a la sala de mandos. Si nos detectan antes de llegar al ascensor, lo bloquearán y nos quedaremos atrapados en este nivel.

En el siguiente pasillo hay dos guardias maensianos custodiando la entrada al ascensor, situada a la izquierda del pasillo. Es extraño, habitualmente solo hay seguridad en la entrada de la estación y en los niveles superiores. Su presencia aquí lo complica todo y el tiempo juega en nuestra contra.

Miro al grupo de humanos y descarto rápidamente los planes en los que se ven involucrados. Les hago una seña con la mano para que mantengan la posición, y mantengo la mirada en Yuri hasta que me confirma la orden. Con todo el cuidado que puedo tener salgo al pasillo y me pego a la pared, intentando esconderme de la visión del guardia utilizando al otro guardia como pantalla. Camino lentamente y soy consciente del silencio que me rodea, no seré capaz de acercarme a ellos lo suficiente sin que me oigan.

Cada vez camino más agachado y con el arma preparada. No quiero matarlos, pero la vida de muchos depende ahora de esta misión. Llego demasiado cerca y noto como el guardia cambia el peso de su cuerpo de un pie al otro para girarse en mi dirección. Salto hacia él describiendo un arco descendente con el rifle hacia su cabeza. En el último momento activo la función aturdidora del arma y la electricidad crepita en el aire. El guardia maensiano cae desplomado a un lado, aún con espasmos por la descarga.

Dirijo mi atención al otro guardia, que levanta una pistola de gran tamaño hacia mí. Sin más opción lanzo mi arma contra él. El rifle impacta en su pecho y la descarga de energía le hace retroceder. Sin haber sido un ataque demasiado efectivo, el guardia afianza sus pies y vuelve a apuntarme, pero la distracción me ha dado el tiempo necesario para llegar hasta él y en cuanto levanta la mirada, le asesto un puñetazo en la mandíbula que le lanza de espaldas al suelo. Aún así intenta apuntarme desde el suelo, pero se detiene en seco y mira detrás de mí.

Los humanos han salido de sus puestos y le apuntan con sus armas.

-Tira el arma -le digo en maensiano.

Me mira con odio y la deja caer a su lado.

-Lo siento -le digo antes de dejarle inconsciente con otra descarga de mi querido rifle-. Todos dentro, antes de que nos bloqueen aquí abajo.

Nos metemos en el ascensor, suficientemente grande como para que entremos todos; pulso el botón y noto como subimos.

-No debisteis haber salido al pasillo -les digo.

-Creímos que necesitabas ayuda -contesta Yuri-. Dijiste que no habría seguridad.

-No debería haberla. La habrán reforzado en previsión a un posible ataque vuestro, imagino. No importa por qué están aquí, lo que importa es que están, y si había dos guardias abajo, es muy probable que haya dos guardias arriba, si no más.

-¿Cuánta distancia hay desde el ascensor hasta la sala de control? -pregunta Yuri-. Si nos ponemos en lo peor, ¿podemos abrirnos paso luchando?

Repaso mentalmente la disposición de la planta. La sala de mandos está relativamente cerca, pero si tenemos que pelear a cada paso, la situación será muy comprometida.

-En la puerta del ascensor convergen tres pasillos -digo intentando orientarme ya que solo he estado allí una vez-. Nosotros, sin importar lo que nos espere al otro lado, iremos por el del centro. Un poco más adelante el pasillo se ensancha en una especie de sala de espera con asientos y columnas. Allí podremos parapetarnos y mantener un tiroteo de ser necesario, pero si nos mantenemos en los pasillos sin cobertura estamos muertos.

Yuri asiente, y sus soldados también cuando los traductores de sus comunicadores hacen su trabajo.

-Preparaos -digo cuando empiezo a notar la deceleración del ascensor-, hemos llegado.

La puerta se abre y veo brevemente las caras de sorpresa de un maensiano y un psalterium justo antes de que los humanos abran fuego contra ellos. Me apresuro a salir del ascensor y corremos pasillo adelante. A nuestro alrededor, multitud de caras nos miran con miedo y huyen a nuestro paso. En un instante todo se ha convertido en gritos y carreras.

-Si no nos salen al paso continuad hasta la sala de mandos -le grito a Yuri, pero en ese instante, al final del pasillo, aparecen más guardias armados.

Un par de los hombres de Yuri se detienen y abren fuego. Nosotros continuamos y a unos pocos pasos se encuentra la sala de las columnas, donde buscamos cobertura.

Yuri, agachado tras un banco, grita algo a los hombres rezagados. Uno corre en busca de una cobertura, el otro saca una granada y la arroja al pasillo por el que veníamos. Una cortina de humo bloquea toda visión y el humano se gira para reunirse con nosotros, en ese momento los guardias abren fuego, y recibe un disparo en el abdomen. El soldado cae al suelo y se aprieta la herida con la mano mientras se arrastra hacia nosotros.

Antes de darme cuenta, Yuri corre hacia él. Los disparos vuelan a su alrededor y solo sus dioses interceden para que no le alcance ninguna. Me asomo por la columna y abro fuego de cobertura. Algunos humanos se unen a mí, obligamos a retroceder a los guardias. Los que están más cercanos ayudan a Yuri a resguardar al herido tras una columna. Yo aprovecho el momento y avanzo mi posición hasta el otro extremo de la sala.

Los guardias vuelven a asomarse y Yuri abate uno de ellos antes de que tengan tiempo de disparar. Los humanos abren fuego y otro guardia cae herido. Disparo sin acertar a un blanco provocando un feo agujero en la pared. No sé cuántos guardias puede haber, pero no podemos seguir así.

Yuri aparece a mi altura, cubriéndose en la pared al otro lado de la entrada. Dispara uno tiros y me muestra una granada. Me la lanza y veo que es una cegadora. Él tiene otra. Asiento y espero a su señal.

Cuando los humanos se reagrupan un poco más cerca de nuestra posición, abren fuego de cobertura y Yuri y yo tiramos las granadas. Intento que la mía rebote y caiga en el pasillo lateral. La de Yuri cae en todo el centro. Nos escondemos a la espera del fogonazo y salimos en tromba.

Ocupo el centro del pasillo, Yuri a mi derecha y otro humano a mi izquierda. Dos de ellos llevan al herido y los tres restantes cierran en grupo, protegiendo la retaguardia. Se nota que los guardias están desentrenados, su reacción a la cegadora es caótica. Gritan y se dispersan arbitrariamente como una bandada de quackos asustados.

Llegamos rápidamente ante ellos, cuatro psalterium se retiran a ciegas por el pasillo, dejando dos muerto y un herido.

Alcanzo al más rezagado y lo dejo inconsciente de un golpe, pero los humanos abren fuego y abaten a los demás. Sin detenernos corremos por el pasillo, dejando atrás rostros aterrorizados escondidos en sus oficinas. Encontramos la puerta de la sala de mandos, pero está cerrada desde dentro. Era de esperar.

-Cerrada -digo volviéndome hacia Yuri.

-¡Katrina! -llama Yuri.

Una de las féminas se adelanta y saca de su mochila una serie de cables que conecta a su comunicador, un aparato que parece haber modificado ella misma. Conecta los cables al panel de control de la puerta e innumerables líneas de código aparecen en su holopantalla. Formamos una posición defensiva en torno a la puerta, mientras otro de los humanos atiende al herido aplicándole un gel que tapona la herida.

El tiempo parece no avanzar. El grupo está en constante alerta, sin saber en qué momento aparecerá el siguiente grupo de guardias la final del pasillo, pero Katrina se levanta, hace una señal y abre la puerta. Entro antes de que las puertas se hayan abierto por completo. Dentro me encuentro dos areanos y tres psalterium. Los oficiales tratan de esconderse y piden clemencia, todos menos uno de los áreanos, presumiblemente el oficial al mando. Me apunta asustado con una pequeña pistola mientras relata la serie leyes y artículos que estamos violando, pero antes de que le dé tiempo a ordenarnos que depongamos las armas le arranco la pistola de la mano.

-No hagas ninguna tontería -le digo mientras le empujo junto a sus oficiales, los humanos entran y los encañonan y el terror se hace patente en sus caras-. No -les detengo levantando una mano-, sacadlos de aquí y cerrad la puerta.

Los humanos empujan violentamente a los oficiales fuera de la sala y Katrina se conecta nuevamente al panel de control, cerrando la puerta. Tardo un buen rato en identificar los controles y hacerme con ellos. Tras accionar la consola central noto como la nave lentamente abandona su órbita alrededor de la Tierra y toma el rumbo marcado, directo a la estación energética del Sol.

Katrina dice algo en carhué a nuestras espaldas.

-Están intentando entrar -traduce Yuri.

-Consíguenos todo el tiempo que puedas -le digo, ella vuelve su atención a su holopantalla y veo sus dedos volar por ella-. Yuri, prepárate, vamos a grabar. En el criterio de tus palabras está la salvación de tu raza.

Yuri asiente convencido y se sitúa ante la pantalla de mandos con tres de sus hombres detrás empuñando sus armas. Tecleo en el panel y empieza la grabación.

-Mi nombre es Yuri Bogdánov -comienza Yuri en areano, intentando ocultar lo más posible su acento en la medida de lo posible-, representante de la raza humana libre. Retransmito desde la sala de mandos de la estación Lagranma, antes en órbita sobre la Tierra. Nos hemos hecho con el control de la estación y como podrán comprobar ahora se dirige al Sol. Cuando la estación impacte contra la planta energética solar, estallará, destruyendo todo el sistema solar y a todos los que están en él, provocando una reacción en cadena que desestabilizará el universo tal como lo conocen. Tienen tres horas para liberar a la humanidad o daremos comienzo al Grito.

Yuri se da la vuelta y sale de plano de una forma muy teatral. Apago la grabación y busco la forma de mandarla a la estación central.

-Esto ya está -digo volviéndome hacia ellos-, ahora a aguantar aquí y esperar.

-¿Crees que nos tomarán en serio? -pregunta Yuri en voz baja.

No sé qué contestarle. Si no nos toman en serio acabaremos con millones y millones de vidas inocentes. Si nos toman demasiado enserio es posible que nos alcance un destructor y nos aniquile antes de llegar al sol. Y si por alguna extraña razón conseguimos salir de esta nave seremos repudiados, si no apresados de por vida. Le miro a los ojos.

-Esto está hecho -digo quitándole importancia.

En la puerta Katrina sigue trabajando para mantenerla cerrada. Arranco parte del mobiliario de la cabina y lo coloco contra las puertas a modo de barricada. Los humanos recargan sus armas y se preparan nuevamente para combatir.

Estamos todos concentrados en nuestras tareas cuando nos sorprende la entrada de una comunicación. Yuri la activa y en pantalla aparece Mar'on Psdae, la areana líder del consejo. Nos han tomado demasiado en serio.

-Yuri Bogdánov, soy Mar'on Psdae designada representante del consejo -dice la consejera con su fluido acento areano-. Me pongo en contacto con usted para pedirle que ponga fin a sus hostilidades y se entreguen, sus reivindicaciones no serán tomadas en cuenta por el consejo.

-Puede que nosotros no le importemos -responde Yuri furioso-, pero le aseguro que le importarán los millones de muertos que tendrá en sus manos. La mayoría son de los suyos.

-Esto no es una negociación, le advertimos que se entreguen o intervendremos.

Yuri me mira un instante. Los radares no muestran que haya una nave lo suficientemente grande para detenernos, pero no sé qué pueden estar tramando.

-Liberadnos -responde Yuri finalmente-, o no habrá vuelta atrás.

-Así sea -contesta la consejera y su imagen desaparece.

Casi en el acto siento una intrusión en mi cabeza, el contacto de un elnath muy poderoso. Los humanos se miran confundidos antes de caer inconscientes uno a uno. Noto como se me nubla la mente pero solo puedo pensar en que Brais ha fallado y su padre está haciendo esto. No puedo dejar que esto sea para nada.

Tambaleando me doy la vuelta y empiezo a destrozar los controles. Yuri cae al suelo, pero desde allí logra disparar contra las máquinas de su izquierda antes de perder el conocimiento. Mi visión empieza a oscurecerse, pero no paro de destrozar maquinaria, incluso algunas que ya sé que están rotas.

No puedo aguantar más y caigo de rodillas mientras oigo cómo se abre la puerta. Me giro y solo soy capaz de distinguir la silueta de un elnath viniendo hacia mí antes de perder la consciencia.

-Dcicon…

Capítulo 31
Brais

Salimos de los muelles en dirección al ascensor que nos lleve a la zona residencial. Un areano aparece al final del pasillo y se detiene al vernos. Gabriel se para a mi lado y noto como prepara su arma bajo la capa. Dejo fluir mi energía hasta el areano, que acto seguido muestra un rostro inexpresivo y continúa su camino.

-Vamos, guarda eso -digo señalando su rifle-, yo me ocupo de la gente, tú procura calmarte y no llamar la atención.

Siento un destello de furia ante mi reproche, pero tras concentrarse un instante logra enmascararla, volviendo nuevamente a la neutralidad. Se asegura de cubrirse bien la cabeza con la capucha de su capa y continuamos.

Poco a poco los pasillos están más concurridos y tengo que hacer grandes esfuerzos para mantenerlos a todos bajo control, solo doy las gracias de que no nos crucemos con otro elnath.

Llegamos al ascensor, y hay al menos doce individuos esperándolo. Todos se giran hacia nosotros, incluso uno de los guardias hace ademán de coger su arma antes de que me dé tiempo a someterlos. Esperamos al ascensor entre todos los cuerpos congelados, demasiados para mis capacidades. Gabriel debe ver el esfuerzo en mi cara, porque noto su preocupación.

-Dame la mano -le digo con voz entrecortada mientras una gota de sudor cae por mi cara.

Gabriel sigue estando reticente y tengo que alzar mi mano para incitarle. Duda durante lo que a mí me parece una eternidad, pero finalmente saca su mano de debajo de la capa y coge la mía.

-Busca en mi mente el flujo de energía y únete a él -digo intentando no perder la concentración.

-No sé si sabré...

-Sabrás hacerlo -le interrumpo.

Noto su energía rebuscando en mí. Quiero ayudarlo y guiarlo, pero tengo que mantener toda mi concentración o perderé el control. La presión aumenta en mi cabeza y noto un pinchazo detrás de los ojos. Siento como la energía de Gabriel encuentra la mía y noto como la apoya y fortalece. El pinchazo disminuye, pero me esfuerzo en no dejar que aguante demasiada presión, podría ser peligroso para él.

La puerta del ascensor se abre y de él salen dos psalterium tan enfrascados en una conversación que ni siquiera se percatan de la situación en el vestíbulo, afortunadamente. Mantengo mi consciencia sobre ellos para asegurarme de que no han visto nada extraño y noto como Gabriel me guía hacia el interior del ascensor. Las puertas se cierran dejándonos solos, el dolor va desapareciendo poco a poco mientras voy abandonando las mentes. Las piernas me flaquean un instante y tengo que apoyarme en la pared para no caer.

Miro a Gabriel, parece sobrecogido por la experiencia. Detecto miedo, pero también distingo la ambición por el control, la misma que siento yo cada vez que utilizo mis habilidades para esto, la misma contra la que lucho continuamente.

-Gracias por sumar tu energía a la mía, pero la sensación de poder que acabas de sentir es peligrosa. La ambición por el control puede llegar a dominarte.

-Podríamos utilizarlo para someter a tu padre -dice con un tono de soberbia en la voz y sin mirarme siquiera, parece estar contemplando algún posible futuro que semejante poder le pueda ofrecer.

-Ese grupo de ahí abajo no se ha defendido, mi padre lo hará, y utilizará tus ansias por dominarle en tu contra, así como tu odio y tu ira, te lo devolverá todo. Recuerda lo que te he enseñado. Controla tus emociones, acéptalas, son parte de ti, pero no te dejes dominar por ellas.

Siento como poco a poco su ira disminuye y va siendo reemplazada por amor. Usa el amor por su madre para ocultar el odio, en otro contexto sería una buena idea, pero ahora el recuerdo de su madre incrementa su deseo de venganza.

Le agarro por el antebrazo para llamar su atención e intento llevarle más allá de la venganza.

-Gabriel, recuerda por qué estamos aquí. La humanidad depende de nosotros, tenlo siempre presente, porque cuando entremos en esa sala mi padre utilizará todos tus sentimientos para disuadirte y manipularte.

Siento la energía del abuelo comunicándose conmigo. Su mensaje es claro.

-Ten -le digo mientras me quito el colgante con la gema-, póntelo, que esté en contacto con la piel.

Me mira extrañado, sin hacer ademán de coger la piedra.

-¿Y tú? No podrás atacarle sin ella.

-No le venceremos de esa manera, es demasiado fuerte. Además, durante toda mi vida me he enfrentado a él sin necesitar una. Vamos cógela, te ayudará a protegerte.

Lentamente coge la cadena y se la coloca al cuello.

-Pero no se utilizarla -dice mientras examina la gema-, no sé qué quieres que haga con ella.

-Solo escúchala, déjate guiar.

Asiente concentrado, parece que el abuelo ya ha empezado. Casi me siento solo sin tener la energía del abuelo a mi lado acompañando cada uno de mis actos.

Sin tiempo para pensar, la puerta se abre y veo el pasillo iluminado con las luces de emergencia y una multitud mirándose extrañados, ninguno parece reparar en nosotros más que alguna mirada furtiva.

-Han dado la alarma -dice Gabriel colocándose la capucha.

-Sí, puede que lo del ascensor haya sido demasiado llamativo.

-¿Y Kurl y los demás? Ellos no iban a pasar desapercibidos durante mucho tiempo. Si todo esto fuera por nosotros habría guardias esperándonos.

No puedo evitar pensar en Kurl y los humanos, y el gran peligro que están corriendo.

-No importa -digo centrándome en nuestra tarea-, el despacho está ahí mismo, al final de este pasillo.

-¿Y si no está allí? Al haber saltado la alarma puede haber ido a otro sitio.

Prefiero no pensar en esa posibilidad y salgo del ascensor. Nos mezclamos entre la multitud con paso lento pero seguro. Poco a poco la atención cae en Gabriel. Puede que no sepan qué es, pero su presencia y el hecho de que la alarma está activada no les parece una coincidencia. La multitud se abre a nuestro paso, muchos de vuelta a sus habitaciones, veo a otros llamando a seguridad, pero ninguno nos detiene.

Gabriel a mi lado avanza completamente concentrado, seguramente comunicándose con el abuelo. Me lanza una rápida mirada y apresura el paso. ¿Habrá sentido algo? Tengo que correr para alcanzarle. Veo las puertas cerradas del despacho de mi padre y de repente siento su energía. Es irónico, lleva años sin abrirse a mí, y elige este momento para mostrarme sus emociones. Lo único que me hace sentir es su ansia de que entremos.

Se coloca junto a la puerta, deja caer la capa y prepara su arma. Al verle, la gente del pasillo grita y se dispersa. Aunque el caos resuena a nuestro alrededor, parece no existir para nosotros. Saco la pistola que me han dado los humanos, demasiado grande para mí, la siento extraña en mis manos.

Gabriel toca el panel de la pared y la puerta se abre. Él entra en tromba en la habitación, como lo habrá hecho en tantas misiones. Yo entro tras él sin saber muy bien donde colocarme. También se que no importará mucho, una vez que estemos dentro, nos encontraremos completamente a merced de su voluntad.

Al entrar, veo como Gabriel se detiene en seco a unos pocos pasos de mí, tiembla visiblemente y parece luchar por recobrar el control de su cuerpo. Da un pequeño gemido y el arma se le cae de las manos.

-Por favor, cierra la puerta -dice la voz de mi padre.

Involuntariamente mi mano toca el panel y la puerta se cierra. Ni siquiera he sentido su presencia intentando dominarme pero aun así estoy bajo su control. ¿Cómo lucho contra algo que no siento? Por un segundo me invade el pánico, hecho que dibuja una sonrisa en su rostro.

Está ahí de pie, apoyado ante la mesa de su despacho. Viste una túnica elegante, no es su ropa habitual, pero no creo que se la haya puesto para recibirnos. Su mano juguetea con una gema de ewha, manteniéndola preparada para cualquier contratiempo.

-Hijo mío, qué alegría verte -el tono alegre de su sarcasmo me chirría en los oídos-, alguien cometió el grave error de decirme que habías muerto...

Se separa de la mesa y rodea a Gabriel, evaluándolo, sintiendo su energía. Cuando termina se gira hacia mí con una sonrisa de sorpresa.

-Y te has traído al resto de la familia contigo. Gracias por permitir que conozca a mi nieto -mientras lo dice toca la mejilla de Gabriel. Este se contrae y su rostro muestra sufrimiento ante el mero contacto.

-¡Déjale en paz! -le grito-. Tu lucha es conmigo.

-No va a haber ninguna lucha -dice acercándose a mí-. Sabías exactamente lo que pasaría si lo traías aquí -se vuelve hacía Gabriel-. Dime chico, ¿por qué has venido?

-Vamos a evitar que destruyas a la humanidad -dice Gabriel con gran esfuerzo.

-¿Seguro? No me obligues a preguntártelo dos veces.

Gabriel hace un gesto de dolor y cae sobre una rodilla.

-He venido a matarte, añanchi -dice con la voz cargada de furia-, y hacerte pagar por todo el dolor por el que he pasado por tu culpa. Voy a vengar a mi madre.

-Cuanto odio para alguien tan joven -dice padre con su falso tono conciliador mientras se acerca a Gabriel-. Pero yo no soy el culpable de la muerte de tu madre. No negaré que he tenido mi papel en todo esto, pero todos sabemos quién fue el causante, ¿verdad?

-Gabriel, no le escuches -digo mientras noto como su energía fluye según el curso que le marca Dcicon-. Esto es exactamente lo que quiere, volvernos el uno contra el otro.

-¿No fue él -dice Dcicon casi en el oído de Gabriel y señalandome-, quién os hizo a tu madre y a ti vivir una mentira? Os hizo querer a una persona que ni siquiera existía, solo para satisfacer su egoísmo.

Gabriel me mira fijamente y empiezo a notar como ahora redirige su furia contra mí.

-Lucha -le digo-, no le dejes controlarte.

-¿Cuántas veces te dije que te apartaras de ella, Brais? -dice Dcicon alzando la voz para atraer nuevamente la atención-. No solo no me hizo caso, sino que sacó a tu madre del núcleo, donde estaba a salvo y la expuso a los peligros de este mundo. Tú sabes cuan peligroso es este planeta para vosotros, ¿verdad?

Gabriel asiente levemente, no parece totalmente convencido, pero la rabia se está apoderando de él. Dcicon se acerca y se para frente a mí.

-Tuviste tu elección -dice con odio-, y erraste. Los humanos son seres despreciables y yo seré el que libere al universo de su existencia. Si tanto quieres a los humanos puedes morir con ellos -dice en voz baja acercándose aún más-. Y no te preocupes por el chico, yo cuidaré de él, puede que me venga bien otro humano especial.

¿Otro humano? ¿Qué quiere decir? No puedo permitirle que utilice a Gabriel. Veo su rostro triunfal y prepotente casi pegado al mío. Hago acopio de toda mi energía y la utilizo para romper brevemente su control. Parece sorprenderse cuando lo sujeto por los brazos y pego mi frente a la suya.

Siento incontables flujos de energía saliendo de su mente, la mayoría fluyen hacía Gabriel. Intento cortarlo, hacer que dejen en paz a Gabriel, pero apenas comienzo a redirigir mi energía cuando todos los haces se lanzan contra mí. Siento como padre penetra en mi cabeza y hace aflorar todos y cada uno de los sentimientos más tristes de mi vida, entremezclándolos y amplificándolos, provocándome un dolor que no imaginaba que pudiera existir.

-Podría matarte ahora mismo -me dice con furia, sosteniéndome ahora él a mí-, pero dejaré que sea tu hijo quien lo haga. Y mantendré tu conexión conmigo, para que sientas mi satisfacción al verlo.

El dolor nubla mi mente, aun así siento como unos haces de su energía fluyen hacia Gabriel. Aún no puedo creer la maldad que hay en él, cuándo murió el alma de mi padre para convertirse en este monstruo que tengo ante mí. Veo borrosamente como Gabriel saca su pistola y se acerca a mí. Siento su ira fluyendo, sus ansias de venganza. Levanta el arma y noto las oleadas de satisfacción de Dcicon.

Una explosión de energía nos sacude a Dcicon y a mí. Los haces conectados con Gabriel salen proyectados en todas direcciones. Unwei hace acto de presencia y Dcicon se acaba de dar cuenta. Noto cómo su sorpresa se vuelve en ira que concentra para intentar doblegar la energía de su padre.

Aprovecho mi momentánea liberación y le sujeto más fuerte contra mí. Reúno la poca voluntad que me queda para atacarle. Pero no busco superar sus defensas psíquicas, me limito a estar ahí, que su energía no pueda escapar a nuestro contacto. Le obligo a concentrarse en mí.

Por un momento lucha, y casi hace que desfallezca, pero en ese instante se da cuenta de lo que está por venir. Veo el miedo en sus ojos, y ahora también puedo sentirlo. Su defensa disminuye, se está desconcentrando. Intento penetrar en su mente, ver que es lo que tiene planeado, pero la conexión se rompe abruptamente y Dcicon cae violentamente al suelo. Aturdido intenta incorporarse, pero Gabriel se adelanta como una exhalación y le da una fuerte patada en la cara.

Tardo unos pocos segundos en reponerme y veo a Gabriel apuntando a Dcicon a la cabeza. Su pulso es tembloroso, parece luchar consigo mismo, la duda está haciendo mella en su voluntad. Desesperado se arranca súbitamente el collar con la gema de Unwei y la deja caer al suelo.

Acto seguido vuelve a sujetar la pistola con ambas manos, su pulso es firme y su rostro refleja la determinación necesaria para acometer su venganza.

-Gabriel -digo mientras me acerco lentamente a él trasmitiendo calma. No parece escucharme, no existe nadie más que Dcicon en este momento-. Gabriel, le necesitamos vivo.

-Brais no te metas en mi cabeza -ignoro su amenaza y cuando me encuentro a pocos pasos de él, se vuelve hacia mí y me agarra por la pechera-. No es el momento de intentar ser un buen padre -dice con ira para luego arrojarme al suelo, fijando su atención nuevamente en Dcicon.

-Tu madre no querría esto -digo incorporándome sin perderle de vista-, tu madre no se sacrificó para esto.

-No menciones a mi madre -grita con odio y me apunta a mí con la pistola-, no tienes derecho.

-Tengo el derecho que ella me dio cuando me pidió con su último aliento que cuidara de ti, y eso es lo que estoy haciendo -se queda callado-. Escucha, hemos llegado hasta aquí -alzo una mano hacía el cuerpo inmóvil de Dcicon y aprovecho para acercarme un poco-, tienes en tu mano el destino de la humanidad, no tomes una decisión de la que te arrepentirás el resto de tu vida.

-Merece sufrir por lo que ha hecho -dice bajando un poco el arma.

-Y lo hará, te lo garantizo -realmente no puedo asegurarlo, pero es nuestra única oportunidad de salvar a la humanidad-. La venganza no tiene por qué ir ligada a la muerte, el dolor de haber perdido todo lo que le importaba y la humillación del fracaso, son sentimientos terribles que lo someterán hasta el fin de sus días.

Gabriel baja su arma, se queda mirando a Dcicon mientras siento la tensión en su cuerpo, el dilema en su interior. Sujeta el arma con fuerza, poco a poco vuelve a levantarla con pulso tembloroso y tras un instante eterno escucho el fatídico sonido del percutor del arma. Veo el retroceso del arma en su mano, y ni siquiera soy consciente del ruido del disparo, solo pienso en cómo la esperanza de los humanos muere aquí. Solo mi corazón vuelve a latir cuando me doy cuenta de que la bala no ha dado en el blanco.

-Haz lo que tengas que hacer -dice bajando el arma y la mirada, derrotado por dentro-, pero si no nos es útil te aseguro que le meteré una bala en la cabeza.

-Bien, estoy de acuerdo -digo colocándome a su lado-. Espósale y ayúdame a quitarle todas las piedras de ewha que lleve encima.

Al tocar la gema de su colgante siento una energía que intenta rechazarme. La piedra de su abuelo, el padre de Unwei, parece cooperar de forma voluntaria con Dcicon. Intento entrar en contacto con ella, pero se cierra a mí, me hará falta más tiempo para conseguir que la gema me de la información que posee.

Gabriel abre la túnica de Dcicon, y llama mi atención haciendo un gesto. El cinturón está engastado con multitud de gemas, al menos quince. Gabriel le quita el cinturón y lo observa detenidamente, seguramente sintiendo las presencias de las gemas.

Repentinamente Gabriel se vuelve y forcejea con alguien, lo que provoca que los cuerpos me golpeen y caigo al suelo. ¿Un cruxor? Gabriel intenta apartar lejos de sí un cuchillo que el cruxor empuña ferozmente. El cruxor intenta alcanzar el cuello de Gabriel con sus otros brazos, pero este parece anticiparse a sus movimientos y con una rápida maniobra gira la muñeca del cruxor y le arrebata el cuchillo. El cruxor echa mano a su espalda, buscando otra arma, pero Gabriel cambia el peso de su cuerpo y se abalanza sobre él, arrojándole al suelo y cayendo encima.

El combate parece detenerse y veo como Gabriel observa detenidamente a su enemigo. Su rostro se contrae en una expresión de furia pura.

-Eres tú, tú la disparaste -el cruxor se retuerce sin éxito.

¿Puede ser este el individuo que mató a Julia?

-Esto es por mi madre, asesino -Gabriel retuerce su mano y entonces me doy cuenta de que tiene el cuchillo clavado en el cruxor. Cada movimiento hace que brote sangre que su víctima resiste entre gruñidos de dolor.

El cruxor flexiona sus cuatro brazos, aparentemente cejando en forcejear con Gabriel, pero en un rápido movimiento de brazos y piernas le hace una llave y arroja a Gabriel por encima de su cabeza. Cae violentamente de espaldas y cuando vuelvo a mirar al cruxor, este está en la puerta, sujetándose con dos manos el costado herido y apuntándonos con una pistola.

-Tú y yo tenemos una cita con la muerte -le dice a Gabriel con una sonrisa maliciosa dibujada en la cara-. Cuando estés preparado búscame. Pregunta por Shaezz -hace ademán de marcharse pero se detiene y me mira-. Cuando tu padre esté consciente dile que lamentablemente nuestro acuerdo ha finalizado.

Nos lanza una última sonrisa de prepotencia y desaparece por la puerta. He sentido satisfacción en él, y las ansias de Gabriel me confirman que este combate aún no ha acabado. Repentinamente vuelvo a ser consciente de lo ocurrido y siento vergüenza de haberme quedado paralizado siendo un mero espectador.

-¡Vamos -dice Gabriel mientras se levanta y recoge su rifle-, aún podemos cogerle!

-Gabriel, no -me pongo entre la puerta y él, bloqueándole el paso-. Nuestros amigos nos necesitan. Tu venganza personal ahora no importa, tenemos otras prioridades.

-¿Mi venganza personal? -dice enfadado acercándose a mí y con intención de salir por la puerta-. Y decías querer a mi madre... -su voz está cargada de odio y asco.

Intenta pasar por mi lado, pero me muevo y le empujo, bloqueándolo de nuevo.

-Precisamente porque quiero a tu madre no dejaré que vayas tras él -digo contagiándome de su ira.

A través de nuestro contacto veo como se genera en su interior oleadas de odio que se multiplican por la mera proximidad del cinturón de gemas de Dcicon. Ni siquiera me había dado cuenta hasta ahora que lo seguía sosteniendo.

Se lo arrebato y le empujo hacia atrás, que por nuestra diferencia de tamaño produce un efecto mínimo. Sólo con tener el cinturón en la mano siento su poder. Gabriel me mira sorprendido y visiblemente liberado del embriagador poder de las gemas.

-Gabriel, necesito que te centres por favor -le digo apelando a que haya recobrado el control-. Cuando hayamos salvado a tu pueblo, te prometo que haré todo lo que esté en mi mano para ayudarte a dar con el asesino de tu madre... con Shaezz, pero ahora te necesito aquí conmigo.

El silencio se hace patente y noto una nube de emociones en su interior.

-¿Estás o no estás conmigo? -le digo, forzándolo a reaccionar.

-Sí -dice con resignación-, estoy contigo.

Se da la vuelta, saca las esposas y se dirige hacia Dcicon. Hago un rápido sondeo del cinturón de gemas. Son ewhas torturadas hasta dejarlas sin voluntad, sometidas a los deseos de cualquiera que las posea, aportando nada más que su energía.

-Padre -digo en voz baja-, ¿pero qué has hecho?

Meto el cinturón en la bolsa junto con la gema del bisabuelo y recojo la gema de Unwei que Gabriel había tirado. Noto su reconfortante presencia y la sensación de orgullo que la piedra me transmite. Pero siento otra energía en la habitación, una presencia vagamente familiar, aunque estoy seguro de no haberla sentido nunca.

Unwei me ayuda a buscar la fuente y pronto localizamos el foco en uno de los cajones de la mesa.

-Brais -dice Gabriel con el cuerpo inmóvil de Dcicon al hombro-, creía que teníamos prisa. Este paquete puede despertarse en cualquier momento.

-Espera -le digo casi sin prestarle atención.

Abro el cajón y veo una hermosa gema de ewha azulada. Su energía me llama fervientemente, pero lo hace con amor. La sostengo en la mano y me invade la sensación de felicidad más grande que haya sentido en toda mi vida. La mera energía hace que las lágrimas broten y todas las preocupaciones dejen de existir como cuando era un infante. La gema se comunica conmigo con cálidas visones y me revela su identidad.

-Madre -digo entre sollozos-, qué alegría sentirte por fin.

Capítulo 32
Gabriel

Aprieto firmemente la pistola contra la nuca de Dcicon que continua inconsciente y seguimos avanzando. Los guardias siguen apuntándonos, pero, aunque no paran de advertirnos que soltemos las armas, no nos impiden el paso.

-Esto no me gusta -le digo a Brais sin quitarle el ojo a los guardias-. Nos están dejando pasar muy fácilmente.

-Tenemos un rehén importante -contesta Brais mientras apunta su pistola dubitativo contra los guardias.

-No es eso.

-Lo sé, pero no tenemos otra opción. El grupo de Yuri debe de haber sido reducido…

-O están muertos -digo cortante, no creo que los añanchi tengan muchos reparos en disparar a los humanos, y para el destino que nos espera si fracasamos, casi mejor que muramos todos.

-Muertos no les sirven de nada -dice Brais apelando a la lógica, siento como intenta trasmitirme su esperanza.-, quizá los utilicen para negociar, sus vidas a cambio de la de Dcicon.

-Dcicon no se librará -contesto, vuelvo a notar un apremiante impulso de apretar el gatillo-, pagará por sus crímenes, en sus manos o en las mías. No va a salir indemne.

-Es ahí -Brais hace un pequeño ademán hacia el fondo del pasillo. Los guardias están apostados flanqueándonos el paso, y un técnico psalterium trabaja en el panel de la puerta cerrada. Las demás puertas del pasillo también están cerradas y los guardias están bien colocados frente a ellas, sin darnos opción a huir.

-Si esto no sale bien ninguno saldremos con vida -digo intentando calmar mi corazón desbocado-, empezando por esta basura -vuelvo a apretar la pistola contra el cráneo de Dcicon.

-Pues sinceramente espero que todo salga bien -dice Brais casi con un tono alegre pero continua más serio-, pero si tiene que pasar, que así sea.

Avanzamos algo más rápido, está claro que los guardias no intervendrán hasta que lleguemos a la sala. Conforme nos acercamos, los guardias van cerrando filas a nuestra espalda, impidiendo una posible huida. De repente Brais se detiene.

-Si entramos en esa sala estamos perdidos -dice Brais sin apartar los ojos de la puerta. Siento su preocupación.

-Un poco tarde para echarnos atrás, ¿no crees?

-Hay un elnath en esa habitación. No sé quién es, pero es poderoso, estate preparado -han pasado muchas cosas que no estaban previstas, pero esta parece superarle, no siento en él esperanza alguna. ¿Qué puede asustarle más que su padre armado con innumerables gemas? Por si acaso tendré el gatillo preparado, a la más mínima duda, me llevaré a Dcicon conmigo.

Caminamos hasta la puerta, Brais parece haberse olvidado completamente de los guardias que nos rodean. Cuando estamos llegando el técnico de la puerta manipula su holopantalla, que está conectada con el panel boicoteado de la puerta y esta se abre.

Dentro de la sala, Kurl, Yuri y los demás están de rodillas, esposados y reducidos a un lado de la habitación, lejos de los paneles de control. Dos guardias psalterium los apuntan con sus rifles y otro guardia maensiano vigila a Kurl. Lo que parece la consola central está destrozada y un par de técnicos se afanan en repararla. En el centro de la sala un elnath ataviado con una túnica bastante ornamentada nos observa detenidamente.

En cuanto pongo un pie dentro de la habitación siento la energía del elnath rodeándome. Al mero contacto me concentro en mis defensas, pero su energía llega como una oleada y me invade por completo. No soy capaz de hacer nada contra él, puede ver cualquier resquicio de mi mente. Siento como sondea mis pensamientos, los recuerdos de mi madre, todo. Y tan súbitamente como llegó, desaparece.

Vuelvo a ser consciente de lo que me rodea, y lo primero que veo al abrir los ojos es el cuerpo de Dcicon en los brazos de un guardia. Levanto el brazo, pero me doy cuenta que no tengo la pistola.

-¡No! ¡Tendría que haberlo matado! -hago ademán de abalanzarme contra él, pero un guardia se interpone con su arma preparada.

-No te faltan motivos -responde el elnath utilizando un tono muy tranquilo-, pero ese juicio no te corresponde a ti.

-Consejero Daresh -dice Brais a modo de saludo con una pequeña reverencia. También le han quitado su pistola, o se la ha dado voluntariamente, no lo sé, parece muy complaciente ahora.

-Brais Swarths -dice el elnath acercándose a Brais-, diría que me alegra que las noticias de tu muerte estén equivocadas. Conocí a tu abuelo y no creo que aprobara los caminos que has tomado.

-Con el debido respeto consejero, es mi abuelo el que me guió por esos caminos -Brais refuerza sus palabras dirigiendo una mirada a la mano del consejero, que ahora que me fijo, sostiene dos gemas.

-¿Señor? -dice uno de los técnicos interrumpiendo el silencio que se había formado- La comunicación con la cámara del consejo ha llegado.

-Consejeros -saluda el elnath con una reverencia. La consola muestra un holograma de cuatro individuos cada uno de una raza diferente. Los daños de la consola hacen que el holograma vibre y no sea nítido pero sus voces se escuchan bien.

-Consejero Daresh -dice una voz femenina, una areana, por la silueta del holograma- ¿hemos de estar preocupados?

-La situación está controlada en la estación y las revueltas en el planeta están siendo sofocadas. El problema es que no seremos capaces de sacar la estación de su rumbo actual y los sistemas de defensa de la estación solar aún no están preparados para actuar contra una nave de este tamaño.

-¿Y eso es un problema? -responde otra voz mucho más severa-. Evacúe a toda la estación en su nave. La pérdida de ese sistema es asumible.

-En primer lugar -responde el consejero elnath manteniendo su porte erguido-, no sabemos cómo responderá la estrella ante semejante explosión, este sistema puede no ser lo único que se pierda. Y en segundo lugar, consejero Promp, hay inocentes en el planeta que no seremos capaces de evacuar. ¿Ellos también son pérdidas asumibles?

-Daremos la orden -dice la primera voz-, salvaremos a tantos como podamos, pero lo principal es sacarles a ustedes de ahí.

-¿Habéis olvidado por qué vinimos a este planeta en primer lugar? -pregunta Daresh con muestras de enfado.

-Por vuestra profecía -gruñe Promp dejando atrás cualquier tipo de formalismos.

-¿No lo veis? Nuestra profecía está camino de cumplirse. Nunca os han importado nuestras creencias, nos hicisteis caso porque nos necesitabais.

-Consejero Daresh, temas demasiado antiguos para ser tratados ahora -dice uno de los consejeros cuya raza no logro identificar-. El destino de los humanos ha sido fijado, y ellos mismos han elegido su manera de perecer.

-¡No podéis dejarlos morir! -grita Brais, uno de los guardias le manda callar, pero él sigue-. Todo esto es un error, por favor consejero Daresh, usted puede ver lo que oculta mi padre. Entre en su mente y vea cómo ha urdido todo esto para su propio beneficio.

-Ninguna irregularidad ha empañado el proceso tomado por Dcicon Swarths dice otro de los consejeros-. Sin embargo usted ha cometido actos terroristas contra el Orden y será juzgado por ello.

-Consejero Daresh -dice la voz femenina-, está demasiado implicado para ser objetivo y su opinión no será tomada en cuenta por esta cámara; la decisión ha sido unánime. Saque a todo el personal en la nave diplomática, entregue a los prisioneros Swarths y Karum a disposición judicial y abandone el sistema. La orden de evacuar el planeta ya ha sido dada.

Sin más el holograma se apaga y la estancia queda en silencio. El elnath no se mueve, pero puedo sentir su frustración. Los guardias y los técnicos se miran entre ellos, esperando órdenes. Repentinamente el consejero camina decidido hasta el guardia que sujeta el cuerpo inerte de Dcicon.

-Déjalo en el suelo -le ordena dejando a un lado el tono educado que utilizaba antes.

-¿Señor? -contesta dubitativo el guardia- La orden del consejo ha sido...

-¡Mi orden es que lo dejes en el suelo!

Sin dudarlo esta vez y con una gran carga de miedo, el guardia deja a Dcicon suavemente en el suelo. El consejero se arrodilla junto a él, y con una fría mirada suya, el guardia se aleja un par de pasos.

De entre los pliegues de su túnica saca una gema de ewha, la aprieta entre sus manos y coloca su frente contra la de Dcicon. A mi lado siento como el brillo de la esperanza crece en Brais. Los guardias se miran preocupados, no parecen entender que uno de los consejeros incumpla una orden directa. Kurl, Yuri y los humanos aprovechan y hablan entre ellos en voz baja.

Nadie se mueve durante un buen rato. Los técnicos siguen mirando sus holopantallas y se muestran cada vez más preocupados hasta que lentamente el consejero se separa de Dcicon y se incorpora. Por un momento su mirada está perdida en el vacío, hasta que uno de los técnicos le llama la atención.

-¿Señor? -dice con la voz entrecortada-. La evacuación, deberíamos avisar al personal.

El consejero le mira en silencio un instante.

-No -dice recobrando la compostura-. No vamos a permitir que esta nave se estrelle contra la estación solar -hace una pausa mientras contempla el vacío del espacio, parece meditar sobre las repercusiones de lo que sea que haya visto en Dcicon-. Si lo hacemos, millones de inocentes morirán por culpa de un falso testimonio. Les seré lo más gráfico posible por si no entienden la magnitud del problema, la explosión de la estación solar solo puede desembocar en una reacción en cadena que desestabilizará un sinfín de sistemas. Si esto no es motivación suficiente tengo la certeza de que aunque consigan salir de esta nave no podrán huir de la explosión, sin hablar de nuestros hermanos repartidos por todo el sector Dephiros -parece que su arenga surte efecto por el rostro que ponen los añanchis presentes, no sé hasta qué punto no se deberá a algún control elnath.

-Señor -dice el que parece ser el jefe de los técnicos-, entiendo lo que dice, pero la dirección de la nave ha muerto. Esta estación está diseñada para ser completamente controlada desde esta sala, sin ella la única solución es ir a cada motor y activarlo manualmente, pero antes habría que saltarse los sistemas de defensa que los conectan a esta consola.

-¿Y a qué esperan? -dice el consejero-. Activen los motores de un lado para sacar la nave de su rumbo actual, ya nos preocuparemos por frenarla más tarde.

-No tenemos suficiente tiempo -contesta casi avergonzado-, hay que activar muchas máquinas y me temo que no tengo el personal necesario para entrar en esos sistemas.

-Katrina puede hacerlo -intervine Yuri en areano.

-¿Perdón? -el consejero le mira extrañado.

-Katrina -dice Yuri señalando con la cabeza a la chica rubia-, puede hackear cualquier cosa. Ella fue la que abrió vuestra sala impenetrable.

-Señor no puede confiar...

-Quitadle esas esposas y llevadla con vosotros -responde tajante el consejero-. Dadle un dispositivo y que se ponga a trabajar.

Yuri le traduce rápidamente a Katrina lo que se espera de ella, y asiente decidida.

-Pero... -el técnico desiste ante la mirada del consejero y haciéndole una señal a su compañero se dispone a abandonar la sala.

Uno de los guardias psalterium desata a Katrina, que recoge su comunicador y sale tras los técnicos. Los guardias se miran confundidos, como si se dieran cuenta de que están malgastando sus últimos minutos de vida. Los psalterium empiezan a hablar alterados entre ellos en su incomprensible idioma y el consejero se da cuenta de ello

-Señores, ¿se encuentran bien? -les dice como si nada en absoluto ocurriese. Siento la energía que fluye de él. Uno de los psalterium se dispone a contestarle, aparentemente perdiendo las formas de su rango, pero en el acto se calma, la preocupación desaparece de su rostro. Los psalterium parecen sedados de repente y se muestran inexpresivos.

-Sí, señor -contesta con voz monótona.

-Presentaros ante el capitán Likan, que reúna a todo el personal civil y se encargue de informarles de la situación y mantenerlos tranquilos.

Los guardias asienten sin decir palabra y con paso lento abandonan la sala.

-¿Y usted? -le pregunta el consejero al maensiano.

El guardia se cuadra y con una expresión decidida en el rostro contesta.

-No tengo miedo a la muerte, señor.

-Bien -casi siento un destello de arrepentimiento en el consejero-. Esperemos noticias de los técnicos entonces.

El silencio se hace patente. El consejero se acerca a Brais y hablan en voz baja. Hablan en su propia lengua y no les entiendo, pero los dos parecen consternados. Al fondo de la sala Yuri y Kurl discuten algo y parecen totalmente absorbidos, el guardia maensiano les observa con recelo, pero a ellos no parece importarles.

Frente a mí y aún en el suelo está el cuerpo de Dcicon. Sobre una mesa auxiliar veo mis armas y no puedo evitar acercarme y recuperar la pistola. Al levantar la mirada nadie parece haberse percatado de ello y no hago ningún esfuerzo por ocultarla. Puede que no vayamos a salir de esta, pero Dcicon no morirá por un simple accidente, de eso pienso asegurarme.

De repente suena un pitido en la sala que corta todas las conversaciones. El pitido vuelve a sonar, una comunicación entrante en un dispositivo. Yuri se levanta sin hacer caso al arma del maensiano que le apunta.

-Es el mío -dice mientras se acerca al montón de comunicadores requisados-, si me disculpan.

El maensiano se mueve para detenerle, pero el consejero le hace un gesto para que le deje actuar.

-Katrina, ¿qué ocurre? -dice Yuri en carhuí. Escucha atentamente y luego pulsa un botón-. ¿Puedes repetirlo?

La voz de Katrina resuena en la estancia, traducida por el comunicador.

-Aún trabajamos con el primer motor y el progreso es lento. Las estimaciones indican que necesitaríamos al menos cuatro motores activos dentro de siete minutos para evitar la colisión.

-¿Posibilidades de que lo consigáis? -contesta Yuri mirando fijamente al consejero.

-¿Antes del punto límite? Ninguna. No tenemos manera de evitar la colisión. Intentaremos activar los que podamos mientras se os ocurre un plan mejor.

-Gracias Katrina -la conexión se interrumpe.

El consejero baja la mirada pensativo, siento su resignación. Yuri desvía su mirada hacia Kurl y este asiente decidido.

-Consejero -dice Yuri en areano con su marcado acento-, ¿estaría dispuesto a morir por evitar que se cumpla su profecía?

El consejero le mira extrañado.

-¿Qué tienes en mente?

Yuri le tiende la mano. El consejero se la acepta con recelo y tras un breve contacto se separan.

-Como verá yo sí estoy dispuesto a hacerlo.

El consejero me mira un instante y se queda pensativo.

-De acuerdo -contesta el consejero-, hágalo.

Yuri viene hasta mí y pone una mano en mi hombro.

-Ven conmigo hermano, vamos a salvar a nuestro pueblo.

-No me iré de aquí hasta que me asegure de cuál será el destino de Dcicon -no puedo aguantarle la mirada por vergüenza y la desvío hasta el cuerpo inerte de Dcicon que afianza mi decisión.

-¿Cómo? —me mira confundido-. Olvídate de eso, vinimos aquí a salvar a la humanidad, te necesito para conseguirlo.

-No —contesto apartando su mano de mi hombro-, vosotros estáis para eso. Yo vine a por él —señalo el cuerpo de Dcicon-. Y no se me paré hasta que reciba la justicia que merece.

-¿En el momento que la humanidad más te necesita le vuelves la espalda? Me has decepcionado, Gabriel.

Yuri se aparta de mí y se dirige hacia la puerta. Veo como una parte de mí se marcha con él, pero algo oscuro se retuerce en mi interior y me alienta a quedarme. Aparto la mirada de Yuri y sujeto firmemente la pistola.

-Yo iré contigo —dice Kurl adelantándose-. Al fin y al cabo, en esta nave no hay nada mejor que hacer.

Kurl atraviesa la sala, ignorando a todos los presentes menos a Brais y a mí. Coloca una mano en su hombro afectivamente. Luego me mira a mí, y siento decepción y preocupación en él.

-¿Qué van a hacer? —pregunta Brais cuando Kurl y Yuri abandonan la sala.

-Intentarán salvarnos a todos —contesta el consejero mientras se acerca a una de las consolas y abre una comunicación-. Capitán, soy el consejero Daresh, dé la orden de desalojar la nave diplomática inmediatamente. Que todo el personal la abandone, pero déjela operativa, un humano y un maensiano se harán cargo de ella. Así mismo denle permiso para despegar.

La comunicación se corta y el consejero se vuelve hacia el guardia maensiano.

-Asegúrate de que llegan a esa nave.

Este asiente y sale apresuradamente detrás de ellos. Mientras el consejero elnath libera a mis compañeros y se acerca a Brais.

-Ten joven Swarths -le dice entregándole las dos gemas que saca del bolsillo-, en este momento deberías tener cerca a las personas a las que quieres.

-Gracias, señor.

La cara de Brais cambia en cuanto toca las gemas. Cierra los ojos y esboza una leve sonrisa. Percibo una sensación de calma y paz en su interior que aunque intensas no consiguen enmascarar su tristeza.

-Espero que esa pistola te de la confianza que necesitas -dice el consejero deteniéndome junto a mí-, pero serías un necio si piensas que te dejaré utilizarla.

-Usted cumpla su trabajo que yo cumpliré el mío -digo sacando la pistola a la vista, no tiene sentido seguir ocultándola-, pero le aseguro que Dcicon recibirá la justicia que merece, de una manera o de otra.

-A lo que tú llamas justicia, yo lo llamaría venganza y te puedo asegurar que ese es el motivo que nos ha llevado a esta situación. Imagínate las consecuencias de tus actos. Digamos que cedes a tus deseos de venganza y aprietas el gatillo, liberando el odio de tu interior. Las pruebas para la liberación de tu raza mueren con él. Millones de vidas son sacrificadas para satisfacer tus deseos. ¿En qué te conviertes eso? Tu madre no merecía lo que le pasó, ¿por qué merecería cualquiera de tus congéneres humanos el destino que quieres imponerles?

-Parece olvidar que no estaríamos aquí si no fuera por vosotros. Los añanchis condenasteis a los humanos, así que no me dé lecciones de moralidad, por favor. A lo que le añadiré que mi raza, mi pueblo, ya está muerto. Lo está desde el momento en que aceptasteis nuestra desaparición como especie. Le guste o no yo solo aprovecho ese tiempo para dar justicia al alma de mi madre y no descansaré hasta que lo haya conseguido.

-Puede que tú le hayas dado la espalda a tu pueblo, pero ellos están luchando por su libertad. Literalmente, los humanos están combatiendo en la tierra para defender a los que están dormidos. Y tus compañeros, aquí mismo, han peleado para darle a la humanidad la oportunidad de salvarse. La esperanza es un sentimiento muy poderoso, capaz de llevar a cabo gestas impensables. Tú pareces carecer de ella -mira de reojo a Brais antes de continuar-, puede que al fin y al cabo, no seas tan humano como pareces.

Aunque sus palabras van acompañadas de sentimientos confortables no puedo más que pensar en cómo acabar con esto, en matar a Dcicon.

-Sé lo que intentas pero llegas tarde, en otro tiempo me habrías hecho entrar en razón, hoy no -la contundencia de mis palabras lo dejan sin respuesta durante un instante, que es interrumpido por un cambio en su semblante. Pierde la mirada en el vacío y luego vuelve a concentrarse en mí.

-Bueno, ya todo da igual, veremos que nos depara el futuro -el consejero elnath se gira-. Será mejor que se sujeten a algo, prepárense para una colisión lateral.

Al mirar por el ventanal de la cabina el sol me ciega, pero por la derecha veo una pequeña mancha que se dirige hacia la proa de la nave. Unas luces parpadean en señal de alarma en lo que una voz areana comunica una colisión inminente. Al mirar por el ventanal puedo observar como la mancha cien veces más pequeña que esta nave empuja la proa mientras se va haciendo añicos. El impacto me hace perder el equilibro y al recuperarlo, puedo ver un rastro de piezas y chatarra que cae de la nave que intenta variar nuestro rumbo.

Partes más grandes de la nave se desprenden, pero no frena su impulso ni un instante. Si el casco la rechaza, la nave vuelve a empujar, si un motor se apaga, enciende uno de emergencia. Tras unos segundos, las últimas luces de la nave se apagan junto con sus motores y la estación deja atrás los fragmentos de la nave destrozada.

Miro al sol, sigue estando en el mismo punto, quizá un poco a la derecha, pero nada muy significativo, y lo primero que me pasa por la mente es que Yuri y Kurl han muerto para nada. Yuri me pidió ayuda, y mi ofuscación me obligó a negársela. Quizá si hubiera ido con él las cosas hubieran sido diferentes. ¿Había algo que yo hubiera podido hacer para cambiar ese destino?

Lo peor de todo es que su sacrificio ha sido en vano, nuestra salvación y por extensión la de mi raza se ha hecho añicos con esa nave y solo siento indiferencia. El comunicador del consejero se activa.

-Señor -dice el jefe de técnicos con voz acelerada-, el impacto ha variado nuestro rumbo y tras recalcular la trayectoria los resultados indican que no impactaremos en la estación energética solar -noto como el sentimiento de alivio del consejero nos es transmitido a todos y por el comunicador nos llegan las voces de júbilo de los trabajadores-. Repito, colisión negativa.

Miro a Brais y a mis compañeros, todos desencajados, sin asimilar lo que acaba de ocurrir. Brais cae de rodillas como si le faltaran las fuerzas, mi conciencia me dice que debería apoyarlo, incluso puedo percibir su dolor pero no me importa. ¿Qué me está pasando? Mi corazón pide clemencia pero el odio no la deja salir.

-Muy bien -dice el consejero aún por el comunicador-, detenga los trabajos en los motores y que su equipo nos devuelva el control de la nave -corta la comunicación pero inmediatamente abre otra-. Capitán Likan, comunique al Orden la nueva situación y que habrá una revisión de sentencia a la raza humana. Yo mismo aportaré nuevas pruebas.

No me lo puedo creer, todo estaba perdido y…

-Ya está, todo ha acabado -Brais, a mi lado, pone su mano sobre la pistola y me invita a claudicar-. Pagará por todo lo que ha hecho, si por algo se distingue el Orden es por la dureza de sus decisiones, vosotros mejor que nadie habéis sido testigos -su calma me permite quitarme la presión que me estaba ahogando.

-Siento mucho la muerte de Kurl, era una buena persona -¿he dicho persona? Bueno, eso no importa ahora, veo que mis palabras no le dan ningún consuelo.

-Te quiero decir dos cosas, colega -así es como mi padre empezaba sus discursos aleccionadores-. La primera es que de haber podido elegir su muerte, Kurl elegiría la que ha tenido, honor, gloria y sacrificio. La segunda la he aprendido hoy y mi alma la comparte, siempre, siempre hay esperanza.

Brais levanta su mano hacia el ventanal mientras esboza una amplia sonrisa. Al mirar, veo una pequeña cápsula de emergencia pasando perezosamente por delante.

-No puede ser -digo sin apartar la mirada de la cápsula flotando en el vacío del espacio, siento como una barrera dentro de mí se desmorona, dejando paso a algo nuevo y dejo caer la pistola sin poder reprimir una sonrisa-, esos hijos de añanchi lo han conseguido.

Me quedo perplejo, todo lo que he vivido en los últimos meses se junta para colisionar en dos ideas simples, esperanza, jamás la pude ver pero siempre estuvo ahí; y venganza... una promesa es una promesa y aún tengo que encontrar a alguien.

Epílogo

Observo a la humana tumbada en la camilla, aún sedada, la holo-pantalla me indica que su cuerpo está listo, es hora de despertar.

Antes si quiera de comenzar, coloco las manos sobre sus sienes y le transmito serenidad. Aún dormida, su mente está alterada por los cambios en su cuerpo, los músculos reactivándose después de tanto tiempo inmóviles, los nervios vuelven a sentir lo que le rodea. Ante mi contacto su piel se estremece, soy el primer ser que la toca en toda su vida, y mientras mi energía entra en su mente tranquilizándola poco a poco, veo como sus ojos dejan de moverse bajo los párpados, como si estuviera saliendo de una pesadilla.

Abandono el contacto y tras una caricia miro a Antía, de pie al lado de la humana y observando el procedimiento conmovida. Hemos hecho este proceso ya tantas veces que he perdido la cuenta, pero en ella el entusiasmo nunca se ha desvanecido un ápice, cada uno es único, como un ritual sagrado que le devuelve a un hermano perdido.

Le hago un gesto para indicarle que es la hora. Ella asiente, lleva preparada desde que comenzamos. Voy hasta la consola y desactivo la sedación. Me alejo unos pasos pues hemos aprendido que es mejor que uno de los suyos les explique las cosas.

Veo el primer movimiento de su mano, doy otro paso hacia atrás. Vuelve la cabeza y pregunta por alguien, me doy la vuelta y abandono su línea de visión, pero me quedo cerca tranquilizándola y a la espera de su primera sensación de la realidad, también hemos aprendido que sienten menos rechazo si lo primero que ven es un elnath o un areano y no un intimidante maensiano.

314

Siento su miedo y su sorpresa, y escucho como Antia la habla en su idioma. En estos meses ha aprendido mucho y aunque para mí los idiomas tienen entonaciones completamente diferentes, cuando ella habla transmite cariño, amabilidad y comprensión, como la voz de una madre hablando con sus hijos. Siento como el miedo crece, para poco a poco transformarse en tristeza mientras asimila sus palabras. Siento un despunte de odio cuando se da cuenta de que muchos de sus familiares y amigos no existen y antes de que proyecte mi energía para tranquilizarla, Antía la calma, sin trucos empáticos ni manipulaciones, simplemente con sus palabras, comprendiéndola y estando con ella.

Siento mi vergüenza al darme cuenta de que la energía que transmite Antía simplemente desde su corazón, es mucho más limpia y pura que la que cualquier elnath podría proyectar. No necesita manipularles, ni generar sentimientos en ellos, Antía sabe sacar a la luz esas emociones que llevan encerradas, escondidas. Cuando este proceso era llevado a cabo por el Orden, había muchos que no aceptaban el programa, desde que lo hacemos con humanos, ni uno solo lo ha rechazado.

Pasan un rato hablando cada vez en voz más baja, cada vez más tranquilas. Siento que mi momento va a llegar, el momento más difícil de asimilar. Un instante después Antia me llama por mi nombre. Respiro hondo, mi abuelo y mi madre me transmiten tranquilidad, me alientan a dar un paso, repletos de felicidad. Yo, contagiado de sus sentimientos, simplemente camino, le muestro a un humano más la verdad del mundo en el que han despertado.

Salimos a la luz del día. La carga emotiva tan intensa de estos momentos nos dejan exhaustos y Antia y yo nos miramos aliviados de terminar por hoy, pero expectantes de volver a empezar mañana. Apenas caminamos unos pasos fuera del Orbe en pleno proceso de desmantelación, vemos a Gabriel esperando junto a una de las calles. Él se acerca despacio hacia nosotros y siento como Antia a mi lado se ilumina de energía por un momento. Gabriel también parece albergar sentimientos por ella, pero no me atrevo a intentar sondearlo. En todo este tiempo, su ánimo parece haber mejorado, pero siempre le rodea un aire gélido, como si se escondiera de las emociones detrás de una barrera levantada por él. Junto a Antia muchas veces lo he visto sonreir, pero siempre me queda la sensación de que no es feliz, de que no siente esa felicidad que intenta demostrar.

Nuestras miradas se cruzan y me saluda con un gesto, no es el saludo más efusivo del mundo, pero al menos ya no me mira con ese odio del principio. Gabriel necesita tiempo para cerrar sus propias heridas, antes de poder cerrar la brecha que hay entre nosotros.

Nos paramos uno frente al otro, Gabriel saluda con la mano, Antia hace ademán de ir a darle un beso, pero Gabriel no reacciona y ella se detiene. Nos miramos entre todos, el momento se hace incómodo. Muestro una sonrisa sincera por primera vez desde que Julia se fue, y con un gesto me despido de ellos y continúo por mi cuenta. Felicidad, por un instante me he sentido como un padre con su hijo adolescente y su primera novia, temerosos y avergonzados de demostrar sus sentimientos. Tras ese momento dulce siempre viene la tristeza al pensar en Julia y lo feliz que sería al contemplar esa escena.

La energía de mi madre me consuela, me acaricia mientras que la del abuelo intenta levantarme el ánimo. Pero es una tercera energía la que lo consigue, una que procede de un enorme ser que parece resguardarse tras un árbol del parque que rodea el Orbe.

-Kurl -le llamo mientras me acerco-, ¿qué haces aquí?

-Shh, lárgate de aquí -me hace gestos para que se vaya, y por la seriedad de su mirada por un instante pienso si estará en alguna misión, siguiendo a algún objetivo o recabando información, pero justo en ese momento la pequeña Mica salta entre los dos gritando y señalándole.

-Te encontré -dice en areano mientras se ríe y grita.

-Bah -el sonido por parte de Kurl parece más un rugido, mientras sale de detrás del árbol que apenas le cubría-, ha sido por culpa de Brais, si no nunca me hubieras encontrado, mi escondite era infalible.

-Se te veía el culo desde allí -dice la niña riéndose cada vez más.

-El cu... -Kurl muestra una cara terrorífica que solo hace que la niña se ría más y la levanta en vilo mientras la hace cosquillas -. ¿Y tú qué, ya has acabado ahí dentro?

-No -respondo con una sonrisa viendo la escena-, aún queda mucho por hacer, mañana volveré a trabajar, no como otros que se pasan el día jugando.

-Eh, haber salvado tú el universo -dice colocando a Mica sobre sus hombros y caminando conmigo-, privilegios que tenemos los héroes.

-¿Tú, héroe? Seguro que lo que intentabas era huir de la explosión -digo entre risas y dándole un codazo en la pierna que apenas siente.

-Solo trataba de cumplir una promesa -dice con una tierna sonrisa mientras acaricia a Mica-. Anda, vamos a llevarte a tu casa o no te dejarán volver a jugar conmigo, imagínate, se creen que soy una mala influencia o algo así.

-¡No! vamos a jugar más -Mica se revuelve y acaba poniéndose de pie sobre sus hombros, quedando aún más alta.

-Mañana, pequeña, tenemos todo el tiempo del mundo para jugar —mientras sujeta a Mica para que no se caiga me mira con una sonrisa-. Ahora parece que todo empieza a ir bien, ¿no?

-Bueno, los humanos están empezando a despertar a un mundo que no conocen, y tendrán que encontrar su hueco en él -mientras hablo pienso en la situación global-. Temo las decisiones que tome el Orden, pero la situación de los humanos ha sido problemática durante cinco mil años, no creo que ahora tengan la mejor acogida entre las otras razas.

-¿Y no es eso un poco entendible? Ahora mismo a los humanos no se les permite abandonar el planeta, pero es lógico, aún no tienen un gobierno definido. Creo que el Orden lo está haciendo bien de momento, desmantelando el Orbe y la estación solar. Hay que darles tiempo para que se sitúen ellos mismos en su porción del universo antes de abrirles un infinito de posibilidades.

-Solo espero que el Orden les trate bien y los acoja como a uno más -digo mirando hacia adelante, esperando ver un próspero futuro para este mundo.

-Yo más bien espero que los humanos decidan permanecer en el Orden.

Miro a Kurl extrañado porque es la primera vez que pienso en la posibilidad de que los humanos no quieran pertenecer a la alianza. Y es lógico, el Orden no puede imponerles el pertenecer o no, si su liberación como raza es sincera, tendrán que darles la oportunidad de elegir, como a todos los demás.

De repente el futuro que intentaba ver en el horizonte es un poco más difuso, más oscuro.

www.ingramcontent.com/pod-product-compliance
Lightning Source LLC
Chambersburg PA
CBHW031107030726
47496CB00002BA/432